조선총독의 편지

총독 미나미가 오노 총감에게 보낸 비밀 기록

조선총독의 편지

총독 미나미가 오노 총감에게 보낸 비밀 기록

초판 1쇄 발행 2015년 9월 15일

편역자 | 金慶南, 廣瀨順晧

발행인 | 윤관백

발행처 | 도서출판 선인

등 록 | 제5-77호(1998.11.4)

주 소 | 서울시 마포구 마포대로 4다길 4 곶마루 B/D 1층

전 화 | 02)718-6252/6257

팩 스 | 02)718-6253

E-mail | sunin72@chol.com

정가 46,000원

ISBN 978-89-5933-925-9 93830

· 잘못된 책은 바꿔 드립니다.

조선총독의 편지

총독 미나미가 오노 총감에게 보낸 비밀 기록

金慶南 · 廣瀨順晧 編譯

도서출판 선인

서문

근대사 사료연구의 기초

근대사 연구의 기본 사료는 크게 공문서와 사문서로 나누어진다. 그중 일본에서는 공문서와 함께 사문서를 이용하는 것이 중요시되고 있는데, 그 이유는 근대사 연구의 기점과 관련되어 있기 때문이다.

1945년까지 일본의 역사 연구는 주로 메이지유신까지가 하한으로, 메이지 이후 시기는 원칙적으로 역사 연구 범주에 들어가지 않는다고 여겨져 왔다. 그러나 제2차 세계대전에서 일본이 패전함에 따라 메이지시기 이후도 일본 근대사 연구의 학문분야로 인정받게 되었다.

물론 1945년 이전에도, 도쿄제국대학(東京帝国大学) 교수 요시노 사쿠조(吉野作造) 등을 중심으로 메이지 문화 연구회(明治文化研究会)가 설립되어 메이지 전 시기를 역사 연구 대상으로 시도한 움직임이 있었다. 하지만 본격적으로 메이지(明治)·다이쇼(大正)·쇼와 전기(昭和前期)를 연구 대상으로 한 것은 제2차 세계대전 이후부터였다. 왜 이러한 현상이 나타났는가. 최대의 이유는 공문서를 이용하기 위한 공문서관 이른바 아카이브즈가 존재하지 않았던 것과, 사문서로 불리는 개인문서가 거의 공개되지 않았기 때문이었다.

이러한 상황을 일변시킨 것은 일본의 패전과 그에 따른 GHQ에 의한 극동국제전범재판(일명 도쿄재판. 이하 도쿄재판으로 명기)의 실시와 화족제도 폐지에 따른 화족(華族)의 몰락이다.

먼저 도쿄재판에 주목해 보자. 1945년 8월 15일 일본이 패전한 직후부터 연합군 최고 사령관 맥아더가 일본에 상륙하기까지 대략 2주일이 걸렸다. 일본제국정부는 이 시간을 최대한 활용하여 전쟁관계 공문서를 소각·인멸하였다. 따라서 재판을 위한 증거자료는 여러 사람들의 공술서나 개인이 쓴 일기 등이 제출되었던 것이다. 같은 패전국인 독일의 경우는 베를린 함락에 따라 공문서가 확보되었기 때문에, 전쟁재판·뉴른베르그 재판 당시 공문서가 증거자료로 채택되었다. 이것은 일본의 경우와는 너무나 다른 양상으로 좋은 대조를 이룬다.

여하튼 일본에서는 도쿄재판을 통해, 개인사료의 중요성을 연구자뿐만 아니라 많은 국민들이 인식하는 계기가 되었다. 그 대표적인 예로서 '쇼와천황'(昭和天皇, 이하 일왕으로 표기)의 내대신(内大臣)을 맡은 기도 고이치(木戸幸一)의 일기이다. 이 자료는 현재에도 쇼와사(昭和史)연구를 할 때 일급사료로 이용되고 있다.

한편 일본 패전 후 화족제도 폐지에 따라 생활방편이 끊어진 화족들은 선조들로부터 내려오던 가보를 처분할 수밖에 없는 처지가 되었다. 그중에는 이토 히로부미(伊藤博文)를 비롯하여 메이지유신 공신(元勲)들이 소장하고 있던 개인문서도 포함되어 있었다. 또한 GHQ 농지정책에 따라 대지주가 소장하고 있던 문서도 많이 팔거나 기증하게 되었다. 이러한 사문서를 기초사료로 하여 일본의 전후 역사연구가 시작되었던 것이다.

사문서는 일본의 국립국회도서관 헌정자료실이나 문부성 국립사료관(현재 국문학연구자료관) 등이 수집하여 공개하기 시작하였다. 그러나 국립사료관이 1973년에 폐관되었고, 국립공문서관이 개관하기까지 대략 20년이 걸렸다. 이러한 사정으로 근대사 연구자는 사문서를 우선적으로 활용하여 연구할 수밖에 없었다.

현재도 이러한 일본의 사료 상황은 계속되고 있어 많은 연구가 국립 공문서관·외무성 외교자료관·방위성 방위연구센터에 소장되어 있는 공문서와 사문서를 활용하면서 진행되고 있다. 이번에 「조선 총독의 편지 - 총독 미나미가 오노 총감에게 보낸 비밀편지」를 간행하는 것은 이러한 일본의 사료와 연구 상황을 알리려는 것이고, 한국과 일본의 근대사 연구에 도움이 되도록 한 것이다.

스루가다이대학(駿河台大学) 명예교수 廣瀬順晧

서문

일본초서 해독과 한국근대사 연구

19세기 중반부터 20세기 초반에 걸쳐 한국은 서양제국주의의 아시아 식민지쟁탈전과 일본제국주의 대륙침략정책에 휘말려 식민지로 전락하게 되었다. 한국과 일본의 근대사는 평화공존을 위한 역사가 아니라 전쟁을 위한 지배와 피지배라는 구조로 재편되어 버렸다. 이 때문에 이 시기 역사를 연구할 때는 반드시 일본어와 일본어 초서를 공부해야만, 공문서와 사문서로 된 역사자료를 정확하게 읽어낼 수 있다. 이것이 이 책을 출간하는 가장 큰 이유이다.

이번에 출간하게 된 이 책은 1936년 8월부터 1942년 5월까지 경성에 있던 조선총독 미나미 지로(南次郎)가 조선총독부 도쿄(東京)출장소에 있던 오노 로쿠이치로(大野緑一郎) 정무총감에게 보낸 편지를 정자체로 바꾼 것이다. 이 편지들은 다른 200여 통과 함께 편지시리즈로 분류할 수 있는데, 일본 국회도서관의 「오노 로쿠이치로 문서(大野緑一郎文書)」 콜렉션 속에 다른 문서시리즈와 함께 보존되어 있다.

이 편지들은 미나미가 총독으로 부임하고 퇴임할 때까지 약 6년간 중요한 정책과 인사문제 등에 대한 비밀스런 의견을 보낸 것이다. 주요 내용은 조선인 교육문제, 중일전쟁과 관련된 공업 및 광업 등 경제상황, 만주개발에 따른 조선역할, 동양척식(주) 및 조선인 고위직 인사문제, 제국의회예산편성, 미 · 일의 외교문제 등과 관련된 것이다. 이 편지들은 당시 일본 제국과 조선 식민지라는 관계하에서 한반도 정책이 일방적으로 결정되었다는 것을 여실히 증명해준다. 현재 시점에서 보면 대통령이 총리에게 직접 보낸 탑시크리트 편지들로서 편지형식을 띤 공문서라고 할 수 있다. 이러한 편지류의 번각과 탈초는 향후 근대사 연구를 질적으로 향상시키는데 기여하게 되리라 기대된다.

근대사를 전공하면서 일본어로 된 사료 중에서 일본초서로 된 것을 접할 때마다 막막하였다. 이러한 필자의 경험을 바탕으로 근대사를 처음 전공하기 시작한 연구자들이 겪는 어려움을 해소하는데 조금이나마 도움을 주고자 출판을 결심하게 되었다. 그래서 초보자들이 근대 일본초서를 읽기 위해서 필요한 가이드를 첨부하였고, 초서와 해독된 정서를 한자 한자 비교하면서 공부할 수 있도록 편집하였다. 그리고 주요한 색인어를 발췌하여 기재함으로써 편지 개요를 대략 유추할 수 있도록 배려하였다.

이 책이 나오게 된 것은 약 10년 전 도쿄외국어대학에 출강할 때 한 제자가 히로세 선생님을 소개해 준 것이 계기이다. 히로세 선생님은 근대사의 정점에서 정책을 추진하던 내각총리, 총독, 외교관 등에 관한 초서로 된 문서나 편지를 해독하여 각종 중요자료집을 발간하였다. 선생님께서는 일본 국회도서관 헌정자료실과 스루가다이 대학(駿河台大学)에서 평생을 일본초서를 해독하고 교육하는데 진력하신 분이다. 히로세 선생님을 만난 것은 일본초서에 대한 지식이 불충분한 나로서는 큰 행운이었다. 한자 한자 모르는 글자를 공부하면서 공자님 말씀이 떠올랐다. 學而時習之 不易悅好라.

이 글에 수록된 조선총독의 편지는 오노콜렉션 문서시리즈와 함께 보면, 이 시기 역사적 사실을 보다 명확하게 이해할 수 있다. 오노는 당시 행정부의 총독이라 할 수 있는 정책 브레인이다. 이 콜렉션에는 그의 경력에 따라 아키타현(秋田県) 지사 시기, 조선정무총감 시기, 해방 후 조선총독 미나미가 전쟁범죄로 기소되었을 때 변호사 시기 등에 관한 자료가 있다. 선생님과 나는 이 문서시리즈 중 조선총독부 관련 문서목록을 정리하였고, 총독 미나미의 편지를 우선적으로 탈초하기 시작하였다.

미나미의 필체는 어느 정도 정형화된 메이지시기 문체와도 달라 해독에 애로를 겪기도 하였지만, 히로세 선생님의 도움을 받아 약 2년여에 걸쳐 초고를 완성하였다. 그 이후에도 편지글을 입력하고, 원본을 보고 틀린 글자를 교정하기 위하여 국회도서관을 수십 차례 왕래하였다. 그럼에도 불구하고 완전히 해독하지 못한 글자들도 있다. 앞으로 독자여러분과 함께 밝혀나간다면 다행일 것이다. 여러분의 지도와 질정을 바란다.

일본 국회도서관 헌정자료실에서도 한국에서 책을 낸다고 하니 많은 관심을 가지고 있었다. 헌정자료실 초청으로 오노문서군과 관련이 있는 국가기록원 소장 총독부기록 관련 내용을 강연하고 담당 직원들과 의견을 교환하기도 하였다. 또한 귀중한 편지 원본 사진을 찍도록 허락해주었다. 이 자리를 빌려 감사드린다.

이 책이 나오기까지 많은 분의 도움을 받았다. 특히 입력과 편집작업을 맡아 준 가토 케이키(加藤圭木) 씨, 교정작업을 도와 준 시마다 다이스케(島田大輔) 씨, 시노자키 유타(篠崎佑太) 씨, 나가사와 카즈에(長澤一惠) 씨 등에게 진심으로 감사의 말씀을 전한다. 그리고 인문분야 출판사정이 어려운 중에서도 대학원 시절부터의 인연으로 선뜻 마음을 내어주신 윤관백 사장님과 어려운 일본초서 원고를 꼼꼼하게 편집해주신 직원 여러분들에게 마음으로부터 감사드린다.

김경남 삼가 올림

南次郎 조선총독과 大野緑一郎 정무총감 취임식 (1936년 8월 5일)
출전: 세계화보. 1936년 9월호. 국제정보사(世界画報 昭和11年9月号 国際情報社)

목차

조선총독의 편지

조선총독의 편지 16

일본 국회도서관 헌정자료실 목차

書簡番号	受信者	発信者(作成者)	年代
八一－一	大野緑一郎 宛	南次郎 発	昭和( )年 二月三日
八一－二	大野緑一郎 宛	南次郎 発	昭和( )年 一二月六日
八一－三	大野緑一郎 宛	南次郎 発	昭和 一三年 一二月九日
八一－四	大野緑一郎 宛	南次郎 発	昭和(一二)年 一月一六日
八一－五	大野緑一郎 宛	南次郎 発	昭和 一二年 二月一〇日
八一－六	大野緑一郎 宛	南次郎 発	昭和(一六)年 二月一六日
八一－七	大野緑一郎 宛	南次郎 発	昭和(一五)年 七月一七日
八一－八	大野緑一郎 宛	南次郎 発	昭和(一五)年 一〇月一五日
八一－九	大野緑一郎 宛	南次郎 発	昭和(一五)年 一二月二〇日
[別紙] 九－一	南次郎 宛	薄田精一 発	昭和(一五)年 一二月一八日
[別紙] 九－二	薄田精一 宛	南次郎 発	昭和(一五)年 一二月二〇日
八一－一〇	大野緑一郎 宛	南次郎 発	昭和 一四年 一月二九日
八一－一一	大野緑一郎 宛	南次郎 発	昭和( )年 ( )月一八日
八一－一二	大野緑一郎 宛	南次郎 発	昭和( )年 九月一四日
八一－一三	大野緑一郎 宛	南次郎 発	昭和( )年 六月一九日
八一－一四	大野緑一郎 宛	南次郎 発	昭和(一七)年 二月三日
八一－一五	大野緑一郎 宛	南次郎 発	昭和 一六年 二月一七日
八一－一六	大野緑一郎 宛	南次郎 発	昭和(一六)年 五月三〇日
[別紙] 一六－一		外務省米一 発	昭和 一六年 五月二〇日
八一－一七	大野緑一郎 宛	南次郎 発	昭和(一二)年 一二月一三日
八一－一八	大野緑一郎 宛	南次郎 発	昭和(一六)年 一〇月一〇日
八一－一九	大野緑一郎 宛	南次郎 発	昭和 一二年 一二月三日
八一－二〇	大野緑一郎 宛	南次郎 発	昭和(一六)年 二月六日
[別紙] 二〇－一			昭和 一六年 一月一八日
八一－二一	大野緑一郎 宛	南次郎 発	昭和 一五年 一二月二九日
八一－二二	大野緑一郎 宛	南次郎 発	昭和 一四年 一二月一二日

八一－二三	大野緑一郎 宛	南次郎 発	昭和(　)年 三月三〇日
八一－二四	大野緑一郎 宛	南次郎 発	昭和 一一年 一二月一五日
八一－二五	大野緑一郎 宛	南次郎 発	昭和 一一年 一一月一七日
八一－二六	大野緑一郎 宛	南次郎 発	昭和(一五)年 七月一〇日
八一－二七	大野緑一郎 宛	南次郎 発	昭和 一四年 二月二五日
八一－二八	大野緑一郎 宛	南次郎 発	昭和 一六年 一月二七日
八一－二九	大野緑一郎 宛	南次郎 発	昭和 一五年 三月二三日
八一－三〇	大野緑一郎 宛	南次郎 発	昭和(一三)年 (六)月二六日
[別紙] 三〇－一	南次郎 宛	大谷尊由 発	昭和(一三)年 六月二三日
八一－三一	大野緑一郎 宛	南次郎 発	昭和(一三)年 四月四日
八一－三二	大野緑一郎 宛	南次郎 発	昭和 一三年 三月二七日
八一－三三	大野緑一郎 宛	南次郎 発	昭和(一三)年 二月一日
八一－三四	大野緑一郎 宛	南次郎 発	昭和 一三年 三月二三日
八一－三五	大野緑一郎 宛	南次郎 発	昭和 一五年 二月一九日
八一－三六	大野緑一郎 宛	南次郎 発	昭和(　)年 七月五日
八一－三七	大野緑一郎 宛	南次郎 発	昭和 一三年 三月七日
八一－三八	大野緑一郎 宛	南次郎 発	昭和(一三)年 三月一日
八一－三九	大野緑一郎 宛	南次郎 発	昭和(一七)年 二月一六日
八一－四〇		拓務省	昭和 一二年 三月( )日
八一－四一			昭和(一一)年 ( )月( )日
八一－四二	大野緑一郎 宛	南次郎 発	昭和(一五)年 七月一一日
八一－四三	大野緑一郎 宛	南次郎 発	昭和(　)年 ( )月二一日
八一－四四	大野緑一郎 宛	南次郎 発	昭和 一一年 一一月一七日
八一－四五	大野緑一郎 宛	南次郎 発	昭和 一二年 一一月二六日
八一－四六	大野緑一郎 宛	南次郎 発	昭和(一二)年 一一月二七日
[別紙] 四六－一	南次郎 宛	大谷尊由 発	昭和 一二年 一一月四日
八一－四七	大野緑一郎 宛	南次郎 発	昭和(一二)年 (一一)月二一日
[別紙]	南次郎 宛	賀屋興宣 発	昭和 一二年 一一月一八日
八一－四八	大野緑一郎 宛	南次郎 発	昭和 一三年 一二月一九日
八一－四九	大野緑一郎 宛	南次郎 発	昭和 一三年 三月三〇日
[別紙] 四九－一	南次郎 宛	児玉秀雄 発	昭和 (一三)年 三月二七日
[別紙] 四九－二	南次郎 宛	幸雄 発	昭和 一三年 三月二六日

八一－五〇	大野緑一郎 宛	南次郎 発	昭和 一三年 二月九日
[別紙] 五〇－一	南次郎 宛	筑紫熊七 発	昭和(一三)年 二月五日
[別紙] 五〇－二	南次郎 宛	安達謙蔵 発	昭和(一三)年 二月一日
八一－五一	大野緑一郎 宛	南次郎 発	昭和(一二)年 一月一二日
八一－五二	大野緑一郎 宛	南次郎 発	昭和(　)年 (　)月一二日
八一－五三	大野緑一郎 宛	南次郎 発	昭和(　)年 四月一七日
[別紙] 五三－一		(南次郎) 発	昭和(　)年 一一月二日
八一－五四	大野緑一郎 宛	南次郎 発	昭和(　)年 (　)月二八日
八一－五五	南次郎 宛	板垣征四郎 発	昭和(一一)年 八月七日
八一－五六	大野緑一郎 宛	南次郎 発	昭和(一四)年 三月一二日
[別紙] 五六－一			昭和(　)年 (　)月(　)日
八一－五七	大野緑一郎 宛	南次郎 発	昭和(一五)年 六月一四日
八一－五八	大野緑一郎 宛	南次郎 発	昭和 一五年 二月八日
八一－五九	大野緑一郎 宛	南次郎 発	昭和 一五年 二月一五日
[別紙] 五九－一			昭和 一五年 二月一一日
[別紙] 五九－二	李垠 宛	南次郎 発	昭和 一五年 二月一五日

일본초서 편지 읽는 법 (범례를 포함하여)

1. 개요

일제강점기 사문서로 취급되고 있는 역사 자료 중에서 일기나 각서와 함께 중요하게 여겨지는 것은 편지이다. 1876년부터 1945년(메이지(明治) · 다이쇼(大正) · 쇼와전기(昭和前期))까지는 커뮤니케이션 수단이 한정되어 있었기 때문에 더욱 더 그렇다. 현재는 정치가나 정책입안자들이 메일이나 전화로 간단하게 의견을 교환할 수 있지만, 당시에는 편지가 가장 중요한 커뮤니케이션 수단이었다. 1920년 이후가 되면 전화가 보급되기 시작하였지만, 교환수가 중개하였기 때문에 자세한 정책이야기, 인사관련 등 기밀을 필요로 하는 사안을 전달하는 수단으로는 적절하지 못하였다. 그래서 이 시기에는 편지가 많이 이용되었다.

편지 속에는 때때로 정치정세나 특정문제에 관한 의견, 관료나 정당의 주요 인물에 관한 인사 관련정보 등 풍부한 내용이 포함되어 있다. 한국의 식민지 통치와 밀접하게 관련이 있는 일본의 주요한 정치적 인물군상들의 편지가 해독, 활자화되어 연구자에게 제공되고 있는 것을 봐도 편지의 중요성이 이해될 것이다. 그 사례로 「이토 히로부미 관계문서(伊藤博文関係文書)」 「카츠라 타로 관계문서(桂太郎関係文書)」 「오쿠마 시게노부 관계문서(大隈重信関係文書)」 등이 있다.

그런데 본서에서 다루고 있는 미나미 편지를 해독하려면 최소한 세 가지

요건이 필요불가결하다. 첫째는 일본어로 된 문자를 해독하는 것이며, 둘째, 편지에서만 사용되는 '소로문(候文, そうろうぶん, 이하 소로문으로 표기)'을 해독해야한다. 소로문은 에도시대부터 활발히 사용된 문체이며, 근대 편지는 대부분 소로문으로 쓰여져 있다고 해도 과언이 아니다. 소로문의 독특한 표현이나 정해진 규칙을 모르고 읽으면 편지 내용을 정확하게 읽어낼 수 없다. 셋째, 일본인은 편지를 쓸 때, 발신 연월일, 특히 발신년을 거의 쓰지 않는 특성을 가지고 있다는 것을 알아야한다. 따라서 발신 연도를 확정하는 것은 편지를 읽는 필수조건인데, 연도를 확정하기 위해서는 이 시기에 대한 폭넓은 지식을 알아야 할 필요성이 있다.

위의 세 가지 필요불가결한 요소 중에서 세 번째 요소는 각 연구자의 역량과 노력에 기대할 수밖에 없기 때문에, 여기서는 첫 번째와 두 번째 요소에 대하여 간략하게 소개하고자 한다.

2. 일본초서 구즈시지(くずし字)를 해독하는 것에 대하여

일본초서를 읽는 것은 간단한 일이 아니다. 근대 일본어 문장, 특히 붓으로 쓰여진 문장은 이른바 진서로 쓰여진 것은 적고, 주로 초서나 행서로 쓰여져 있다. 그것보다 대부분이 초서로 쓰여있다고 해도 과언이 아니다. 많이 읽고 많이 봐서 익숙해지는 것 밖에는 길이 없다. 물론 일본초서를 읽기 위한 사전은 있다. 초서를 읽기 위한 사전은 크게 2종류로 나눌 수 있다. 하나는 초서를 흘려 쓴 순서에 따라 찾는 것으로서, 초서를 써본 적이 없는 사람들이 이 사전을 활용하는 것은 쉽지 않다. 둘째, 한자로 초서의 글자를 찾아보는 사전이다. 이것은 예를 들어 '소로(候)'라고 하는 한자를 찾으면 흘려 쓴 여러 가지 용례가 나오는데, 초서를 처음 해독하는 초심자들이 친숙하게 사용할 수 있다.

여하튼 처음으로 일본 초서를 해독하려는 사람은 편지 원본과 활자 해독을 한자 한자 대조하면서 공부하는 수밖에 없다. 이 때문에 이 책은 본문 상단에 편지원본을, 하단에 활자해독을 배치하여 초심자들에게 도움이 될 수 있도록 편성하였다.

3. 근대 일본인의 편지 읽는 법

근대 일본인의 편지는 초서를 읽을 수 있으면 바로 이해될 수 있는 것이 아니다. 메이지 유신 이래 많은 정치가, 관료, 하사병을 포함한 무사출신자는 한문적 소양을 가지고 있는 자가 많았다. 이토 히로부미(伊藤博文) · 야마가타 아리모토(山縣有朋) · 오쿠보 토시미치(大久保利通) · 사이고 다카모리(西鄉隆盛) · 테라우치 마사다케(寺內正毅) 등은 모두 한문적 소양이 있었다. 따라서 최소한의 한문 지식이 필요하다. 여기서는 이해를 돕기 위해 오야마 이와오(大山巖, 육군대장)가 동료 야마가타 아리모토(山縣有朋) 육군대장에게 보낸 편지를 예로 들어 설명해 보기로 한다. 글 중 ①-⑨ 까지 숫자는 아래 본문의 해설 번호를 나타낸다.

拝啓① 陳は②爾来御無沙汰打過候処、先以御壮栄被成御座候③。
昨日横浜え海上無事御安着之由、奉慶賀候④.
次に小生も無事罷在候間⑤、御放念奉仰候。
さて本年も又医師之進めに依り過日来沼津に於て脂肪の療治相始め、
失敬にも御出迎にも不仕、失敬仕候段⑥、御海容可被下候⑦.
先ずは御安着の祝儀申上る為以書中如此御座候也。敬具⑧
七月九日

大山巖

山縣侯閣下

虎皮下⑨

이 편지는 야마가타가 무사히 요코하마로 돌아온 것과 오야마가 마중나가지 못해서 미안하다는 내용의 편지이다. 이하 ①-⑨에 대해서 간단하게 설명한다.

① 拝啓 : 拝啓는 하이케이(はいけい)라고 읽는다. 편지의 첫 머리에 쓰는 말. 삼가 아뢰옵니다라는 뜻. 이 외에도 謹啓(긴케이) · 粛啓(슈쿠케이) · 拝復(하이후쿠. 답장의 경우) 등이 쓰인다.

② 陳は : 陳は는 '노부레바(のぶれば)'라고 읽는다. 이하 본문입니다라는 뜻. 사데(扠, さて)도 잘 쓰인다.

③ 被成御座候 : 고자 나사래 소로(ござ なされ そうろう)라고 읽는다. 읽는 순서는 御座(고자) 成(나) 被(사래) 候(소로)이다. 被는 존경의 조동사, 成도 존경의 조동사. 被는 한 글자로 존경 수신(受身)등의 의미로도 사용된다. 御座候는 존경어로 그러하옵니다. 일본어로 '고자이마스(ございます)'라는 뜻.

④ 奉慶賀候 : 奉慶賀候는 하나의 세트로 사용되는 경우가 많다. 글자를 읽는 순서는 慶賀(케이 가) 奉(다테마쓰리) 候(소로)이다. 일본어로는 けいがたてまつりそうろう이다. 경하드리옵니다.(お慶び申し上ます)의 의미.

⑤ 無事罷在候間 : 부지 소로아이다(ぶじ そうろうあいだ). 별일 없이 잘 살고 있으므로라는 의미이다. 소로(候)에 다양한 말을 붙여 문장과 문장을 접속, 전개하는 의미로 쓰는데 소로 문(候文)에서는 극히 많이 쓰인다.

소로 에도모(候へども) 역설

○○に候へども(○○であるけれども) '候得共'라고도 많이 쓴다.

소로하바(候はば) 가정

○○に候はば(○○であるならば) '候時'도 가정의 의미로 쓰기도 한다.

⑥ 失敬仕候段 : ⑤의 응용 실례했습니다(失敬いたしました)의 의미. 단(段)은 그런 일의 의미

⑦ 御海容可被下候 : '御海容'는 '용서하다, 허락하다'를 의미한다. 可被下候를 '下さるべく候'라고 읽는데, 읽는 순서는 下(구다) 被(사루) 可(베쿠) 候(소로)이다.

⑧ 敬具(けいぐ) : 문장 말미의 인사말. 올림 이라는 뜻. 草々(そうそう)·頓首(とんじゅ)·不乙(ふいつ) 등의 어구도 보통 쓰이고 있다.

⑨ 脇付(わきづけ) : 상대를 존경해서 직접적이 아니라 편지를 보낸다는 의미로 쓰인다. 侍史·御座右·硯北 등 다양한 단어가 쓰이고 있다. 虎皮下(こひか)는 상대가 군인인 경우에 쓰인다.

이상 오야마 이와오 편지를 사례로 쓰고 있는 한문적 요소에 대하여 간단하게 설명하였다. 이 편지글에서는 나타나지 않았지만, '有之'(これあり)·'無之'(これなく)는 가장 자주 이용되는 숙어이다. 각각 '있다', '없다'를 의미한다. 이러한 일본식 한문 용어가 편지에 이용되기 때문에, 한화사전(漢和辞典)을 옆에 준비해두면 편리할 것이다.

4. 편지를 보낸 발신년도 추정에 대하여

위에서 사례로 든 오야마 편지에는 보낸 연도가 쓰여있지 않다. 겉봉투에는 우편물 스탬프가 찍혀있었을지 모르지만 현재 보존되어 있지 않다. 그러면 어떻게 오야마 편지의 발신년도를 추정할 수 있을까. 그것은 내용을 읽어서 추정할 수밖에 없다.

오야마의 편지 내용은 야마가타가 요코하마에 무사히 돌아왔던 것에 대한 것이다. 여기에서 먼저 『후작 야마가타 아리모토 전기(侯爵山縣有朋伝)』의 연표를 참조해보자. 7월에 요코하마에 돌아왔던 기술을 토대로 년표를 보면, 1896년(明治29) 7월에 야마가타가 유럽여행에서 돌아왔다는 기술이 눈에 띈다. 이에 따라 이 편지는 1896년이라고 추정할 수 있다. 더욱이 오야마 이와오의 전기를 읽어보면, 러일전쟁 후 오야마가 몸이 좋지 않아 모처럼 조용한 곳으로 옮겨 휴양하고 있었다는 것을 알 수 있다. 편지 내용 중에 시즈오카의 '누마쓰(沼津)에서 치료를'이라는 말이 있기 때문에 이 편지는 1896년에 쓴 것이 분명하다고 할 수 있다.

이상과 같이 근대 일본 편지의 연대를 추정할 때는 일본정치사나 개인 전기를 참조하면서 해석할 필요가 있다.

5. 오노 로쿠이치로(大野緑一郎)앞 미나미 지로 편지에 대하여

같은 소로문(候文) 편지라 하더라도, 메이지(明治) · 다이쇼(大正) · 쇼와전기(昭和前期)에는 미묘한 차이가 있다. 그러므로 이번에 간행하는 미나미 지로 편지 중에서 하나의 사례를 소개하고자 한다. 1939(昭和14)년 12월자 편지이다.(자료번호81-22) 이 편지는 경성(지금의 서울)의 조선총독부에 있는 미나미가 도쿄(東京)에 있는 오노 앞으로 보낸 우편물이다. 편지봉투 안에는 또 작은 편지가 있다. 우선 겉봉투를 보자.

(바깥 봉투 겉면)
東京芝区田村町朝鮮総督府出張所
　　　　大野緑一郎閣下
秘 親展 航空

(바깥봉투 안쪽면)
京城景武台
　　　　南次郎
十二月十二日 朝 (朝鮮総督府二重封筒第一号使用)

(안쪽 봉투 겉면)

大野閣下　秘 至急　親展

(안쪽 봉투 안쪽면)

緘　十二日朝　南次郎

겉봉투 한쪽 면을 보면, 받는 사람 오노의 위치를 알 수 있다. 오노는 이 시기에 조선총독부 출장소에서 근무하였으며, 주소가 도쿄 시바구 다무라쵸(東京 芝区 田村町)라는 것을 알 수 있다. 秘표시는 비밀로 취급하라는 것이고, 친전(親展)은 오노에게 직접 전달하라는 뜻이며, 항공(航空)은 항공우편으로 전송하라는 것이다.

겉봉투 다른 한쪽을 보면, 보내는 사람 미나미의 위치를 알 수 있다. 미나미는 이 시기 경성 경무대에 있었으며, 편지봉투는 조선총독부 2중 봉투 제1호를 사용하였다는 것을 알 수 있다.

안쪽 봉투 겉면에는 비 지급(秘至急)이라고 쓰여있는데, 비밀로 긴급하게 처리하라고 지시하고 있다는 것을 알 수 있다. 다른 편지들도 거의 비밀로 취급하라는 것이 쓰여있다. 그러므로 미나미 편지들은 당시로서는 비밀문서에 해당하는 것이라고 할 수 있다.

다음은 편지의 본문이다.

拝復　九日航空便正ニ拝受先以テ益々御情榮奉賀候。

① 陳者三日御着京以来寧日ナク東奔西走、夫々交流連絡被成大体御処置済此由、目出度祝福致候ト共ニ御盡力多謝致候。

② 総理、拓務両相トモ御會談軍ノ事、韓之自栄自得是レ亦承知致候。内府待従長当リの処ニ内地御膝下の不安状態ヨリモ半島の流言ニ耳ヲ傾ケアルガ如き、全ク以テ御氣之毒ニ存候。③ 小磯君畑君等ニハ大体御話済之由、当地モ本日梅津司令官ト官邸ニテ三時間の預定デ談合の事ニ致居候。

百三億之預算モ決定先ツ目出度、就テハ十五、六日頃一度御帰鮮の御心組之由最モ適切ナル御考ト存候。御実行可然ト存候。

当地ハ別ニ変リタルコトハ無之候モ食料配給ハ急速円満ヲ要スルモノアリ。満洲ノ雑穀モ余リ当テニナラズ、内地ノ米ノ逼迫モ裏面ニハ半島ニ及ス影響大ナルモノアリ。

④ 昨日モ春秋會ヨリ米配給ノ迅速処置ニ付キ建言アリ、民衆ノ心境ハ官デ考ヘテルヨリハ楽観ヲ許サザルモノアリ。此際貴兄ノ一時帰任ハ人心ニ好感ヲ与フコト大ナリ。亦事実トシテ朝鮮内の食糧確保ニハ尚ホ細心ノ注意ヲ要スルモノアリ。旁々税制整理委員會開催ト兼テ⑤御帰任可然候。先ハ要用如此。

余ハ拝眉ニ譲ル　敬具

十二日　朝

南次郎

大野総監　閣下

위의 편지는 ① 1940(昭和15)년도 예산 결정과 관련하여, 오노가 쉼 없이 동분서주하여 진력한 것에 감사하고 있다. ② 도쿄의 정치상황이 2·26사건 이후 군부의 변화 여파를 받아서, 한반도 내부에도 유언비어(流言)가 존재하고 있어 마땅치 않다는 것 ③ 고이소 구니아키(小磯国昭)나 하타 슌로쿠(畑俊六)에게 조선의 치안상태에 대해 설명한 것, 우메쓰 요시지로(梅津美次郎)를 만난 일 등에 대해서 쓰여있다. ④ 조선 식량배급 문제로 춘추회(春秋會)로부터 쌀배급의 신속한 조치에 대해 건의가 있다. 민중의 심경은 정부에서 생각한 것보다 낙관할 수 없다는 것 ⑤ 오노가 하루빨리 조선으로 돌아올 것을 바라고 있는 것으로 매듭짓고 있다.

그러면 이 편지의 문장 형식에 대하여 살펴보자. 이 편지에는 본문을 시작할 때, 메이지 시기 편지 형식과 같이 노부레바(陳者)가 사용되었고, '夫々交流連絡被成大体 御処置済此由、目出度祝福致候ト共ニ御盡力多謝致候'가 이어져 있다. 그리고 '被為大体御処置済'(大体御処置済まさせられ)라고 오

노가 진력한 것에 대해 크게 감사하고 있다고 맺고 있다. 이렇게 본 편지 후반부는 평이한 문장으로 쓰여져 있고, 한번 읽어보면 알 수 있는 글이다.

1937년대가 되면 편지 문장도 메이지시기 문장과 크게 달라 이른바 통상적인 편지에 가깝게 되었고, 이것을 소로문에 바로 고쳐 쓰는 형태로 변화되었다. 이 배경에는 편지 쓰는 사람이 메이지시기에는 한학, 주로 사서오경(四書五經)을 기초로 배워왔는데, 이 시기는 신문, 잡지 등이 출간되어 근대적 문장이 보급되었기 때문이라고 할 수 있다.

이와 같이 앞의 1896년도에 쓴 오야마 편지와 1937년에 쓴 미나미 편지를 비교하면, 후자가 훨씬 이해하기 쉬운 것을 알 수 있다. 즉 미나미 편지의 경우에는 그 내용이 조선에 관한 것이라 그럴 수도 있지만, 메이지시기 일본어와 쇼와(昭和) 전기 일본어가 상당히 차이가 나기 때문이라 생각할 수 있다. 현대 일본인들도 청일전쟁기 문장과 쇼와 전기 문장을 읽어 비교해 보면, 후자가 압도적으로 읽기 쉽다고 느낄 것이다. 언어는 시대와 함께 변화되어 온 것이다.

이상 야마가타 아리모토에게 보낸 오야마 이와오 편지와 오노 로쿠이치로 앞으로 보낸 미나미 지로의 편지를 사례로, 근대 일본의 편지 읽는 법을 설명하였다. 이 내용은 결코 충분하다고 할 수 없다. 편지 내용도 다종 다양하고, 사람마다 사용하고 있는 표현도 가지각색이다. 근대 일본 초서체를 자유롭게 읽고 극복하기 위해서는 무엇보다도 편지 한 통이라도 정독하여 읽고 또 읽어 초서체 사료에 익숙해지는 것이 중요하다.

또한 마지막으로 한마디 덧붙여 둔다. 일본초서체 문장은 문어체로 쓰여져 있어 하나의 문장이 '소로문 候間', '소로에도모 候へども', '소로도키 候時', '소로니즈키 候に付' 등의 접속어로 연결되고 있기 때문에, 끊임없이 주어가 무엇인가를 생각하면서 해독할 필요가 있다.

범 례

전체 목록번호

전체 목록은 우편물 스탬프, 일본정치사와 개인 전기 등을 통해 내용을 파악한 뒤, 작성연대와 날짜를 찾아서 확정하였다. 다시 연대순으로 정렬하여 번호를 붙이고 새로 작성하였다. 원본 질서를 알 수 있도록 원래 일본 국회도서관에서 사용하던 자료번호도 병기하였다.

일본 국회도서관 관리번호

① 일본 국회도서관 원래 자료번호(81-1)의 하이픈 이하를 그대로 이용하였다.

② 편지 속에 첨부된 편지는 기번을 따로 붙였다.

③ 같은 편지 안에 오노에게 보낸 미나미 편지와 미나미에게 보낸 다른 사람의 편지가 동봉되어 있을 경우에는 순번에 상관없이, 전자를 주로 하여 앞에 배치하고, 후자를 뒤에 배치하고 기번을 붙였다.

작성 년월일

① 월일은 편지에 쓰여진 날짜를 최우선으로 기재하였으나, 기재되지 않은 경우는 우편물 소인 날짜를 채용하였다.

② 년차는 편지에는 일본연호를 그대로 사용하였으나 목록에는 서기연도를 병기하였다. 확정된 것과 추정된 것 두 종류가 있다.

(a) 소인 등에 년차가 명기되어 있는 경우는 그대로 이용하였다.
(b) 내용에서 추정한 경우는 【 】를 표시하여 추정한 연도를 기재하였다.
(c) 연도 판단 이유도 아울러 명기하였다.
(d) 작성 년월일을 판단하기 위하여 편지의 주요정보(인명 · 사항)을 작성하였으며, 권말 부록으로 수록하였다.

③ 위와 같은 방법으로도 모르는 것은 공란으로 하였다.

본문에서 사용된 일본어

본문에서 사용하고 있는 일본어는 한문투로 된 일본어이기 때문에 현재 일본에서 쓰고 있는 간략체 일본어와 다른 경우가 있다. 이 경우에는 편지에 쓰여있는 그대로 번각하였다.

독해 불가능 글자의 표기

독해가 불가능한 글자는 □로 표기하였다.

해 제

1. 총론 – 한국근대사 연구와 총독 편지의 의미

한국근대사를 연구할 때 가장 기초가 되는 것은 사료(史料)이다. 사료는 문자와 영상 등으로 기록되고 기억되며, 이러한 사료를 발굴하여 재해석하면서 역사를 재구성하게 된다. 일반적으로 독립된 한 국가에서 작성된 사료는 국제관계 분야에서 상대국가에서 작성된 것을 제외하고는 한 국가 내에서 어느 정도 찾을 수 있다. 그러나 한국근대사와 같이, 열강들의 아시아 침략과 식민지 쟁탈전에 의해서 식민지로 전락한 국가의 경우는 사료를 찾는 것이 단순하지 않다. 사료를 찾을 때 키포인트는 무엇보다도 제국과 식민지 사이의 공문서 결재구조를 파악하는 것이며, 그 구조는 복잡하고 중층적인 구조로 변형되었다는 것을 인식할 필요가 있다.

1894년 갑오개혁기부터 일본식 공문서 체계의 영향을 받은 조선 · 대한제국의 기록관리 체계는 식민지 시기에 들어가 더욱 중층적이고 종속적인 구조로 변형되었다. 이러한 구조는 도쿄(東京)에 있는 '일본제국정부'의 일본 '천황'(이하 천황이라 표기)과 내각, 군부가 정책과 예산, 인사를 결정하고, 경성(지금의 서울)에 있는 조선총독부가 이것을 바탕으로 시행하였기 때문에 형성된 것이다. 그러므로 지금까지 잘 알려져 있지 않았으나, 도쿄에는 조선총독부 출장소가 설치되어 주요한 정책적 결정문제에 대하여 검토하고 내각과 제국의회 등 각급 기관에 정책 내용을 설명하고 초안을 만드는

업무를 수행하였다(자세한 것은 후술).

조선총독의 편지는 바로 이러한 도쿄출장소와 관련성을 가진다. 그러면 조선총독 편지는 어떠한 구조하에서 작성된 것인지 알아보자.

주지하듯이 공문서는 정부가 그 정책을 실행하기 위하여 작성된 사료군이다. 한국에서는 경국대전에 의한 조선왕조실록, 비변사 등록 편찬 등 기록을 보존하기 위한 전통이 남아있었으나, 일본의 조선 침탈과 함께 그 전통은 거의 단절되고 말았다.

위에서 설명한 구조에 따라, 일제강점기는 조선총독부에서 작성된 공문서 원본은 한국의 국가기록원이 보존하고 있지만, 일본내각에서 생산한 정책, 예산, 인사결정에 따른 상위레벨의 결재원본들은 일본의 국립공문서관에 보존되어 있다. 조선총독부 출장소에서 작성한 공문서는 일본 패전 후 출장소가 폐지기관으로 되어 일본 외무성 외교사료관으로 이관하게 되었으나, 아직 공개되지 않고 있다.

한국근대사와 관련된 문서가 가장 많이 보존되어 있는 곳은 한국 국가기록원이고, 일본에는 국립공문서관, 외무성 외교사료관, 방위성 방위연구소 등이다. 국립공문서관은 1977년에 개설되었고, 내각 관방 사료를 중심으로 각 부처가 생산한 공문서가 소장되어 있다. 국립공문서관은 2000년 정보공개법이나 그 후 제정된 공문서보존법에 의해 각 성으로부터 문서가 이관되었다. 최근 2012년에는 국립공문서보존법이 제정되어 체계적으로 정비되고 있다. 외무성은 독자적으로 외교사료관을 가지고 있어, 30년 원칙에 근거하여 매년 새로운 기록을 공개하고 있다. 또 폐지기관인 옛 육해군문서도 방위성 방위연구소(防衛省防衛研究所)에 소장되어 있고 매년 공개되고 있다.

미나미 편지는 이러한 공식적인 채널 속에는 없는 편지 형식으로 된 문서라고 할 수 있다. 미나미 편지는 현재 사문서로 불리는 사료군(史料群)에 포함되어 있다. 이 편지는 일본 국회도서관 헌정자료실(国会図書館 憲政資料室)에 오노 로쿠이치로 문서 콜렉션의 편지시리즈에 포함되어 있다. 헌정자료실에서 사문서라는 것은 내용적으로는 공문서에 해당하지만 사문서로 관리되고 있는 문서군으로, 정치가 · 군인 · 관료 등 개인이 소장하고 있던 문서군을 말한다. 사문서는 기본적으로 옛 소장자 이름을 써서 관리한다. 따라서 본서에서 소개하는 편지가 속해있는 것은 「오노콜렉션」으로서, 편지류시리즈에 포함되어 있다.

오노 콜렉션은 대체로 그 경력에 따라 자료가 보존되어 있다. 그 내용을 보면 자신이 받은 편지를 비롯하여 다종 다양한 문서가 포함되어 있다. 일기 · 각서 · 자택에 가지고 돌아간 공문서 · 행정 관계 사료(법안 초고나 관련 메모 포함) · 의견서(자신이 쓴 의견서와 외부에서 받은 의견서) 등이다. 기록물 형태를 보면, 정부 내에서 간행되어 일반적으로 유포하지 않은 간행물, 회화, 사진 등 비문자 사료도 포함되어 있다. 오노 콜렉션은 일반적으로 공개되지 않았던 수많은 사료가 포함되어 있다. 이 사료들은 유일하게 한 점 밖에 없기 때문에 그 사료(史料)적 가치가 높다.

그러므로 지금부터 연차순과 주제순으로 된 목록을 작성하고 연구를 진행해 나갈 필요가 있다. 이 책은 바로 그 기초가 되는 작업에 해당한다. 이 책의 발간을 계기로 조선총독과 정무총감은 물론 조선에서 근무한 경력이 있는 주요 정치가, 행정가들의 개인문서를 더욱 적극적으로 발굴하여 한국 근대사 연구의 새 지평을 열수 있을 것이다.

2. 오노 로쿠이치로 콜렉션의 유래와 내용

1) 유래

오노 로쿠이치로(大野緑一郎) 콜렉션은 일본 국립국회도서관 헌정자료관(憲政資料館)에 소장되어 있다. 원본 자료 총계 5,233점(서가 17.7m)에 이르

경시총감 재직당시 오노 로쿠이치로

는 방대한 문서군이다.

오노(사이타마현 埼玉県 출생, 1887.10.1~1985)가 한국과 직접적인 관계를 맺게 된 것은 당시 조선의 식민지화가 체계화되어가던 1936년 8월이다. 일본제국이 만주에 괴뢰정권을 만들고 중일전쟁을 준비하던 중대한 시기였다. 이 중대한 시기에 조선총독부 정무총감으로 부임하게 되었다. 당시 총독 미나미 지로는 군인 출신이었기 때문에, 실제 일본 본국의 행정면에서는 오노가 미나미보다 자세한 행정 노하우와 네트워크를 가지고 있었다. 오노는 당시 최고명문인 도쿄제국대학 법학부 출신으로, 내무부 사회국, 경보국 경시총감, 아키타현(秋田県)과 기후현(岐阜県) 지사, 관동국(関東國) 총장 등을 역임한 행정분야의 베테랑이었다.

이러한 연유로 오노는 미나미 총독으로부터 조선지배의 파트너로서 선택되었다. 오노는 일본제국정부, 정계 등에서 나오는 중요한 정보를 미나미와 공유하였다. 그는 미나미 총독과 함께 조선인을 총동원하여 조선을 대륙병참기지로 만들기 위한 정책 브레인 역할을 담당하였다. 미나미총독 시기에는 1934년부터 시작된 조선시가지계획령에 입각한 식민도시 건설, 1938년에 발효된 국민총동원령에 의한 조선인 노무자 위안부 강제동원, '황국신민화'정책, 창씨개명정책 등이 전개되었다. 이러한 제 주요정책의 브레인으로서 오노 정무총감을 재인식할 필요가 있다.

그는 1936년 8월에 조선총독과 함께 부임하여 1942년 6월까지 경성에 있는 조선총독부와 동경에 있는 출장소를 오가며 근무하였다. 특히 본국 제국회의 예산 심의과정에서 설명을 하거나 조선의 각 도지사 선별이나 동양척식(東洋拓植) 등 공기업 사장이나 부사장 등 인사문제가 있을 때는 도쿄 출장소에서 근무하였다. 바로 이 시기 미나미 총독이 오노에게 서한을 보내 정보를 공유하고 대책을 세웠던 것이다. 오노가 경성에 있는 미나미 총독에게 보낸 서한은 유족이 가지고 있을지 모르지만 아직 소재가 밝혀지지 않고 있다.

일본의 대륙팽창정책에 의한 전쟁은 아시아태평양전쟁으로 확대되었고, 조선총독은 조선군사령관을 역임한 고이소 구니아키(小磯國昭)로 바뀌었다. 이에 따라 1942년 6월 1일자로 오노는 미나미 총독과 함께 퇴임하여 귀족원 의원으로 전근하였으며, 1946년 3월까지 공직에서 근무하였다.

그러나 전쟁에서 일본정부는 연합군에 패배하게 되었고, 이것은 그의 운명을 완전히 바꾸는 계기가 되었다. 패전 후 GHQ는 일본을 점령하였고 전쟁 책임에 대한 극동국제군사재판(The International Military Tribunal for the Far East; 일명 도쿄재판, 이하 도쿄재판으로 표기)을 진행하였다. 도조 히데키(東條英機) 수상, 만주국 육군장교 이다가키 세이시로(板垣 征四郎), 우메쓰 요시지로(梅津 美治郎), 고이소 구니아키 등 육군장교 출신들에게 전쟁책임을 물어 종신형이 선고되었다. 이들과 함께 미나미 지로도 만주군 사령관 시절 전쟁책임을 물어 종신형을 선고받고 스가모 프리즌(巣鴨, Sugamo Prison, 東京都 豊島区 西巣鴨, 현재 東池袋)에 수감되었다.

결국 이 재판부는 도조(東條) 수상을 비롯하여 8명을 사형한 후, 전범대상자들과 관련자들은 모두 석방하였고 공직에서 추방하는 것으로 마무리되었다. 그도 또한 GHQ의 공직추방 명령과 함께 귀족원에서 추방되었다. 이때부터 오노는 변호사가 되어 전범이 된 미나미를 변호하고 석방운동을 전개하였다. 해방 이후 미소 냉전체제에 의해 동아시아 국제정세는 급격하게 변화되었고, 미국은 일본을 점령지배에서 극동지역의 세력을 평정하기 위한 파트너로 전환시켰다. 이러한 국제정세의 변화에 따라 오노는 한국전쟁이 한창이던 1951년 8월에 공직 추방에서 해제되었다. 이후의 삶에 대해서는 잘 알려져 있지 않지만 1985년 9월 2일 향년 98세로 세상을 떠났다.

이상과 같이 오노 콜렉션은 1912년부터 1946년까지 그가 종사했던 각 기관에서 정책을 수행하는 과정에서 검토하고 작성된 기록들이 남아있다. 이 콜렉션은 그가 사망한 2년 후, 1987년에 그 유족이 일본 국회도서관에 기증한 것이다.

2) 문서군의 개요와 내용

오노 콜렉션은 대체로 편지 시리즈와 서류 시리즈로 나눌 수 있다. 편지 시리즈는 일본과 조선의 내무 관료 · 군인 · 정치가 등 200여 명이 보낸 편지이다. 특히 미나미 지로가 보낸 서한이 가장 많아 59통을 보냈는데 편지 속에 동봉된 편지를 포함하면 74통이 있다. 그 다음으로 요시나가 테이(吉永貞) 8통, 유아사 쿠라히라(湯浅倉平) 8통 등 순으로 이어진다. 서류시리즈에는 그의 이력에 따라서 아키타현 지사 시기, 내무성(사회국, 지방국, 경보국), 관동국 총장, 조선총독부 정무총감, 귀족원 의원 시기 자료가 있다. 전반적으로 소책자 형식으로 된 자료가 많은 것이 특징이다.

내무성 사회국(内務省 社會局)시기 자료는 일본의 노동문제, 실업문제, 주택사정, 소작문제, 사회사업, 사회보험 등에 대한 조사 · 보고 자료가 남아있고, 해외사정을 알기위해 작성한 조사서도 많이 있다. 경보국(警保局) 시기는 국가 개조운동, 치안 조사자료 외, 5 · 15 사건, 2 · 26 사건 등에 대한 보고서나 관계 통신도 있다. 또한 일본 청년관(日本青年館) 관계 등 청년단이나 애국부인회 관계 자료도 있다. 관동국 총장 시기에는 관동주 청사이전 관계 자료와, 만주국 행정, 일만실업협회(日満実業協會), 협화회(協和會), 만철(満鉄) 등과 관련된 자료도 남아있다.

조선총독부 관계 자료는, 시정(施政), 산업, 경제, 풍속기행, 기타로 편성되어있다. 행정자료는 1936년 8월부터 1942년 2월까지 작성된 것으로서, 약 40롤 15,000장이나 되는 방대한 자료이다. 주요하게는 정책결정 과정에서 작성된 문서, 예산과 인사 관련 문제, 창씨개명관련 문서 등 전시체제기 식민지 지배에서 가장 핵심적인 사안들이 포함되어 있다. 주로 식량배급, 조선산업 개발문제, 창씨개명, 국방국가체제, 지원병제도, 국민총력 조선연맹, 징병령 시행, 제국의회설명 등과 관련된 자료가 보존되어 있다. 그 외 전력개발, 광산, 철도 등에 대한 개발 관련 책자나 이른바 내선일체(内鮮一体) 정책에 관한 자료도 발견된다.

현재 국회도서관 헌정자료관에는 파일 레벨의 목록을 정리하여 제공하고 있다. 그런데 그 목록은 임시목록으로서 시계열적 분류나 작성 주체별로 정리되어 있지 않기 때문에 내용을 읽어 재편성할 필요가 있는 상황이다. 원문 편성을 별도로 하지 않더라도, 원활한 검색과 콜렉션 내용을 보다 체계적으로 이해하기 위한 세부목록집을 만들 필요가 있다.

본서에서 다루고 있는 미나미 총독 편지는 이 콜렉션의 주요한 파트를 형성하고 있는 조선총독부와 관련된 정책 · 예산 · 인사과정 문서와 상호 비교분석한다면 더욱 명확하게 파악할 수 있을 것이다.

오노 콜렉션은 체계적이고 계통적으로 보존되어 있지 않은 한계가 있다. 하지만, 전시체제기 조선의 대륙병참기지, 국방국토계획, 국민총동원 등과 관련된 주요정책 · 예산 · 인사과정을 알 수 있는 귀중한 가치를 지닌 문서라고 할 수 있다. 귀족원 시기와 관련된 문서는 속기록이나 법안 심의자료가 많은데 배포자료도 다수 포함되어 있다. 또한 수량은 얼마 되지는 않지만 일본인 귀환문제 등을 비롯하여 패전 후 모습을 연속적으로 파악할 수 있는 자료이다.

3. 총독 미나미 편지 개요와 기록사료학적 의미

1) 총독 미나미의 편지 탈초 이유

오노콜렉션에 포함되어 있는 미나미 총독 편지는 총 59통이며 그 속에

조선총독 취임당시의 미나미 지로

동봉되어 있는 편지를 포함하면 74통이 있다. 이 편지는 1936년부터 1942년까지 경성에 있는 미나미 총독이 조선총독부 동경출장소에 있는 오노 정무총감에게 보낸 것으로서, 편지 형식을 띤 공문서라고 할 수 있다.

미나미 편지에 쓰여 있는 초서를 탈초한 이유는 다음과 같다. 첫째, 전시체제기 조선 지배정책 결정 과정에서 가장 중요한 위치를 차지하고 있는 총독과 정무총감이라는 탑클래스의 비밀문서이기 때문이다. 미나미와 오노가 조선을 지배했던 시기는 1936년부터 1942년 전시체제기로서, 일본제국이 전쟁을 통하여 세력을 확대한 최전성기이다. 조선은 그들의 전쟁을 위한 대륙병참기지로 위치지어져 각종 도시개발과 공업화, 조선인 교육문제, 강제 노동력동원, 군대를 위한 '위안부'동원까지 그야말로 인간마저 물자로 동원되던 처절한 시기였다. 이러한 시기에 이 편지들에는 총독과 총감은 물론 편지 속에 거론되는 내각총리나 각 성 장관, 공기업 사장들의 생각들이 포함되어 있어, 일본 국책에서 그야말로 탑레벨의 생각들을 알 수 있는 최적의 문서이기 때문이다.

둘째, 오노 콜렉션 편지류 중에서 가장 많은 수를 차지하고 있으며, 유일한 가치를 가지고 있어, 이 편지들 속에서만 알 수 있는 내용이 수록되어 있기 때문이다.

셋째, 1930년~1940년대 초 편지에 대한 이해를 높이기 위한 것이다. 즉, 일본 초서는 메이지 시기까지 어느 정도 초서의 사례가 정형화되어 있는데 비하여, 이 시기 초서는 개인 편차가 크고 근대 언어로 변형되고 있는 특징을 가지고 있기 때문이다.

2) 미나미-오노 편지의 내용과 왕래시기

미나미 편지 내용은 정책, 예산, 인사와 관련된 비밀 관련 내용이 중심이다. 편지봉투에 모두 비밀(秘)과 직접개봉(친전, 親展)이라고 적혀 있고, 경우에 따라서는 편지 마지막 부분에 '읽은 후 소각'이라고까지 명기하고 있다. 그만큼 이 편지들 내용이 중요사안이고 비밀스럽게 관리되고 있었다는 것을 말해준다.

왜 이렇게 중요한 내용들이 편지를 통해 전해졌는가. 그 이유를 알기 위해서는 당시 일본내각과 조선총독부 사이에서 행해진 결재 구조를 알아야 한다. 즉, 미나미 총독 지배 당시 식민지 조선의 정책, 인사, 예산에 대한 사안을 결정하기 위해서는 일본 본토 내각의 결재절차를 거쳐야 했고, 최종적으로 천황이 서명과 옥새를 찍음으로서 공문서가 성안(成案)된 것이다. 조선총독부에서는 이렇게 정해진 결재문서들에 기반하여 다시 기안문을 작성하여 시행하는 그런 중층적 구조였다.

그러므로 미나미 편지는 이러한 행정시스템의 산물이라고 할 수 있다. 조선 관련 정책을 일본내각에서 결정할 때, 행정에 밝은 오노 총감이 동경에서 근무하였다. 미나미 총독은 오노 총감에게 우편이나 인편으로 편지(형태는 자필편지, 우편엽서, 전보, 타자기 문자)를 보냈다. 편지 중에는 읽은 후 소각이라고 쓴 편지도 보존되어 있다. 다음 표는 일본 내각 총리 시기에 따라 오노-미나미 편지 왕래시기를 년도별로 표시한 것이다.

〈표〉 일본내각과 大野総監-南総督 편지 왕래시기

일본제국정부의 내각	연도	월별	통수
① 히로다내각(廣田内閣) 1936.03.09~1937.02.02	1936	8월, 11월, 12월	5
	1937	1월, 2월	4
② 하야시내각(林内閣) 1937.02.02~1937.06.04	1937	3월	7

③ 제1차 고노에내각(近衛内閣) 1937.06.04~1939.01.05	1938	2월, 3월, 4월, 6월, 12월	16
④ 히라누마내각(平沼内閣) 1939.01.05~1939.08.30 ⑤ 아베내각(阿部内閣) 1939.08.30~1940.01.16	1939	1월, 2월, 3월, 12월	4
⑥ 마이우치내각(米内内閣) 1940.01.16~1940.07.22 ⑦ 제2차 고노에내각(近衛内閣) 1940.07.22~1941.07.18	1940	2월, 3월, 6월, 7월, 10월, 11월, 12월	15
	1941	1월, 2월, 5월	7
⑧ 제3차 고노에내각(近衛内閣) 1941.07.18~1941.10.18	1941	10월	1
⑨ 도조내각(東條内閣) 1941.10.18~ 1 944.07.22	1942	1월, 2월	3
	연도 불명		12
합계			74

위의 표를 보면, 미나미 재임 6년 동안 일본 내각은 9번이 바뀌었다는 것을 알 수 있다. 이렇게 미나미가 조선총독으로 장기 집권하게 된 것은 일본의 국내정치와 밀접하게 연관되어 있다. 즉, 2.26사건 후 내각권력을 통제파(統制派)가 장악했는데, 황도파였던 미나미는 결국 일본 정계로 돌아가 주도권을 잡지 못하였기 때문이라 추측된다. 미나미 이전에 조선총독을 역임한 후 내각총리가 된 인물은 테라우치 마사다케(寺内正毅), 사이토 마코토(藤斎実), 우가키 카즈시게(宇垣一成)가 있으며, 미나미 이후에도 고이소 구니아키(小磯国昭)는 수상이 되었다.

3) 주요편지

다음으로 주요편지를 살펴보면 다음과 같다.

연번	건 명	원본번호
1	외국인 시국 문제 처리와 관련되는 외교 문제 자료 재조선 영국선교사 불온문서 배포문제, 재조선 미국 선교사 군사시설 사진촬영 문제	81-16-②
2	행정분야 및 재계 인사 선임 문제 행정분야에서 후생국인사 야마자와(山沢), 곤도(近藤), 신진 청년 특별임용, 조선인 최초의 전형위원, 犬養(이누카이), 기모토(木本) 내각총리 비서 등. 경제분야에서 서선합동전기(西鮮合同電気)사장, 압록강수전(鴨緑江水電) 개발, 강계수력전기(江界水力電気) 야스카와(安川雄之助, 1936.12.21~1939.5.19) 사장 선임문제, 동양척식(주), 조선철도 사장 선임문제 등	81-20-③
3	군관련 정부인사의 제한 조선학생회관(朝鮮学生會館) 건설, 지원병제도와 인사	81-9-② ~④
4	대정익찬회(大正翼賛會)의 한반도 유설(流説) 귀족원(貴族院) 조선인문제, 귀족원과의 교섭, 조선학생회관건설	81-15-④
5	시국관련문제 : 총리, 척무대신과의 회담 군사, 기타, 우메쓰(梅津) 사령관과의 담화	81-9-⑤
6	예산 관련 : 대장성(大蔵省), 내각(内閣), 시국과 지원병 제도 관련	81-19-③
7	중요 편지 처리 : 읽은 후 소각하라(読んだ後、焼却)	81-20-②
8	개발관련 : 고도 국방 국가 건설(高度国防国家建設) 미아사(三浅)개발회사－호즈미(穂積) 국장을 사장으로 하는 건 산미계획 가토 칸지(加藤完爾)	81-20-⑤ 81-15-③
9	대 미국문제 : 2·26사건과 같은 분위기	81-15-⑤
10	식량배급문제 : 춘추회로부터 식량배급에 대한 문제제기. 일본의 쌀문제는 조선의 식량배급에 크게 영향. 조선에서 식량확보 시 민중의 심경을 잘 파악하고, 세심한 주의가 필요. 만주에서 가지고 와 일본에 이출하는 방책에 대한 내용	81-22-

4) 총독 미나미의 주요 경력

다음으로 총독 편지의 내용을 쉽게 이해하기 위하여 미나미의 경력과 조선과의 관계에 대하여 간략하게 소개하고자 한다.

미나미는 1874년(明治7) 8월 10일 큐슈지역 오이타현(大分県)에서 무사의 아들로 태어나 1955년 12월 5일 생애를 마감하였다. 그는 도쿄로 옮긴 후 부립일중(府立一中), 육군유년학교(陸軍幼年学校)를 나와, 1895년 육군사관학교를 졸업하였다. 일본의 육군 군인으로서 최종계급 육군대장으로 예비역에 편입하였다.[1)]

그는 일본의 육군 군인이었기 때문에 대만, 조선, 중국 등 아시아와 연관을 갖게 되는 것은 주로 일본의 제국주의 전쟁, 즉 대만 진압전, 러일전쟁, 만주사변, 중일전쟁, 대륙병참기지 건설 등과 밀접하게 관련되었다.

첫째, 그는 육군사관학교를 졸업한 후, 1895년 기병소위가 되어 대만(台湾) 진압전에 참가하였다. 둘째, 1903년에 육군대학교를 졸업하고, 기병 제일 연대 중대장으로서 러일전쟁에 참가하여 최고사령탑인 대본영(大本営) 참모를 역임하였다. 전쟁이 끝난 후 육군대학교 교관, 기병 제13연대장, 육군성 기병과장(騎兵課長)을 거쳤다. 셋째, 1919년에는 육군 소장으로 중국 주둔군 사령관으로 가게 되었다. 이후 기병 제3 여단장, 기병 학교장, 육군사관 학교장, 제16사단장을 거쳐 1927년에는 참모차장을 역임하였다.

넷째, 그가 조선과 관계를 가지게 된 직접적 계기는 1929년 조선군사령관으로 부임한 것이다. 당시 내각총리는 고치현(高知県)출신 하마구치 오사치(浜口雄幸, 1929.7.2~1931.4.14)로서 내각총리가 상주하고 쇼와천황의 결재절차를 거쳐 임명되었다. 1930년에 육군대장이 되어 군사참의관이 되었다. 그리고 1931년 4월, 우가키 카즈시게(宇垣一成)가 중도 사임한 뒤를 이어, 와카쓰키(若槻)내각(1931.7.2~1931.12.13)의 육군성 대신으로 취임하였다.

그런데 그가 육군대신으로 임명되자마자 관동군에 의한 만주사변이 발생하였다. 만주사변(유조호사건, 柳条湖事件)을 계획 · 입안한 중심인물은,

---

1) 미나미의 약력은 다음을 참조.
藤原彰, 「南次郎」, 國史大辞典編集委員會編, 『国史大辞典』 第13巻, 吉川弘文館, 1992.

고급참모 이시가키 세이지로(板垣征四郎, 二葉會)와 육군대학교 교장 이시하라(石原莞爾, 木曜會)이었다. 이 두 사람은 일석회(一夕會)회원이었다. 관동군은 남만주철도를 폭파하였고 이를 중국군의 소행이라고 주장하여 전쟁을 일으켰다.

이 사건은 천황과 내각의 승인없이 육군이 도발한 사건으로 알려져 있으며, 이후 일본 정계와 군부 내의 세력판도가 바뀌는 계기가 되었다. 미나미는 관동군이 사건을 일으키기 전, 8월 사단장회의에서 대만몽강경론(対滿蒙強硬論)에 대해 훈시하여 문제시되었다. 그리고 9월 만주사변이 발생하였을 때 미나미는 관동군을 추종하여 사건은 확대되었다. 이 사건의 영향으로 그는 12월에는 육군대신을 사임하고 군사참의관으로 돌아갔다.

만주는 일본군의 군화발 아래로 떨어졌다. 그는 1934년 2월 관동군 사령관 겸 주만주국 특명전권대사(駐滿洲國 特命全權大使), 관동장관이 되었다. 그러나 황도파에 반발하는 소장 장교들의 쿠데타인 2·26사건에 연루되어 숙청 군인 인사(粛軍人事)로 물러나, 1936년 4월 예비역으로 편입하였다.

미나미는 1936년 8월 5일 우가키 카즈시게(宇垣一成) 후임으로 조선총독이 되었다. 1942년 5월 추밀원 고문관으로 귀환할 때까지 6년간 식민지 조선의 지배자로서 군림하였다. 실제 정무는 내무관료 출신 정무총감 오노에게 맡기고 있었다. 그 사이에 조선에서 전시체제를 확립하고 '황민화'정책을 취하였다. 미나미 총독시기에 군사적 독재정치가 행해져, 조선에서는 실제로 대륙병참기지가 만들어졌는데, 군사적인 필요에 의한 변용적인 도시개발, 공업화를 중심으로 군수물자 생산통제 시스템이 만들어졌다. 더욱이 식민지 지배를 위해, 황민화정책, 징병제, 강제적인 노동력 동원 등을 실시하였다. 이러한 정책과 개발의 부작용으로 일반 민중의 생활, 사상, 문화는 크게 변질되었다.

전쟁말기 1945년 3월에 미나미는 익찬정치회(翼贊政治會)를 해산하고 유일한 정치결사로 대일본정치회(大日本政治會)를 결성하여 총재가 되었다. 패전

후, GHQ가 일본을 점령함에 따라 도쿄재판에서 A급전범으로 피소되어, 만주사변 때 육군대신과 관동군사령관을 지낸 책임으로 종신금고 판결을 받았다. 그러나 이 도쿄재판에서는 조선의 포로수용 학대에 대한 질문은 있었지만, 조선총독 시기의 식민지 지배에 대한 책임은 전혀 논의되지 않았다. 뿐만 아니라 노무자나 '위안부'에 대한 강제동원 등 식민지 지배에 대한 책임문제는 광복 70년이 지났지만 아직도 미완의 국제문제로 남아있다. 또한 그는 우가키 파벌의 후계자로서 황도파로부터 공격을 받았지만, 파벌색은 그다지 강하지 않았다고 평가받고 있다. 이렇듯, 한국근대사 즉 일본의 식민지 지배에 대한 사실은 아직도 밝혀지지 않은 진실이 많이 있어 자세한 인물연구가 필요한 실정이다.

그는 1954년 전범수용시설인 스가모 프리즌(巣鴨, Sugamo Prison)에서 병이 들어 가출옥하였으나, 1955년 12월 5일 향년 81세로 세상을 떠났다.

5) 미나미 - 오노 편지의 기록사료학적 위치

그러면 미나미 총독 편지는 조선총독부 시기 기록의 편성 구조상 어떠한 위치를 차지하고 있는지 기록사료학적 관점에서 분석해보자.

먼저 일본제국정부와 식민지 조선총독부의 행정 결재 시스템을 살펴보자. 다음은 기안단계와 실시단계를 나누어 초안, 검토, 결재, 시행과정을 작성한 표이다. 이를 통해 전시체제기 조선지배의 정책, 예산, 인사과정에 대한 시스템의 특성을 구체적으로 알 수 있을 것이다.

〈표〉 일본제국정부와 식민지 조선총독부의 행정결재시스템

단계	기안(起案)	결재(決裁)	공간구분	담당기관/관련부서
기안단계	초안(草案)		식민지 조선	조선총독부(朝鮮総督府) 각 부서

		1차결재	식민지 조선	조선총독(朝鮮総督)
	기안(起案)		제국 일본	내각 각 성(内閣 各 省) : 大蔵省, 内務省, 拓務省, 會計監査院 등
	검토 · 심의		제국 일본	내각 각 성(内閣 各 省) 제국의회(帝国議會)
		2차결재	제국 일본	내각총리(内閣総理)
		최종결재	제국 일본	천황(天皇)
실시단계	시행문		식민지 조선	조선총독부 각 부서

이와 같이 당시 조선과 일본의 각 기관에서 작성된 기록은 조선총독부와 일본정부의 각각 기록관리제도에 의해서 보존되게 되었다. 조선에는 제령(制令: 일본 법령보다 한 단계 낮은 법령)의 기초가 되는 여러 가지 정치 경제 사회에 대한 실정 조사기록과 총독결재 문서가 잔존하고 있다. 이 총독결재문서는 일본으로 건너와 본국 정부의 척식국과 내각, 법무국에서 문서를 다시 기안하여 보존하고 있다. 그 작성 문서는 일왕(일본 행정체계 속에서는 天皇, 이후 일왕으로 표기)이 결재한 것은 '서명원본(御署名原本)', 내각총리가 결재한 것은 '공문유취(公文類聚)', 각성에서 결재한 문서는 '공문잡찬(公文雜纂)' 등 일본 내각 공문서체계 속에 편성되어 있다. 앞서 말했듯이 아직 조선총독부 도쿄출장소 기록은 정리되지 않았고, 외교자료관에 소장되어 있다고 전해진다.[2)]

중요정책에 대한 결재구조를 조선시가지계획사업과 국민총동원령과 관련된 원본 출처를 통해 보면 다음과 같다. 일본의 국립공문서관과 한국의 국가기록원이 소장하고 있는 정책별 업무별 대표적인 사례를 들면 다음과 같다.

2) 加藤聖文, 「政党内閣確立期における植民地支配体制の模索—拓務省設置問題の考察—」, 『東アジア近代史』 1号, 1998.

〈일본의 국립공문서관과 한국의 국가기록원에 소장되어 있는 원본기록〉

연번	구분 (담당부국)	실시 년도	법령, 제령 제·개정 결재문 (内閣総理大臣, 天皇) 원본소장처 (일본 국립공문서관)	초안, 시행을 위한 문서 (조선총독) 원본소장처 (한국 국가기록원)
1	시가지계획사업 (内閣, 総督府 土木課)	1933~ 1945	「朝鮮市街地計画令制令案」 「朝鮮市街地計画委員會官制」 「同委員會人事」 「國防國土計画－朝鮮市街地計画改正制令案」	『市街地計画委員會綴』(京成など) 『釜山都市計画決定』 「土地収用事業認定」 「道路工事実施計画書」 各府経済預算綴
2	국민총동원사업 (内閣, 総督府 労務課)	1938~ 1952	「國民総動員令(1938)」 「國民徴用令(1939閣議決定)」	『國民総動員関係綴』 「南洋群島労務者移送」 「朝鮮人労務者内地移住に関する件」

※ 국민총동원령과 국민징용령에 의해 징용된 조선인·대만인·남양인(南洋人) 등에 대한 기록은 일본의 후생노동성(厚生労働省), 사회보험청(社會保険庁), 법무성(法務省) 등에 소장되어 있다. 국민건강보험명부, 후생연금명부, 호적접수장 공탁금 명부 등

이와 같이, 공문서 원본의 출처와 소재를 검증하는 것에 의해서, 당시 조선총독부와 일본 내각은 행정적으로 밀접한 상하 관계를 갖고 있었다는 것을 알 수 있다. 조선시가지계획사업, 국민총동원령 등 시국 정책을 결정하는 공문서 원본은 일본에, 초안을 작성하거나 내각에서 결정된 사안을 시행할 때의 공문서는 조선에서 각각 생산되었다는 것을 알 수 있다. 따라서 이 시기 정책 결정과 그 시행 구조는 일본제국정부 내각과 조선총독부의 일체형 구조이었으며 중층적 결재구조를 가지고 있었다는 것을 알 수 있다.

요컨대, 식민지 지배 관련 공문서는 기안－검토－결재라는 하나의 국가기관에서 결정되는 구조가 아니라, 일본제국정부 내각과 조선총독부 두 개의 기관이 각각 초안－검토, 기안－결재라는 중층성을 가진 결재구조로 생

산되었다는 것을 알 수 있다. 그리고 이 미완의 결재구조는 조선총독부가 작성한 기록이 한국 국가기록원에, 일본내각이 작성한 기록이 국립공문서관에 분산 보존하는 이유가 되었다. 이 두 기관의 식민지 지배 관련 기록 중 정책결정, 예산, 인사기록은 하나의 세트로 연관지어 분석해야 할 것이다.

4. 총독편지의 가치와 한계

그런데 위에서 검토한 공식라인을 통해 작성되고 보존된 기록에는 정책결정 과정, 예산수립 과정, 인사 선정 갈등 등에 대한 기록은 별로 없다. 미나미가 오노에게 보낸 편지에는 이와 같은 과정을 알 수 있는 중요한 단서가 포함되어 있다는 점에 주목할 필요가 있다. 다음은 총독 미나미 편지의 가치와 한계에 대하여 구체적으로 살펴보자.

첫째, 전쟁과 패전으로 인해 소실되거나 은폐된 기록을 보완할 수 있다. 아시아태평양전쟁 때 문서를 작성하고 보존하는 것은 어려운 상태였다. 1945년 8월 15일 패전과 함께 일본제국정부는 각급기관에 '전쟁관련 자료를 모두 소각하라'는 명령을 내려, 식민지지배와 관련된 중요한 기록들이 대부분 소실되는 결과를 가져왔다.

오노 콜렉션과 미나미 편지는 1936년부터 1942년까지 전시기 사정을 알 수 있는 중요한 자료이다. 다만 일본과 한국에 소장되어 있는 조선총독부 공문서와의 관계를 조사하여 정확하게 공문서와 편지문의 관계를 비교 검토할 필요가 있다.

둘째, 조선지배를 위한 행정기구 시스템과 총독·정무총감의 역할을 잘 파악할 수 있다. 즉, 기구로서는 일본제국정부와 조선총독부 사이에, 조선총독부 도쿄출장소가 있었다. 그리고 일본내각의 조선관련 담당부국(내무국, 대장성, 척무국 등), 제국의회, 귀족원 등과의 교섭 · 조정이 있었다. 정무총감 오노가 식민지 조선 행정의 사령탑으로서 그 역할을 실행했다는 것을 알 수 있다.

셋째, 일본제국의 식민지 획득전쟁 중에서 조선에 강제된 역할을 잘 볼 수 있다. 편지를 보면, 조선의 나진 도시 개발 문제, 공업화 문제, 생산력 확충, 쌀의 일본 이출, 전력통합, 동양척식 · 재계인사, 수력개발 등 전쟁을 위한 물자조달을 중심으로 정책이 추진되었다는 것을 알 수 있다. 또한 일본 본토와 식민지 조선에는 차별적으로 정책이 실행되었다. 즉, 일본내각의 기획원이 국방국토계획(國防国土計画)을 실시했을 때도, 일본 본토에서는 잠정조치에 끝난 계획이, 조선에는 「조선시가지계획령(朝鮮市街地計画令)」으로 실시되었던 것을 알 수 있다.

넷째, 오노는 공기관을 떠나서도 미나미 총독과 관계를 지속하고 있었다. 이 사실은 그들이 확실한 인간관계를 가지고 편지를 통해 실제적인 시국 정책, 인사 등을 실행했다는 것을 알 수 있다.

이상에서 살펴본 바와 같이 조선총독부 기록군은 제국과 식민지 사이의 중층적 행정문서 작성 시스템과 전쟁을 통한 국제정세의 변화 등에 의해서, 소실, 은폐, 분산, 미정리되는 운명을 가지게 되었다. 이와 같은 상황에서 오노콜렉션과 미나미 총독의 편지는 알려지지 않았던 식민지 시기의 역사적인 사실을 밝힐 수 있는 귀중한 기록이라고 할 수 있다.

그러나 오노문서는 어떤 시기는 남아 있고 어떤 시기는 보존되어 있지 않아 비연속적이고 일관되게 남아있지 않다는 한계를 가지고 있다. 또한 오노와 같이 몇십 년 동안 정책을 수행한 유명한 인물은 문서가 너무 많기 때문에 문서를 선별해서 보존하는 단점이 있다. 즉 우리들은 오노가 선별해서 남긴 기록 밖에 볼 수 없는 것이다.

그럼에도 불구하고, 오노콜렉션과 총독의 편지는 당시 실제로 식민지 지배를 위한 정책, 인사문제에서 어떤 경위를 거쳐 결정, 좌절, 교섭에 성공했는가를 알 수 있는 유일한 기록이다. 따라서 총독 미나미의 편지는 한국근대사의 새로운 진실을 알려주는 사료로서 충분한 가치를 가지고 있다고 할 수 있다. 향후 이러한 사문서 발굴이 계속 이어져 한국근대사에서 알려지지 않은 진실이 더욱 명확하게 밝혀질 수 있기를 기대한다.

조선총독의 편지

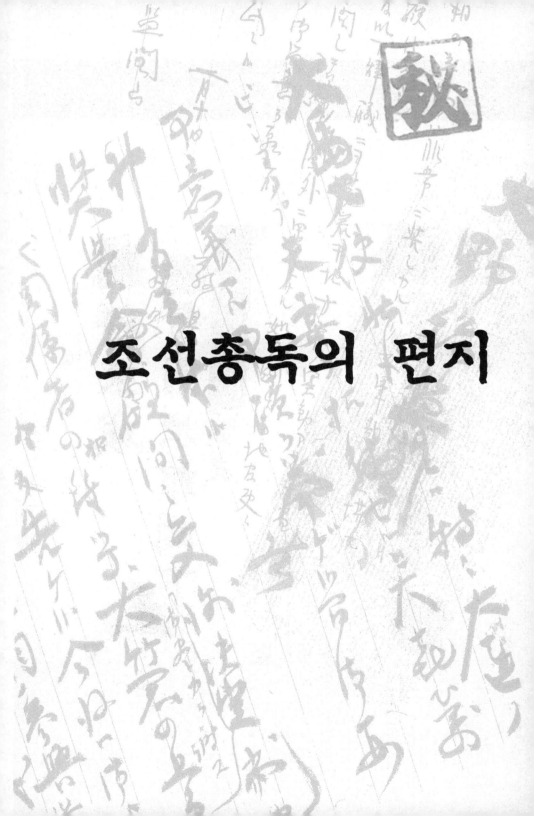

板垣征四郎 ⟶ 南次郎(1936. 8. 7)

國會圖書館 番號 81–55

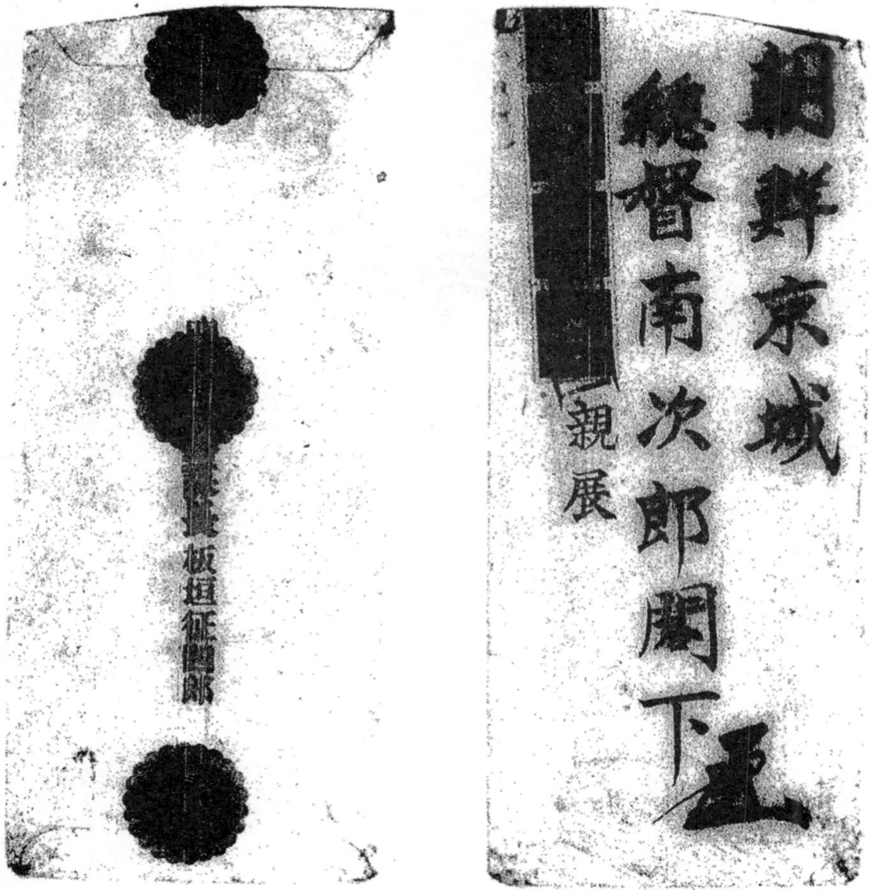

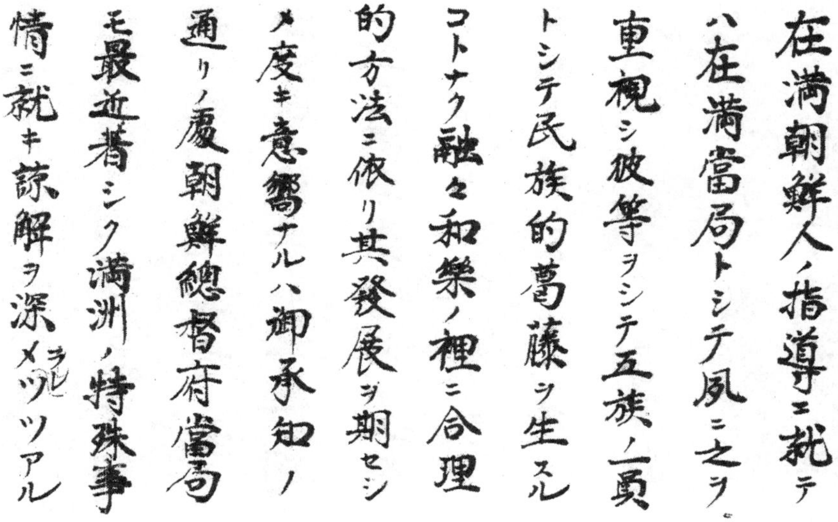

在満朝鮮人ノ指導ニ就テハ在満當局トシテ夙ニ之ヲ重視シ彼等ヲシテ五族ノ一員トシテ民族的葛藤ヲ生スルコトナク融々和樂ノ裡ニ合理的方法ニ依リ其發展ヲ期セシメ度キ意嚮ナルハ御承知ノ通リノ處朝鮮總督府當局モ最近著シク満洲ノ特殊事情ニ就キ諒解ヲ深メラレツツアル

在満朝鮮人ノ指導ニ就テ
ハ在満當局トシテ夙ニ之ヲ
重視シ彼等ヲシテ五族ノ一員
トシテ民族的葛藤ヲ生スル
コトナク融々和樂ノ裡ニ合理
的方法ニ依リ其発展ヲ期セシ
メ度キ意嚮ナルハ御承知ノ
通リノ處朝鮮総督府當局
モ最近著シク満洲ノ特殊事
情ニ就キ諒解ヲ深メラレツツアル

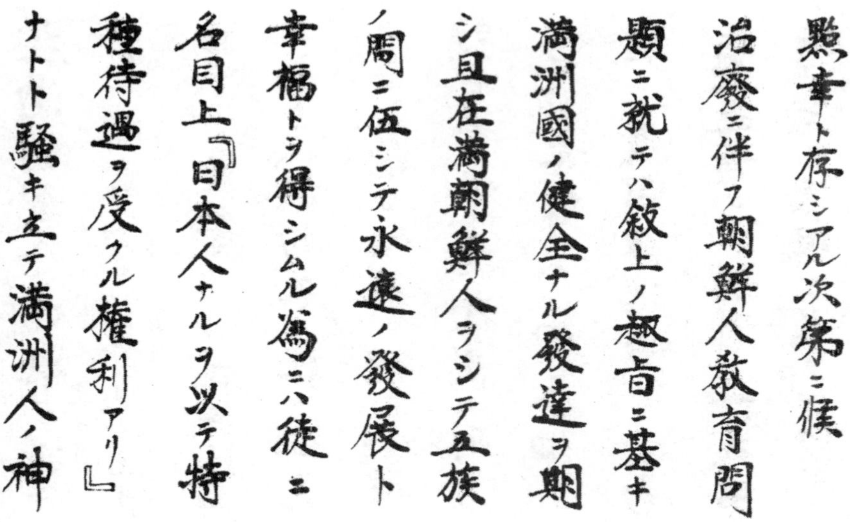
點幸ト存シアル次第ニ候
治廢ニ伴フ朝鮮人敎育問
題ニ就テハ叙上ノ趣旨ニ基キ
滿洲國ノ健全ナル發達ヲ期
シ且在滿朝鮮人ヲシテ五族
ノ間ニ伍シテ永遠ノ發展ト
幸福トヲ得シムル爲ニハ徒ニ
名目上『日本人ナルヲ以テ特
種待遇ヲ受クル權利アリ』
ナトト騒キ立テ滿洲人ノ神

點幸ト存シアル次第ニ候。
治廢ニ伴フ朝鮮人教育問
題ニ就テハ叙上ノ趣旨ニ基キ
満洲國ノ健全ナル発達ヲ期
シ且在満朝鮮人ヲシテ五族
ノ間ニ伍シテ永遠ノ発展ト
幸福トヲ得シムル為ニハ徒ニ
名目上『日本人ナルヲ以テ特
種待遇ヲ受クル権利アリ』
ナトト騒キ立テ満洲人ノ神

57 板垣征四郎 → 南次郎(1936. 8. 7)

經ヲ刺激シ嫌悪ノ情ヲ益
大セシメ結局滿、鮮民族間
ノ葛藤ヲ生セシムルヘキヲ不利
トシ然モ總督府側ノ希望
ヲ参酌シテ適當ナル處理方
案ヲ決定致シ度屢次交渉
ノ結果總督府側ト大体ニ
於テハ意見ノ一致ヲ見タルモ
結局總督府側ハ滿鐵沿
線ニ在ル鮮人學校十四校ノ

經ヲ刺激シ嫌悪ノ情ヲ益
大セシメ結局満、鮮民族間
ノ葛藤ヲ生セシムルヘキヲ不利
トシ然モ総督府側ノ希望
ヲ参酌シテ適當ナル處理方
案ヲ決定致シ度。屢次交渉
ノ結果総督府側ト大体ニ
於テハ意見ノ一致ヲ見タルモ
結局総督府側ハ満鐵沿
線ニ在ル鮮人學校十四校ノ

外間島ニアル六校ノ暫定
的留保ヲ希望シ之ニ對シ
當方トシテハ滿鐵沿線所在
ノモノハ兎モ角間島ニ對スル
滿洲國及滿洲人一般ノ關
心及関東軍ノ公正ナル態度
ト其威信保持暫定的ニ
モ之カ留保ヲ認メ難クコノ
點ニ於テ意見ノ一致ヲ見ス今
日ニ至リ居リ候

外間島ニアル六校ノ暫定
的留保ヲ希望シ之ニ對シ
當方トシテハ滿鐵沿線所在
ノモノハ兎モ角間島ニ對スル
滿洲國及滿洲人一般ノ關
心及関東軍ノ公正ナル態度
ト其威信保持暫定的ニ
モ之カ留保ヲ認メ難クコノ
點ニ於テ意見ノ一致ヲ見ス今
日ニ至リ居リ候。

59 板垣征四郎 → 南次郎(1936. 8. 7)

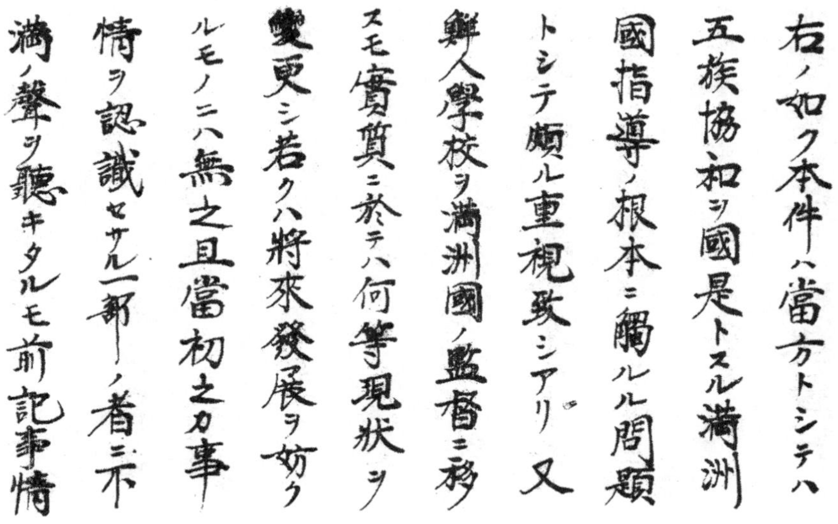

右ノ如ク本件ハ當方トシテハ五族協和ヲ國是トスル満洲國指導ノ根本ニ觸ルル問題トシテ頗ル重視致シアリ。又鮮人学校ヲ満洲國ノ監督ニ移スモ實質ニ於テハ何等現状ヲ變更シ若クハ将来発展ヲ妨クルモノニハ無之且當初之カ事情ヲ認識セサル一部ノ者ニ不満ノ聲ヲ聴キタルモ前記事情

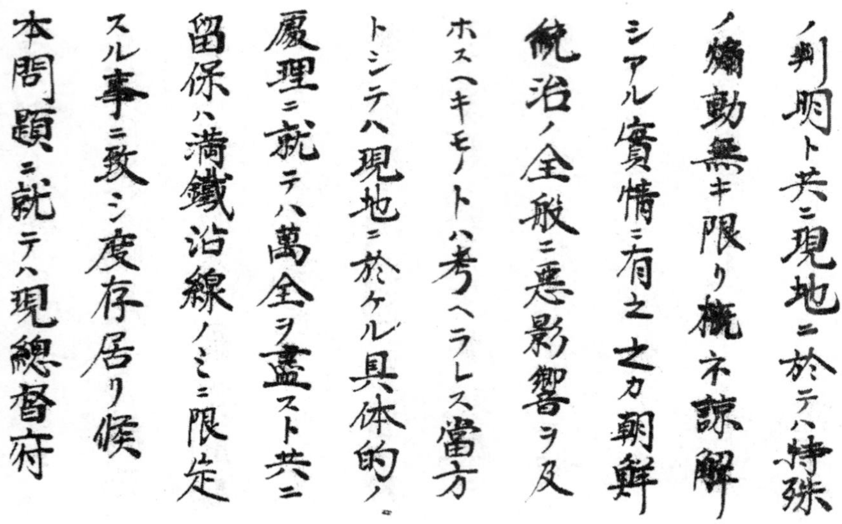
ノ判明ト共ニ現地ニ於テハ特殊
ノ煽動無キ限リ概ネ諒解
シアル實情ニ有之 之カ朝鮮
統治ノ全般ニ悪影響ヲ及
ホスヘキモノトハ考ヘラレス當方
トシテハ現地ニ於ケル具体的ノ
處理ニ就テハ萬全ヲ盡スト共ニ
留保ハ満鐵沿線ノミニ限定
スル事ニ致シ度存居リ候
本問題ニ就テハ現總督府

ノ判明ト共ニ現地ニ於テハ特殊
ノ煽動無キ限リ概ネ諒解
シアル實情ニ有之、之カ朝鮮
統治ノ全般ニ悪影響ヲ及
ホスヘキモノトハ考ヘラレス當方
トシテハ現地ニ於ケル具体的ノ
處理ニ就テハ萬全ヲ盡スト共ニ
留保ハ満鐵沿線ノミニ限定
スル事ニ致シ度存居リ候。
本問題ニ就テハ現総督府

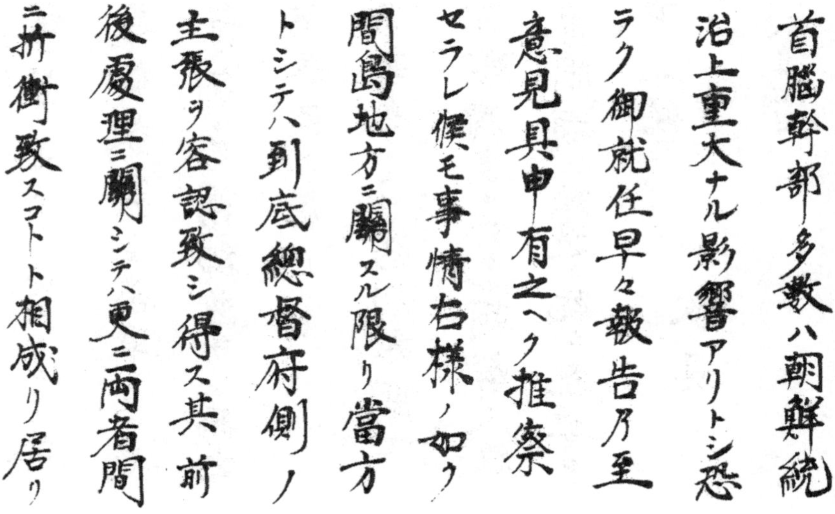

首脳幹部多数ハ朝鮮統
治上重大ナル影響アリトシ恐
ラク御就任早々報告乃至
意見具申有之ヘク推察
セラレ候モ事情右様ノ如ク
間島地方ニ関スル限リ當方
トシテハ到底総督府側ノ
主張ヲ容認致シ得ス其前
後處理ニ関シテハ更ニ両者間
ニ折衝致スコトト相成リ居リ

候ニツキ閣下ニ於カレテモ此ノ
點御諒察ノ上過早ニ局長
等ニ御意嚮御洩ラシ無之
様奉願上候
尚御参考ノ爲別紙閣下
御離満後ニ於ケル朝鮮人教
育問題ノ經過ニ就キ概要ヲ
申上候
敬具
八月七日

候ニツキ閣下ニ於カレテモ此ノ
點御諒察ノ上過早ニ局長
等ニ御意嚮御洩ラシ無之
様奉願上候。
尚御参考ノ為別紙閣下
御離満後ニ於ケル朝鮮人教
育問題ノ經過ニ就キ概要ヲ
申上候。
敬具
八月七日

63 板垣征四郎 → 南次郎(1936. 8. 7)

關東軍参謀長板垣征四郎

朝鮮總督南 次郎閣下

関東軍参謀長板垣征四郎

朝鮮総督南次郎閣下

南次郎 → 大野緑一郎(1936. 11. 17)

國會圖書館 番號 81-25

65 南次郎 → 大野緑一郎(1936. 11. 17)

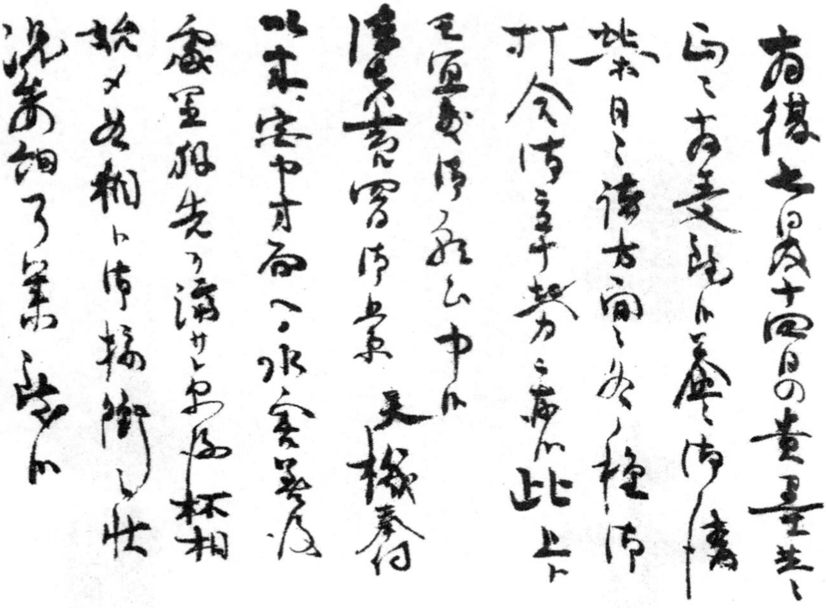

拝復　七日及十四日の貴墨共ニ
正ニ拝受致候。益々御清
榮日々諸方面ニ各種御
打合御辛労ニ存候。此上ト
モ宜敷御願ひ申候。
陳者去ル四日御上京　天機奉伺
以来、宮中方面ヘノ水害善後
処置報告ヲ済サレ爾後拓相
始メ各相ト御接衝之状
況委細了承致候。

67 南次郎 → 大野緑一郎(1936. 11. 17)

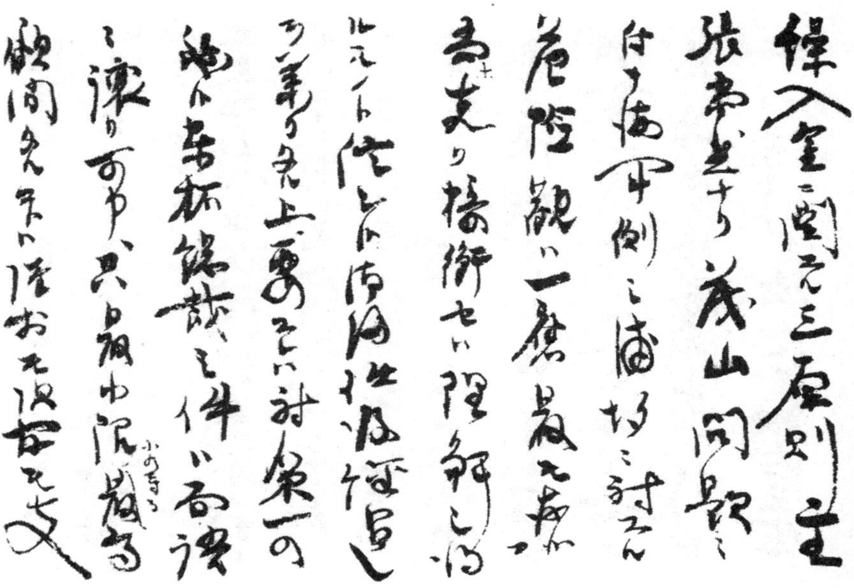

繰入金ニ関スル三原則主
張当然ナリ。茂山問題ニ
付キ海軍側之浦汐*ニ對スル
危険観ハ一應最モ存候カ、
尚ホ克ク接衝セハ理解シ得
ルモノト信シ候。御帰任後經過
ヲ承リタル上、要スレハ對策可
致候。東拓総裁之件ハ面談
ニ譲リ可申、只最小限小乃寺ヲ最高
顧問タルコトハ陸相モ次官モ支

---

* 浦塩은 러시아(구 소비에트연맹) 블라디보스톡의 일본식 표기.

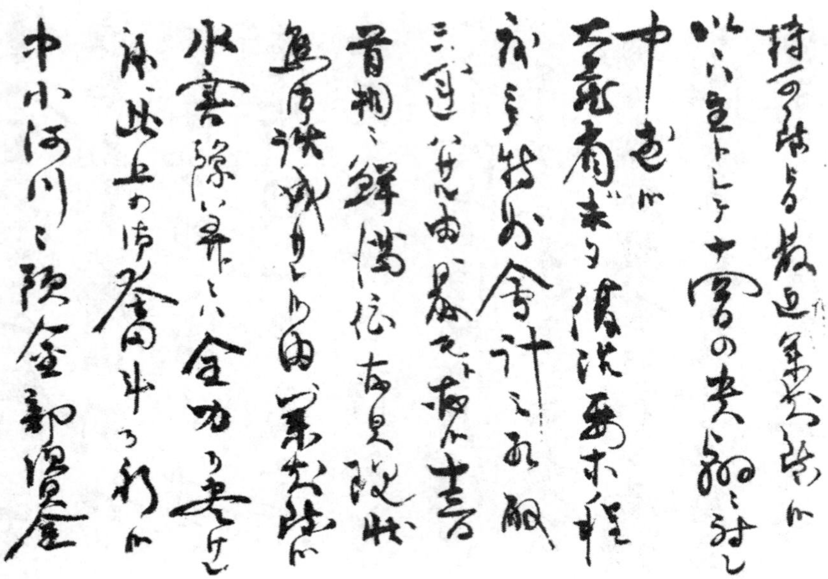

持可致旨最近他ヨリ承知致候。
以下主トシテ十四日の貴翰ニ對シ
申述候。
大蔵省ハ未タ復活要求程
度ニテ特別會計之段取
ニハ運ハサル由、最モト存候。十三日
首相ニ鮮満依存具現状
態御話成サレ候由、承知致候。
水害豫算ニハ全力ヲ盡サレ
度、此上の御奮斗ヲ祈候。
中小河川ニ預金部資金

69 南次郎 → 大野緑一郎(1936. 11. 17)

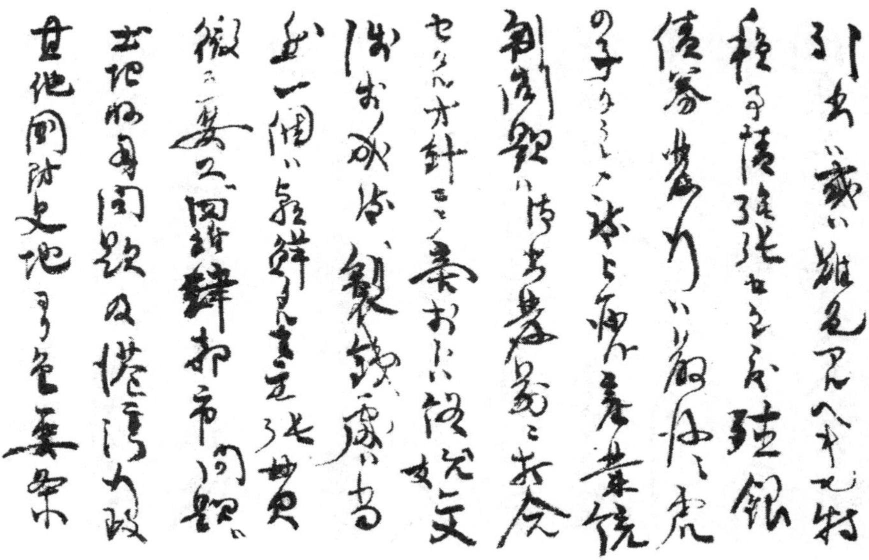

引出ハ或ハ難色アルヘキモ特
種事情強張セラレ度、殖銀
債券発行ハ最後之虎
の子タラシメ度被存候。産業統
制問題ハ御出発前ニ打合
セタル方針ニテ商相トハ終始交
渉相成度、製鉄處ハ当
然一個ハ朝鮮タル之主張貫
徹ヲ要ス。羅津都市問題ハ
土地収用問題及港湾行政
其他國防見地ヨリ重要条

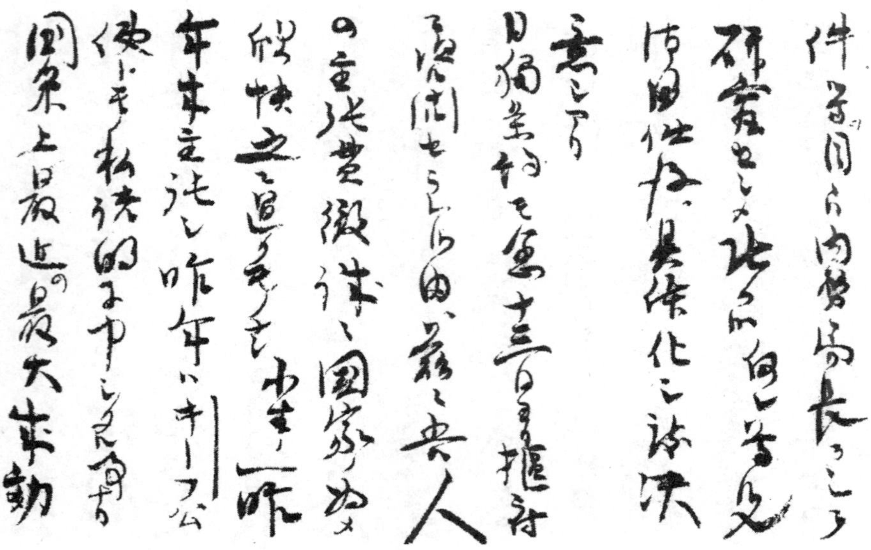

件等ヲ目下内務局長ヲシテ
研究セシメ居リ候。何レ尊兄
御帰任後、具体化シ度決
意シアリ。
日獨条約モ愈十三日ヨリ枢府
ニ諮問セラレ候由、茲ニ吾人
の主張貫徹、誠ニ國家ノ為メ
欣快之ニ過クモノナシ、小生ノ一昨
年来主張シ昨年ハキーフ公
使トモ私語的に申シタル事ナリ。
國策上最近の最大成効

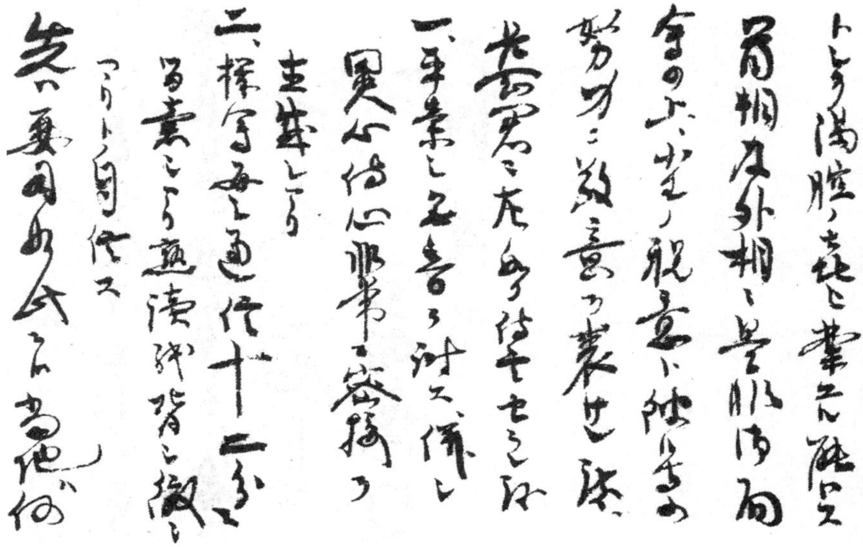

トシテ満腔ノ喜ヒ業* スル能ハス
首相及外相ニ是非御面
會の上、小生ノ祝意ト彼等の
努力ニ敬意ヲ表サレ度、
長岡君ニ左ノ如ク伝言セラレ度。
一、平素之無音ヲ謝ス、併シ
異心伝心非常ニ密接ヲ
直感シアリ。
二、機會毎之通信十二分ニ
留意シアリ、熟読紙背ニ徹シ
アリト自信ス。
先ハ要用如此ニ候。当地ハ何

---

* 원문 그대로. 表의 오기.

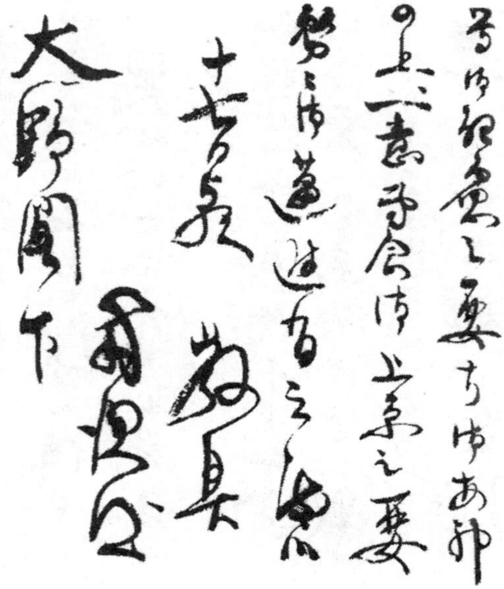

等御配慮之要ナク御安神
の上、一意専念御上京之要
務ニ御邁進有之度候。

十七日朝　敬具

南次郎

大野閣下

南次郎 → 大野緑一郎(1936. 11. 17)

國會圖書館 番號 81-44

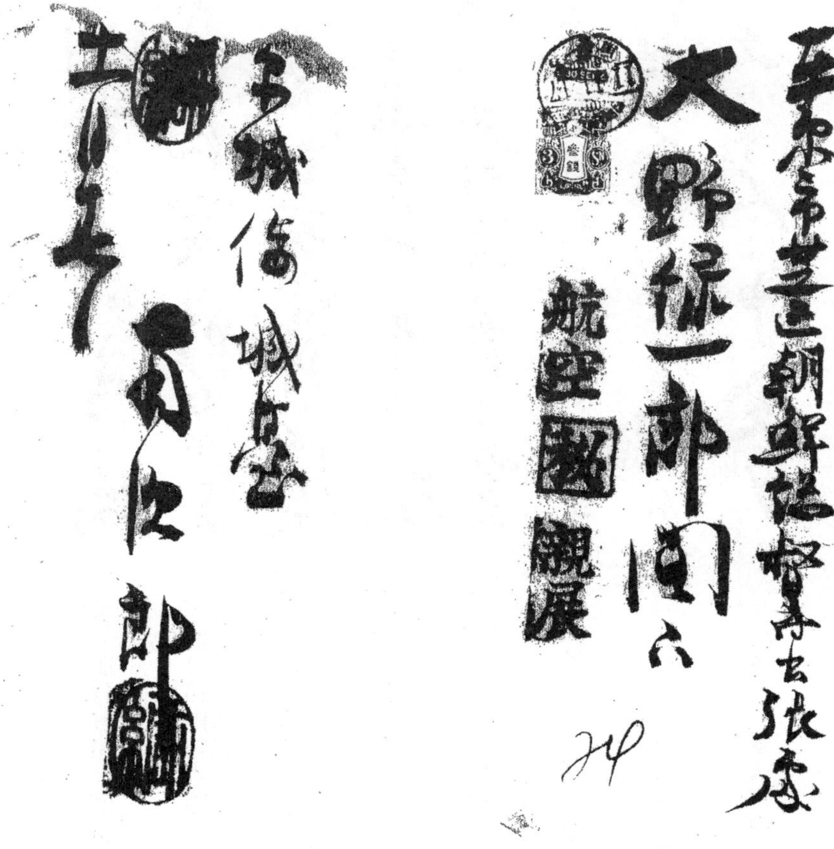
大野緑一郎閣下

京城 倭城臺 南次郎

十一月十七

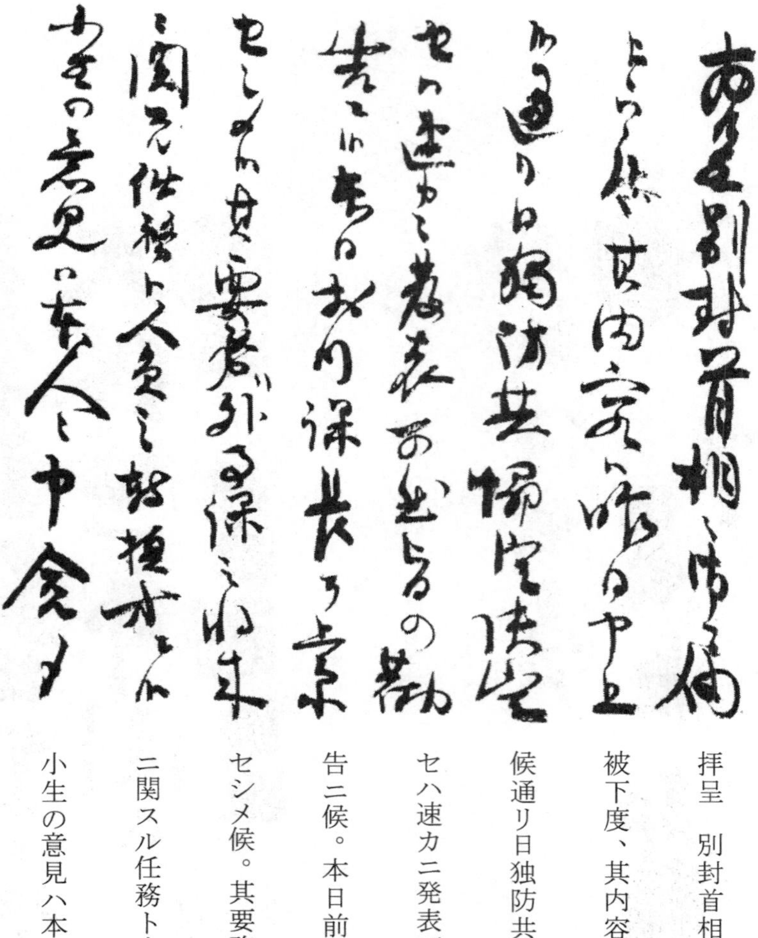

拝呈　別封首相ニ御届
被下度、其内容ハ昨日申上
候通リ日独防共協定決定
セハ速カニ発表可然旨の勧
告ニ候。本日前川課長ヲ上京
セシメ候。其要務ハ外事課之将来
ニ関スル任務ト人員之転換方ニ候。
小生の意見ハ本人ニ申含メ

75 南次郎 → 大野緑一郎(1936. 11. 17)

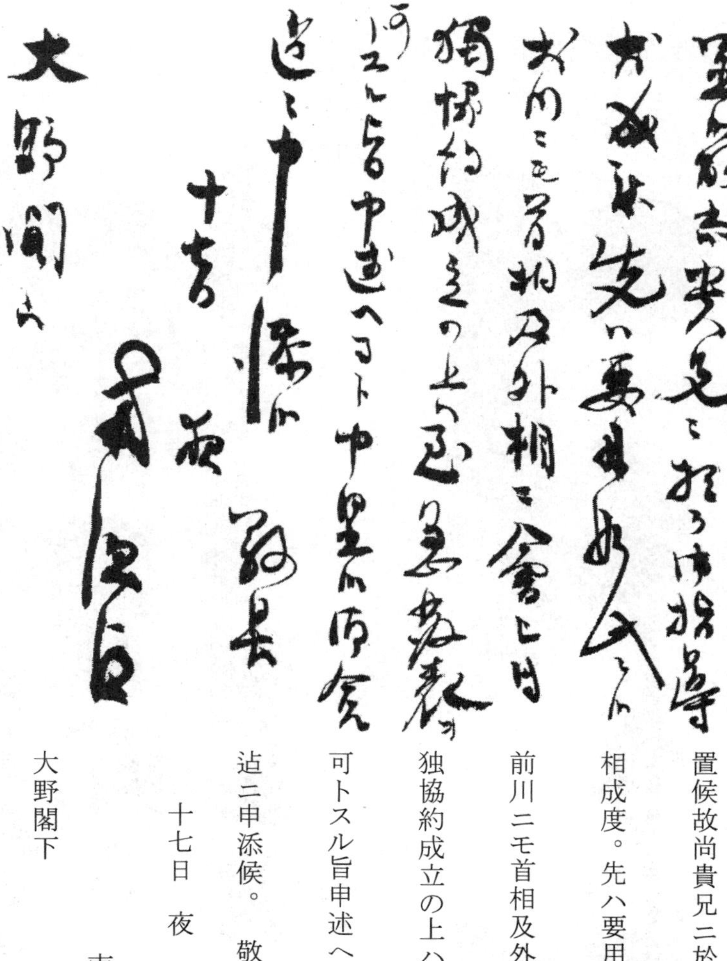

置候故尚貴兄ニ於テ御指導
相成度。先ハ要用如此ニ候。
前川ニモ首相及外相ニ會ヒ日
独協約成立の上ハ至急発表ヲ
可トスル旨申述ヘ事ト申置候。御含
迠ニ申添候。　敬具
十七日　夜
南次郎
大野閣下

南次郎 → 大野緑一郎(1936. 12. 15)

國會圖書館 番號 81-24

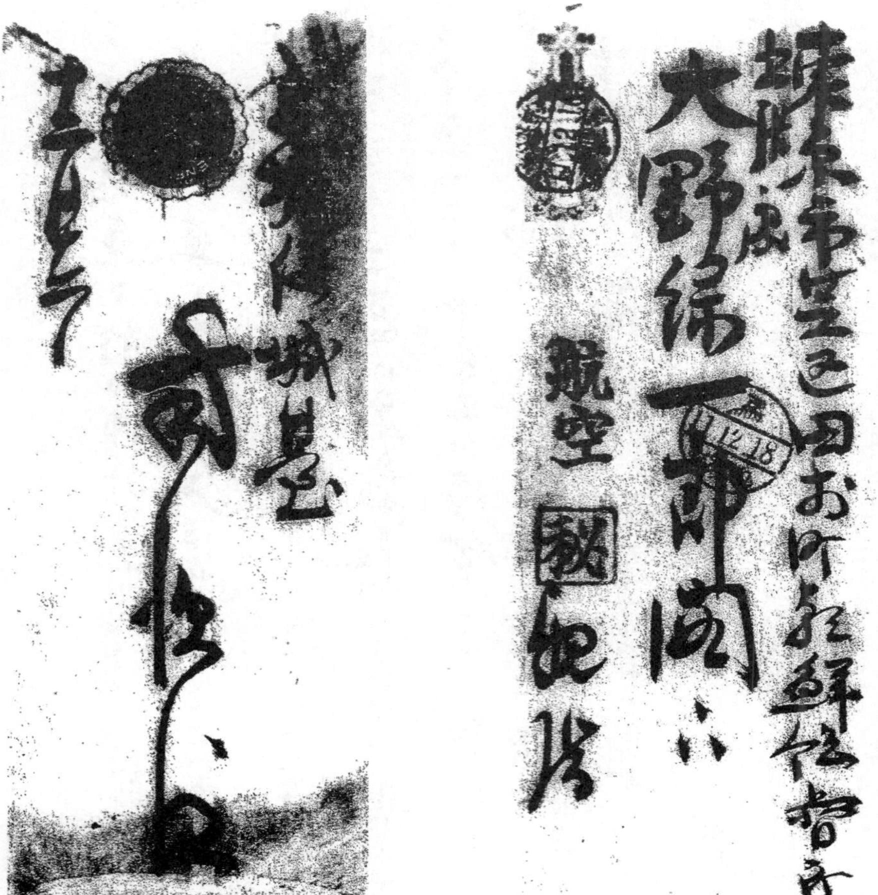

77 南次郎 → 大野緑一郎(1936. 12. 15)

太郎閣下　十二月十五日夜　□郎

貴墨為見ヲ取敢愛撫セシメ妄柄ハ十分尊重
武ニ推選セラレ候其ノ理由ヲ尤ノ如クスヘシ
「素柄ト併節及採擇改善等実施ニ當ラ十分尊ノ
資重ヲ必要トス」

匡方ノ反対派ガ之ニ向ヒ不足ヲ事態ニ示シテ又有力
ナル方面ノ支持者モ有ラ柄ノ如キハ絶對必要
御座候最近ニ對シ各種方面ヨリ之ヲ趣意アリ之
等ニ関スル不十分ナル害ノ為將後従上ヨリ十分尊重
ヲ要スル所ナリ　権力実際方面ニ宜シク力ヲ致シ度候
閣下ノ意見トシテ江口氏ヲ招キ書キ遣シ内々之ヲ要セシム

79 南次郎 → 大野緑一郎(1936. 12. 15)

大野閣下　十二月十五日　夜　次郎

貴墨拝見不取敢電報セシ如ク東拓ハ小乃寺ヲ正式ニ推選セラレ度其ノ理由ヲ左ノ如クスベシ。

「東拓之任務及機構改変等実施ニ当リ小乃寺の資質ヲ必要トス」

陸相ノ反對次官之ニ同スルコトモ承知シアルモ又有力ナル各方面の支持者モアリ松岡ノ如キモ絶對必要論者ナリ。最近ハ特ニ各種方面ヨリモ熱望アリ之等ニ関スルコトナク小生ノ朝鮮統治上ヨリ小乃寺*ヲ要スルコトトシ極力実現方御盡力ヲ願上候。

閣下の意見トシテ江口氏ヲ切出シタル由、之レハ兼テノ

* 이 선은 편지에 쓰인 글자와 같은 먹으로 되어있기 때문에 미나미 총독이 선을 그었다는 것을 알 수 있다.

21*

御打合事項ハ、本日閣議ニ既ニ提出相成
江口氏ト交渉ヲ江口氏之ヲ承諾セハ其ノ通リニテ
可ナリ。其ニ江口ノ事ハ未ダ確定アラズ其儘ニナリ
アル又ハ確定スヘキ事知セザルハ、小川等ヲ後[illegible]ニ至
張セラレ候ニ
小川等ノ件ナラズ今日迄四国ノ見込ヲ相談申シテ、
法制局ト協議ノ上ニテ其他ノ方法ヲ了解セシムヘク
之ノ点ハ御懸念ニ及ハズ。
加藤ヲ結ブサヘ如キ中央ノ事ヘ一任ハ成否ハ別トシテ動
選ヲ甲[illegible]ヲ望カルベシ乞ハ御諒承申上候
政局ハ至テ如キ御上京ニ申上候如ク何等合致ニナシ。

81 南次郎 → 大野緑一郎(1936. 12. 15)

御打合事項故、本手紙着前ニ既ニ拓相ヨリ江口氏ニ交渉アリ、江口氏之ヲ承諾セハ其ノ通リニテ可ナリ。若シ江口ノ事ハ未ダ切出シアラズ其侭ニナリアルカ又ハ切出シタルモ承知セザレハ、小乃寺ヲ強硬ニ主張セラレ度シ。

小乃寺ノ件十分ニ今日迠四囲ノ見タル事故断乎トシテ決行可致、陸相ニハ別ニ他ノ方法ヲ以テ了解セシムヘク之ノ点ハ御掛念ニ及ハズ。

加藤ヲ辞メサス如キ中央ノ考ヘナラハ成否ハ別トシテ勅選ヲ申出ヲ置カルベシ。先ハ取急キ申上候。

政局云々ノ如キハ御上京前ニ申シタル如ク何等念頭ニナシ。

---

* 본문 윗부분에 之)라고 쓰여 있으나, 그 의미는 알 수가 없다.

別紙

治廢ニ伴フ例ノ朝鮮人教育問題ニ就キ閣下御離滿後現地側トシテハ總督府側ノ希望ヲ參酌シ其發現ノ方法ニ付研究シ公表スヘキ條約文等ニハ「日本人ノ教育ハ滿洲國ヲシテ行ハシム但當分ノ間一部日本人ノ教育ヲ日本側ニ留保ス」トノ緩和方法ヲ講シ更ニ總督府側ニ於テハ現地案ノ趣旨ハ認ムルモ治廢ノ實施ヲ圓滑ナラシムル爲名義上若干校ノ保留ヲ希望シアル旨承知シ本年六月末ノ東京會議ノ際「趣旨ヲ認ムルニ於テハ滿鐵沿線ニ於ケル優良校ヲ保留スルハ差支ヘナキ旨ノ讓歩ヲナシタルモ總督府側ハ二十八校（滿鐵沿線ノ十四校、間島六校、安奉線村ノ四校、吉林、齊々哈爾、牡丹江、哈爾賓ノ各一校）ヲ保留シ度キ希望ヲ讓ラス更ニ現地ト總督府側ニテ協議致スコトトシ一應東京ノ打合セヲ打切ルコトトナリ其後豫算編成ノ關係上東京ヨリ速ニ現地解決方熱望シ來レルヲ以テ八月二日小生今井田總監ト親シク新義州ニ會見懇談致セシ結果當方トシテハ最後案トシ

陸軍

83 南次郎 → 大野緑一郎(1936)

別紙*

治廃ニ伴フ例ノ朝鮮人教育問題ニ就キ閣下御離満後現地側トシテハ総督府側ノ希望ヲ参酌シ其表現ノ方法ニ付研究シ公表スヘキ條約文等ニハ「日本人ノ教育ハ満洲國ヲシテ行ハシム但当分ノ間一部日本人ノ教育ヲ日本側ニ留保ス」トノ緩和方法ヲ講シ更ニ総督府側ニ於テハ現地案ノ趣旨ハ認ムルモ治廃ノ実施ヲ円滑ナラシムル為名義上若干校ノ保留ヲ希望シアル旨承知シ、本年六月末ノ東京會議ノ際「趣旨ヲ認ムルニ於テハ満鐵沿線ニ於ケル優良校ヲ保留スルハ差支ヘナキ旨ノ讓歩ヲナシタルモ総督府側ハ二十八校(満鐵沿線ノ十四校、間島六校、安全農村ノ四校、吉林、斉々哈爾、牡丹江、哈爾賓ノ各一校)ヲ保留シ度キ希望ヲ讓ラス更ニ現地ト総督府側ニテ協議致スコトトシ一應東京ノ打合セヲ打切ルコトトナリ其後豫算編成ノ関係上東京ヨリ速ニ現地解決方熱望シ来レルヲ以テ八月二日小生今井田総監*ト親シク新義州ニ會見懇議致セシ結果當方トシテハ最終案トシ

---

* 陸軍用紙。大連高木納。이 문서철에는 편지 봉투도 없고, 본문도 없이 별지만 남아있다. 오른쪽 상단에 미나미 총독의 사인이 남아 있어, 이 별지 내용을 그가 확인하고 오노 총감에게 보냈다는 것을 알 수 있다.
* 今井田清徳(いまいだ　きよとく).

テ滿鐵沿線ノ十四校ヲ保留スル迄讓歩シ結局間島ノ六校ノ處分ニ關
シ今井田總監ハ鮮內統治上觀念的ニ其保留ヲ必要ト看做シ當方トシ
テハ行政權カ多年完全ニ我方ノ手ニアリシ滿鐵附屬地ト歷史的ニ滿
人ノ注視シアル間島トハ同格的ニ取扱ヒ難ク寧ロ鮮人ノ對滿發展ノ
爲ニハ間島ヲ滿洲國ニ一任スルノ有利ナル所以及同地方鮮人ニ對ス
ル教育上總督府側ニ於テ希望スル所アレハ之ヲ認容スルニ吝ナラス
尙且今後本問題ニ就キ問題ヲ惹起セシムルコトナキ様當方ニ於テモ
萬全ノ策ヲ講スヘキニ付安心アリ度旨縷々說明致セシモ遂ニ諒解ス
ル所トナラスシテ一先ツ打切リ尙其夜ノ隨行者（朝鮮側田中警務局
長、相川外事課長、關東軍側竹下第三課長、鹽澤中佐）間ノ事務的
交渉ニ於テ總督府側ヨリ間島ノ六校ヲ期限附ニテ保留スルコトト致
シ度キ議出テタルモ斯ノ如キハ結局問題ヲ將來ニ延キ延ハシ反ツテ
事端ヲ滋カラシムルノミニテ寧ロ明年末頃ノ總括的移管時期迄ニ指
導上善處スルノ賢明ナルニ如カサルノ故ヲ以テ意見纏ラス更ニ御互
研究ノ上善處スヘキヲ約シ是亦一應打切ルコトトセリ

陸軍

85 南次郎 → 大野緑一郎(1936)

テ満鐵沿線ノ十四校ヲ保留スル迄讓歩シ結局間島ノ六校ノ処分ニ関シ今井田総監ハ鮮内統治上観念的ニ其保留ヲ必要ト看做シ當方トシテハ行政權力多年完全ニ我方ノ手ニアリシ満鐵附属地ト歴史的ニ満人ノ注視シアル間島トハ同格的ニ取扱ヒ難ク寧ロ鮮人ノ對満發展ノ爲ニハ間島ヲ満洲國ニ一任スルノ有利ナル所以及同地方鮮人ニ對スル教育上総督府側ニ於テ希望スル処アレハ之ヲ認容スルニ吝ナラス。尚且今後本問題ニ就キ問題ヲ惹起セシムルコトナキ様當方ニ於テモ萬全ノ策ヲ講スヘキニ付安心アリ度旨縷々説明致セシモ遂ニ諒解スル所トナラスシテ一先ツ打切リ尚其夜ノ随行者(朝鮮側田中警務局長、相川外事課長、關東軍側竹下第三課長、塩澤中佐)間ノ事務的交渉ニ於テ総督府側ヨリ間島ノ六校ヲ期限附ニテ保留スルコトト致シ度キ議出テタルモ斯ノ如キハ結局問題ヲ将来ニ延キ延ハシ反ツテ事端ヲ滋カラシムルノミニテ寧ロ明年末頃ノ総括的移管時期迄ニ指導上善處スルノ賢明ナルニ如カサルノ故ヲ以テ意見纏ラス更ニ御互研究ノ上善處スヘキヲ約シ是亦一應打切ルコトトセリ。

以上ノ如ク現地朝鮮式ニ保留スヘキ 部日本人中ニ朝鮮人ヲ含マシムル方針ハ認メアリ只其數ト地域トハ未解決 問題ニシテ豫算關係ハ何レニセヨ數萬圓程度ノ少額ナル故豫算問題ハ後日ニ譲ル・要綱ハ政策上速ニ決定スル要アルヲ以テ現地提案・要綱ニ基キ東京ノ審議ヲ進メラレ度・當方ノ希望ヲ東京ニ進達シアリ

右ノ次第ニテ本問題ハ保留學校ノ數即チ間島六校ノ處分ニ付未解決ニシテ現地朝鮮間ニ於テ後日協議致スコトトシテ保留セラレアリ

87　南次郎 → 大野緑一郎(1936)

以上ノ如ク現地朝鮮共ニ保留スヘキ一部日本人中ニ朝鮮人ヲ含マシムル方針ハ認メアリ只其数ト地域トハ未解決ノ問題ニシテ豫算関係ハ何レニセヨ数万圓程度ノ少額ナル故豫算問題ハ後日ニ譲リ要綱ハ政策上速ニ決定スル要アルヲ以テ現地提案ノ要綱ニ基キ東京ノ審議ヲ進メラレ度ロ当方ノ希望ヲ東京ニ進達シアリ。

右ノ次第ニテ本問題ハ保留学校ノ数即チ間島六校ノ處分ニ付未解決ニシテ現地朝鮮間ニ於テ後日協議致スコトトシテ保留セラレアリ。

南次郎 → 大野緑一郎(1937. 1. 12)

國會圖書館 番號 81-51

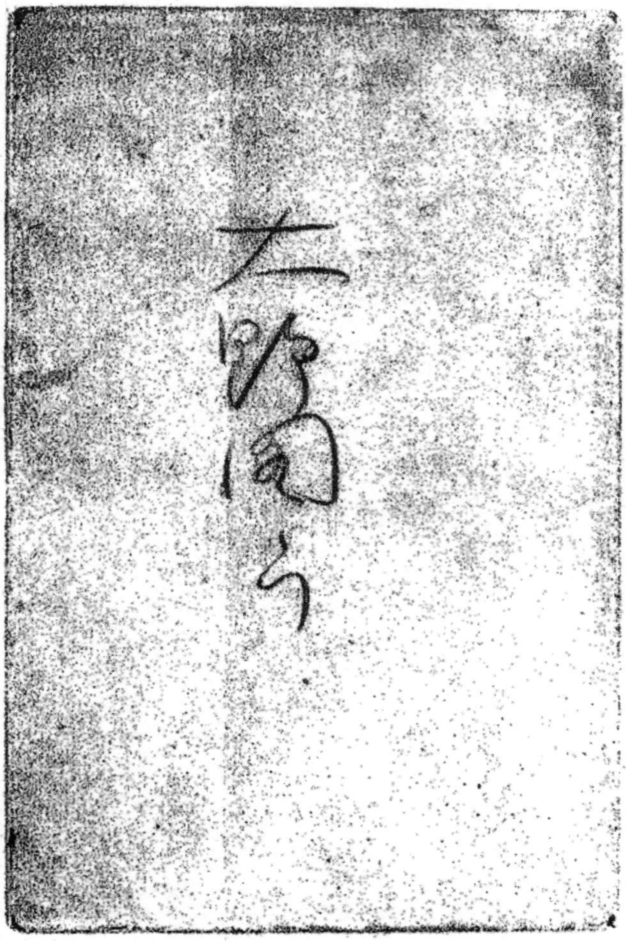

89 南次郎 → 大野緑一郎(1937. 1. 12)

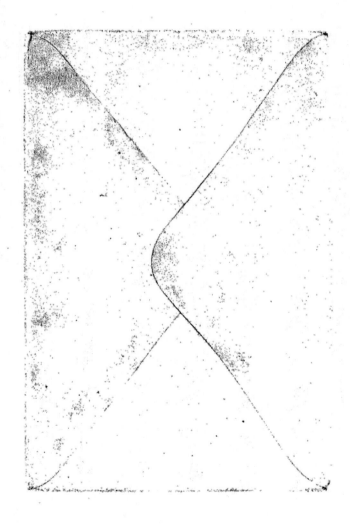

大野閣下へ（一月十三日御返信ス）来

No.

別紙ノ意ヲ以テ岡君ニ御依頼シ置キ被下ヲ同君ノ
御聞書ヲ得シ朝鮮協會ノ主義精神ヲ
必要人ニ理解セシムル様御助力ヲ乞フ、
鮮協會ノ如キ者茲ニ先ヅ續々起ル鮮協民衆ノ向フ所ヲ
明朗ナラシムルニアラズシテ之ヲ階梯トシテ日協文ノ提
携ノ實ヲ進ムルモノニテ、今後日本國民運動ヲ策
同ノ國策ノ遂行セシムル考ヘナリ

91 南次郎 → 大野緑一郎(1937. 1. 12)

大野閣下(一月十二日御渡ス)(南次郎花押)

別紙ノ意ヲ長岡君ニ御話シ置キ被下テ同君ノ

御同意ヲ得レハ鮮満一如ノ主義精神ヲ

必要人ニ理解セシムル如ク御助力ヲ乞フ。

鮮満一如ハ出先第一線ニ在ル鮮満民衆ノ向フ処ヲ

明朗ナラシムルニアリ。而シテ之ヲ階悌トシテ日満、支、ノ提

携ニ躍進スルモノニシテ、今後ノ日本國民運動ヲ東

洋ノ団結ニ邁進セシムル考ヘナリ。

別紙

No.

鮮満一如

(イ)、日満不可分ハ昭和七年九月ヨリ昭和十年四月迄
(ロ)、日満一體ハ昭和十年皇帝陛下御来朝ノ詔書渙發以後
(ハ)、朝鮮ハ日本ノ一部デアリ且ツ満洲ニ接壌セル故、一如ノ精神ヲ可トス

右指導精神ハ鮮満共ニ唱導實行スベキモノナリ責自覺ハ尤モ[illegible]

(関東軍及満洲國協和會トモ緊密連絡ス)

一、朝鮮獨善主義、満洲獨善主義ニ基ク鮮満対立ノ歴史的感念並ニ現下ニ於ケル対立思想ヲ絶滅スルニアリ

二、満洲事變後ニ於ケル朝鮮半島ノ使命ガ平戦両時ニ於ケル満洲國ノ心的、物的ノ兵站地タルコトヲ認識セシムルコト

93 南次郎 → 大野緑一郎(1937. 1. 12)

別紙

鮮満一如

(イ)、日満不可分ハ昭和七年九月ヨリ昭和十年四月末ニ至ル

(ロ)、日満一体ハ昭和十年五月満洲皇帝詔書渙発以後

(ハ)、朝鮮ハ日本ノ一部デアリ且ツ満洲ニ接壌セル故、一如ノ精神ナラサル可ラス

右指導精神ハ鮮満共ニ唱導実行スヘキモノナリ。其ノ目的ハ左ノ如シ

(関東軍及総務庁ニハ緊密ニ連絡ス)。

一、朝鮮独善主義、満洲独善主義ニ基ク鮮満對立ノ歴史的感念並ニ現下ニ於ケル對立思想ヲ絶滅スルニアリ。

二、満洲事変後ニ於ケル朝鮮半島ノ使命カ平戦両時ニ於ケル満洲國ノ心的、物的ノ兵站地タルコトヲ認識セシムルニアリ。

No.

朝鮮通達ノ人々ニヨリ主張セル至当ナル人の國策促進、諸般ノ改革ノ大要

現下時局ノ克服ハ左ノ要訣ニ由ル、

一、大陸政策ヲ國標トシテ対外策ヲ第一トシ

対内策ヲ第二トス

二、対ソ諸準備完ヲ急ハ極力日本ノ孤立外交ヲ

避クルヲ要ス

三、対内策特ニ國民生活ノ安定及ヒ庶政一新ハ第一

四、國防達成為メノ必要部分ニ止ムルコト、

95 南次郎 → 大野緑一郎(1937. 1. 12)

朝鮮通過ノ人々ニシテ来訪セル重ナル人の國策質問ニ對スル返事ノ大要。

現下時局ノ克服ハ左ノ要領ニ由ル。

第一、大陸政策ヲ目標トシテ對外策ヲ第一トシ、

對内策ヲ第二トス。

第二、對「ソ」諸準備完了迠ハ極力日本ノ孤立外交ヲ

避クルヲ要ス。

第三、對内策特ニ民衆生活ノ安定及ヒ庶政一新ハ第一、

第二ノ目的ヲ達スル為メノ必要部分ニ止ムルコト。

柘植へ

一、陸軍ノ御意見カタ附ニ

二、内閣ハ陸軍ト通告無之ところ居ル時御努力ありたし

三、山の事ノ件ハ御心配の為メ御心情ハ十分

ヲ了承致し候

97 南次郎 → 大野緑一郎(1937. 1. 12)

拓相へ

一、豫算ノ御盡力ヲ謝ス。

二、内閣ハ預算通過ヲ第一トシテ忍耐御努力ヲ望ム。

三、小乃寺ノ件ハ御心配ニ及ハス御心情ハ十分ニ了承致シ居ル。

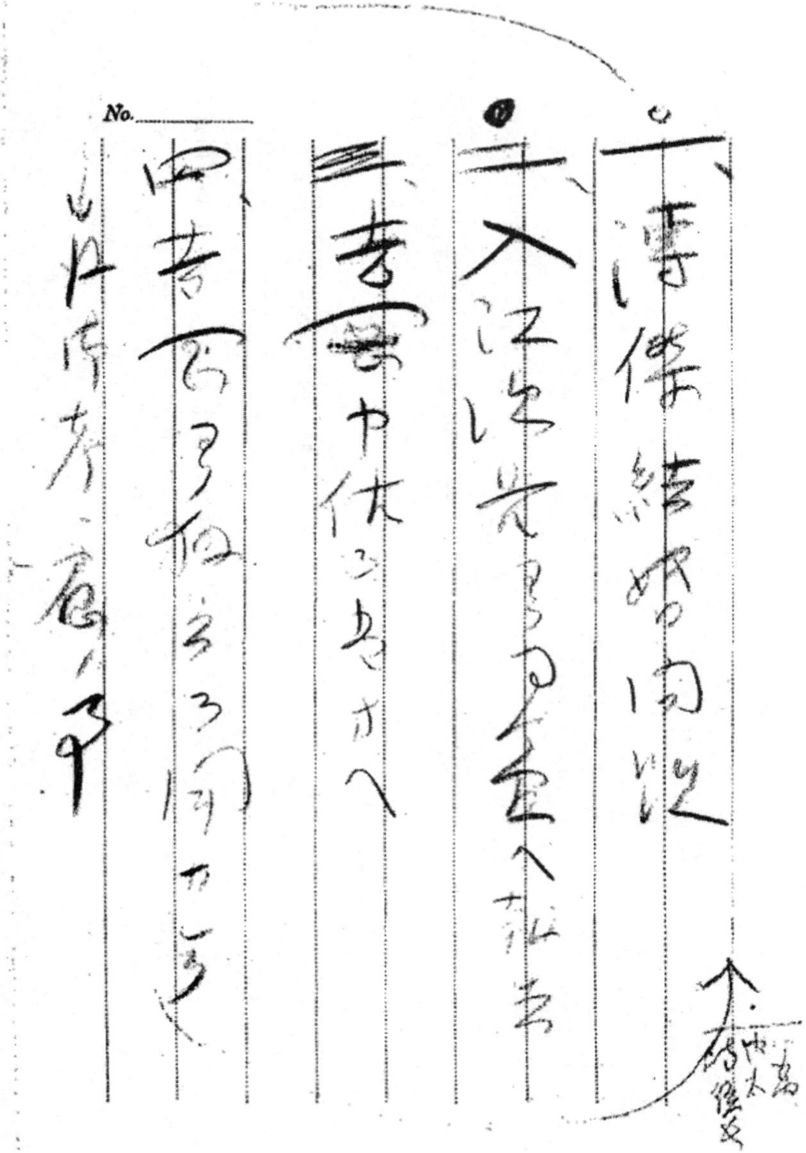

99 南次郎 → 大野緑一郎(1937. 1. 12)

○一、溥傑結婚問題

●二、入江次長ヨリ司令官へ報告

三、吉岡中佐ニ当方へ

四、吉岡ヨリ報告ヲ聞カシム

後御考慮ノ事

一 宮

一 内大

一 待従長

* 원문에서 ○, ● 표시는 인사상에서 (一) (二)를 강조한 표시.

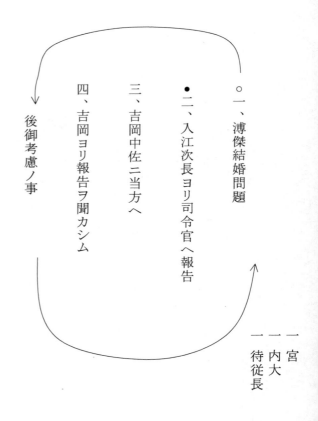

[illegible]

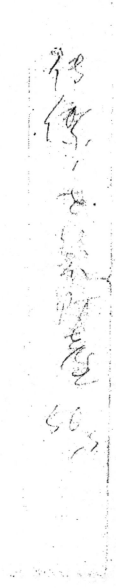

101 南次郎 → 大野緑一郎(1937. 1. 12)

〇〇、〇〇財産 50-5

南次郎 ⟶ 大野緑一郎(1937. 1. 16)

國會圖書館 番號 81-4

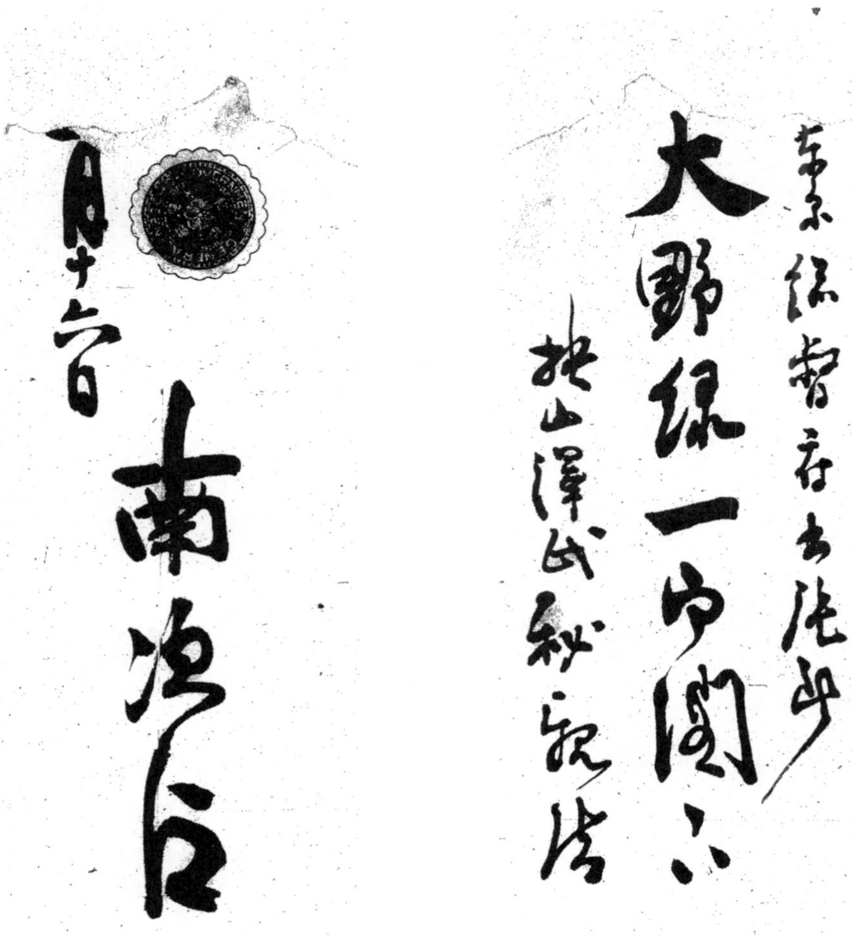

103 南次郎 → 大野緑一郎(1937. 1. 16)

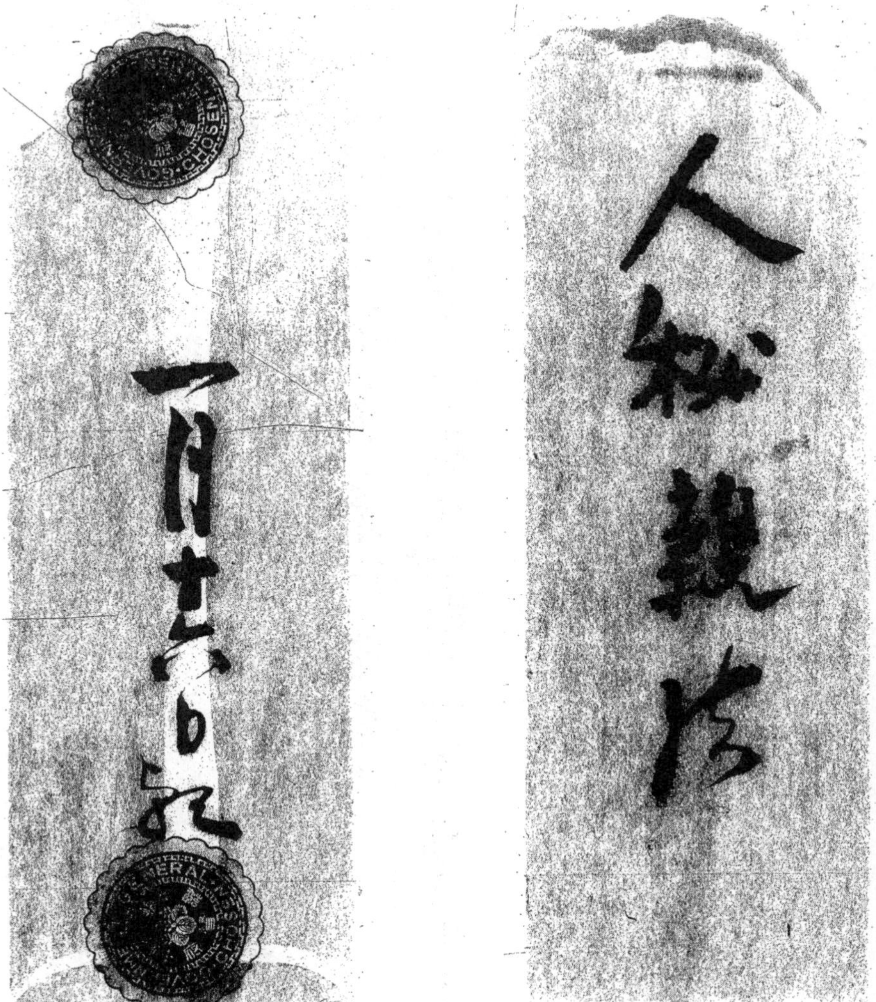

No.(11)

右代（一月十三日退出）

本日、内務、殖産、両局長ヨリ左ノ意見アリ

一、朝鉄社長ト吉田局長ト村上義一

二、中枢院参議、兼東拓監事、

李範益ト姜弼成（慶南参与）ト研究中

三、山本犀蔵ト関屋毎日支社長ト松本（全南）

ト安部（慶北内務）

右ニ就キ考慮ヲ煩ハシタシ但シ選抜ノ範囲ヲ広メラルヽヲ要ス

105 南次郎 → 大野緑一郎(1937. 1. 16)

舌代(一月十五日認ム)

本日、内務、警務、両局長ヨリ左ノ意見アリ。

一、朝鉄社長←吉田局長←村上義一

二、中枢院参議、兼東拓監事、

李範益←姜弼成(全南参與)←研究中

三、山本犀蔵←岡崎赤十字支社長←松本(全南)

←安部(慶北内務)

右ニ就キ考慮相成リタシ。但シ次枚ノ記事ヲ参酌スルヲ要ス。

No.(2)

尚此頃ハ貴兄ト慶家ニ大陰系ヲ選用スル必要上、尤
私ハ吉田ヲ其候ニ可トスル意見ナリシニ一面谷氏ハ吉田
ハ既ニ高年ナル事ヲ最近先考人ガ引付ナリ又村上ガ来ルナレバ如何ト云ハ
関係デナク彼ニ手腕ト人格ノ優ルモノアリト主張ス
本件ニ就テハ吉田ヲ其候トセハ村上ヲ直ケテ故大川ノ
後ニスル方法（大村陽餘副総裁ヨリ所見アリ）ナキニアラズ
但シ村上ナル人ハ正直ナル公平ノ人ナルコトハ衆人ノ意見一致
スルモ敏腕者ニハアラズト村上ハ現社長、中野金炳氏ヲ
説クニハ方法アリ（支配ニテ）ト考ヘアリ

107 南次郎 → 大野緑一郎(1937. 1. 16)

第一項ハ貴兄出発前ニ大予算ヲ運用スル必要上、当分吉田ハ其侭*ヲ可トスル意見ナリシニ、両局長ハ吉田ハ既ニ四年半ニテ最古参今ガ引時ナリ、又村上ガ来レハ如此ハ問題デナク彼ニ手腕ト人格ノ優ルモノアリト主張ス。本件ニ就テハ吉田ヲ其侭トセハ村上ヲ直チニ故大川ノ後ニスル方法(大村満鉄副総裁ヨリ所見アリ)ナキニアラズ。但シ村上ト云フ人ハ正直小心ノ人ナルコトニハ衆人ノ意見一致スルモ敏腕者ニハアラズ、村上ノ現社長、中野金次郎氏ヲ説クニハ方法アリ(小生ニ於テ)ト考ヘアリ。

---

* 侭는 俗字, 正字는 儘이다.

No.(9)

只故大川ノ役ヲ財界ノ人ニスルカ、色々ノ人ニスルカハナキモ

ノ更ル處デアリ色々人ヲ才モ無色ノ人トセハ去ル田、村上、

秋田（元色朝鮮局三郎君ニテ鉄道規則遅路ニ参ラレル人）

何レモ更陳ニ候色アリト思ハルモ本件ハ両ヒ貴兄ノ

意見承知シタシ

第二項ハ貴見ニ依リ成案ニ事務處ノ他日問題者アル

引当テル三宗博ヲ松テ表示スル其ノ体ニテ御所ハノ需要スル

ガ之ノ引当テニテ總督府、現在ノ道協、鄭僑偉文ハ忠北ノ

109 南次郎 → 大野緑一郎(1937. 1. 16)

只故大川ノ役ヲ財界ノ人ニスルカ、無色ノ人ニスルカハ小生ノ見ル処デハ無色人ヲ可トセン、無色人トセハ吉田、村上、和田(元参謀本部第三部長ニシテ鉄道船舶運輸ニ委シキ人)何レモ受諾ニ難色アリト認ムルモ本件ハ再ヒ貴兄ノ意見ヲ承知シタシ。

第二項ハ貴兄出発前ニ李範益ハ他日間嶋省長ニ引当テル意味ニ於テ当分其ノ侭ニスルトノ御意見ナリシガ之ノ引当テニハ寧、現在ノ黄海鄭僑源又ハ忠北ノ

No. (4)

金東勲ヲ優レタリトスル者ノアリト、由テ本件ハ両局
長ノ意見ヲ採用スルヲ可ナリト認ム
宇垣ハ曽テ貴見ノ主張ハ全然同意ナルモ其後
実行ヲ見ルコトトス
右ニ就キ考慮ヲ致シ又特ニ宇垣ハ要局氏ノ意見モ
アリ其間ノ空氣モ一應了知致シタシ
先ハ取急ギ要用如此ニ候

大野閣下

南次郎

111　南次郎 → 大野緑一郎(1937. 1. 16)

金東勲ヲ優レリトスルモノアリト、由テ本件ハ両局長ノ意見ヲ採用スルヲ可ナリト認ム。

第三項ハ曽テ貴兄ノ主張ト全然同一ナルヲ以テ其侭実行スルヲ可トス。

右ニ就キ考慮相成リ度、特ニ第一項ハ安川氏ノ意見モアリ其間の空氣モ一應承知シタシ。

先ハ取急要用如此ニ候。

南次郎

大野閣下

南次郎 → 大野緑一郎(1937. 2. 10)

國會圖書館 番號 81-5

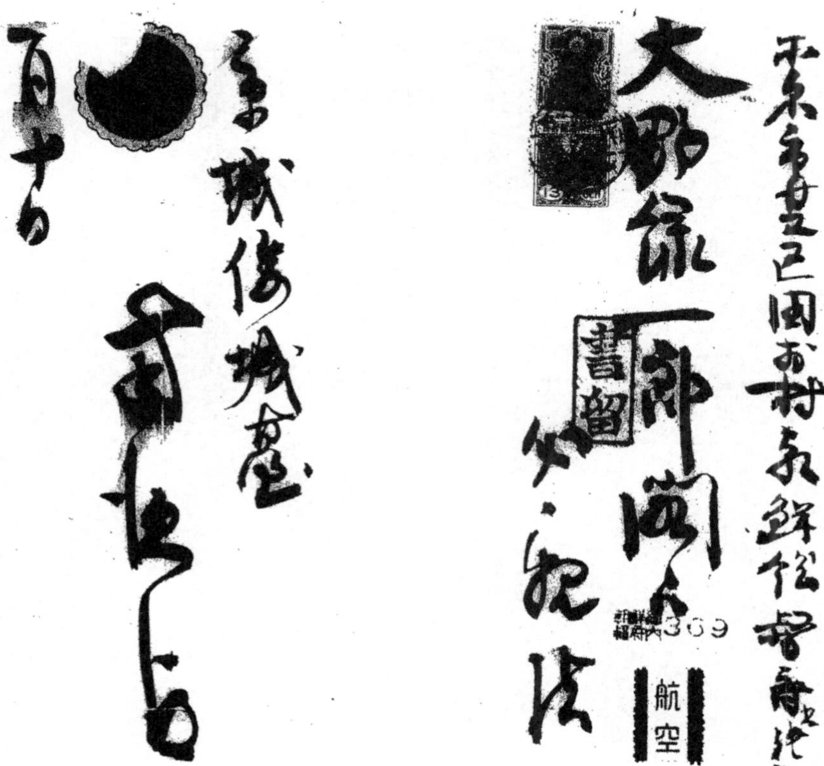

113 南次郎 → 大野緑一郎(1937. 2. 10)

秘親展

二月十日

(1)

尚後任閣員の其選考ニ関シテハ盧(?)当局ヲ以テ次第(?)ニ候
候也今回(?)参謀(?)会議(?)ニ抵致シ其ノ退職ト共ニ入及閣員中枢院入
ヲ中候シテ魚(?)吏ヲ主ト兼知ルモ、二月一杯在職スル時ハ果任ノ時機ニ遅(?)
スル旨申出ル故、従来ノ本人ノ功績ニ鑑ミ最モ適当ナラント存ル故
内務局長ヲ電報致シ、存ル依テ、安川(?)氏ニ交渉
セシ右ノ事情ニ基キ閣員上申採用方御取計相成度候
一、政変モ林内閣成立ニヨリ一段落付キタルハ慶賀ノ至リナリ、議会
等ノ関係上、或ハ議会ハ解散ナシニ行クカモ知レス、又ガ如キモ事(?)
情(?)ハ許サザル可シ、民政党ガ極度ニ解散回避ニ何等(?)ニ於テ
ナル議会ハ両会派モ生ツ(?)続ク(?)スヘシト存ス
二、隊(?)幕(?)改訂ノ報、昨今新紙ニテ付ヘラレルカ朝鮮ニ関スル
限リ、一、既ニ決定セル隊(?)幕(?)ヲ変更セザル方針ニテ進ミ(?)

二月 [illegible]

115 南次郎 → 大野緑一郎(1937. 2. 10)

拝復　二月四日の貴墨正ニ拝見益々御清栄奉賀候。
陳者七日李範益ヲ官邸ニ招致シ其ノ退職ト東拓入及四月ニ中枢院入ヲ申渡シ候処直チニ承知セルモ、三月一杯在職スル時ハ昇位*ノ時機ニ達スル旨申出候故、往年ノ本人ノ官成績ニ鑑ミ最モノ事ナリト存候故内務局長ヨリ電報セシ如ク取斗*ヒ度ニ候依テ安川氏ニ交渉セラレ右事情ニ基キ四月上旬採用方御取斗ヒ相成リ度候。

一、政変モ林内閣成立ニヨリ一應片付キタルハ慶賀ノ至リナリ。豫算ノ関係上、或ハ議會ハ解散ナシニ行クカモ知レヌガ必シモ楽観ハ許サヾル可シ。只政党カ極度ニ解散迴避ニ自縛スル時ノミニ於テ議會ハ両會後モ先ツ継続スヘシト存候。

二、豫算改訂ノ報、昨今新紙ニヨリ伝ヘラルルカ朝鮮ニ関スル限リ一應既ニ決定セル豫算ヲ変更セサル方針ニテ邁進

---

* 원문 그대로 표기. '昇位'라는 단어는 사용하지 않으므로 '昇進'이라는 의미로 쓴 것이라 생각된다.
* 取斗로 쓰기도 하지만 正字는 取計이다.

桐岡ハ、特ニ風水害ニ特殊ノ事情ニ基クモノハ寸毫モ既定
方針ヲ変更セザル考ナリ
三、両鮮電気会同ノ結[illegible]ハ貴説ノ如ク急ヲ要スルモ之ト
存シ候、他ニ人選[illegible]来ル迄[illegible]様子ヲ見テ差支ナカルヘシト存候
四、長谷川氏三月十八日ニ鹿島丸ニテ出発、萬国議員会議ニ
出席ヲ兼テ外遊ノ由、令夫人御同行ナリヤ又同氏ハ
何時頃帰京ナリヤ、[illegible]貴家[illegible]有之候ハヽ承知致度候
四月末トナルヘク候テ[illegible]ハ同[illegible]ト存セラレ候、貴下ハ貴見ト
[illegible]会ヲ[illegible]候
五、山下[illegible]役ノ件ハ[illegible]自然[illegible]桐ト[illegible]会ノ必要アルヘク小河氏
ノ説ニ[illegible]必要モ之レ有ル[illegible]事[illegible]ヲ以テ[illegible]氏ニ[illegible]
中ニ[illegible]子ニ於テ[illegible]、[illegible]、両氏ト会合シテ独乙

(谷岡納)

117 南次郎 → 大野緑一郎(1937. 2. 10)

相成度、特ニ風水害之特種事情ニ基クモノハ寸毫モ既定方針ヲ変更セサル考ニ候。

三、西鮮電氣合同ノ社長問題ハ貴説ノ如ク急グ要モ無之ト存候故他ニ人選出来ル迄、暫ク様子ヲ見テ差支ナカルヘク候。

四、長岡君三月十八日之鹿島丸*ニテ巴里ノ萬國議員會議ニ出席ヲ兼テ外遊の由、令夫人御同行ナリヤ又帰朝ハ何時頃の豫定ナリヤ、出発前面談致度存候モ小生の上京ハ四月末トナルヘク従テ面談ハ困難ト存ゼラレ候故、萬事ハ貴兄ト御話合有之度候。

五、山下取締役ノ話ハ自然、伍堂新商相ト談合ノ必要アルヘク、小川氏ノ話ニハ捉ハル必要無之ト存候。御承知之如ク伍堂氏ハ小生在満中ニ陽崗子ニ於テ松岡、伍堂、両氏ニ會合して独乙

---

* 로쿠시마 마루(鹿島丸)는 유럽형 선박으로서, 日本郵船에서 운영.

クルップ會社視察ニ付テ直接製鋼法ヲ研究ニ從事
セル次男勿(?)氏ト山下氏トハ或ハ其ノ内一人ノ研究ヲナシ
アルニアラズヤ何レニシテモ清津築港規模ヲ無此際本
府ニ於テ取扱ハ
鴨江水力開發ノ件ハ遅(?)延ノ向キ急ヲ要セシハ明白ナル人ヲ
得開スルニ要ハ水力開發ハ大局ヨリ見テ早キヲ以
要トセス
務本會計長官ノ件ノ事、
現在石原遅ニ於テ任ノ筆ヲ執リ次第ニ親接セシニ於テ
ソ継續シテ相談シテ山氏ニ決定セシハ本人ハ英ニカヘモ全
般ニハ常在スル是レヲ先ツ御容解散リ免セ可申ニ

119 南次郎 → 大野緑一郎(1937. 2. 10)

クルツプ會社視察、特ニ直接製鋼法之研究ニ渡欧セル次第故、伍堂氏ト山下氏トハ或ハ共ニ同一ノ研究ヲナシアルニアラズヤ。何レニシテモ清津築港ノ規模等可然御考慮相成度候。

鴨江水力開発ノ件ハ逓信局長ヲ上京セシ候故、同人ヨリ御聞取被下度候。要ハ水力開発ハ大局ヨリ見テ早キヲ必要ト被存候。

藤本會計課長帰任御伝言ノ件了承。

児玉君逓相就任了承之趣き漸クボツ〱親揃ヒト相成*リ結構ニ存候。陸相杉山氏ニ決定セシハ本人ハ苦シカランモ全般ニハ常石ニ候。是レデ先ツ議會解散ハ免カレ可申候モ

---

* 「親揃ヒト相成」: 부친 고다마겐타로(児玉源太郎), 아들 고다마히데요(児玉秀雄)와 함께 대신(大臣)으로 취임한 것을 가르키는 것으로 생각된다.

前陸相の立場ハ非常ニ苦シカルヘク又軍部ノ立場モ
相当硬化スヘシ
六、内務次官以下辞職ニヨリテ若干地方官ノ異動アリシカ是
等人事ニ関シテハ常ニ圏外ニ置カレサル如ク則チ内地長官
選レサル如ク御留意ヲ乞ヒ度
先ハ要用のミ如此
敬具
十月十日
次郎
大野総監閣下

前陸相の立場ハ非常ニ苦シカルヘク又軍部ノ立場モ相當硬化スベシ。

六、内務次官以下辞職ニヨリテ若干地方官ノ異動アリシカ当府人事ニ関シテハ常ニ圏外ニ置カレサル如ク則チ内地官吏ニ遅レサル如ク御留意ヲ願ヒ候。

先ハ要用如此ニ候。　敬具

二月十日　　南次郎

大野総監閣下

121 南次郎 → 大野緑一郎(1937. 2. 10)

林銑十郎 → 結城豊太郎(1937. 3)

國會圖書館 番號 81-40

満鮮一如ニ干スル* 答弁書

* 원문 그대로 표기. 干スル는 関スル의 오기.

123 林銑十郎 → 結城豊太郎(1937. 3)

衆議院議員牧山耕藏外三名提出南朝鮮總督ノ
高調力說スル「鮮滿一如」ノ標語カ朝鮮統治上
民心ニ及ホス影響ニ關スル質問ニ對スル答辯書

帝國ノ朝鮮統治ノ根本方針ハ、明治四十三年日韓併合ノ際竝大正八年朝鮮總督府官制改正ノ際ニ渙發セラレタル詔書ニ炳乎トシテ明カナル如ク、一視同仁內鮮ノ渾然タル融合ヲ致シ、東洋平和ニ貢獻スルニ在リ。南總督ニ於テモ右聖旨ヲ奉シ報效ノ誠ヲ致シツツアリ。

而シテ茲ニ同總督カ鮮滿一如ナル字句ヲ用ヒタルハ、日滿兩國間ノ緊密不可分ナル關係ニ鑑ミ、滿洲國ト境ヲ接スル朝鮮ノ地理的立場ヨリ、在鮮同胞ノ滿洲國ニ關スル認識ヲ深カラシメ、特ニ友

拓務省

125 林銑十郎 → 結城豊太郎(1937. 3)

衆議院議員牧山耕蔵君外三名提出南朝鮮総督ノ
高調力説スル「鮮満一如」ノ標語カ朝鮮統治上
民心ニ及ホス影響ニ関スル質問ニ對スル答弁書

帝國ノ朝鮮統治ノ根本方針ハ、明治四十三年日韓併合ノ際竝*大正八年朝鮮総督府官制改正ノ際ニ渙發*セラレタル詔書ニ炳乎トシテ明カナル如ク、一視同仁内鮮ノ渾然タル融合ヲ致シ、東洋平和ニ貢献スルニ在リ。南総督ニ於テモ右　聖旨*ヲ奉シ報効ノ誠ヲ致シツツアリ。

而シテ曩ニ同総督カ鮮満一如ナル字句ヲ用ヒタルハ、日満両國間ノ緊密不可分ナル関係ニ鑑ミ、満洲國ト境ヲ接スル朝鮮ノ地理的立場ヨリ、在鮮同胞ノ満洲國ニ関スル認識ヲ深カラシメ、特ニ友

(주) 拓務省 용지 사용.

* 현재는 並로 표기함.

* 일왕(天皇)이 발표한 것을 표시할 때 일부러 한 문자 띄어쓰기를 하는 것이 관례이다.

拓務省

好的精神ノ下ニ兩地間ノ經濟的行政的諸般ノ施設ヲ考慮經營スルノ必要アルコトヲ高調シタルモノニシテ、之カ爲毫モ朝鮮民心ニ不安ノ影響ヲ與フルカ如キコトナキモノト思料ス。

右及答辯候也

昭和十二年三月　日

内閣總理大臣　林　銑十郎

拓務大臣　結城豐太郎

好的精神ノ下ニ両地間ノ經済的行政的諸般ノ施設ヲ考慮經営スルノ必要アルコトヲ高調シタルモノニシテ、之カ為毫モ朝鮮民心ニ不安ノ影響ヲ與フルカ如キコトナキモノト思料ス。

右及答弁候也。

昭和十二年三月　　日

内閣総理大臣　林　銑十郎

拓務大臣　結城豊太郎

南次郎 → 大野緑一郎(1937. 11. 21)

國會圖書館 番號 81-47

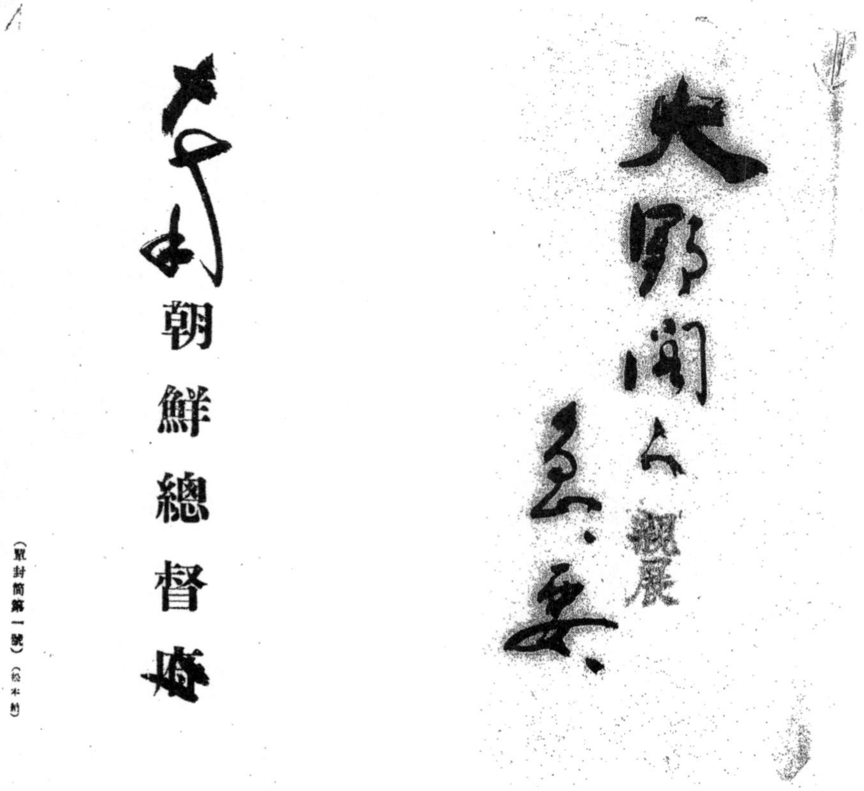

129 南次郎 → 大野緑一郎(1937. 11. 21)

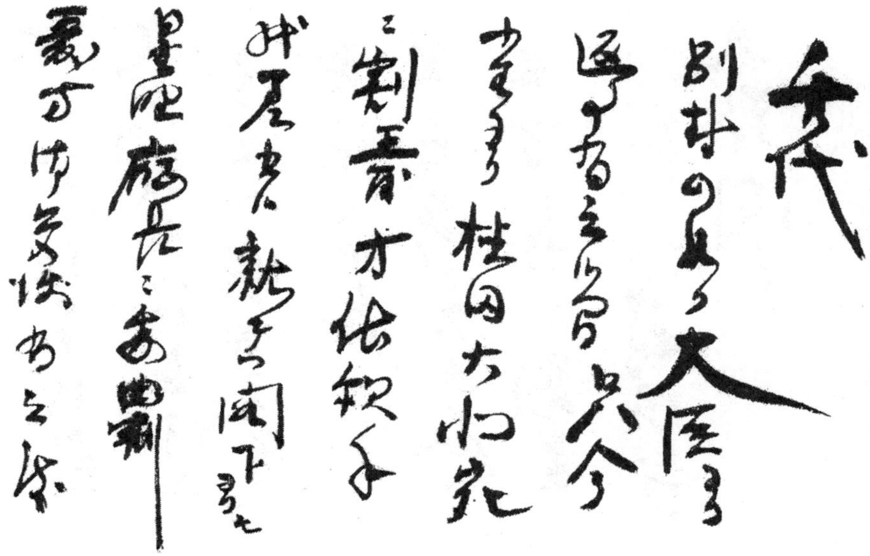

舌代
別封の如ク大臣ヨリ
返事有之候間、只今
小生ヨリ植田大将宛
ニ割裏方依頼手
紙差出候。就テハ閣下ヨリモ
星墅* 庁長ニ委曲割
裏方御交渉有之度。

---

* 星墅은 인명이기 때문에 원문 그대로 표기.

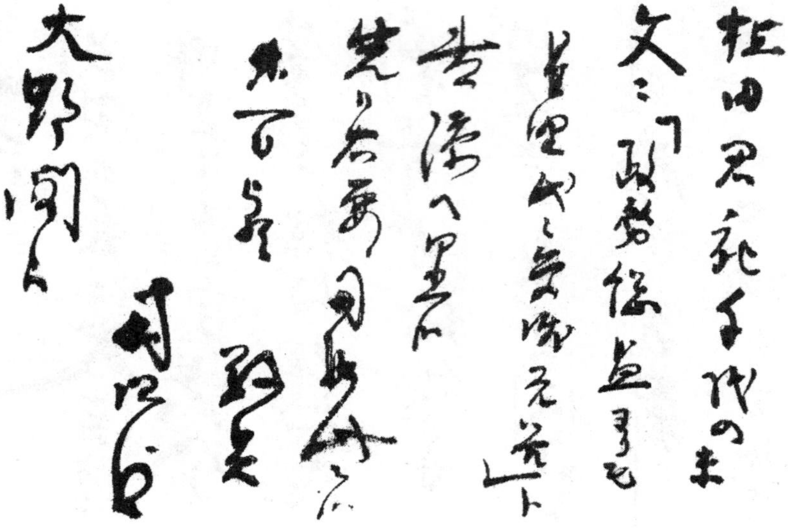

植田君宛手紙の末
文ニ「政務総監ヨリモ
星野氏ニ交渉スル筈」ト
書添へ置候。
先ハ右要用如此ニ候。
廿一日* 朝　敬具
南次郎
大野閣下

* 廿一日은 二十一日.

賀屋興宣 → 南次郎(1937. 11. 18)

國會圖書館 番號 81-47 別紙

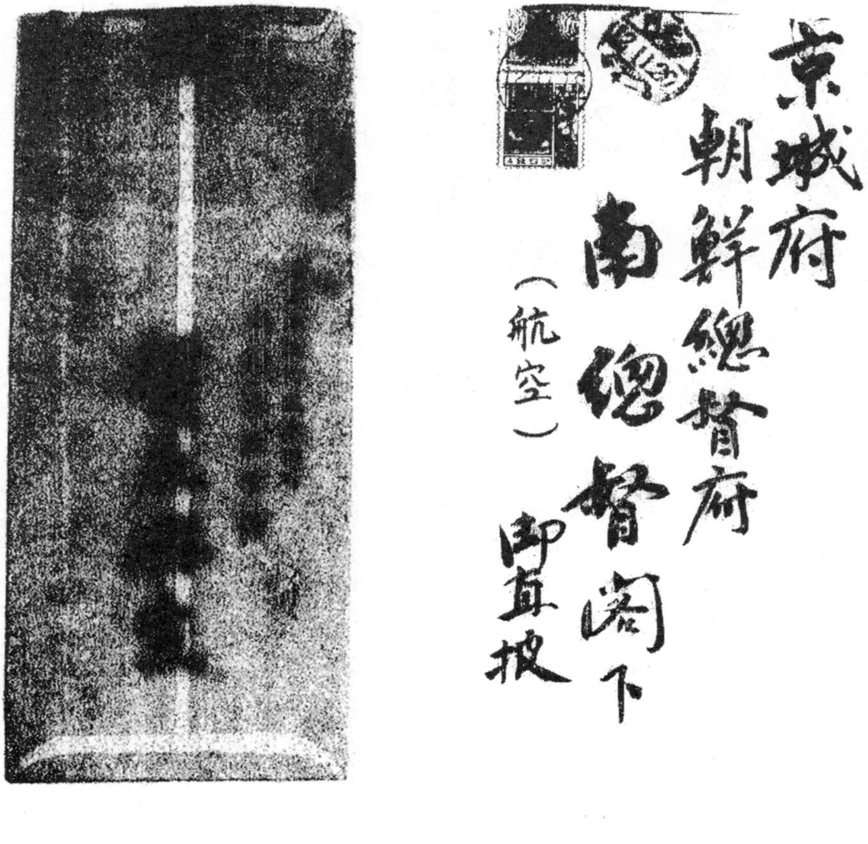

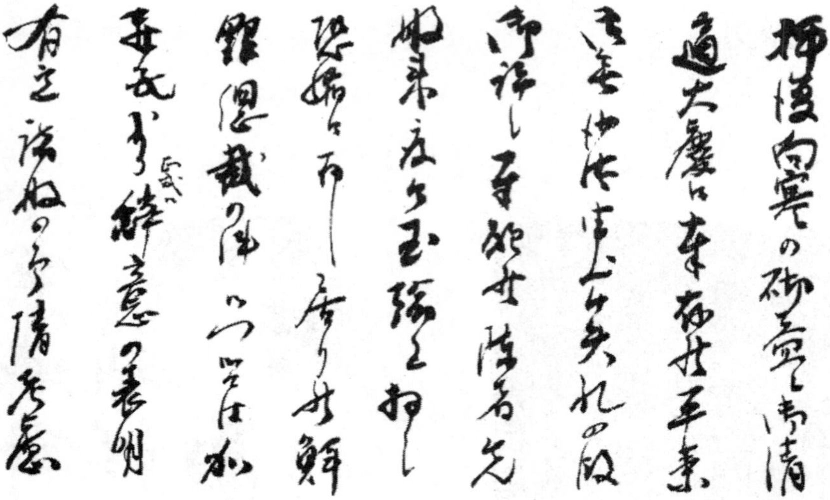

拝復　向寒の砌益々御清
適大慶に奉存候。平素
御無沙汰申上け失礼の段
御許し奉願候。陳者先
般来度々玉翰を拝し
恐縮に存し居り候。鮮
銀総裁の件については加
藤氏より正式に辞意の表明
有之諸般の事情考慮

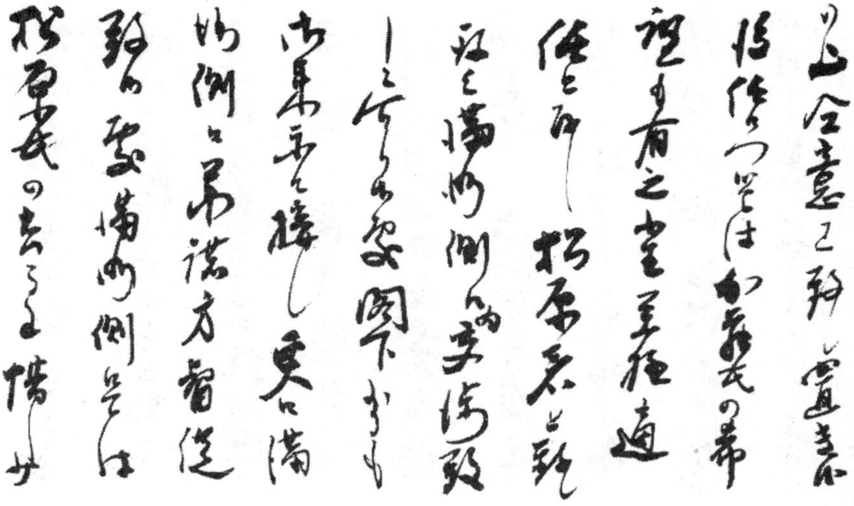

の上仝*意を致し置き候。
後任については加藤氏の希
望も有之、小生至極適
任と存し松原君と致し
度々満洲側に内交渉致
し居り候處、閣下よりも
御来示に接し更に満
洲側に承諾方督促
致候處、満洲側にては
松原氏の去るを惜しみ

* 仝은 同의 俗字.

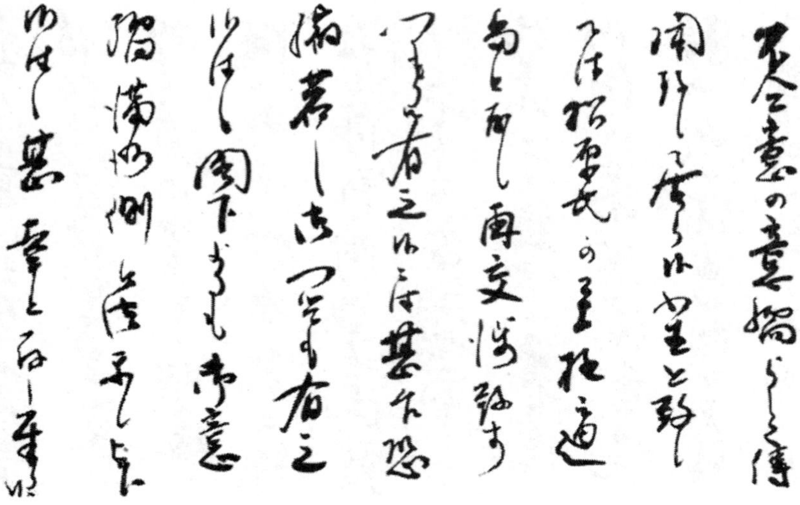

不仝意の意嚮らしく伝
聞致し居り候。小生と致し
ては松原氏の至極適
当と存し再交渉致す
つもりに有之候ニ付、甚乍恐
縮若し御ついても有之
候は丶閣下よりも御意
嚮満洲側に御示し被下
候は丶甚幸と存し奉り候。

135 賀屋興宣 → 南次郎(1937. 11. 18) 別紙

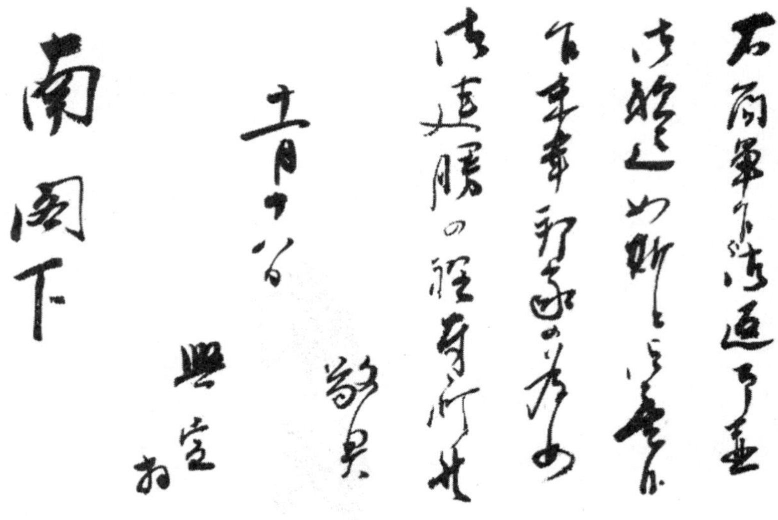

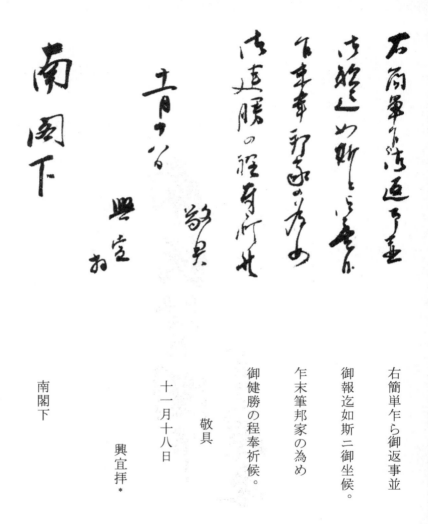

右簡単乍ら御返事並
御報迄如斯ニ御坐候。
乍末筆邦家の為め
御健勝の程奉祈候。

敬具

十一月十八日

興宜拝*

南閣下

---

* 가야 오키노부(賀屋興宣) 대장성 대신.
1937년(소화12) 11월 20일, 東京都麴町區永田町大藏大臣官邸에서 항공우편으로 조선총독 미나미에게 보낸 편지. 가야 대장성 대신에게 받은 편지를 다시 오노 총감에게 보냈다.

南次郎 → 大野緑一郎(1937. 11. 26)

國會圖書館 番號 81-45

南總督閣下

[illegible]親展

137 南次郎 → 大野緑一郎(1937. 11. 26)

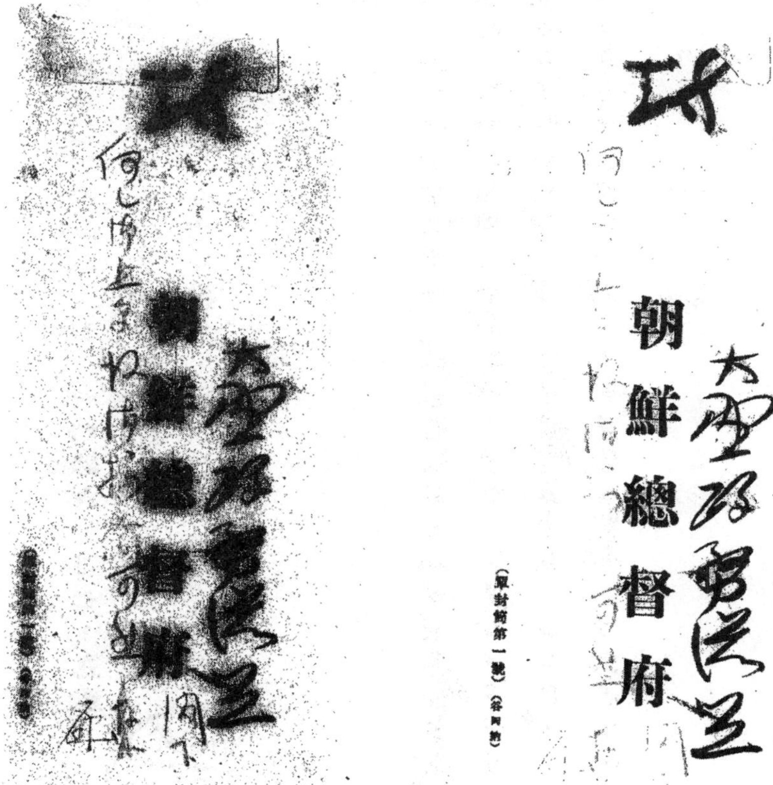

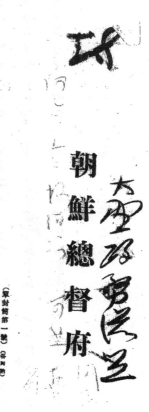

電報

發信局通信番號

發信 午 時 分 著信局 照校者 受信

リム 九五〇 シンペ シ 一〇[illegible]六 コセ丶五五
ケイゼ ウヤマトマチカン[illegible]
オホノ [illegible] ソウカム[illegible]

3125

ニカ
一[illegible] シカイケイカクテ[illegible] [illegible]八五〇ヒニ エム[illegible]セ[illegible]ガ オホク
ヲセウトシテハ[illegible]スマ[illegible] イガ ンノシメタタリヲツ[illegible]
ウ[illegible]トナホレヒボ ゴ ニイ[illegible]ンセ ントタベ ツカイケイ
ヨリノ[illegible]リイレキンヘガ イチノ[illegible]ト[illegible] ツカイケイニテ[illegible]ガ

78

12.11.26

(KK納) [illegible]

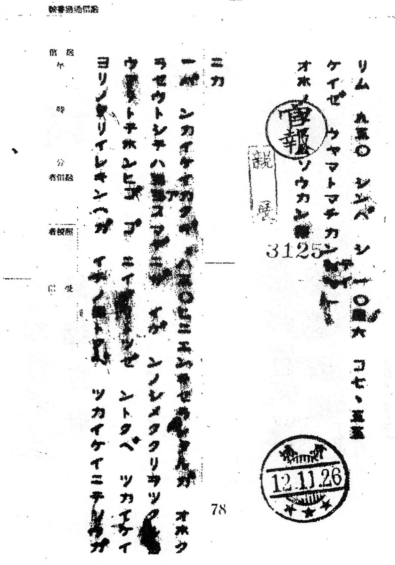

139 南次郎 → 大野緑一郎(1937. 11. 26)

[電報]

リム 九三〇 シンバシ 一〇四六 コ七―五五
ケイゼウヤマトマチカンテイ
オホノセイムソウカン殿

ニカ
一パンカイケイカクギハ三〇ヒニエンキセラレタルガ、オホク
ラセウトシテハアスマデニザイガンノシメククリヲツクルヨ
ウアリトテ、ホンヒゴゴニイタリトツゼントクベツカイケイ
ヨリノクリイレキン(ガイチノ四トクベツカイケイニテ、ソウガ

*전보를 일반문으로 바꾼 것
リム 九三〇 新橋一〇四六 コ七―五五
京城大和町官邸
大野政務総監 殿

一般會計閣議ハ三〇日ニ延期セラレタルガ、大蔵
省トシテハ明日マデニザイガンノ締メ括リヲ作ル要
アリトテ、本日午後ニ至リ突然特別會計
ヨリノ操入金(外地ノ四特別會計ニテ、総額

(주) 전보 표기는 발음을 가타가나와 숫자로만 쓴다.

電報

信發番號讀

信發 午 時 分

者信發

者校照

信受

ニ

ク[illegible]〇マンエン」ケツギイカオサイソクアリ」テウセンハ一

バルカイケイヘソホウコウトナルベキダ ンジ シセツヒキヨ

ガクニノホ ルノミナラズ ソウカンデ フザ イユテゼ ウシ

ノデ イコウモウカガ ウイトヤナクカツサチイミサイユシキザ

79

(KK的)

電第十六號

141 南次郎 → 大野緑一郎(1937. 11. 26)

ク四四三〇マンエン)ケッテイカタサイソクアリ。」テウセンハ一パンカイケイヘノホウコウトナルベキグンジシセツヒキヨガクニノボルノミナラズ、ソウカンゴフザイニテゼウシノゴイコウモウカガウイトマナク、カツサテイミサイニシテザ

*일반문

四四三〇万円)決定方催促アリ。朝鮮ハ一般會計ヘノ方向トナルベキ軍事施設費巨額ニ上ルノミナラズ、総監御不在ニテ上司ノ御意向モ伺ウ暇ナク、且ツ査定未済ニシテ

電報

發信局番號

發信 午 時 分

發信者

照校者

受信

イダ ンホトンド ナキコンニチホンデ トルキハソ ウガ クシ

ガ タキムネレユテウセルガ キツキヨタタタムセウトレテハユウ

コクヤデ ニサエラカオホタラセウニモカイトウサヨウスルタチバ

ニアリゴ ソ ツタタムセウヨリガ イチテウカンニレウカイサセ

80

(KE納)

電第十六號

143 南次郎 → 大野緑一郎(1937. 11. 26)

イゲンホトンドナキコンニチ、ホンプトシテハゾウガクシガタキムネシユテウセルガ、ケツキヨクタクムセウトシテハユウコクマデニナニラカオホクラセウニカイトウヲヨウスルタチバニアリ。ゴジツタクムセウヨリガイチテウカンニレウカイヲモ

* 일반문

財源殆ドナキ今日、本府トシテハ増額シ難キ旨主張セルガ、結局拓務省トシテハタ刻マデニ何等カ大蔵省ニ回答ヲ要スル立場ニアリ。後日拓務省ヨリ外地長官ニ了解ヲ

報 電

トムルイミニオイテソウ[illegible]ク二四〇〇マンエン（ガイ[illegible]ンノ
ワリアテハオツテケウギ ノコト）ヲタクムセウトシテオホクラセ
ウニカイトウスルコトトセラレタリ」ミギ サンシツハコンネンノ
ゼ ウヨキンノゴ ウケイカクガ サクネンニヒレイヤクニワリマシ

81

KKB.

トムルイミニオイテソウガク二四〇〇マンエン(ガイチカンノワリアテハオツテケウギノコト)ヲタクムセウトシテオホクラセウニカイトウスルコトトセラレタリ。」ミギサンシツハコンネンノゼウヨキンノゴウケイカクガサクネンニヒシヤクニワリマシ

145 南次郎 → 大野緑一郎(1937. 11. 26)

* 일반문

求ムル意味ニ於テ総額二四〇〇万円(外地官ノ割當ハ追テ協議ノコト)ヲ拓務省トシテ大蔵省ニ回答スルコトトセラレタリ。右算出ハ今年ノ剰余金ノ合計額ガ昨年ニ比シ約二割増

電報

ナルニヨリ一二ネンド ノタリイレソウガク ニ〇〇〇マンエンノ
[illegible]ワリマシトゼルシダ イニチジ ジツゼ ウミガ チイド ノ
ソウガ クハヤムヲエザ ルヤウカンガ ヘラルレタダ オサン
ゾ ヲアオグ イトマナクミ[illegible] ノゴ ト(タ)ニタチイタ[illegible]コトア

147 南次郎 → 大野緑一郎(1937. 11. 26)

ナルニヨリ一二ネンドノクリイレソウガク二〇〇〇マンエンノ
二ワリマシトセルシダイニテ、ジジツゼウミギテイドノ
ゾウガクハヤムヲエザルヤウカンガヘラル。」タダオサシ
ヅヲアオグイトマナク、ミギノゴトクニタチイタリシコトア

*일반문

ナルニヨリ一二年度ノ繰入総額二〇〇〇万円ノ
二割増トセル次第ニテ、事実上右程度ノ
増加ハ已ヲ得ザルヤウ考ヘラル。只御指図
ヲ仰グ暇ナク、右ノ如クニ立至リシコト

電 報

號番局通信

發信 午 時 分 着信局

者檢閱

信 受

ラタメテオワビ セウシアゲ ペ キモジ ゼ ウーオウゴ レウ

セウタマワリタタレナホタクムセウノモウシデ ハオホクラセウ

ヨウキウトハダ イナルケンカクアリトウヂイコノママオチツクモ

ノトオモウレズ タタムセウニオイテモニハヒノソウカンゴ チヤ

83

(KK納)

第十六號

149 南次郎 → 大野緑一郎(1937. 11. 26)

ラタメテオワビモウシアグベキモ、ジゼウ一オウゴレウ
セウタマワリタク。」ナホタクムセウノモウシイデハオホクラセウ
ヨウキウトハダイナルケンカクアリ、トウテイコノママオチツクモ
ノトオモワレズ。タクムセウニオイテモ二八ヒノソウカンゴチヤ

* 일반문

改メテ御詫ビ申上グベキモ、事情一應御了
承賜リ度ク。尚拓務省ノ申出ハ大蔵省
要求トハ大ナル懸隔アリ、到底コノママ落付ク
モノト思ワレズ。拓務省ニ於テモ二八日ノ送還後

電報

發信局及番號

發信 午 時 分

發信者

照校者

受信

セ

クケウヲオマチシオレルモホンケンハオホクラセウキボ　ウノゴ

トクソウキウニケツテイシウベ　キモンダ　イニアラズ　トシレウ

スレチザミニタクムセウアンニヨルトキハホンア　ノフタンゾ　ウ

ハニ〇〇ヨマンエンノミコミザ　イゲ　ンハオホクラセウサチイニ

84

年第十號

クケウヲオマチシオレルモ、ホンケンハオホクラセウキボウノゴトクソウキウニケツテイシウベキモンダイニアラズトシレウス。」チナミニタクムセウアンニヨルトキハホンプノフタンゾウハ二〇〇ヨマンエンノミコミ、ザイゲンハオホクラセウサテイニ

*일반문

着京ヲ御待チシ居レルモ、本件ハ大蔵省希望ノ如ク早急ニ決定シ得ベキ問題ニアラズトシ令ス。因ミニ拓務省ニ依ルトキハ本府ノ負担増ハ二〇〇万円ノ見込ミ、財源ハ大蔵省査定ニ

151 南次郎 → 大野緑一郎(1937. 11. 26)

電報

八

ヨルサイシツゲ ンハベツトシテツド ウクリノベ リウホキン

コウサンゼ イトウゴ ウ[illegible]イヨ〇〇ヨマンエンアリヘツカヨサ

ントウノザ イゲ ンテモチハミギ ノホカニ〇〇ヨマンエンアリ

）ミギ ゴ ホウコクモウシアグ サハ

信紙 午 時 分 着信局 着校照 信受

コ一〇、四五 一四八

85

153 南次郎 → 大野緑一郎(1937. 11. 26)

ヨル。サイシツゲンハベツトシテツドウクリノベリウホキン、コウサンゼイトウゴウケイ三〇〇ヨマンエンアリ(ツイカヨサントウノザイゲンテモチハミギノホカ二〇〇ヨマンエンアリ)。ミギゴホウコクモウシアグ。サハ

受信　コ一〇—四五　一四八

*일반문

ヨル。歳出減ハ別トシ鉄道繰延留保金、鉱産税等合計三〇〇余万円アリ(追加預算等ノ財源手持チハ右ノ外二〇〇万円アリ)。右御報告申上グ。サハ

南次郎 → 大野緑一郎(1937. 11. 27)

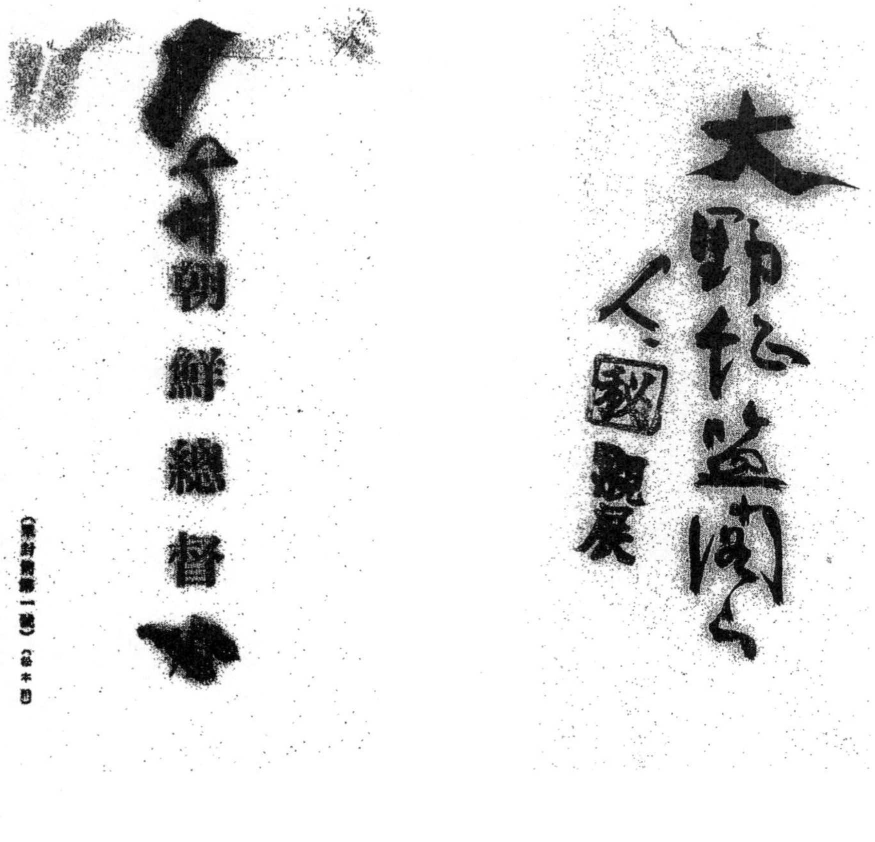

155　南次郎 → 大野緑一郎(1937. 11. 27)

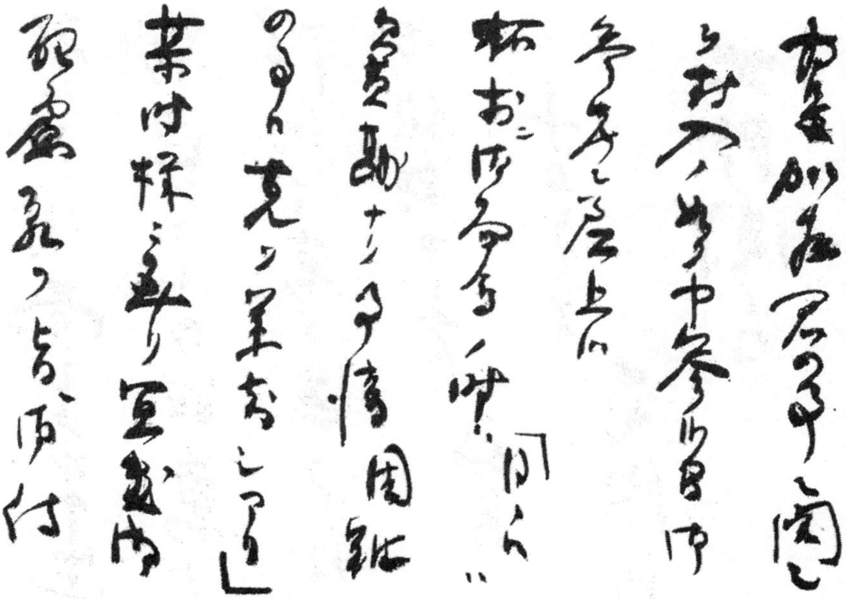

拝呈　加藤君の事ニ関シテ封入ノ如ク申参候間御参考ニ差上候。

拓相ニ御面會ノ時ハ「目下ハ欠員尠ナク事情困難の事ハ克ク承知シアリ」某時機ニ至リ宜敷御配慮願フ旨、御伝

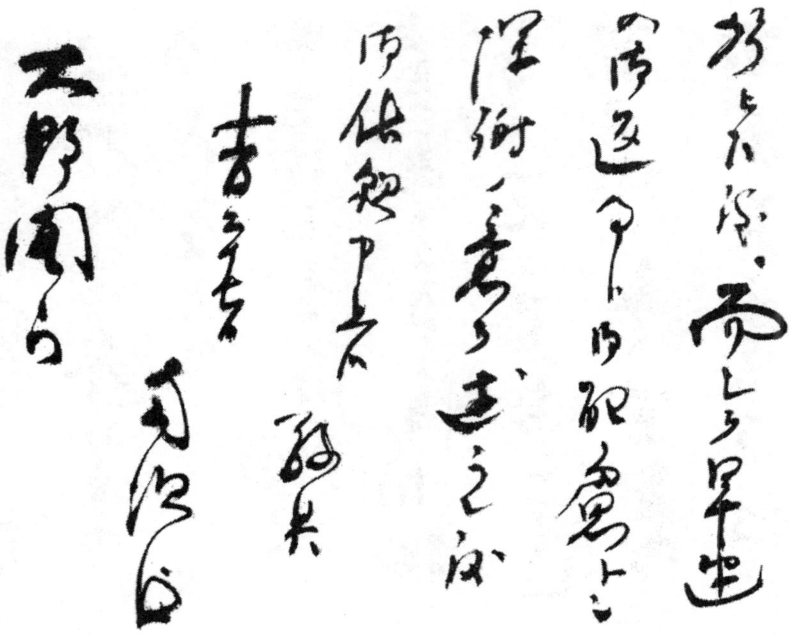

声被下度。而シテ早速
の御返事ト御配慮トニ
深謝ノ意ヲ述ラレ度
御依頼申上候。

敬具

十一月二十七日

南次郎

大野閣下

大谷尊由 → 南次郎(1937. 11. 4)

國會圖書館 番號 81-46 別紙

大谷尊由

東京・芝三田功運町
拓務大臣官舍

昭和十二年十一月四日

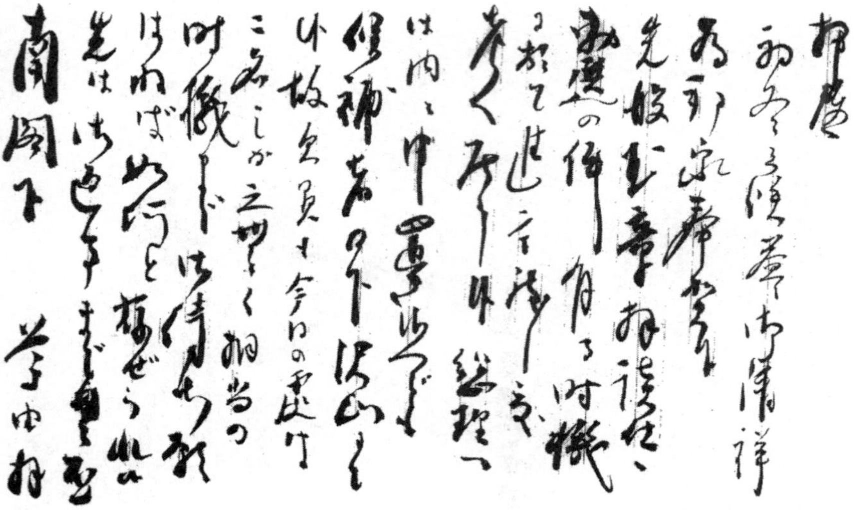

拝啓
初冬之候益々御清祥
為邦家奉賀候。
先般玉章*拝読仕候。
勅選の件有る時機
に於て進言致し度
考へ居り候。総理へ
は内々申置き候へども
候補者目下沢山にて
候故、欠員も今日の処は
二名しか之無く相当の
時機まで御待ち願
はねば如何と存ぜられ候。
先は御返事まで。匆々不一
南閣下　尊由拝

* 玉章은 그대의 편지를 이르는 높임말.

南次郎 → 大野緑一郎(1937. 12. 3)

國會圖書館 番號 81-19

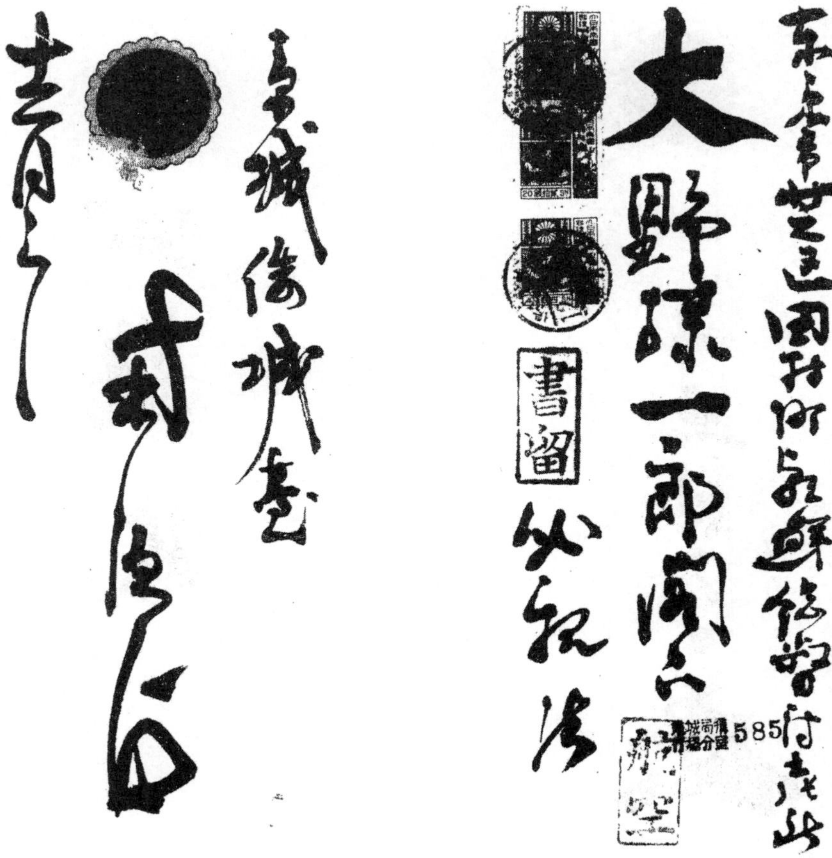

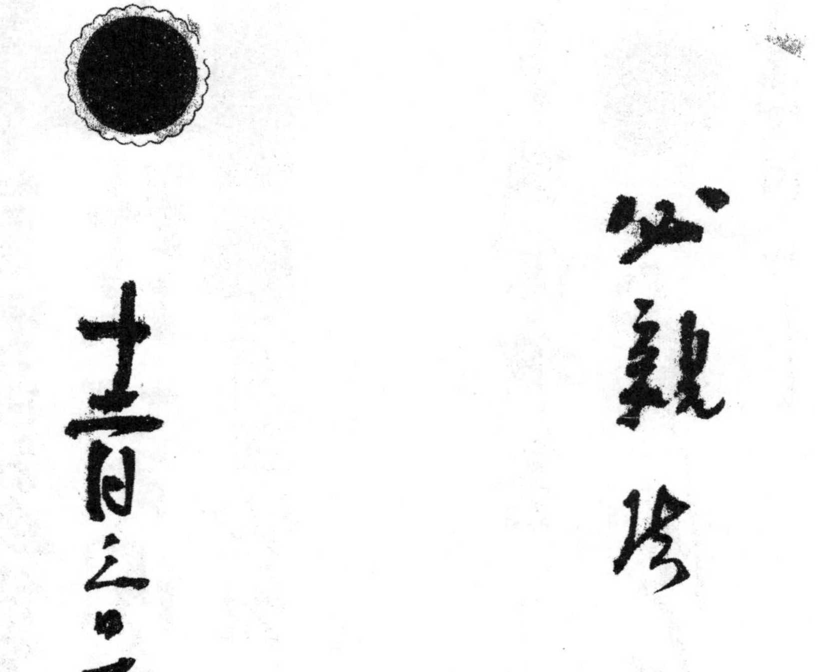

161 南次郎 → 大野緑一郎(1937. 12. 3)

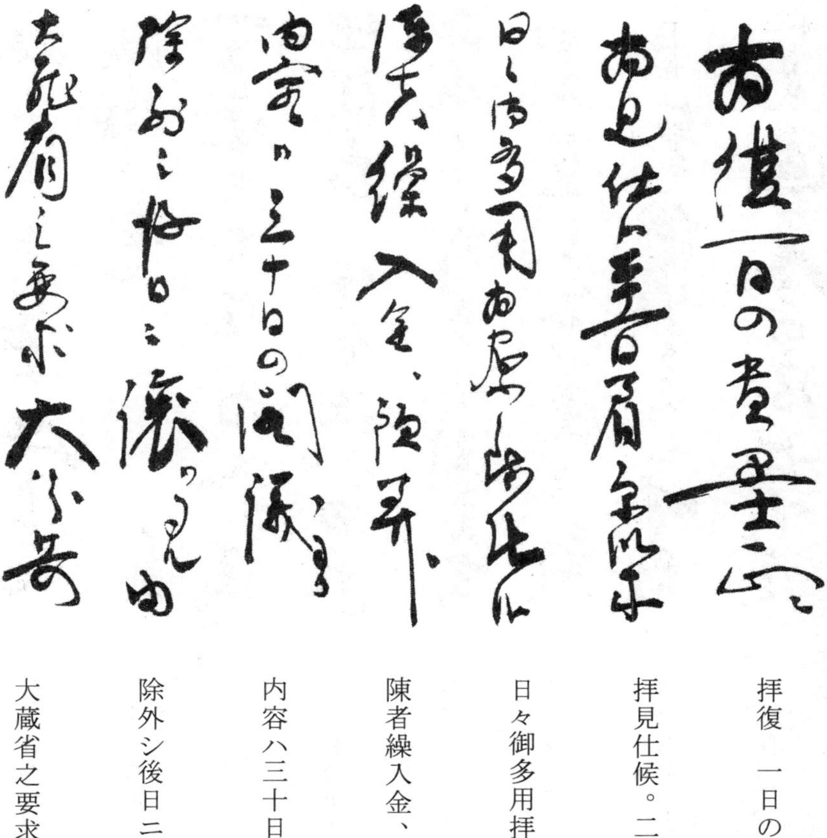

拝復　一日の貴墨正ニ
拝見仕候。二十一日着京以来
日々御多用拝察致居候。
陳者繰入金、予算
内容ハ三十日の閣議ヨリ
除外シ後日ニ譲リタル由、
大蔵省之要求大分苛

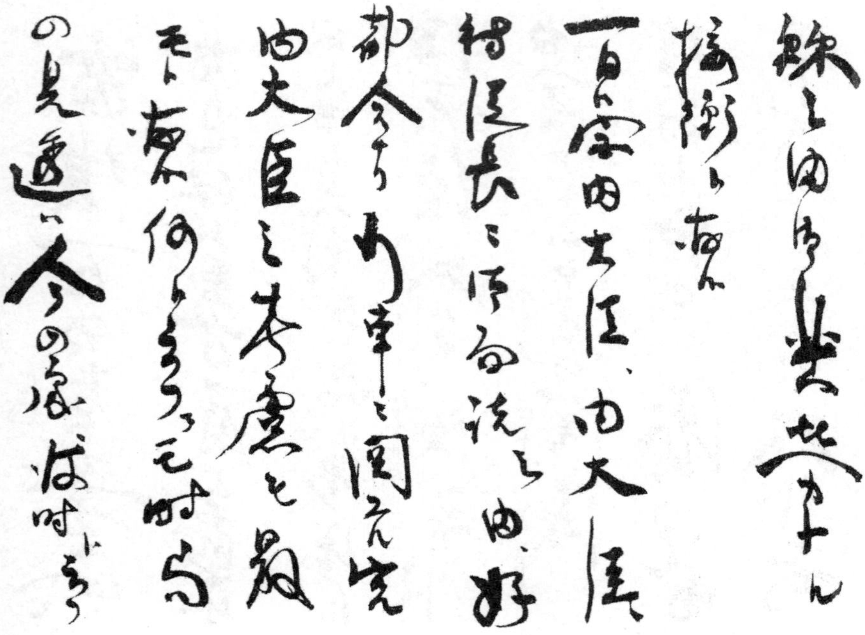

棘之由御苦労ナル
接衝ト存候。
一日ハ宮内大臣、内大臣、
侍従長ニ御面話之由、好
都合ナリ。行幸ニ関スル宮
内大臣之考慮モ最
モト存候。何ト云フテモ時局
の見透ハ今の処何時ト云フ

163 南次郎 → 大野緑一郎(1937. 12. 3)

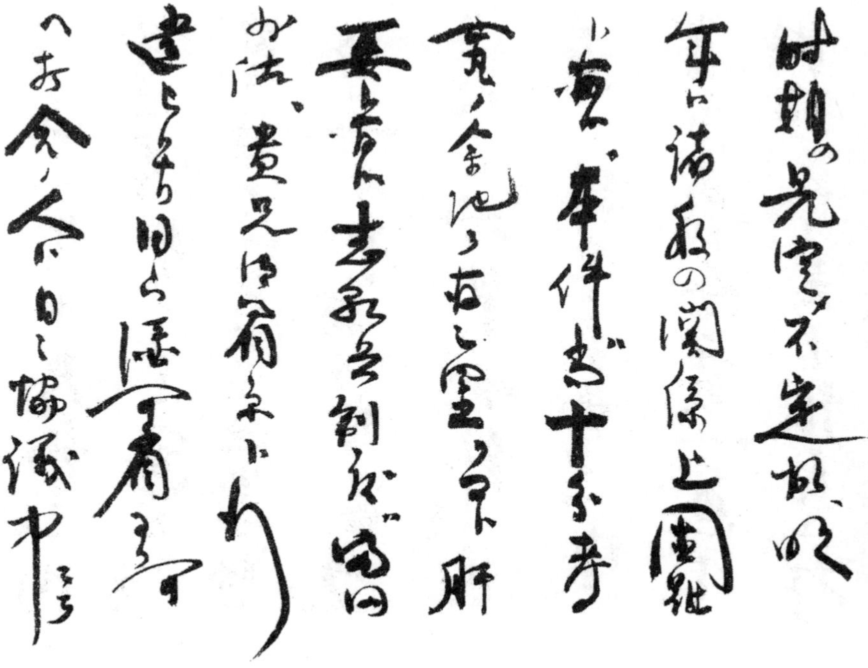

時期の見定メ不定故、明
年ハ諸般の関係上困難
ト存候。本件ハ尚十分考
究ノ余地ヲ存シ* 置クコト肝
要ト存候。志願兵制度ハ満田
少佐、貴兄御着京ト行
違ヒトナリ目下陸軍省ヨリ軍
ヘ打合ノ人ト日々協議中ニテ、

---

* 원래 ジ인데, 여기서는 원문 그대로 표시.

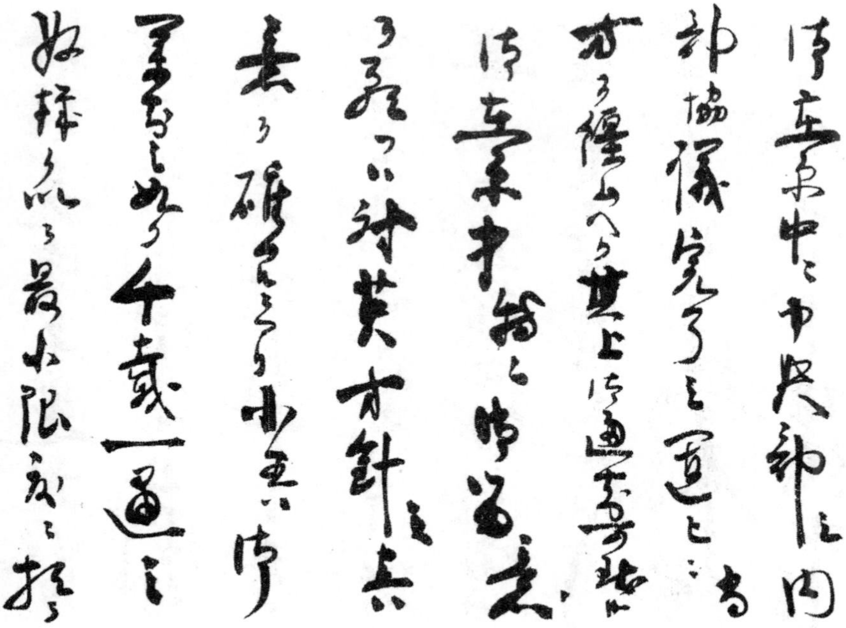

御在京中ニ中央部之内
部協議完了之運ヒニ当
方ヲ纒ムヘク、其上御通知可致候。
御在京中特ニ御留意
ヲ願フハ對英方針之真
意ヲ確ムルニアリ。小生ハ御
承知之如ク千載一遇之
好機ヲ以テ最小限度ニ於テ

165 南次郎 → 大野緑一郎(1937. 12. 3)

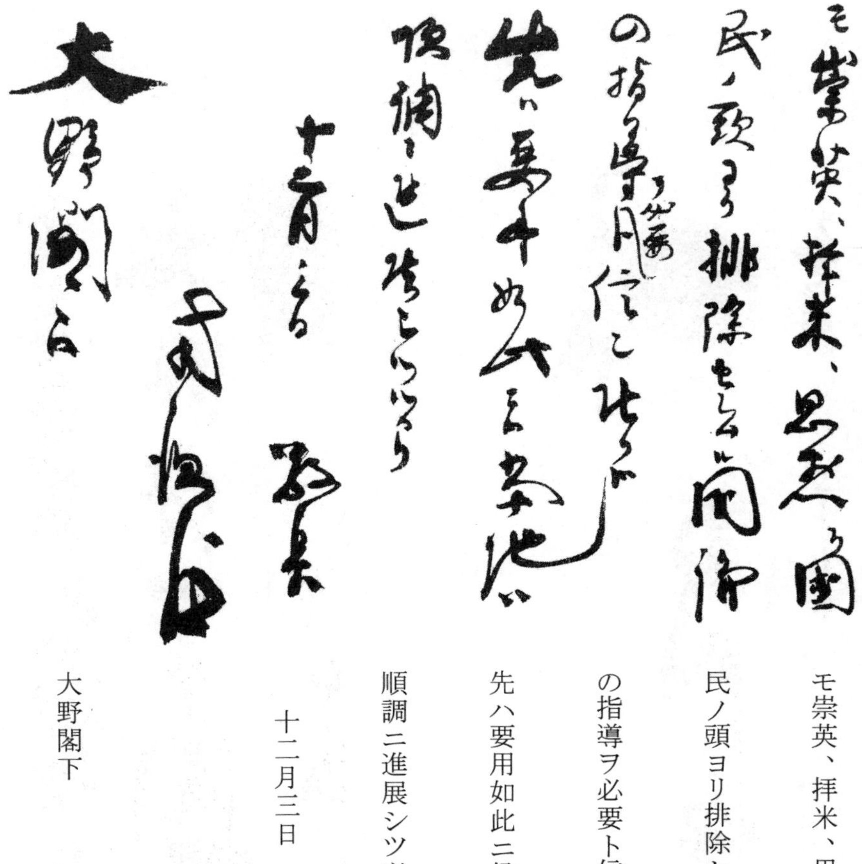

モ崇英、拝米、思想ヲ國
民ノ頭ヨリ排除セシムル國論
の指導ヲ必要ト信シ居リ候。
先ハ要用如此ニ候。当地ハ
順調ニ進展シツツアリ。

十二月三日　敬具

南次郎

大野閣下

南次郎 → 大野緑一郎(1937. 12. 13)

國會圖書館 番號 81-17

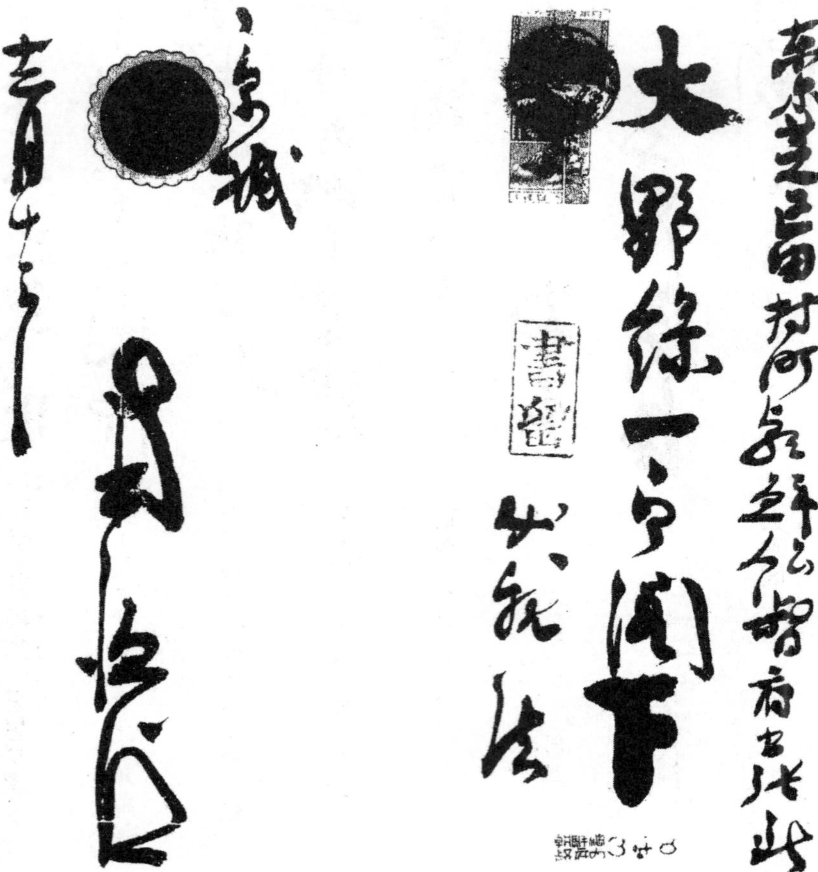

167 南次郎 → 大野緑一郎(1937. 12. 13)

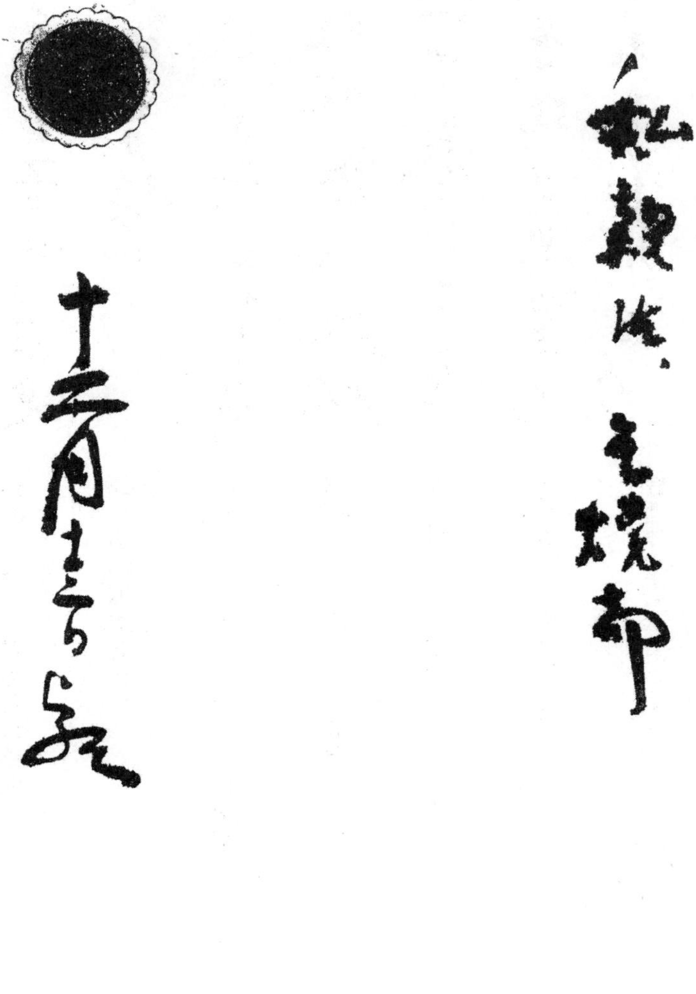

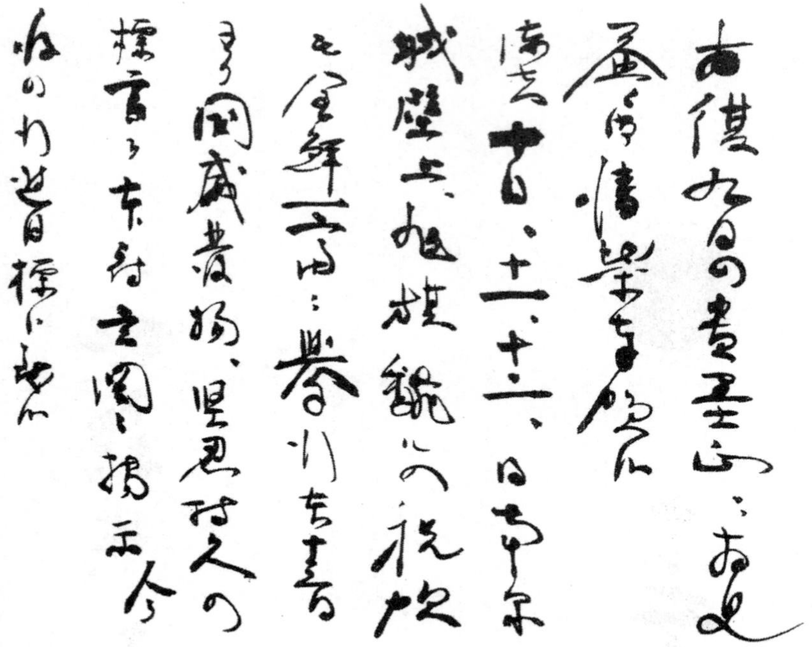

拝復　九日の貴墨正ニ拝見
益々御清栄奉賀候。
陣者十日、十一、十二、日南京
城壁上、旭旗翻ルの祝賀
モ全鮮一斉ニ挙行、本十三日
ヨリ國威発揚、堅忍持久の
標言ヲ本府玄関ニ掲示、今
後の行進日標ト致候。

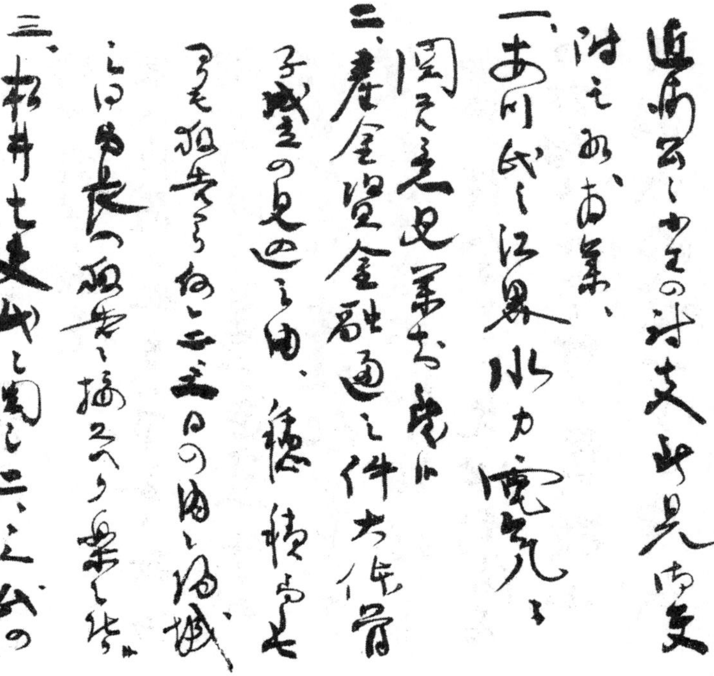

近衛公ニ小生の對支所見御交
附之段、拝承。
一、安川氏之江界水力電氣ニ
関スル意見承知致候。
二、産金資金融通之件大体骨
子成立の見込之由、穂積局長
ヨリモ報告アリ。何レ二、三日の内ニ帰城
之日局長の報告ニ接スヘク楽ミ居リ候。
三、松井七夫氏ニ関シ二、三氏の

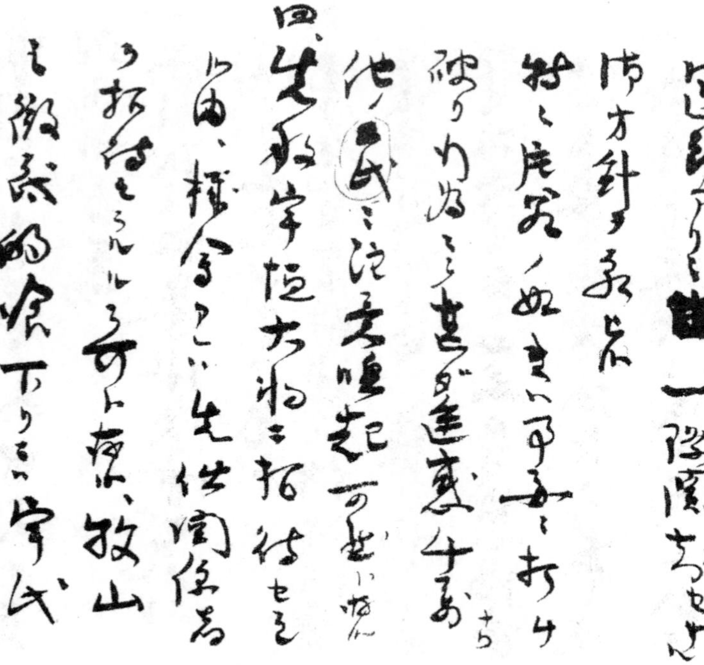

運動アリシ由、一際関知セサル
御方針ヲ願上候。
特ニ片谷ノ如きハ事毎ニ打チ
破リ行為ニテ甚ダ迷惑千万ナリ。
他ノ二氏ニ注意喚起可然ト存候。
四、先般宇垣大将ニ招待セラレ
候由、機會アレハ先任関係者
ヲ招待セラルルヲ可ト存候。牧山
之徹底的喰下リニハ宇氏

171 南次郎 → 大野緑一郎(1937. 12. 13)

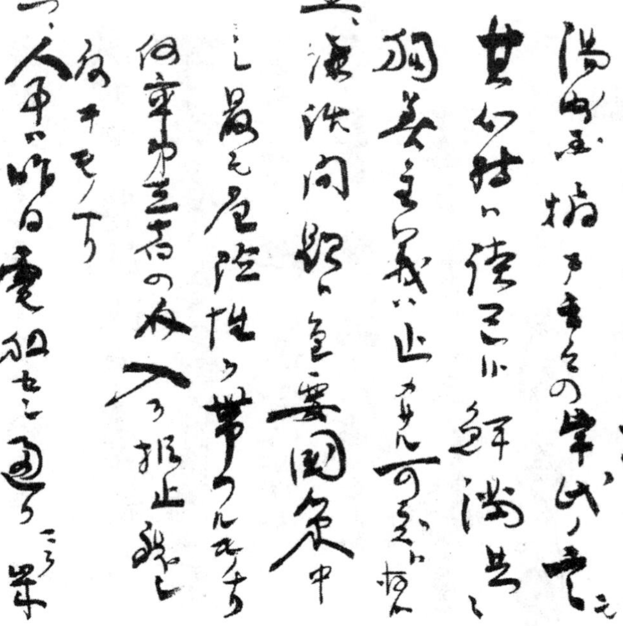

二十分御注意可然、其最モ甚
タシキ原稿ハ差押ヘタリ。
滿洲國煽テ云々の宇氏ノ言モ
其心持ハ読マレ候。鮮満共ニ
独善主義ハ止メサル可ラズト存候。
五、講話問題ハ重要國策中
之最モ危険性ヲ帯フルモノナリ。
何卒第三者の介入ヲ拒止致シ
度キモノナリ。
六、人事ハ昨日電報セシ通リニテ歳

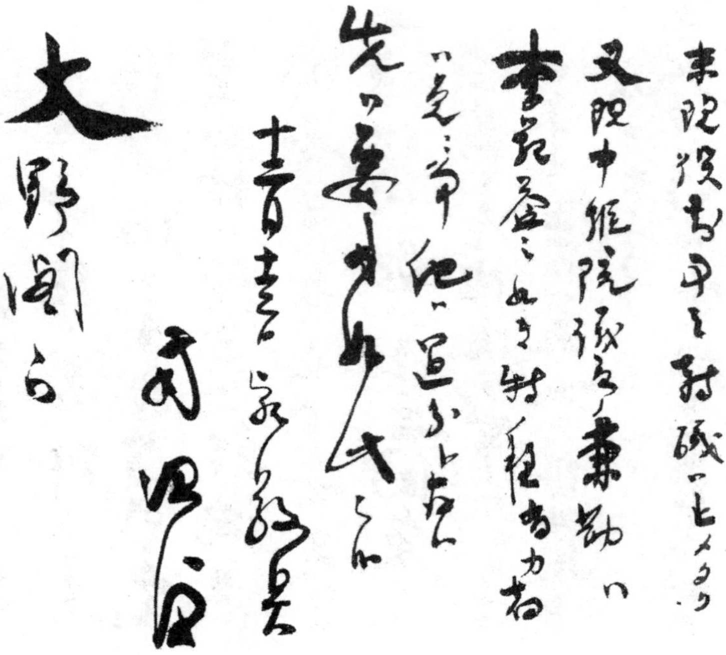

末現役知事之転職ハ止メタリ。
又現中枢院議員ノ兼勤ハ
李範益之如き特種有力者
ハ兎ニ角他ハ過分ト存候。
先ハ要用如此ニ候。
十二月十三日朝　敬具
南次郎
大野閣下

南次郎 → 大野緑一郎(1938. 2. 1)

國會圖書館 番號 81-33

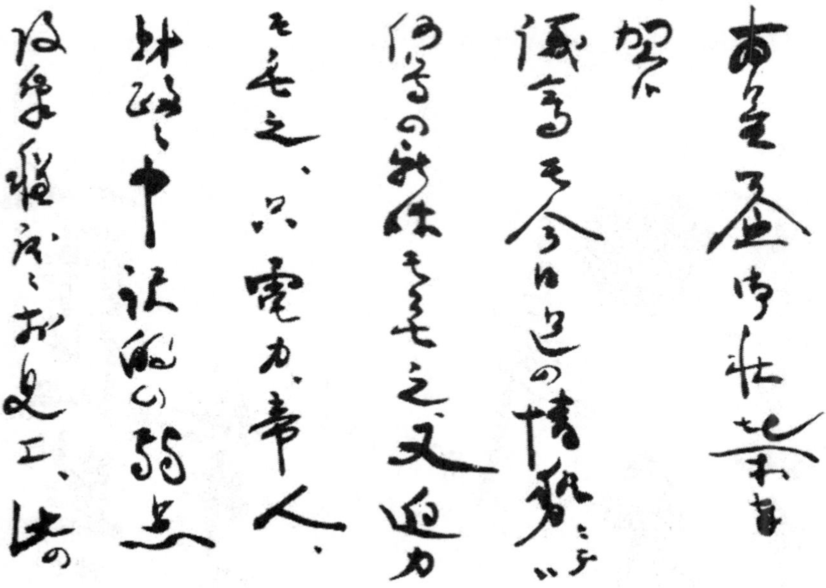

拝呈　益御壮栄奉
賀候。
議會モ今日迫の情勢ニテハ
何等の新味モ無之、又迫力
モ無之、只電力、帝人、*
財政ニ申訳的の弱点
及平印象程度ニ相見エ、此の

* 帝國人絹의 汚職事件。

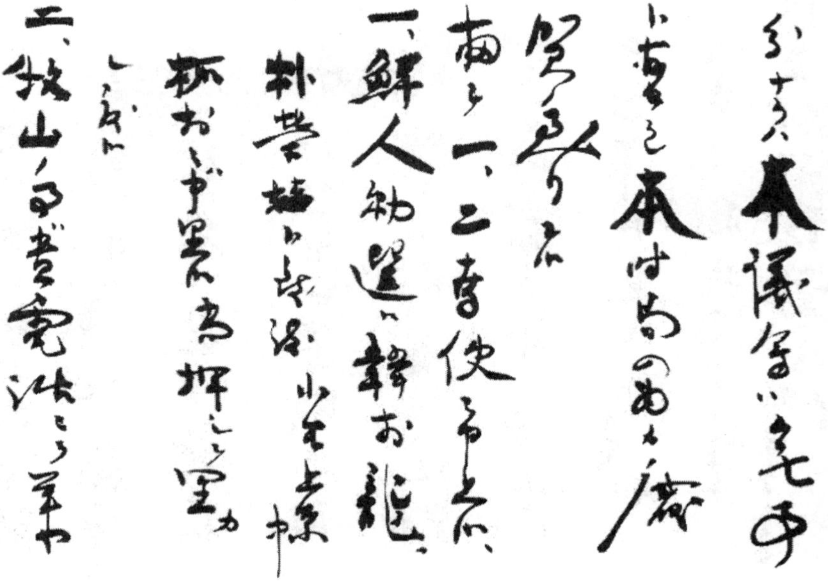

分ナラハ本議會ハ無事
ト存セラレ本時局の為メ慶
賀ノ至リニ候。
扨テ一、二幸便ニ申上候。
一、鮮人勅選ハ韓相龍、
朴栄喆ト致度、小生上京中
拓相ニハ申置候、尚押シテ置カ
レ度候。
二、牧山ノ事ハ貴電話ニテ承

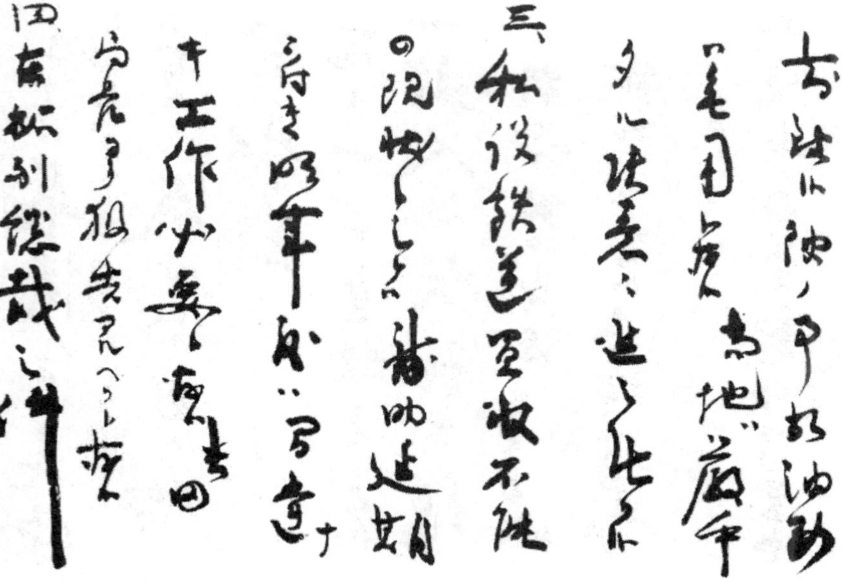

知致候。彼ノ事故油断
ハ無用ト存候。当地ハ厳平
タル決意ニ進ミ居リ候。
三、私設鉄道買収不能
の現状トシテハ補助延期
ニ付き明年度ハ間違ナ
キ工作必要ト存候。吉田
局長ヨリ報告アルヘクト存候。
四、東拓副総裁之件、

177 南次郎 → 大野緑一郎(1938. 2. 1)

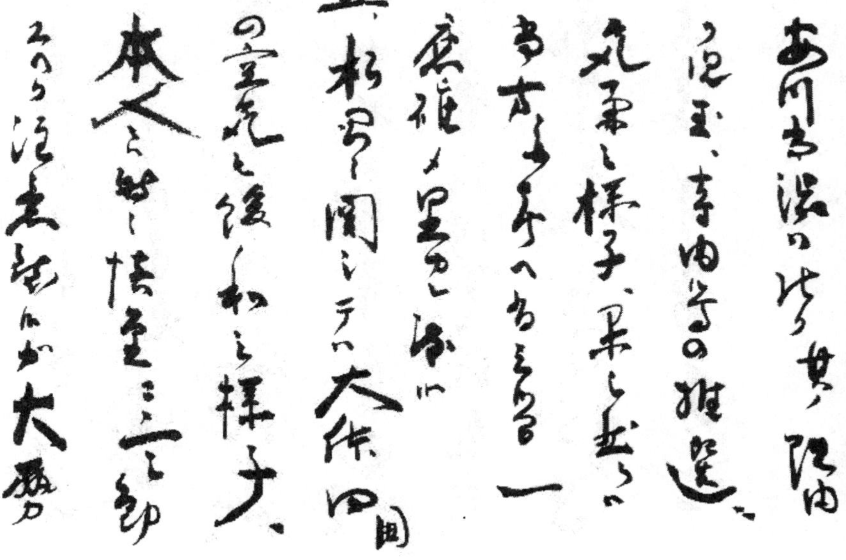

安川尚渋リ居リ其ノ理由
ヲ児玉、寺内等の推選ニ
氣兼之様子、果シ然ラハ
当方亦考へ有之候間、一
應確メ置カレ度候。
五、松岡ニ関シテハ大体四囲
の空氣モ緩和之様子、
本人ニハ特ニ慎重ニ言動
スヘク注意致候ガ大勢

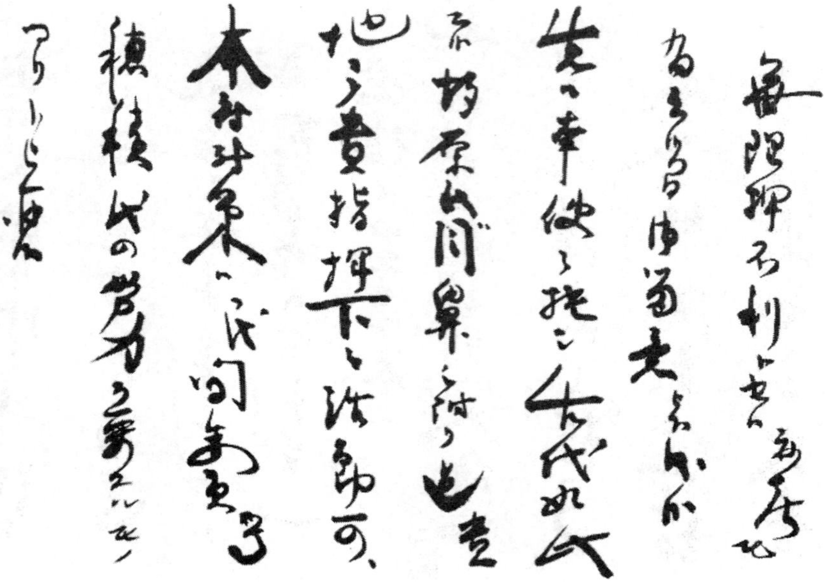

無理押不利トセハ亦考モ
有之候間御留意被下度候。
先ハ幸便ニ托シ舌代如此
ニ候。汐原氏ハ目鼻之附ク迠貴
地ニテ貴指揮下ニ活動可、
本府對策ハ民間委員等
穂積氏の労力ヲ要スルモノ
アリト被存候。

179 南次郎 → 大野緑一郎(1938. 2. 1)

敬具

二月一日

南次郎

大野閣下

南次郎 ⟶ 大野緑一郎(1938. 2. 9)

國會圖書館 番號 81-50

大野緑一郎閣下

南次郎

181　南次郎 → 大野緑一郎(1938. 2. 9)

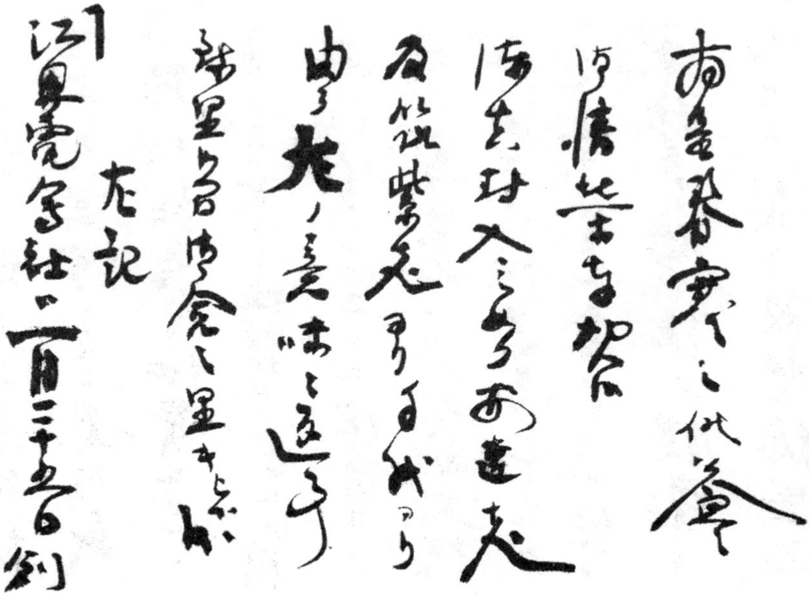

拝呈　春寒之候益々
御清栄奉賀候。
陳者封入之如ク安達老
及筑紫老ヨリ手紙アリ。
由テ左ノ意味之返事
致置候間御含ミ置キ被下度。

左記

「江界電氣會社ハ一月二十五日創

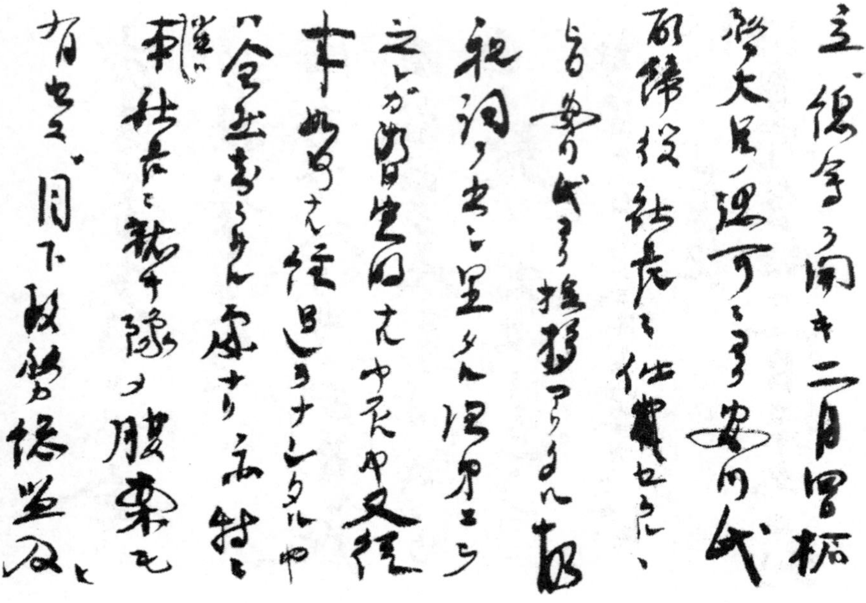

立、総會ヲ開キ二月四日拓
務大臣ノ認可ニヨリ安川氏
取締役社長ニ任セラル、
旨安川氏ヨリ挨拶アリタル故
祝詞ヲ出シ置タル次第ニテ、
之レガ暫定的ナルヤ否ヤ又従
来如何ナル經過ヲナシタルヤ
ハ全然知ラサル処ナリ。亦特ニ
小生ハ本社長ニ就キ予メ腹案モ
有セス、目下政務総監及ヒ

183　南次郎 → 大野緑一郎(1938. 2. 9)

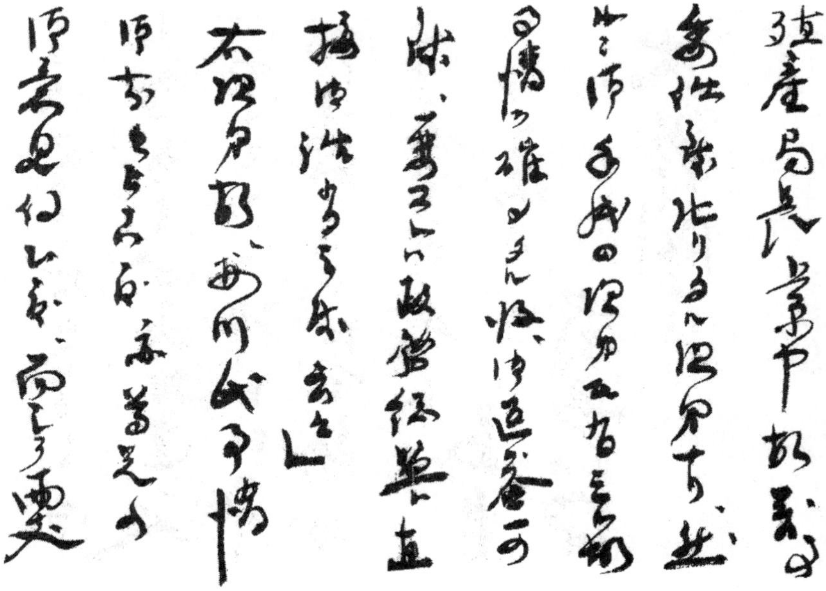

殖産局長上京中故萬事
委任致居リタル次第ナリ。然
ルニ御手紙の次第モ有之候故
事情ヲ確メタル後、御返答可
致、要スレハ政務総監ト直
接御話有之度云々」
右次第故、安川氏事情
御知セ被下度、亦尊兄の
御意見伺ひ度。而シテ両老

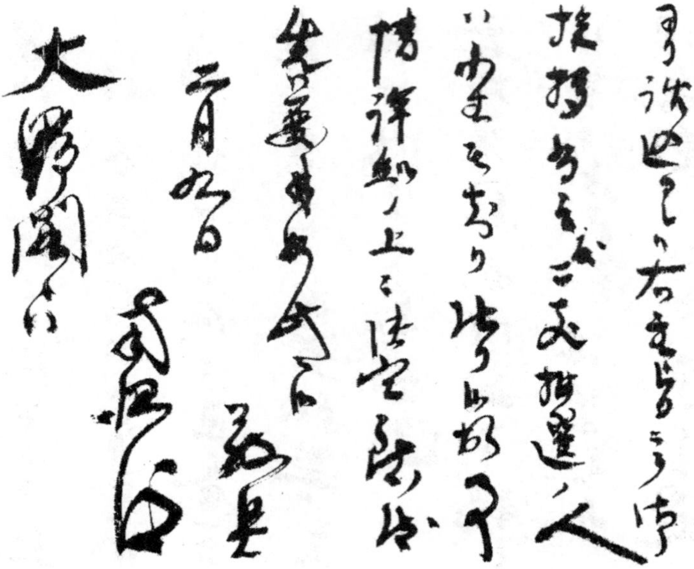

ヨリ話込アレハ右主旨ニテ御
挨拶有之度、二老推選ノ人
ハ小生モ知リ居リ候故事
情詳知ノ上ニ決定致度。
先ハ要用如此ニ候。
敬具
二月九日
南次郎
大野閣下

安達謙蔵 → 南次郎(1938. 2. 1)

國會圖書館 番號 81-50 別紙

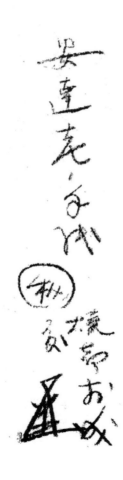

安達老ノ手紙 ㊙ 燒却相成度（南花押）

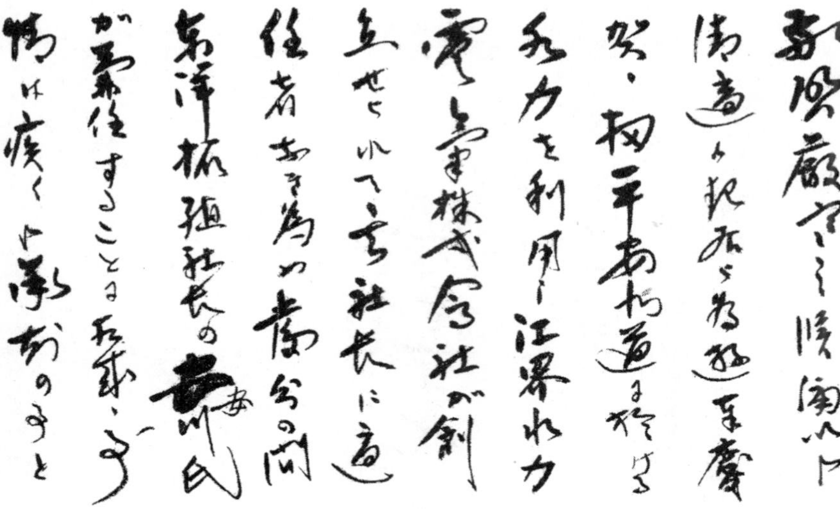

敬啓　厳寒之候弥以御
清適御起居被為遊奉慶
賀候。扨平安北道に於ける
水力を利用之江界水力
電氣株式會社が創
立せられて其社長に適
任者なき為め当分の間
東洋拓殖社長の安川氏
が兼任することに相成候事
情は疾く御承知の事と

187 安達謙蔵 → 南次郎(1938. 2. 1) 別紙

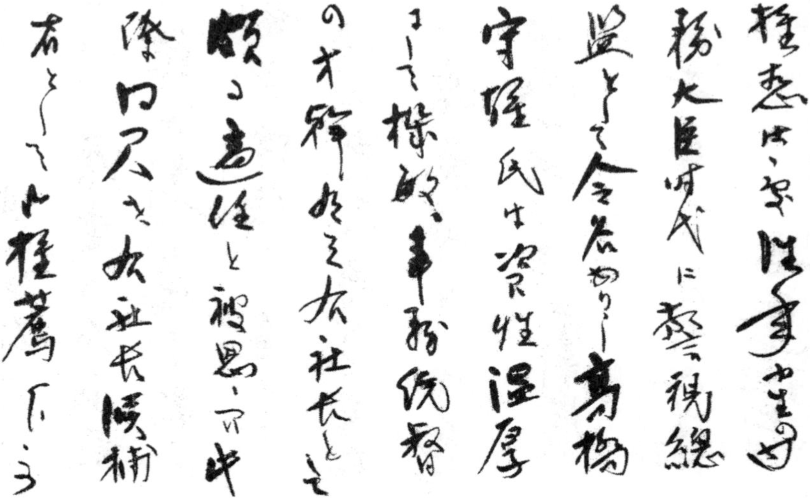

推想仕候処、往年小生の内
務大臣時代に警視総
監として令名ありし高橋
守雄氏は資性温厚
にして機敏、事務統督
の才幹有之右社長として
頗る適任と被思候間此
際同君を右社長候補
者として御推薦被下候事

出来候へば大に好都合と
存申候間唐突を不顧茲
に仰御高慮申候。幸に
鄙見* 御採用を辱ふするを
得ば光栄此事ニ奉存
候。右要事耳申添度
匆略如此御坐候。

粛具

二月一日夜於八聖殿

安達謙蔵

---

* 시골(田舍) 사람의 의견. 자신의 의견을 낮추어 하는 말.

189 安達謙蔵 → 南次郎(1938. 2. 1) 別紙

南朝鮮総督閣下

南朝鮮総督閣下

筑紫熊七 → 南次郎(1938. 2. 5)

國會圖書館 番號 81–50 別紙

191　筑紫熊七 → 南次郎(1938. 2. 5) 別紙

筑紫老ノ手紙 ㊙ 焼却相成度（南次郎花押）

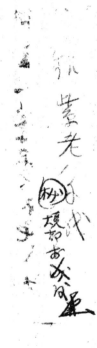

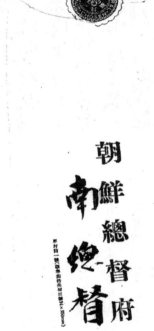

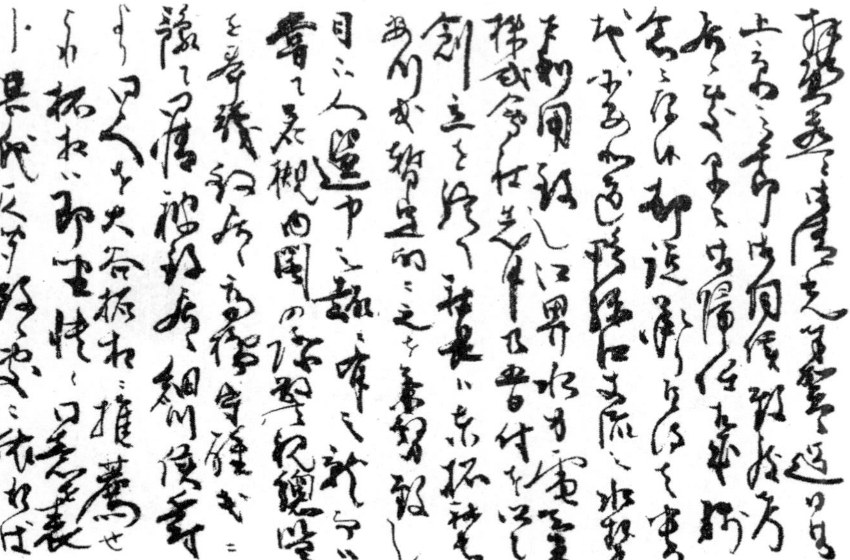

拝啓　益々御清光奉賀候。過日御
上京之節御伺侯致度考
居候処早々御帰任相成残
念ニ存候。却説承リ候得は貴
地平安北道鴨緑江支流之水勢
を利用致し、江界水力電氣
株式會社先月二十五日付を以て
創立を終へ、社長ハ東拓社長
安川氏暫定的ニ之を兼務致し
目下人選中之趣ニ有之就而ハ
嘗て若槻内閣の際警視総監
を奉職致居候高橋守雄氏ニ
予て同情被致居候細川侯爵
より同人を大谷拓相ニ推薦せ
られ拓相ハ即坐快く同意を表
し、其他仄聞致候処ニ依れば

193 筑紫熊七 → 南次郎(1938. 2. 5) 別紙

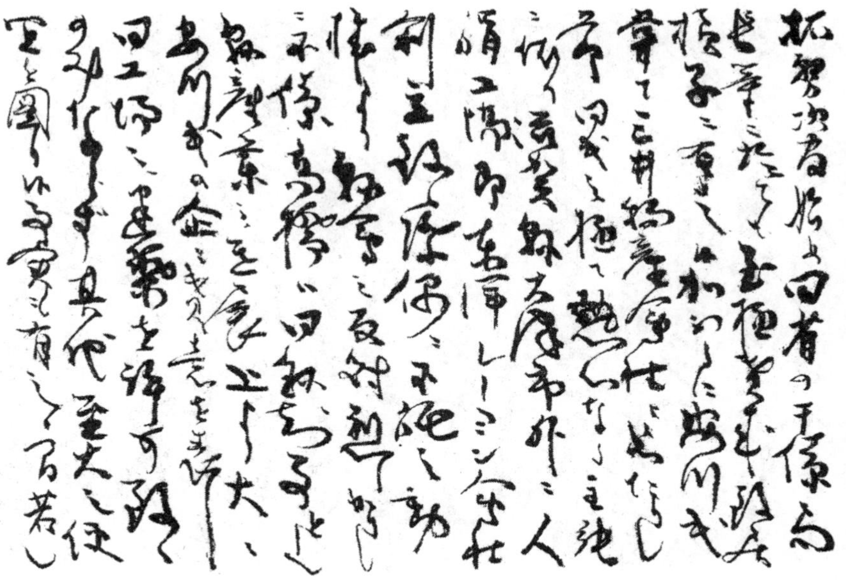

拓務次官始め同省の関係局
長等ニ於ても至極賛成致居
様子ニ有之候。加ふるに安川氏
嘗て三井物産會社々長たりし
節、同氏之極て熱心なる主張
ニ依リ滋賀県大津市外ニ人
絹工場即東洋レーヨン會社
創立致候際、偶々不純之動
機より県會之反對烈しかりし
ニ不係高橋ハ同県知事として
県産業之進展上より大ニ
安川氏の企ニ賛意を表し
同工場之建築ヲを許可致候
のみならず其他至大之便
宜を図リ候事実も有之候間若し

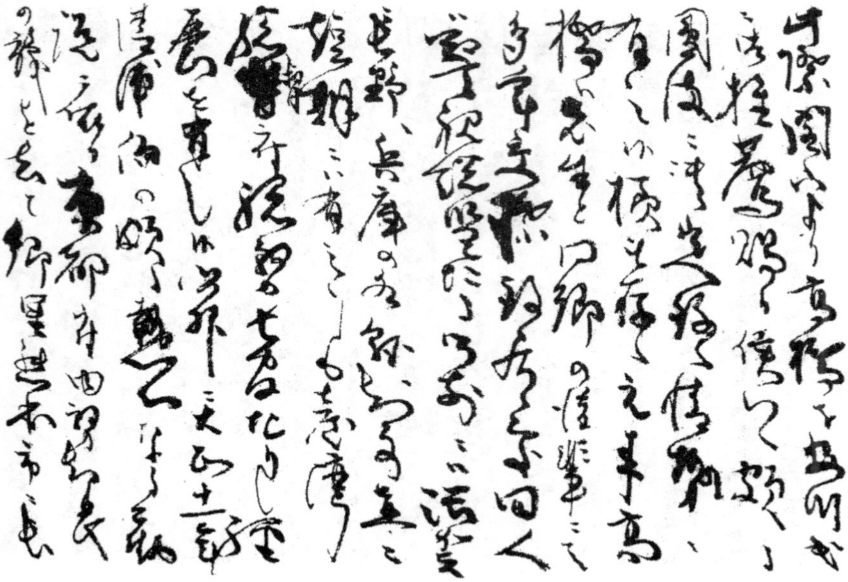

此際閣下より高橋を安川氏
ニ御推薦賜リ候ハゝ頗る
円満ニ決定致候情勢ニ
有之候様と存候。元来高
橋ハ老生と同郷の後輩ニて
多年交際致居候処、同人
ハ警務総監たる以前ニハ滋賀、
長野、兵庫の各県知事並ニ
短期ニハ有之候とも台湾
総督府総務長官たりし經
歴を有し候以外ニ大正十一年
清浦伯* の頗る熱心なる勧
説ニ依リ京都府内務部長
の職を去て郷里熊本市々長

* 総理大臣.

195　筑紫熊七 → 南次郎(1938. 2. 5) 別紙

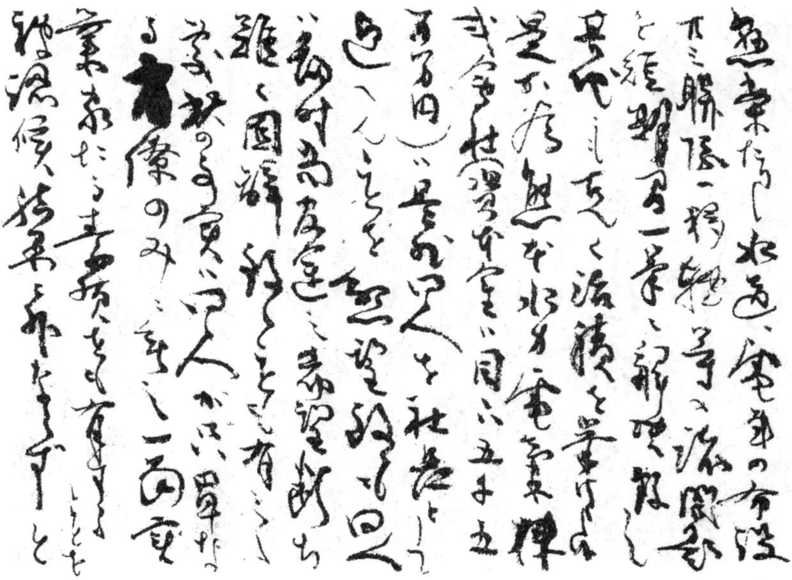

ニ就任致し同市十数年来の
懸案たりし水道、電氣の布設
二十三連隊の移転等の諸問題
を短期間一挙ニ解決致し
其他ニも克く治績を挙け申候。
是か為熊本水力電氣株
式會社(資本金ハ目下五千五
百万円)ハ是非同人を社長として
迎へんことを懇望致候も、同人
ハ当時尚官途之希望断ち
難く固辞致候ことも有之候
処、此の事実ハ同人が只単な
る官僚のみニ無之一面実
業家たる素質をも有することを
被認候結果ニ外ならずと

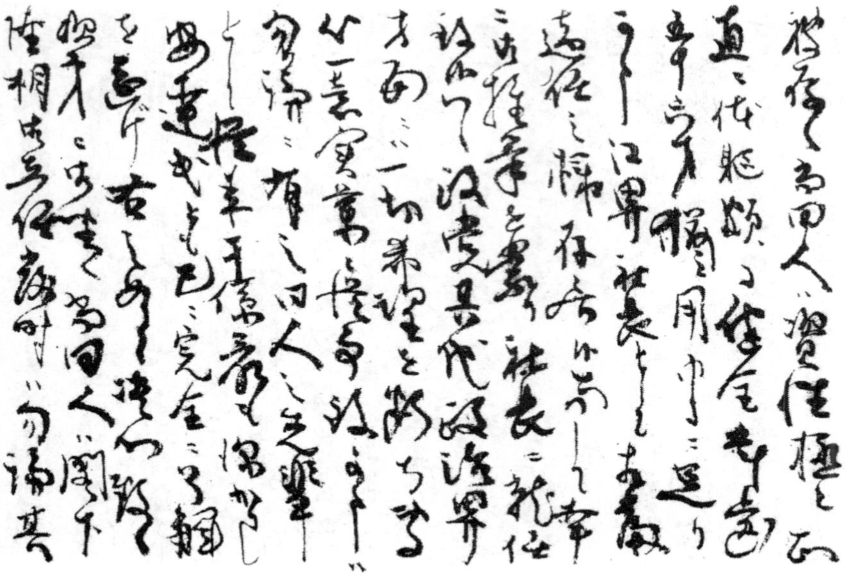

被存候。尚同人ハ資性極て正
直ニ体躯頗る健全年齢
五十六才猶用ゆるニ足リ
可申、江界社長として相当
適任之様存居候。而して幸
ニ御推挙を蒙リ社長ニ就任
致候ハヽ政党其他政治界
方面ニハ一切希望を断ち専
心一意実業ニ従事致可申ハ
勿論ニ有之、同人之先輩
として従来干係*最も深かりし
安達*氏とも已ニ完全ニ了解
を遂げ右之如く決心致候
次第ニ御坐候。尚同人ハ閣下
陸相御在任当時ハ勿論其

---

* 干係는 원문 그대로. 関係의 오기.
* 구마모토(熊本) 출신의 정치가.

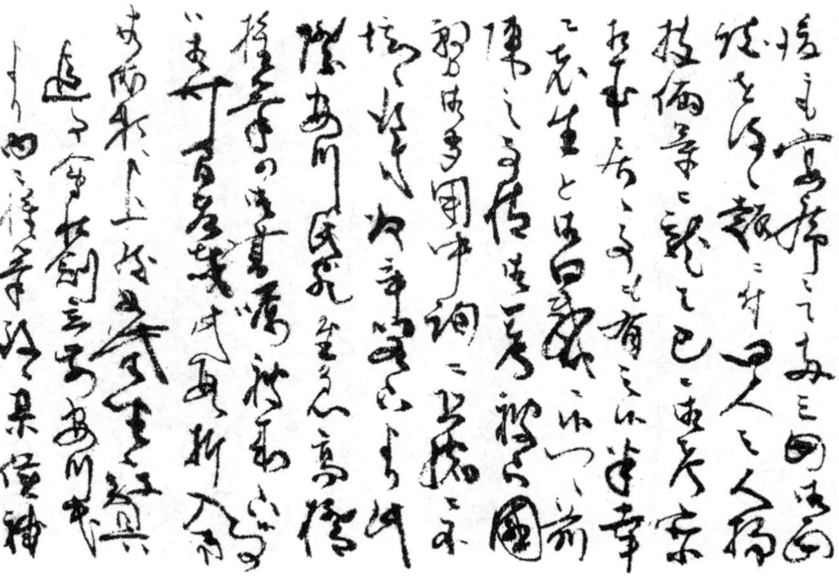

後ニも宴席ニて両三回御面
談を得候趣ニ付同人之人柄
技倆等ニ就て已ニ御考察
相成居候事も有之候半、幸
ニ老生と御同感ニ候ハヽ前
陳之事情御一考被下、國
務御多用中詢ニ恐縮ニ不
堪候得共何卒閣下より此
際安川氏宛至急高橋
推挙の御書嘱被成下候事
ハ相叶間敷哉、此段折入而
御依頼申上度如此御坐候。敬具
　追而　會社創立前安川氏
より内々推挙致候某候補

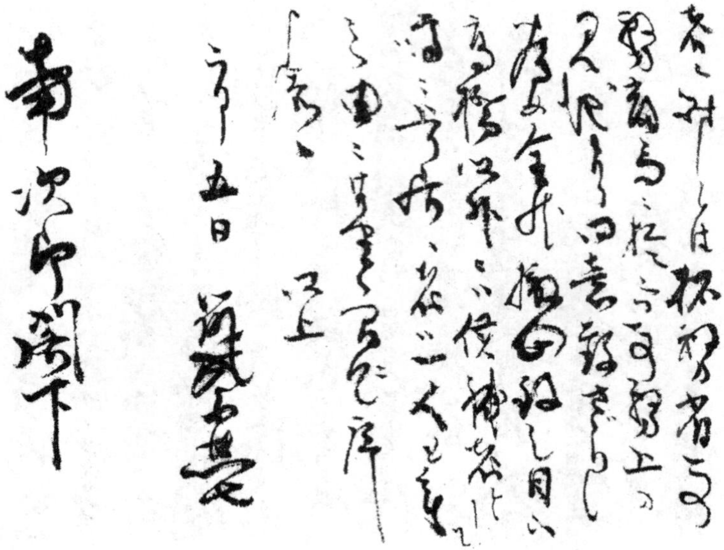

者ニ對しては拓務省事
務當局ニ於而ハ事務上の
見地より同意致さゞりし
為め全然撤回致し目下
高橋以外ニハ候補者として
噂ニ上リ居候者ハ一人と無
之由ニ御坐候間乍序
申含候。以上

二月五日 筑紫熊七

南次郎閣下

南次郎 → 大野緑一郎(1938. 3. 1)

國會圖書館 番號 81-38

201　南次郎 → 大野緑一郎(1938. 3. 1)

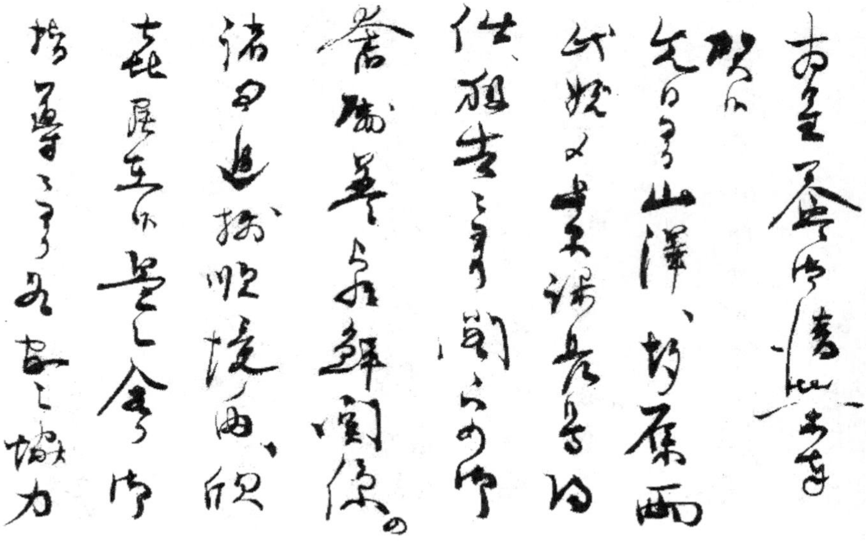

拝呈　益々御清栄奉
賀候。
先日ヨリ山澤、汐原両
氏始メ上京、課長等帰
任、報告ニヨリ閣下の御
奮励並ニ朝鮮関係の
諸事進捗順境ノ由、欣
喜罷在候。是レ全ク御
指導ニヨリ各官之協力

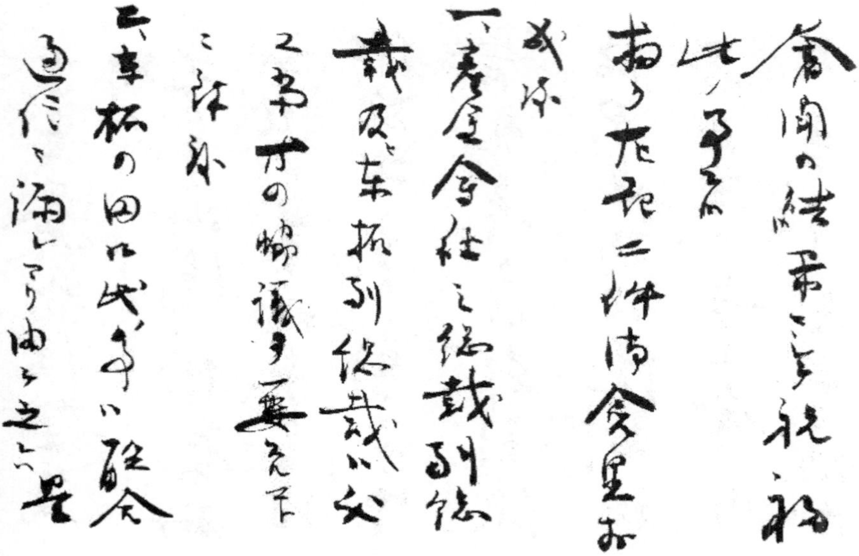

奮闘の結果ニシテ祝福
此ノ事ニ候。
扨テ左記二件御含置相
成度。
一、産金會社之総裁副総
裁及ヒ東拓副総裁ハ必
ス当方の協議ヲ要スルコト
ニ致度。
二、東拓の田口氏ノ事ハ聯合
通信ニ洩レアリ、由テ之レハ是

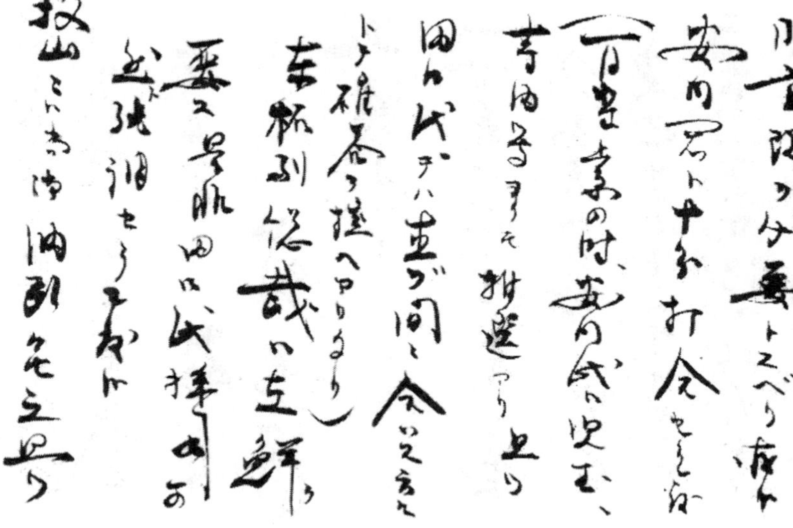

非実現ヲ必要トスベク存候、
安川君ト十分打合セラレ度
(二月小生上京の時、安川氏ハ児玉、
寺内等*ヨリモ推選アリ、且ツ
田口氏デハ直グ間ニ合ハス云々
トテ確答ヲ控ヘアリタリ)。
東拓副総裁ハ在鮮ヲ
要ス、是非田口氏採用可
然ト強調セラレ度候。
牧山ニハ尚御油断無之且ツ

---

* 児玉秀雄(こだま　ひでお)、寺内寿一(てらうち　じゅいち)。

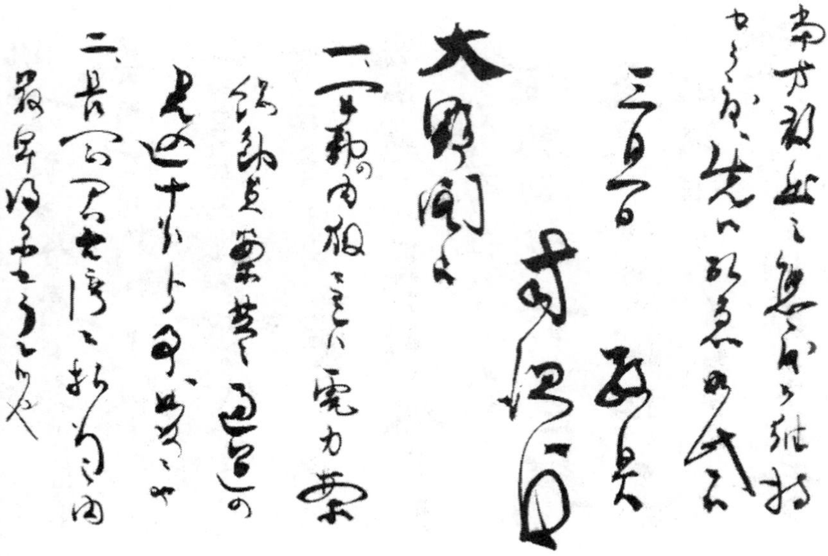

当方厳然之態度ヲ維持
セラレ度。先ハ取急如此ニ候。
三月一日　敬具
南次郎
大野閣下
一、軍部の内報ニヨレハ電力案
総動員案共ニ通過の
見込十分トノ事、如何ニや。
二、長岡君台湾ニ旅行之由、
最早帰京セラレ候や。

南次郎 → 大野緑一郎(1938. 3. 7)

國會圖書館 番號 81-37

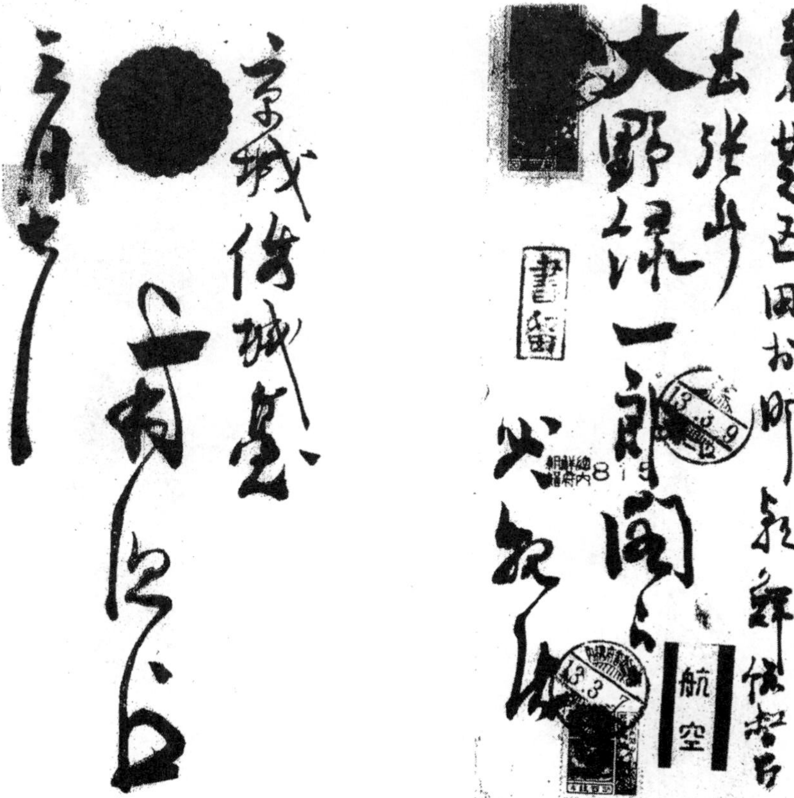

207 南次郎 → 大野緑一郎(1938. 3. 7)

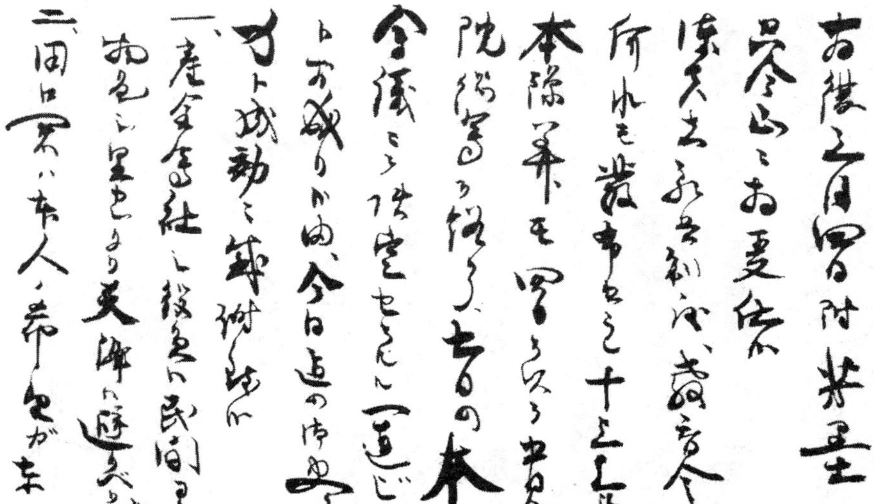

拝復　三月四日附芳墨
只今正ニ拝受仕候。
陳者志願兵制度、教育令、
何れモ発布セラレ十三年度
本予算モ四日ヲ以テ貴
院総會ヲ終了、七日の本
會議ニテ決定セラルル運ビ
ト可相成リ候由、今日迠の御盡
カト成効ニ感謝致候。
一、産金會社之役員ハ民間ヨリ
物色シ置カレタク、天降ハ避クベク候。
二、田口君ハ本人ノ希望ガ東

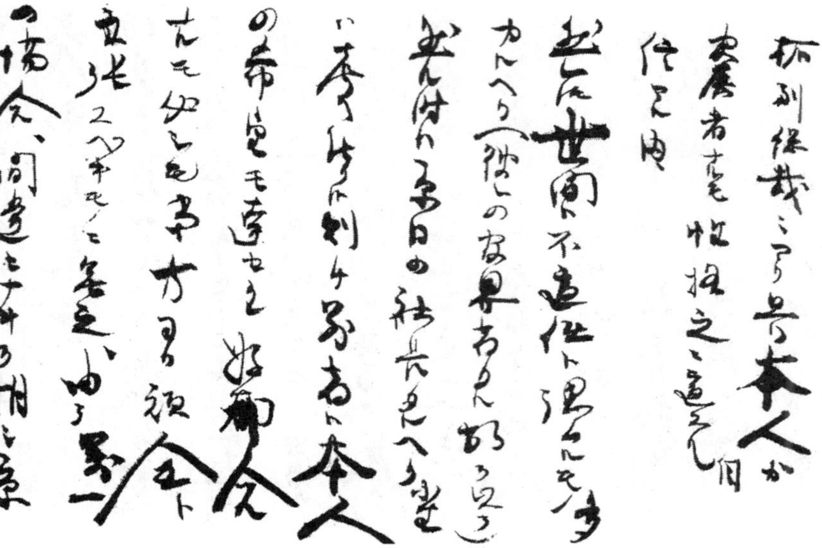

拓副総裁ニアリ、且ツ本人ガ
官界者ナルモ性格之ニ適スル自
信アル由。
然レトモ世間ハ不適任ト認ムルモノ多
カルヘク(彼レの官界者タル故ヲ以テ)
然ル時ハ京日* の社長タルヘク小生
ハ考ヘ居リ候。則チ前者ハ本人
の希望モ達セラレ好都合
ナルモ必シモ当方ヨリ頑全ト
主張スベキモノニ無之、由テ万一
の場合、間違ヒナキヲ期シ京

* 京城日報.

209 南次郎 → 大野緑一郎(1938. 3. 7)

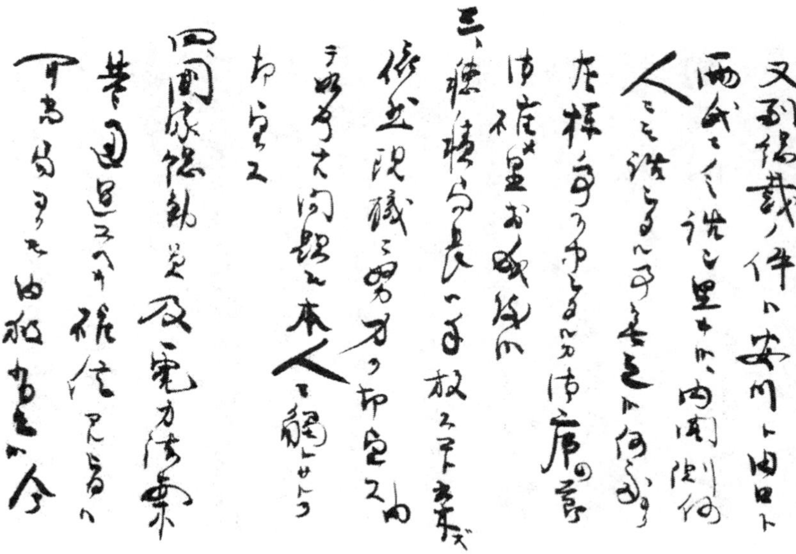

日ニ当ラセル次第ナリ。
又副総裁ノ件ハ安川ト田口ト
両氏ニノミ話シ置キ候。内閣側何
人ニモ話シタル事無之候、何処ヨリ
左様ノ事ヲ申シタルカ御序の節
御確メ置相成度候。
三、穂積局長ハ手放スコト出来ズ、
依然現職ニ努力ヲ切望ス。由
テ如何ナル問題モ本人ニ触レサルヲ
切望ス。
四、國家総動員及電力法案
共ニ通過スヘキ確信アル旨ハ
軍当局ヨリモ内報有之候。今

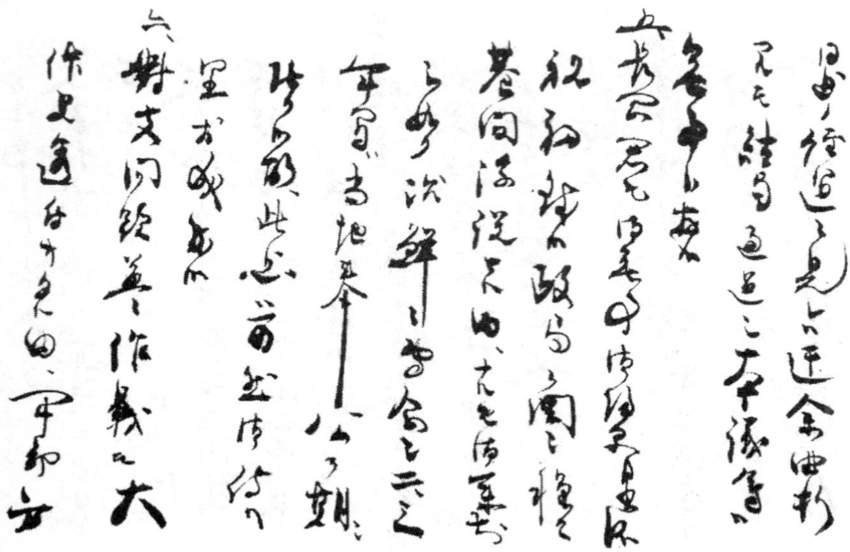

日迠ノ經過ニ見レハ迂余曲折アルモ結局通過シ本議會ハ無事ト存候。

五、長岡君モ御無事御帰京目出度祝福致候。政局ニ関シ種々巷間浮説アル由ナルモ御承知之如ク治鮮ニ専念シ、二、三年間ハ当地奉公ヲ期シ居リ候故、此点ハ可然御伝へ置相成度候。

六、對支問題益々作戦モ大体見透付キタル由、軍部方

211　南次郎 → 大野緑一郎(1938. 3. 7)

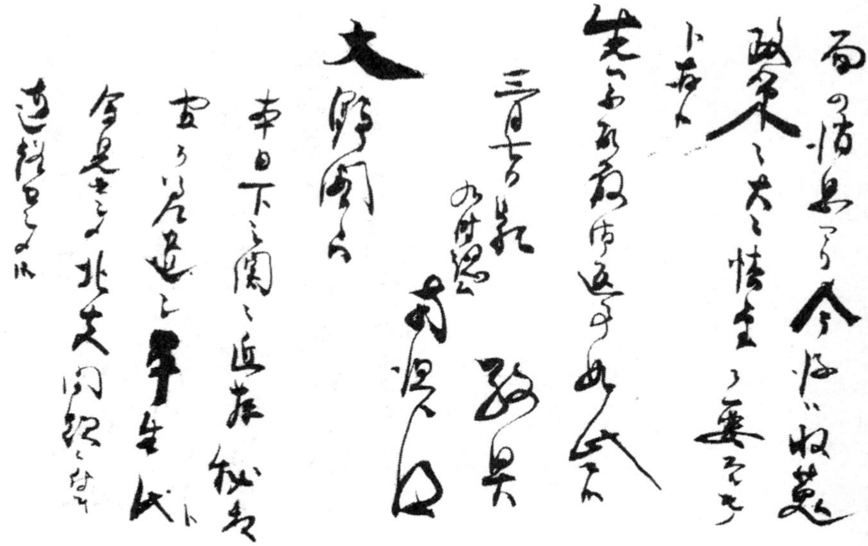

面の消息アリ。今後ハ収蒐
政策ニ大ニ慎重ヲ要スルモノ
ト存候。
先ハ不取敢御返事如此ニ候。
三月七日朝　　敬具
九時認ム
　　　　南次郎
大野閣下
本日下之関ニ近藤秘書
官ヲ差遣シ平生氏ト
會見セシメ北支問題ニ付キ
連絡セシメ候。

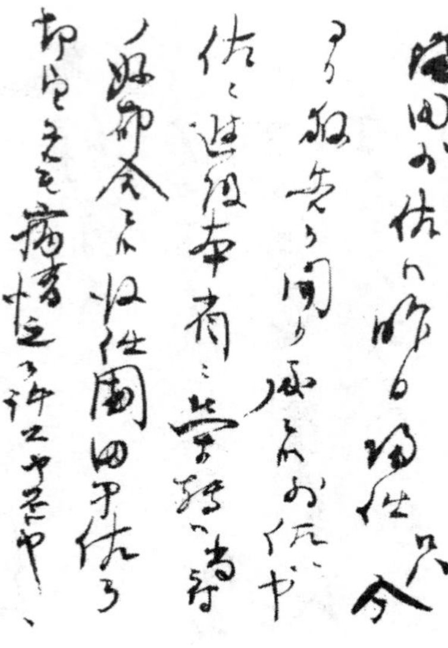

満田少佐ハ昨日帰任只今
ヨリ報告ヲ聞ク処ニ候。少佐ハ中
佐ニ進級本省ニ栄転ハ当府
ノ好都合ニ候。後任岡田中佐ヲ
切望スルモ病状之ヲ許スヤ否ヤ。

南次郎 → 大野緑一郎(1938. 3. 23)

國會圖書館 番號 81-34

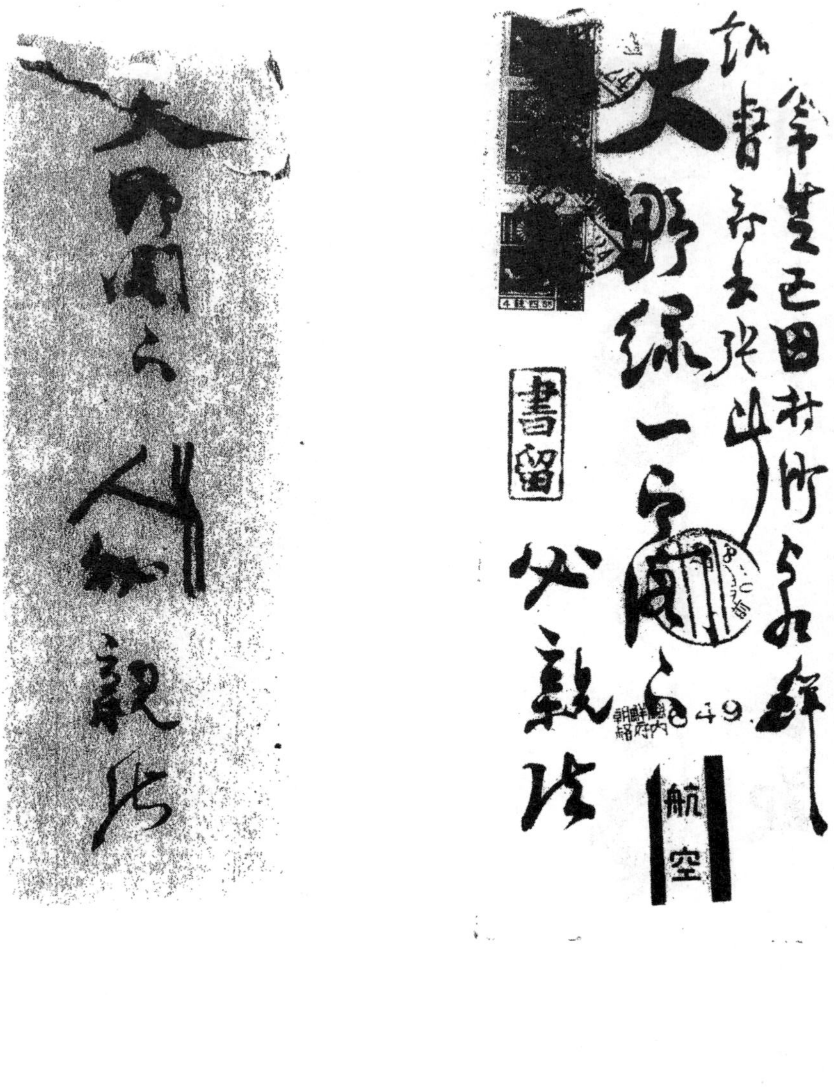

215 南次郎 → 大野緑一郎(1938. 3. 23)

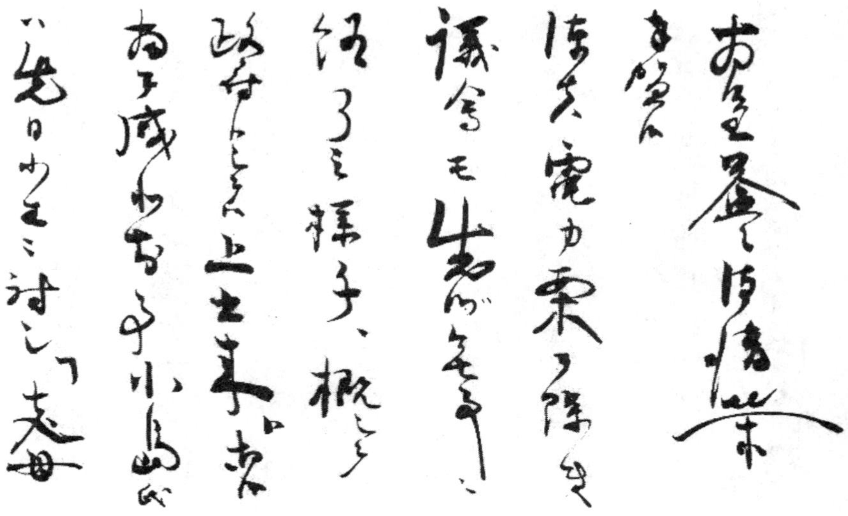

拝呈　益々御清栄
奉賀候。
陳者電力案ヲ除き
議會モ先ヅ無事ニ
終了之様子、概シテ
政府トシテハ上出来ト存候。
扨テ咸北知事小島氏
ハ先日小生ニ對シ「老母

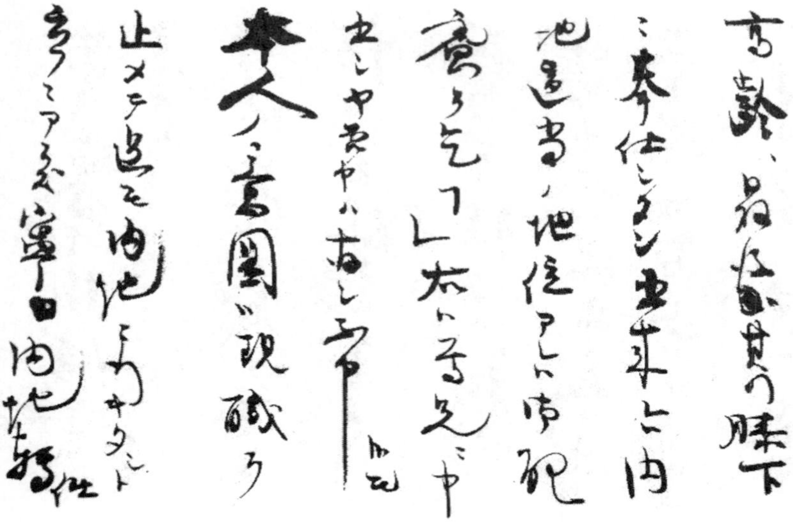

高齢、最後ハ其の膝下
ニ奉仕シタシ。出来レハ内
地適当ノ地位アレハ御配
慮ヲ乞フ」右ハ尊兄ニ申
出シヤ否ヤハ存シ不申候モ
本人ノ意図ハ現職ヲ
止メテ迄モ内地ニ行キタシト
云フニアラズ、寧ロ内地転任

217 南次郎 → 大野緑一郎(1938. 3. 23)

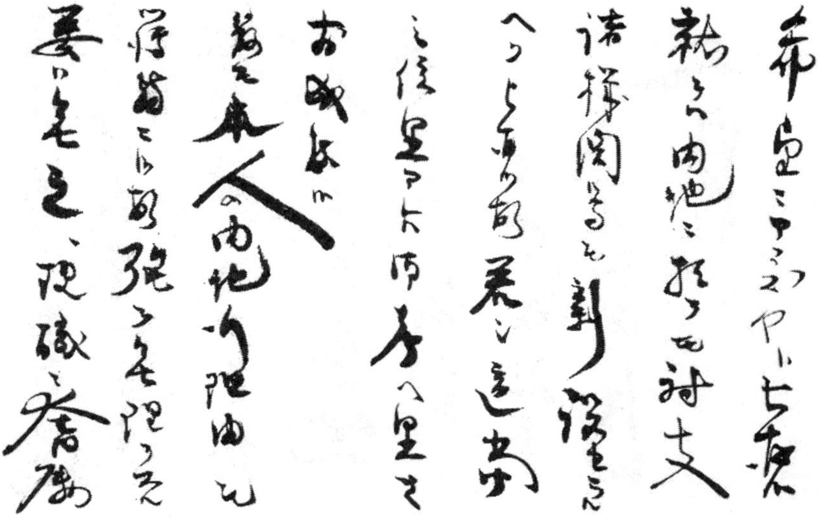

希望ニアラズヤト被存候。
就テハ内地ニ於テモ對支
諸機関等モ新設セラル
ヘク被存候故、若シ適当
之位置アレハ御考へ置き
相成度候。
最モ本人の内地行理由モ
薄弱ニ候故強テ無理ヲスル
要ハ無之、現職ニ奮励

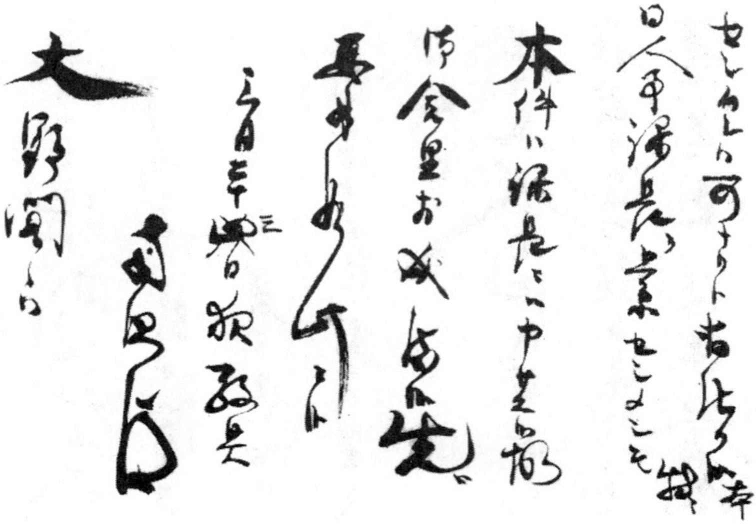

セシムレハ可ナリト存居リ候。本
日人事課長ヲ上京セシメシモ特ニ
本件ハ課長ニハ申サス候故、
御含置相成度候。先ハ
要用如此ニ候。
三月二十三日夜　敬具
南次郎
大野閣下

南次郎 → 大野緑一郎(1938. 3. 27)

國會圖書館 番號 81-32

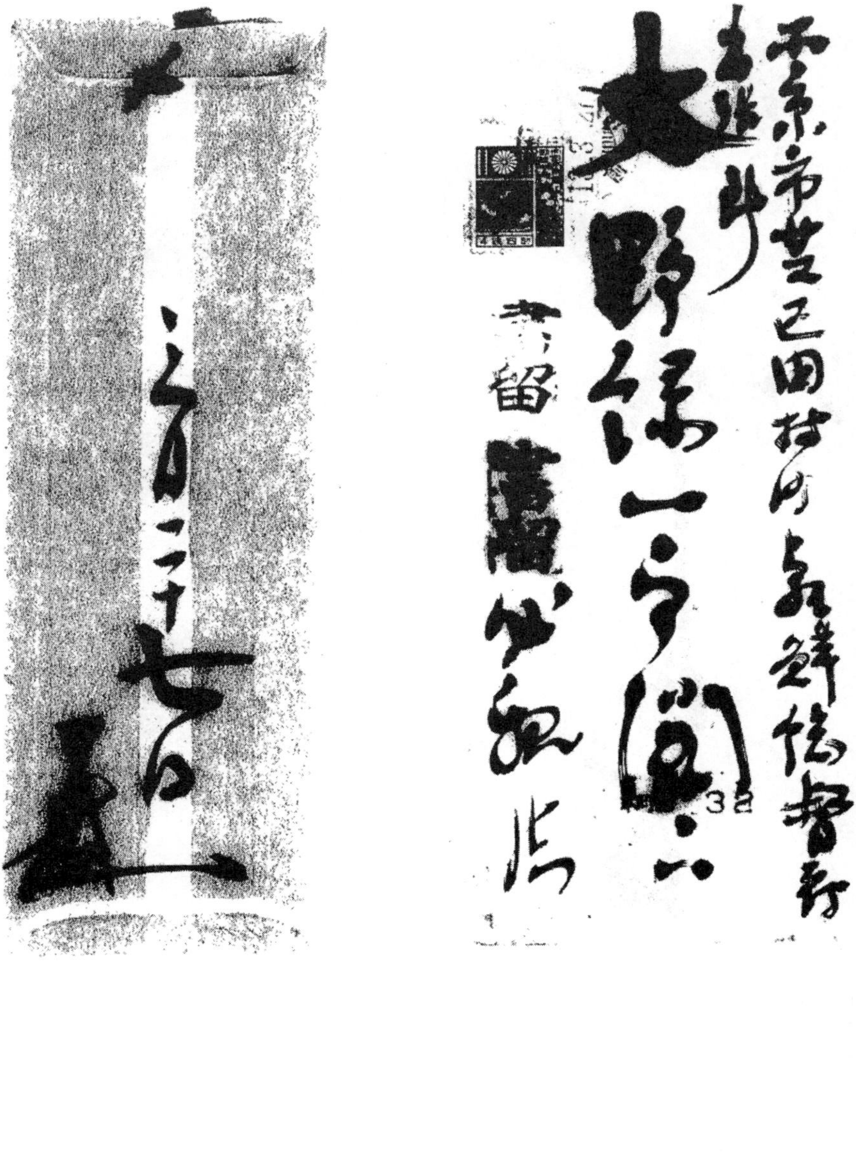

221 南次郎 → 大野緑一郎(1938. 3. 27)

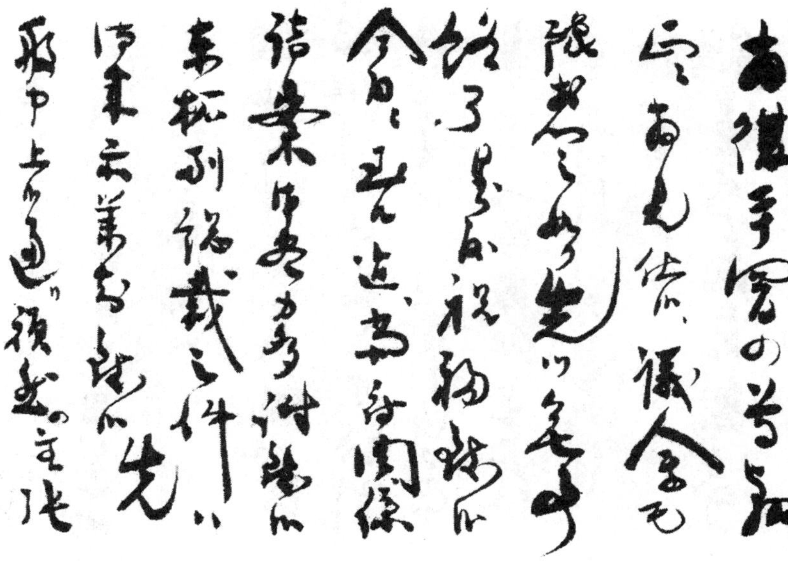

拝復　二十四日の尊翰
正ニ拝見仕候。議會モ
豫想之如ク先ツ無事
終了目出度祝福致候。
今日ニ至ル迠、当府関係
諸案御盡力多謝致候。
東拓副総裁之件ハ
御来示承知致候。先
般申上候通リ頑然の主張

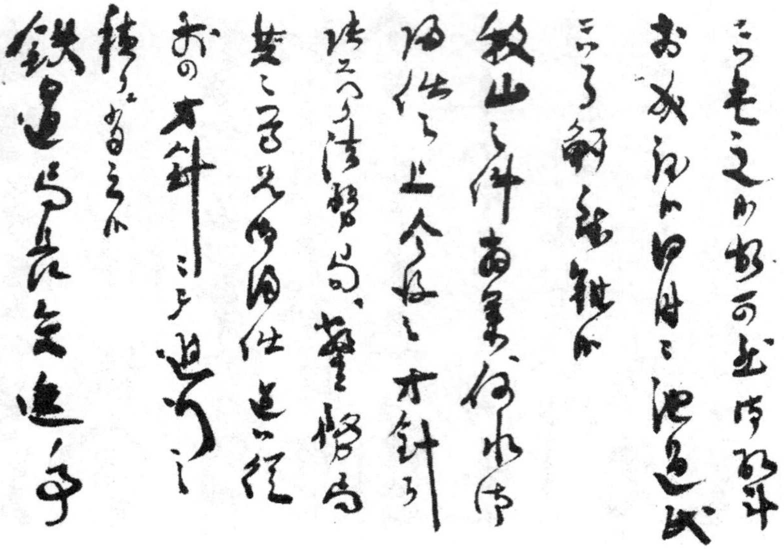

ニハ無之候故、可然御取計
相成度候。同時ニ池邊氏
ニハ了解致難候。
牧山之件拝承、何れ御
帰任之上今後之方針ヲ
決スヘク、法務局、警務局
共ニ尊兄御帰任迠ハ従
前の方針ニテ進行之
積リニ有之候。
鉄道局長交迭ノ事

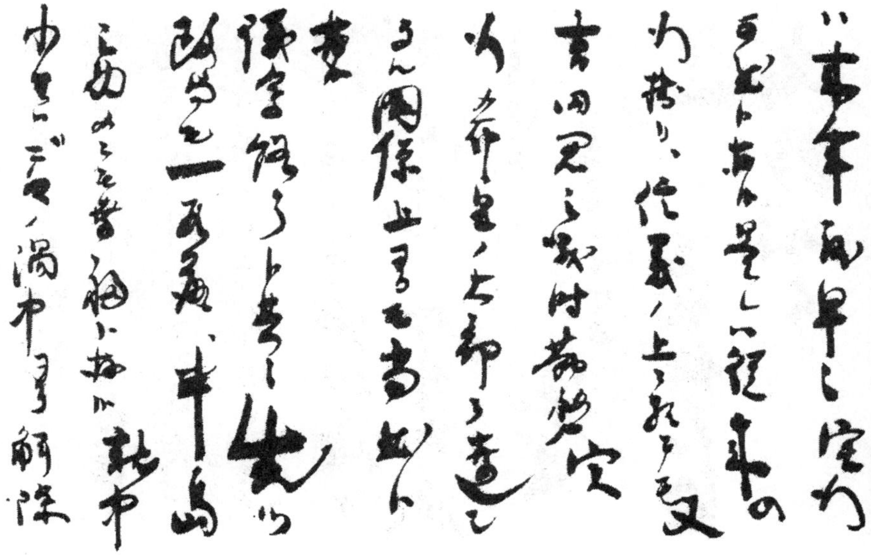

ハ本年度早々実行
可然ト存候。是レハ従来の
行掛リ、信義ノ上ニ於テモ、又
吉田君之戦時勤務実
行希望ノ大部ヲ達シ
タル関係上ヨリモ当然ト
存候。
議會終了ト共ニ先ツ
政局モ一段落、半島
之為メニモ幸福ト存候。就中
小生ハデマ* ノ渦中ヨリ解除

* 데마(デマ)는 소문, 유언비어를 말함.

セラレタルヲ喜ひ居リ候。
四月十日頃御帰任之由、半
島之對内、外、策モ進行
ヲ要スルモノアリ、可成御用
済ミ次第御帰任ヲ俟チ
居リ候。先ハ要用如此
ニ御坐候。　敬具

三月二十七日

南次郎

大野閣下

南次郎 → 大野緑一郎(1938. 3. 30)

國會圖書館 番號 81-49

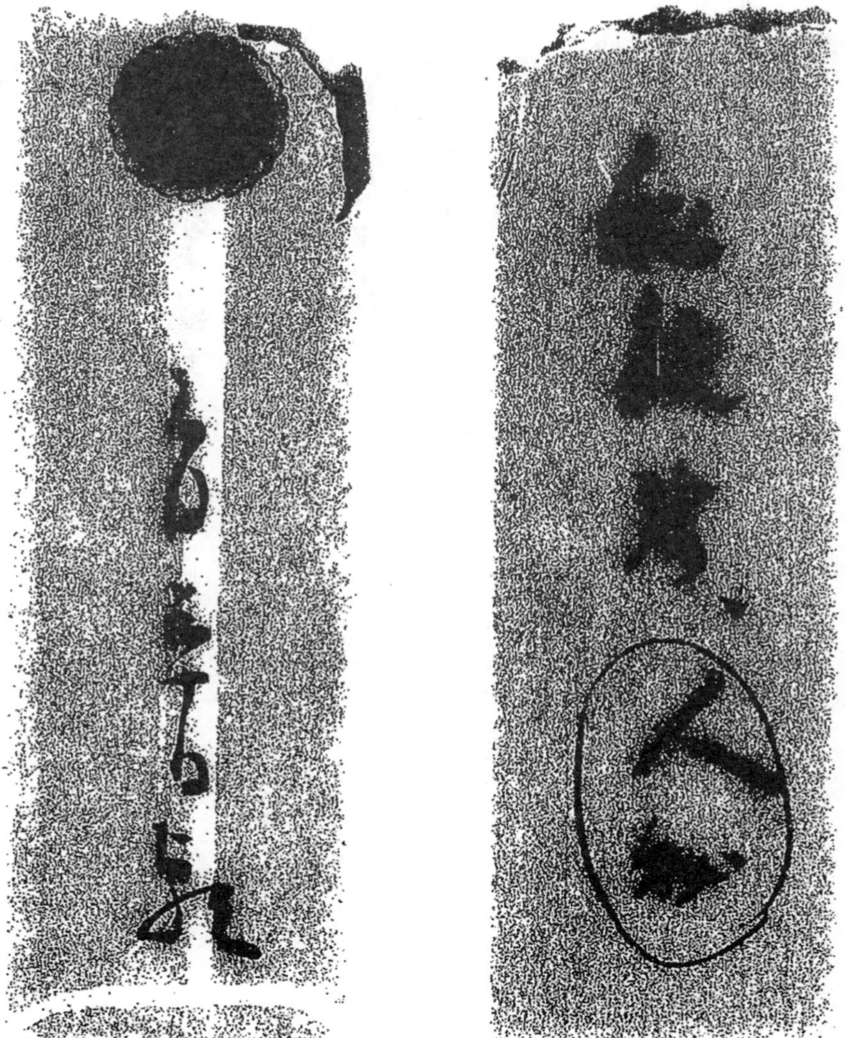

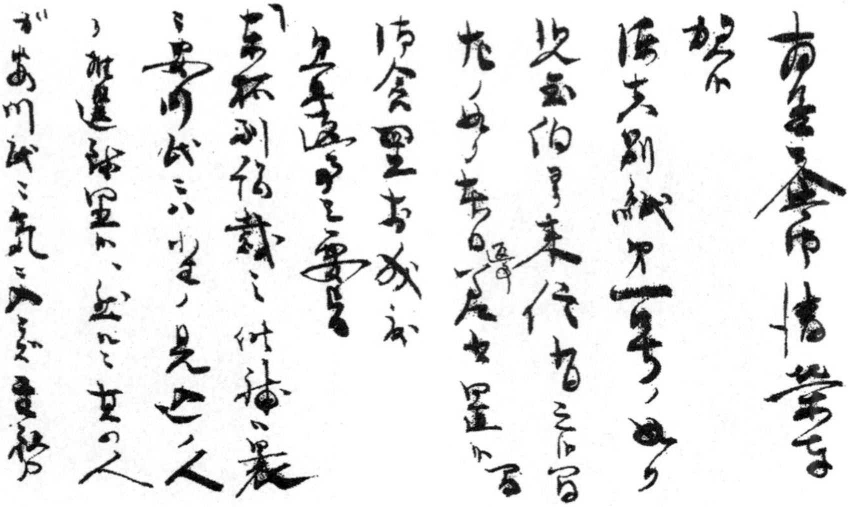

拝啓　益々御清栄奉
賀候。
陳は別紙第一号の如ク
児玉伯ヨリ来信ノ候間
左ノ如ク本日返事差出置候間
御含置相成度。
第一号返事之要旨
「東拓副総裁之候補ハ曩
ニ安川氏ニハ小生ノ見込ノ人
ヲ推致置候。然ルニ其の人
ガ安川氏ニ気ニ入ラズ主務

227 南次郎 → 大野緑一郎(1938. 3. 30)

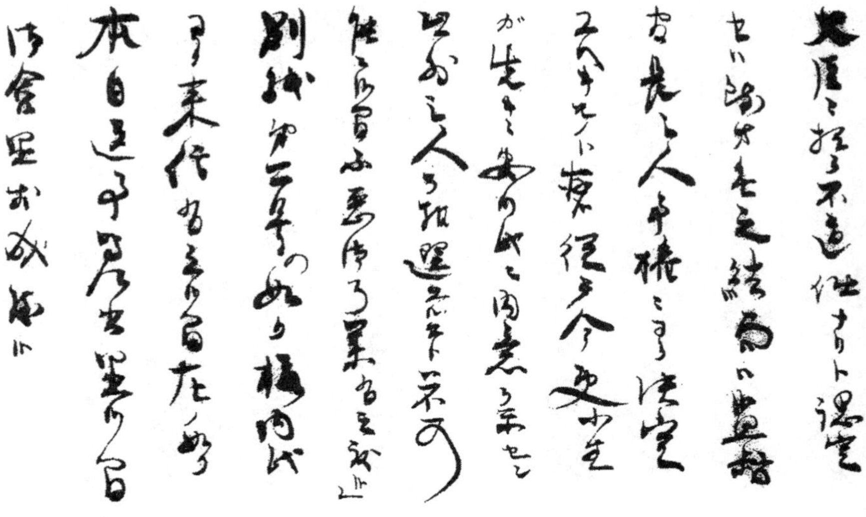

大臣ニ於テ不適任ナリト認定
セハ致方無之結局ハ監督
官長の人事権ニヨリ決定
スベキモノト存候。従テ今更小生
ガ先キニ安川氏ニ内意ヲ示セシ
此外之人ヲ推スルコトハ不可
能ニ候間不悪御了承有之度候。
別紙第二号の如ク桜内氏
ヨリ来信有之候間左ノ如ク
本日返事差出置致候間
御含置相成度候。

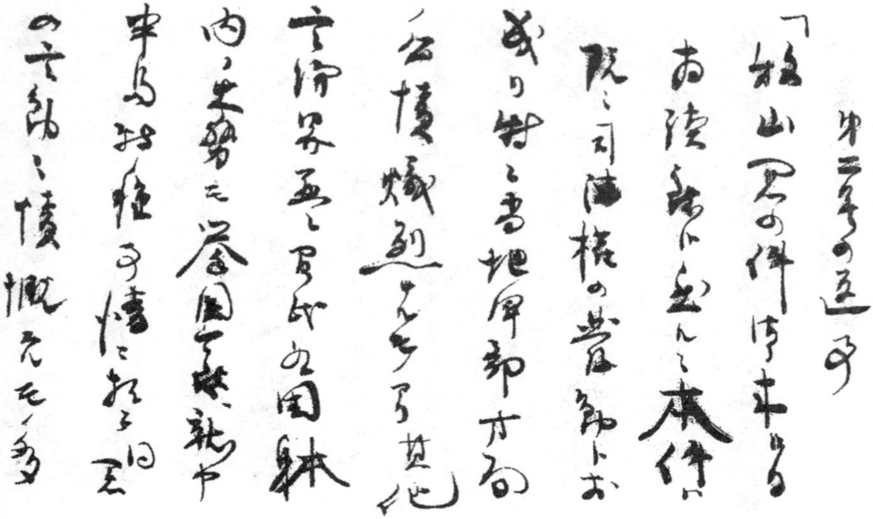

第二号の返事
「牧山君の件御来旨
拝読致候。然ルニ本件ハ
既ニ司法権の発動ト相
成リ特ニ当地軍部方面
ノ公憤熾烈ナルモノアリ其他
言論界並ニ民間の団体
内ノ大勢モ挙固(ママ)可致就ヤ
半島特種事情ニ於テ同君
の言動ニ憤慨スルモノ多

229 南次郎 → 大野緑一郎(1938. 3. 30)

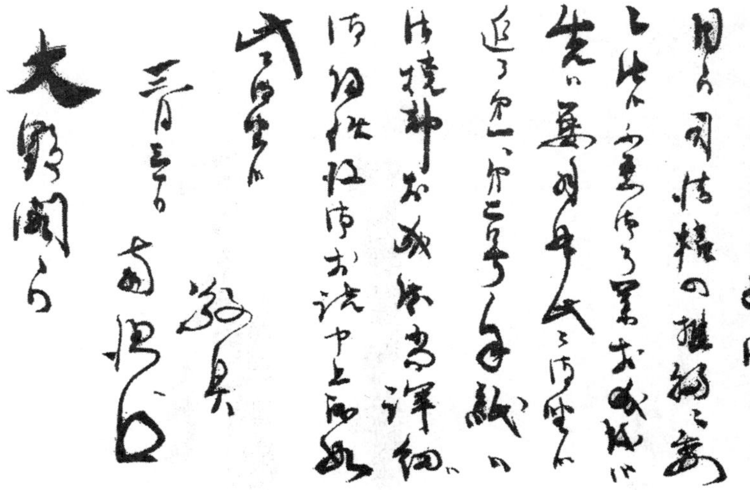

き状態故第二手加減
等ハ容易ナラザル事ト存候。
目下司法権の推移ニ委
シ居候。不要御了承相成度候」
先ハ要用如此ニ御座候。
追テ第一、第二号手紙ハ
御焼却相成度、尚詳細ハ
御帰任後御談申上度如候
此ヲ御坐候。

敬具

三月三十日

南次郎

大野閣下

幸雄 ⟶ 南次郎(1938. 3. 26)

國會圖書館 番號 81-49 別紙

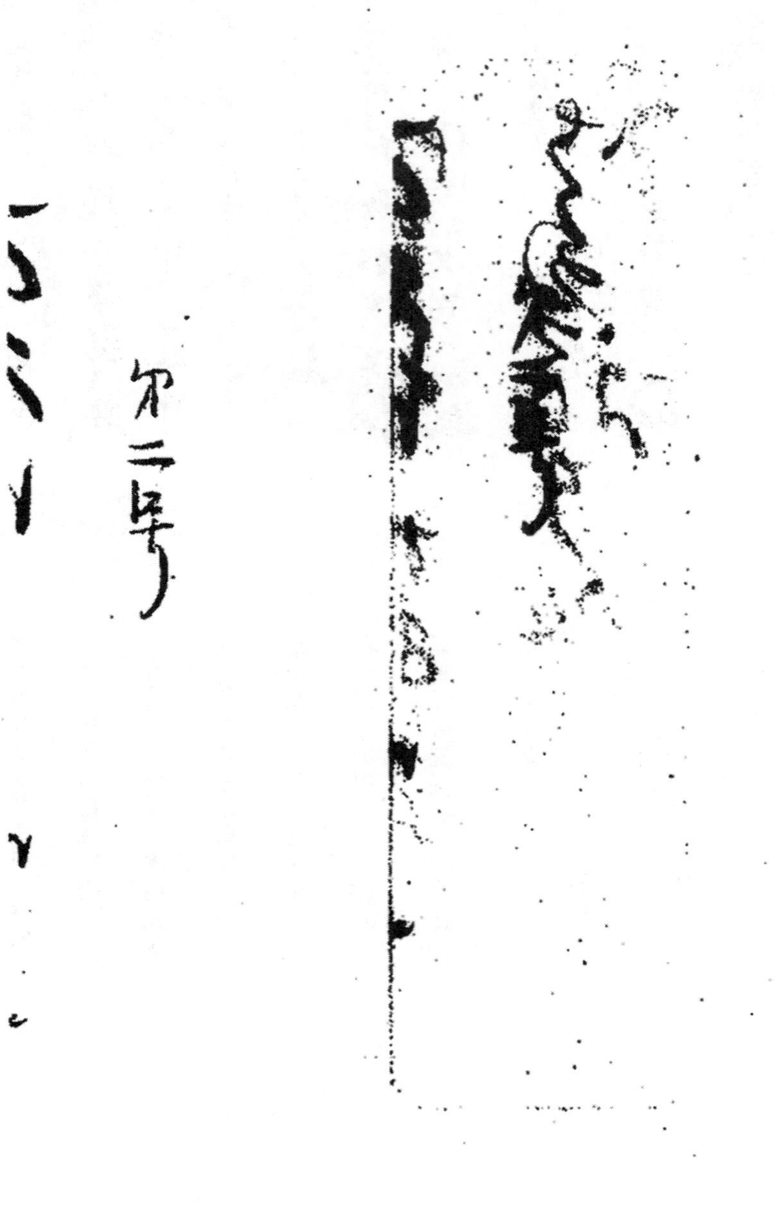

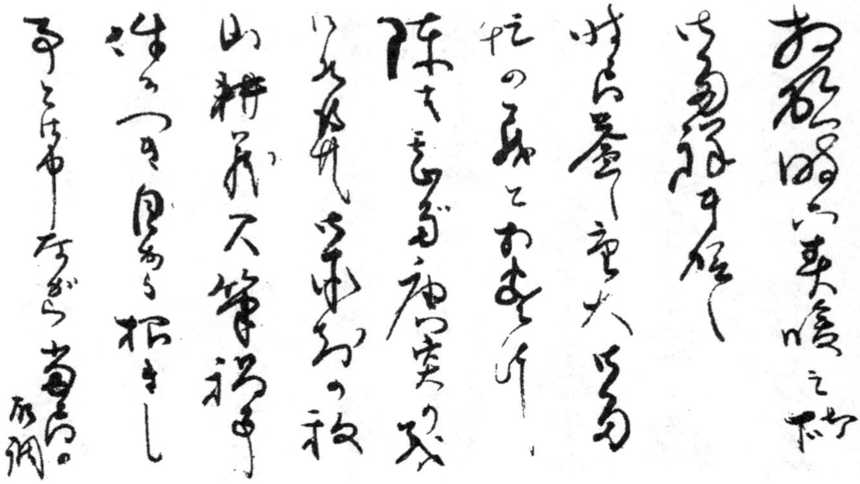

拝啓時下春暖之砌
御多祥奉賀候。
時局益々重大御多
忙の義ニ拝察仕候。
陳は甚ダ唐突の義
に候へ共御承知の牧
山耕蔵君筆禍事
件につき自から招きし
事とは申しながら当局の
取調

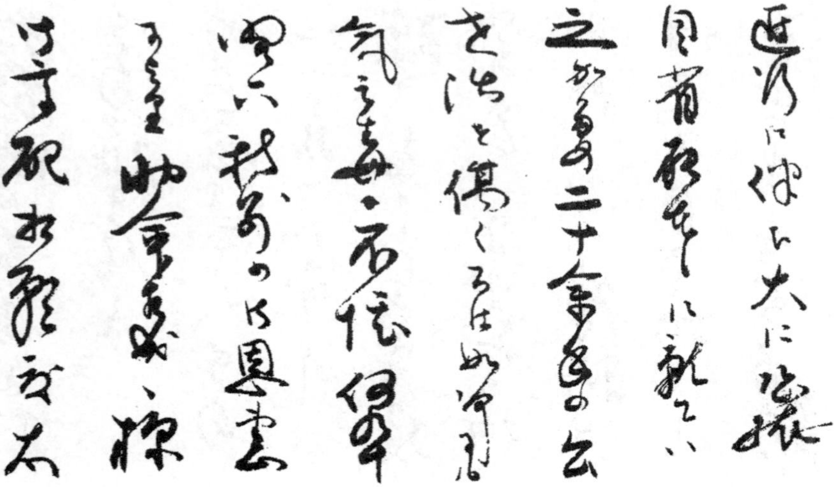

進行ニ伴ヒ大いに恐縮
自省罷在候に就ては
之がため二十余年の公
生活を傷くるは如何にも
気の毒に不堪何卒
閣下特別の御恩恵
により助命相成候様
御高配相願度右

233 幸雄 → 南次郎(1938. 3. 26) 別紙

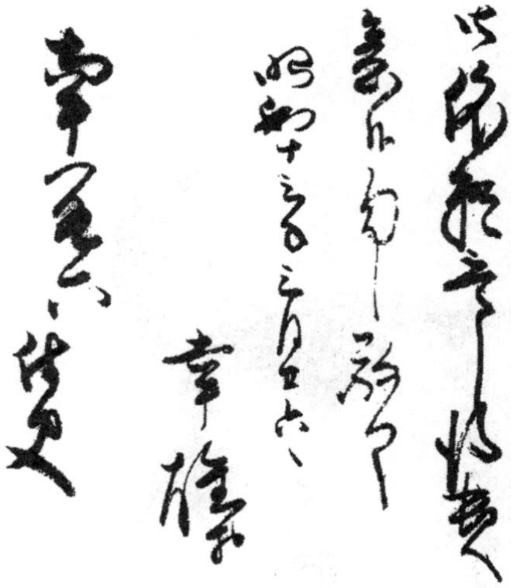

御依頼之事得貴
意候匆々。 敬具
昭和十三年三月廿六日
幸雄拝*
南閣下
侍史

---

* 桜内幸雄(さくらうち　ゆきお).

児玉秀雄 ⟶ 南次郎(1938. 3. 27)

國會圖書館 番號 81-49 別紙

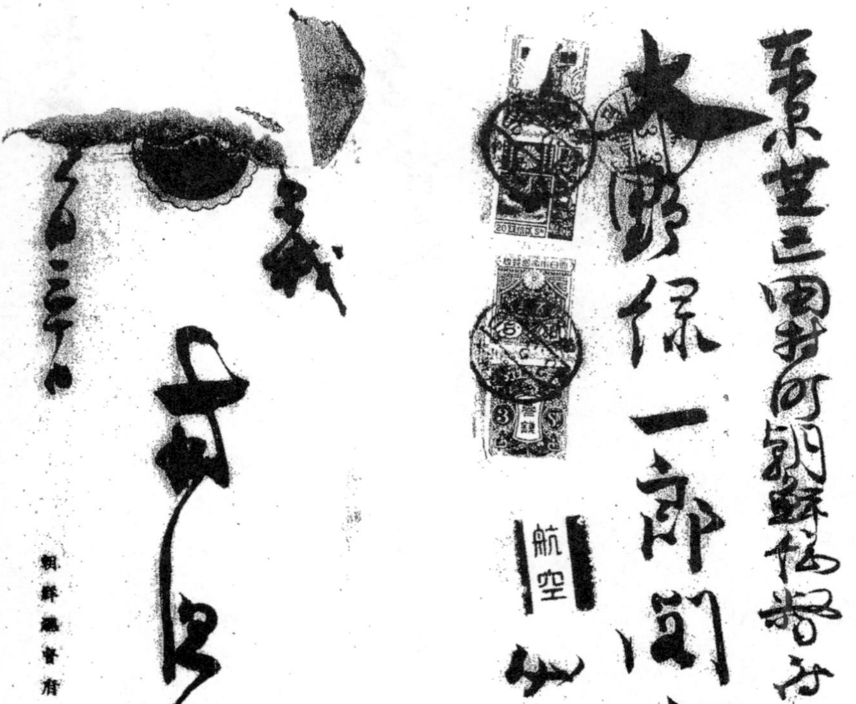

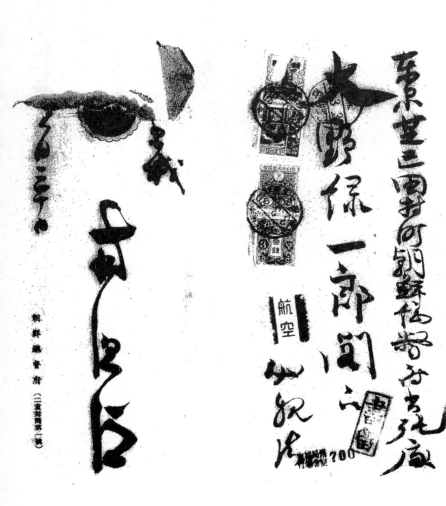

235 児玉秀雄 → 南次郎(1938. 3. 27) 別紙

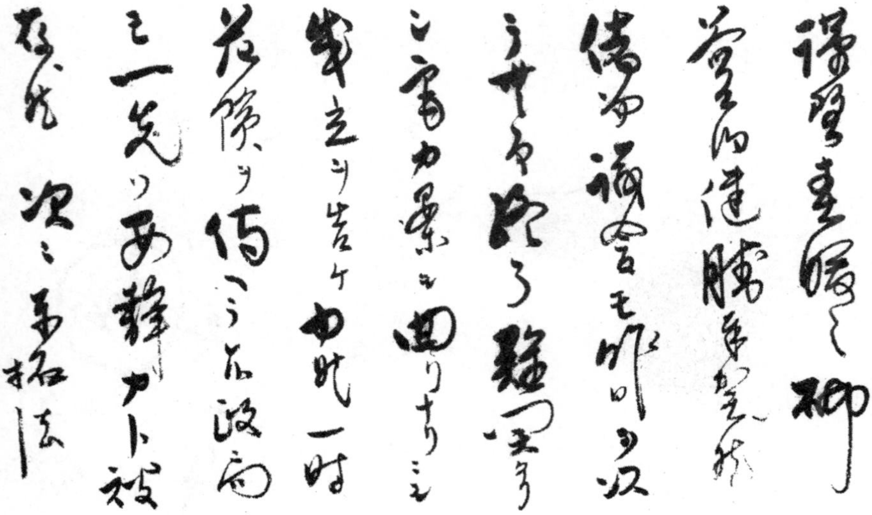

謹啓　春暖之砌
益々御健勝奉賀候。
偖而議會モ昨日ヲ以
テ無事終了、難関タリ
シ電力案モ曲リナリニモ
成立ヲ告ケ申候。一時
危険ヲ伝ヘラレ候政局
モ一先ツ安静カト被
存候。次ニ東拓法

237 児玉秀雄 → 南次郎(1938. 3. 27) 別紙

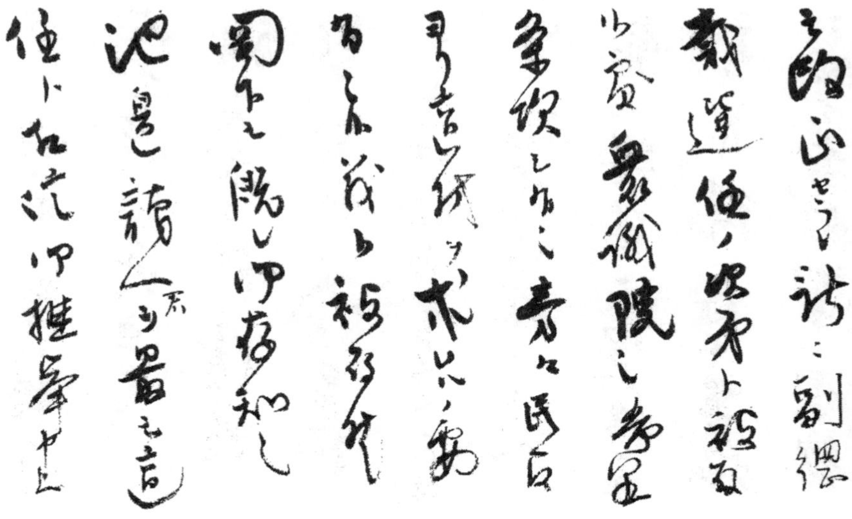

モ改正セラレ新ニ副総
裁選任ノ次第ト被存
候処、衆議院之希望
条項モ有之旁々民間
ヨリ適材ヲ求ムルノ要
有之候義ト被存候。
閣下モ既ニ御存知之
池邊諒一君ヲ最モ適
任ト相信御推挙申上

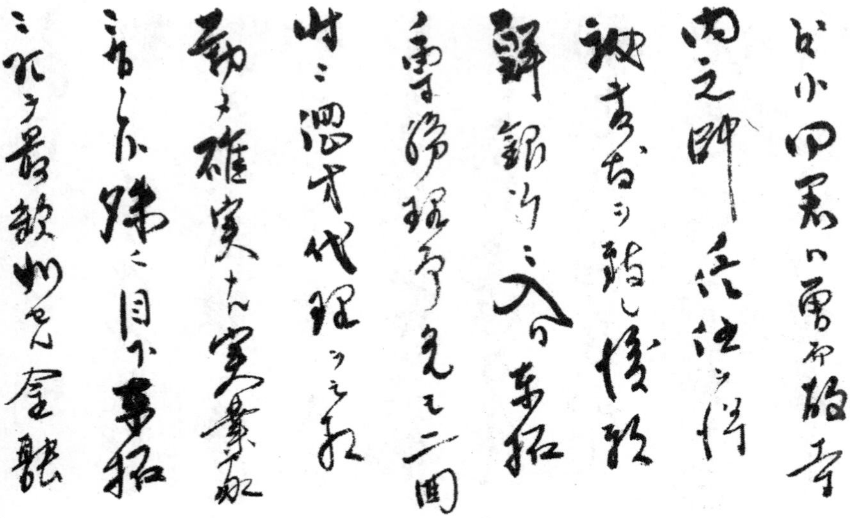

度候。同君ハ曽而故寺内元帥*ノ信任ヲ得秘書官ヲ致し後朝鮮銀行ニ入リ東拓ノ専務理事タルモ二回、時ニ総才*代理ヲモ相勤メ確実ナル実業家ニ有之候。殊ニ目下東拓ニ於テ最欠如セル金融

---

* 寺内正毅(てらうち　まさたけ).
* 원문 그대로. 정자는 裁이다.

239 児玉秀雄 → 南次郎(1938. 3. 27) 別紙

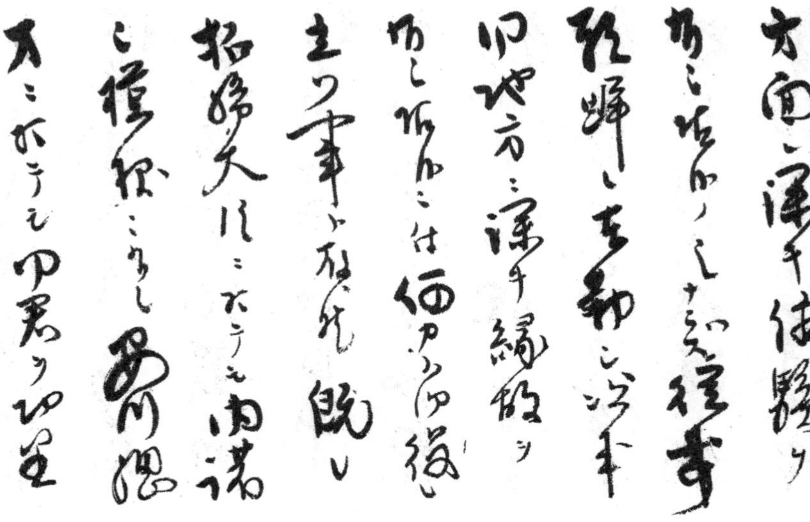

方面ニ深キ經驗ヲ
有シ居候ノミナラズ従前
朝鮮ニ在勤シ、以来
同地方ニ深キ縁故ヲ
有シ居候ニ付、何カト御役ニ
立ツ事ト存候。既ニ
拓務大臣ニ於テモ内諾
之模様ニ有之、安川総
才ニ於テモ同君ヲ切望

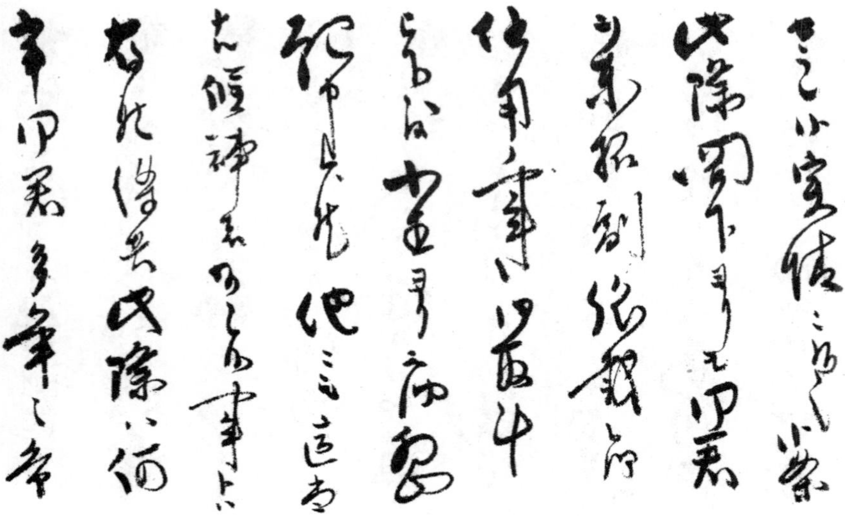

セラレ候実情ニ有之候条、
此際閣下ヨリモ同君
ヲ東拓副総裁ニ御
任用ノ事ニ御取計
被下度小生ヨリ御懇
願申上候。他ニモ適当
ナル候補者有之候事トハ
存候得共、此際ハ何
卒同君多年之希

241 児玉秀雄 → 南次郎(1938. 3. 27) 別紙

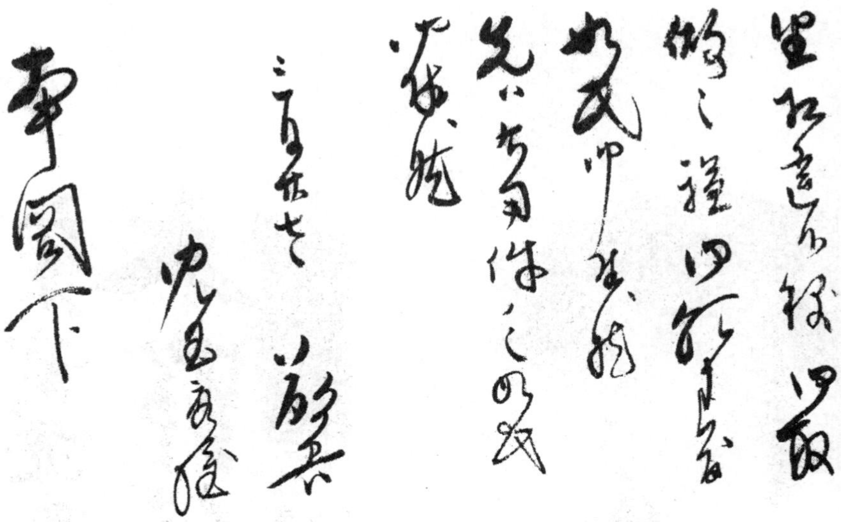

望相達候様御取
做之程御願申上度
如此御坐候。
先ハ右用件ノミ如此
御坐候。

三月二十七日　敬具

児玉秀雄

南閣下

南次郎 → 大野緑一郎(1938. 4. 4)

國會圖書館 番號 81-31

243 南次郎 → 大野緑一郎(1938. 4. 4)

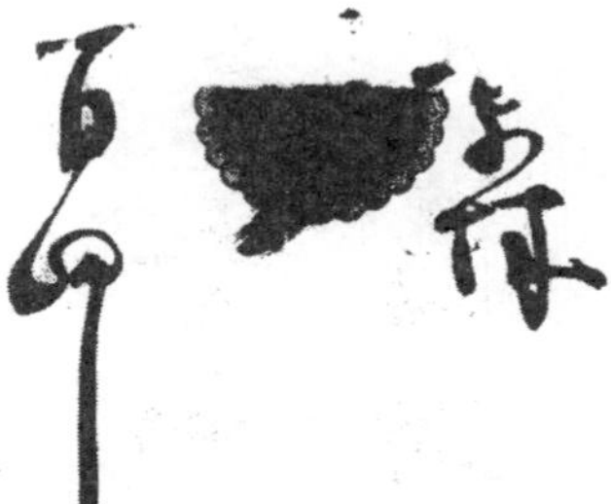

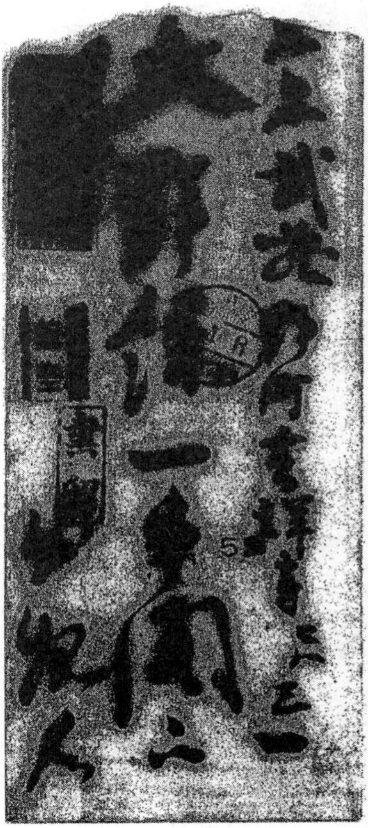

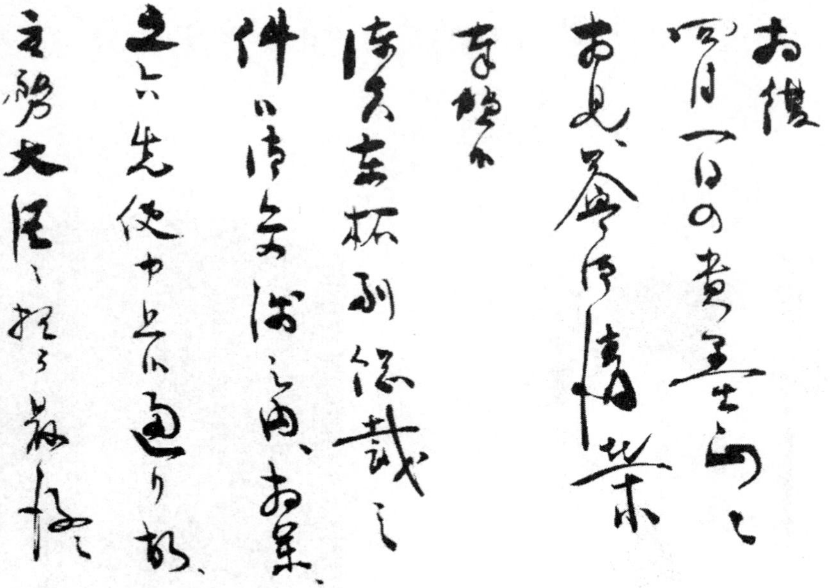

拝復
四月一日の貴墨正ニ
拝見、益々御清栄
奉賀候。
陳者東拓副総裁之
件ハ御交渉之由、拝承、
之レハ先便申上候通リ故、
主務大臣ニ於テ最後之

245　南次郎 → 大野緑一郎(1938. 4. 4)

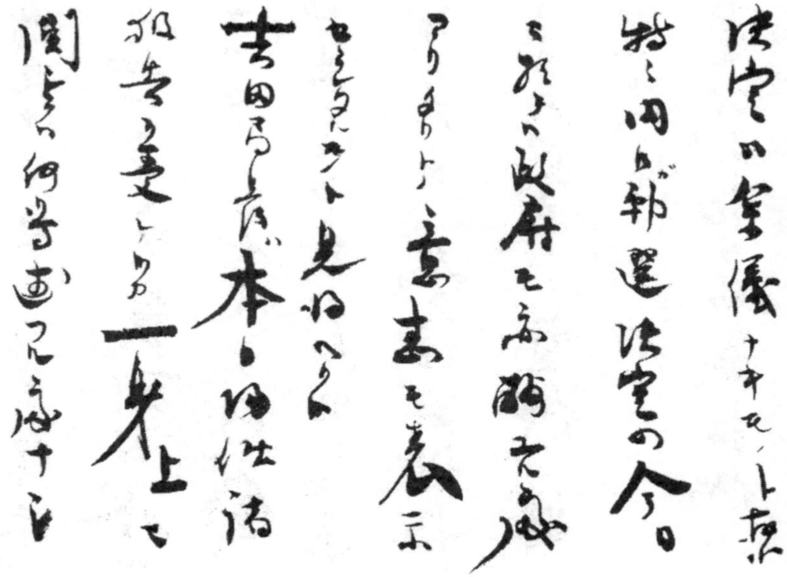

決定ハ余儀ナキモノト存候。
特ニ田ロガ勅選決定の今日
ニ於テハ政府モ亦酬ユル処
アリタリトノ意志モ表示
セラレタルモノト見得ヘク候。
吉田局長ハ本日帰任諸
報告ヲ受ケ候カ一身上ニ
関シテハ何等述フル処ナシ。

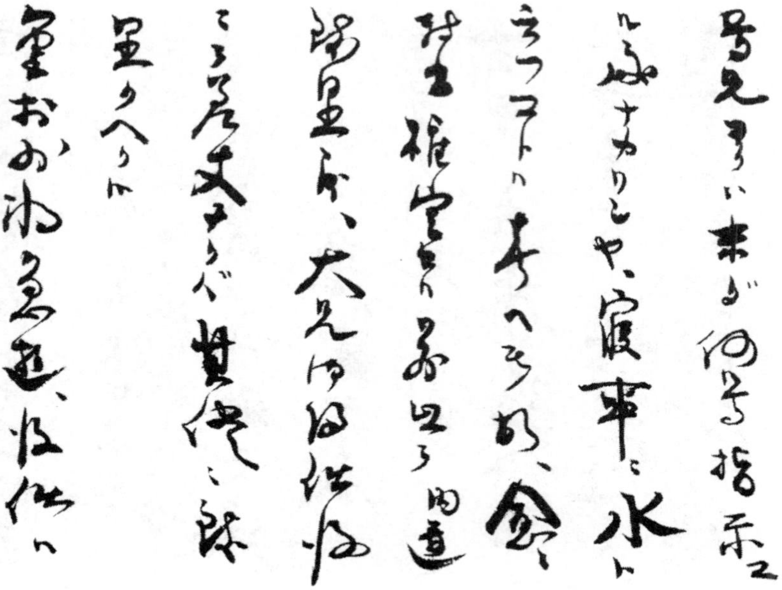

尊兄ヨリハ未ダ何等指示ス
ル処ナカリシヤ、寝事*ニ水ト
云フコトハ考ヘモノ故、愈々
転出確定セハ前以テ内達
致置度、大兄御帰仕後
ニテ差支ナクバ其儘ニ致
置クヘク候。
重村少将急逝、後任ハ

* 원문 그대로 표기. 본래는 寢耳로 표기.

247 南次郎 → 大野緑一郎(1938. 4. 4)

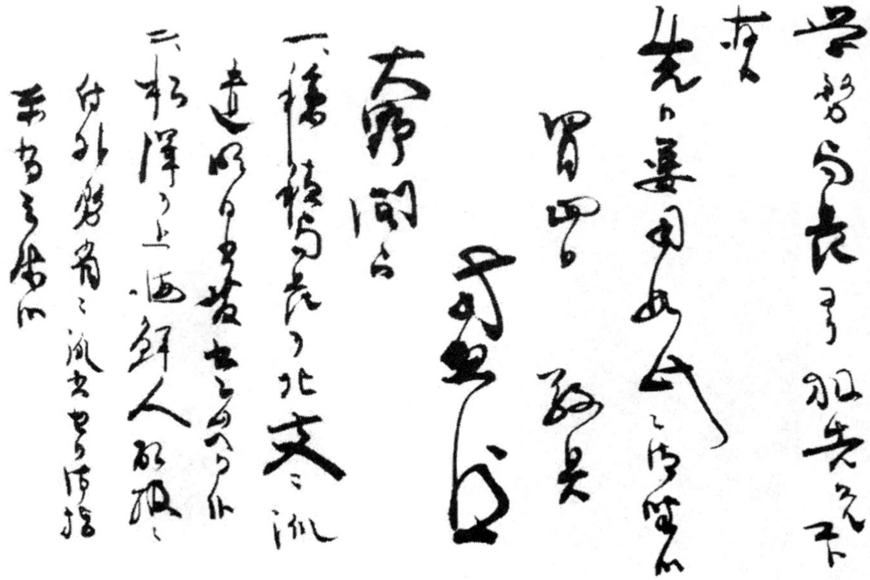

学務局長ヨリ報告スルコトト
存候。
先ハ要用如此ニ御坐候。
四月四日　敬具
南次郎
大野閣下
一、穂積局長ヲ北支ニ派
遣、明日出発セシムヘク候。
二、松澤ヲ上海鮮人取扱ニ
付外務省ニ派出セリ。御指
示有之度候。

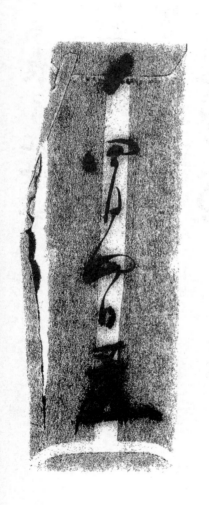

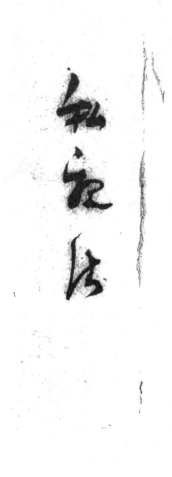

南次郎 → 大野緑一郎(1938. 6. 26)

國會圖書館 番號 81-30

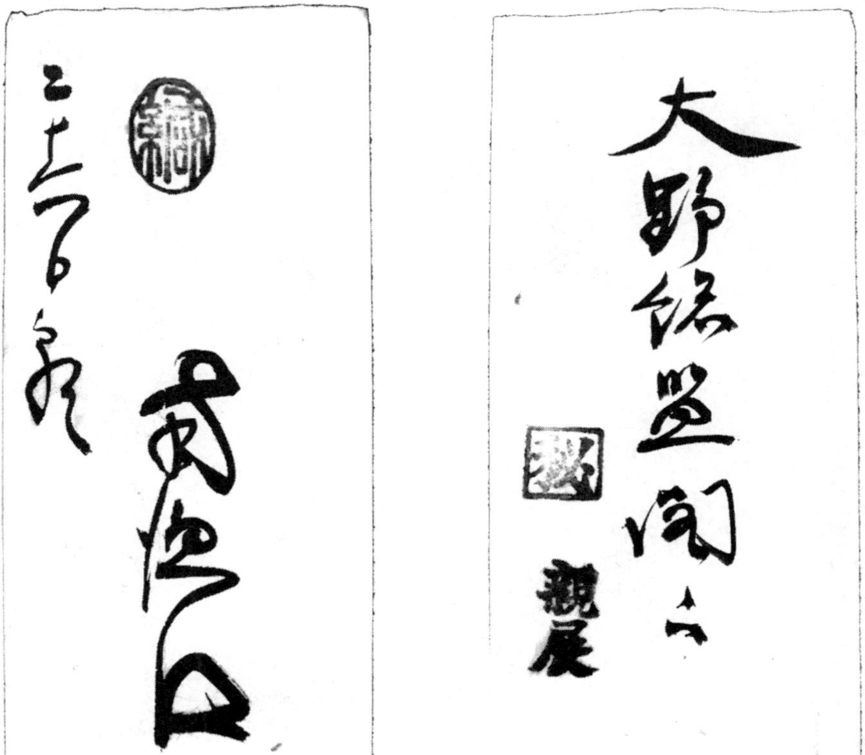

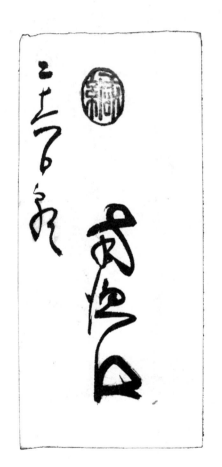

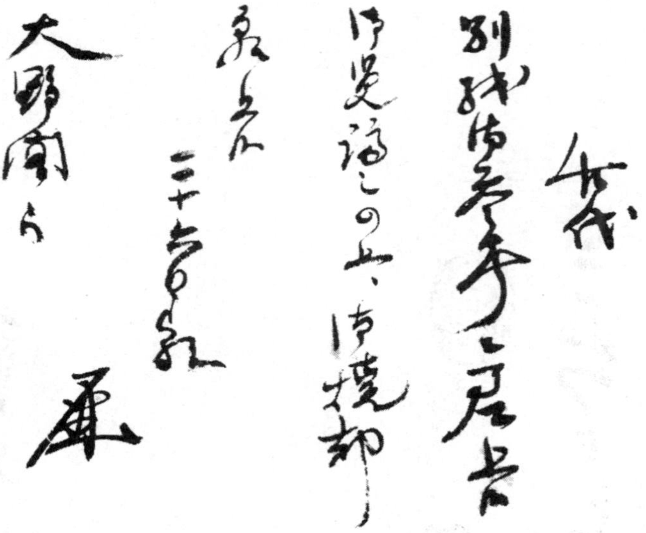

舌代

別紙御参考ニ差上候。

御覧済ミの上、御焼却

願上候。

二十六日朝

(南次郎花押)

大野閣下

大谷尊由 → 南次郎(1938. 6. 23)

國會圖書館 番號 81-30 別紙

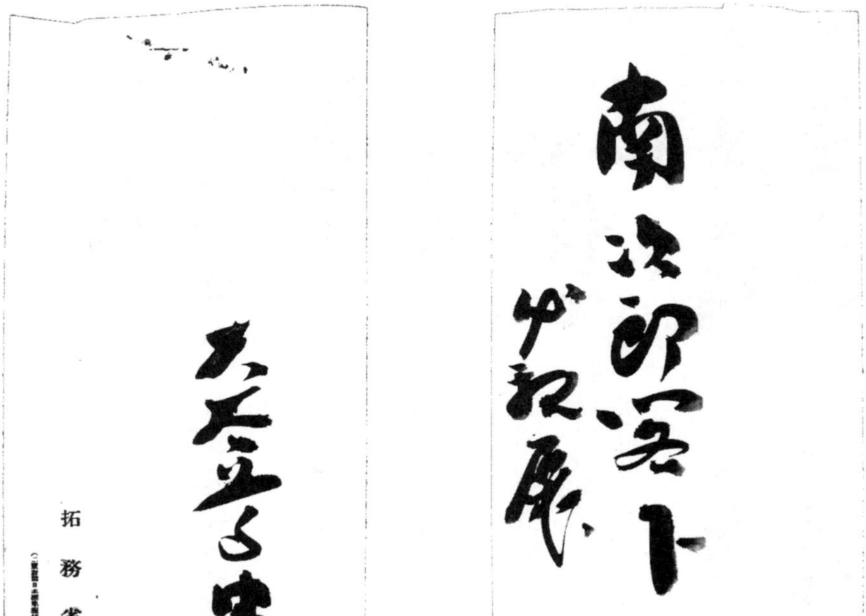

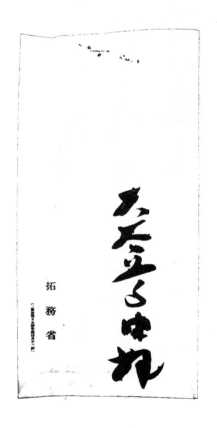

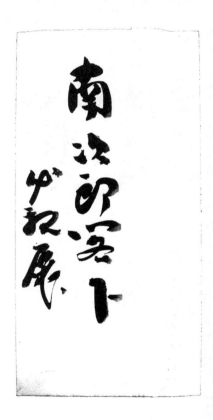

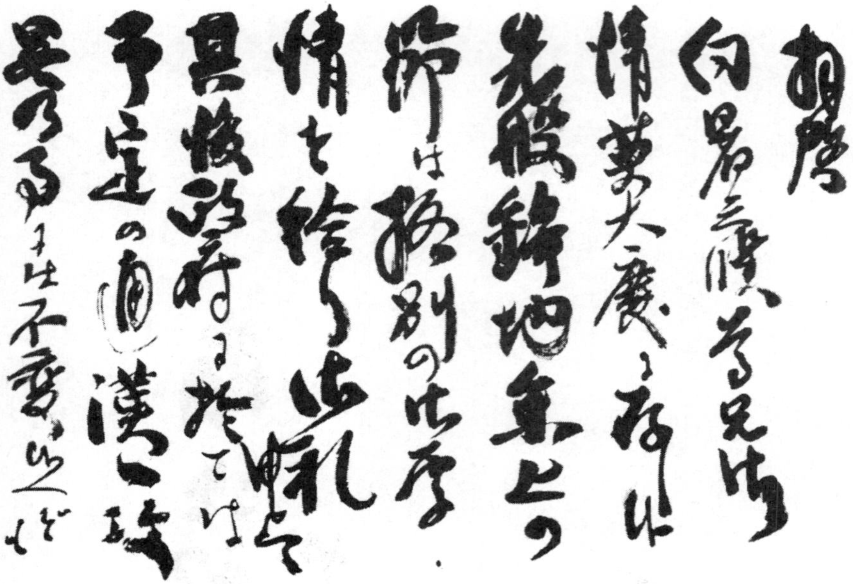

拝啓
向暑之候尊兄御
清英大慶に存し候。
先般錦地参上の
節は格別の御厚
情を給り御礼申上候。
其後政府に於ては
予定の通漢口攻
略の事には不変候へども

253 大谷尊由 → 南次郎(1938. 6. 23) 別紙

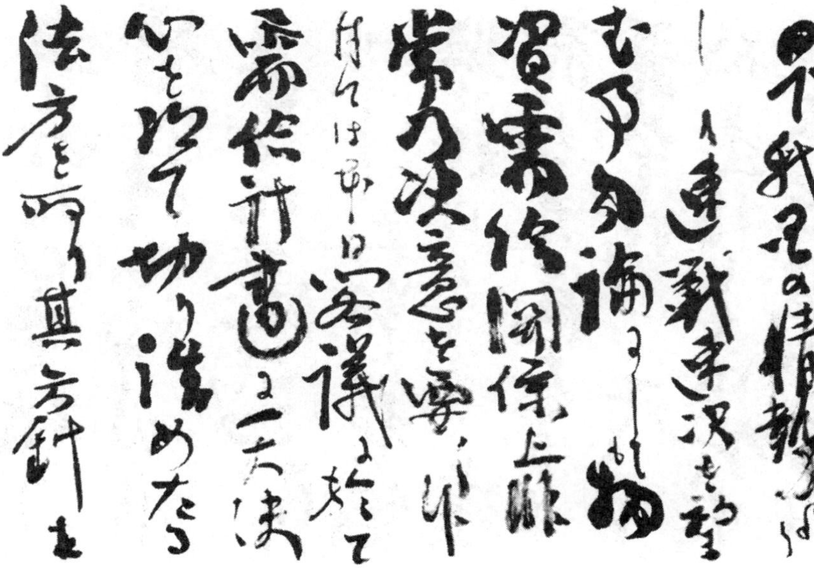

目下我國の情勢より
して連戦速決を望
む事勿論にしても物
資需給関係上非
常の決意を要し候。
付ては本日閣議に於て
需給計畫に一大決
心を以て切り詰めたる
法方を取り其方針を

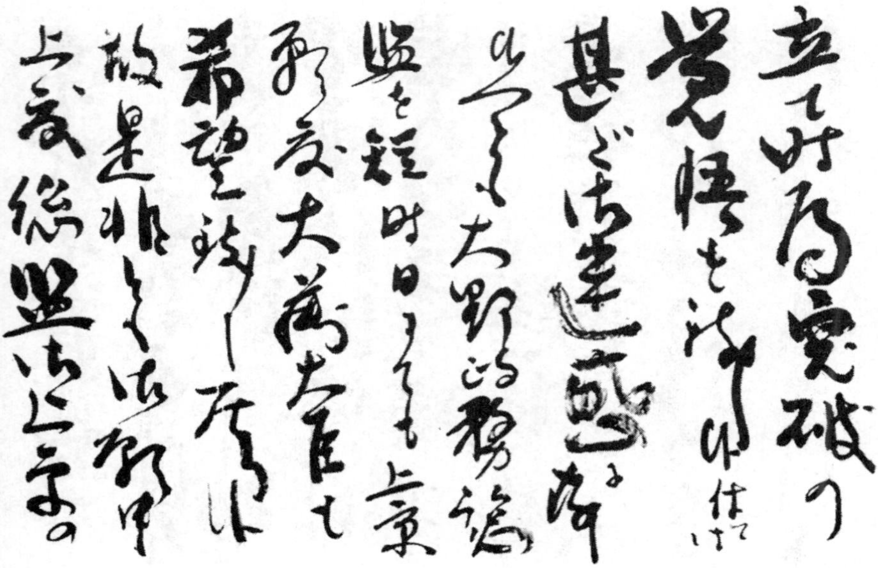

立て時局突破の
覚悟を致し候。付ては
甚だ御迷惑に存し
候へとも大野政務総
監を短時日にても上京
願度、大蔵大臣も
希望致し居り候
故是非とも御願申
上度、総監御上京の

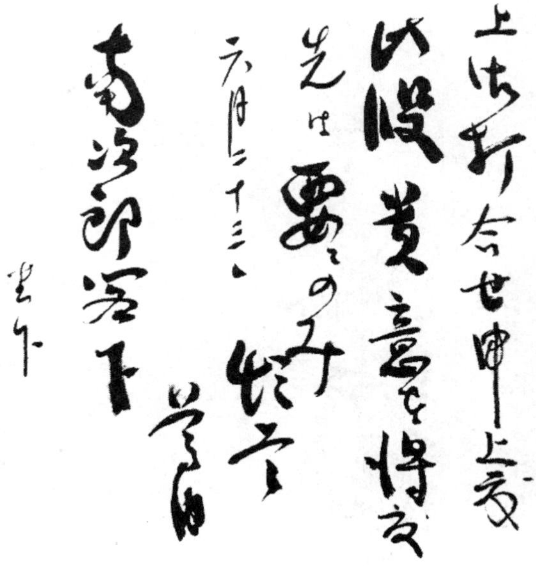

上御打合せ申上度
此段貴意を得度。
先は要々のみ。　頓首
六月二十三日
尊由
南次郎閣下
坐下

南次郎 → 大野緑一郎(미상. 12. 6)

國會圖書館 番號 81-2

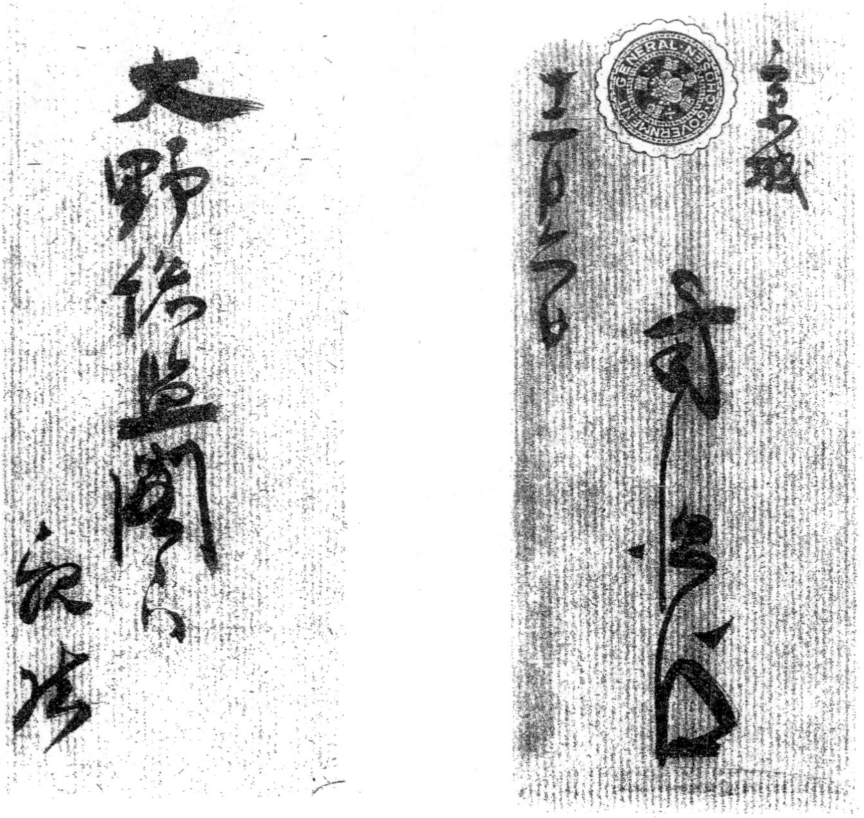

257 南次郎 → 大野緑一郎(미상. 12. 6)

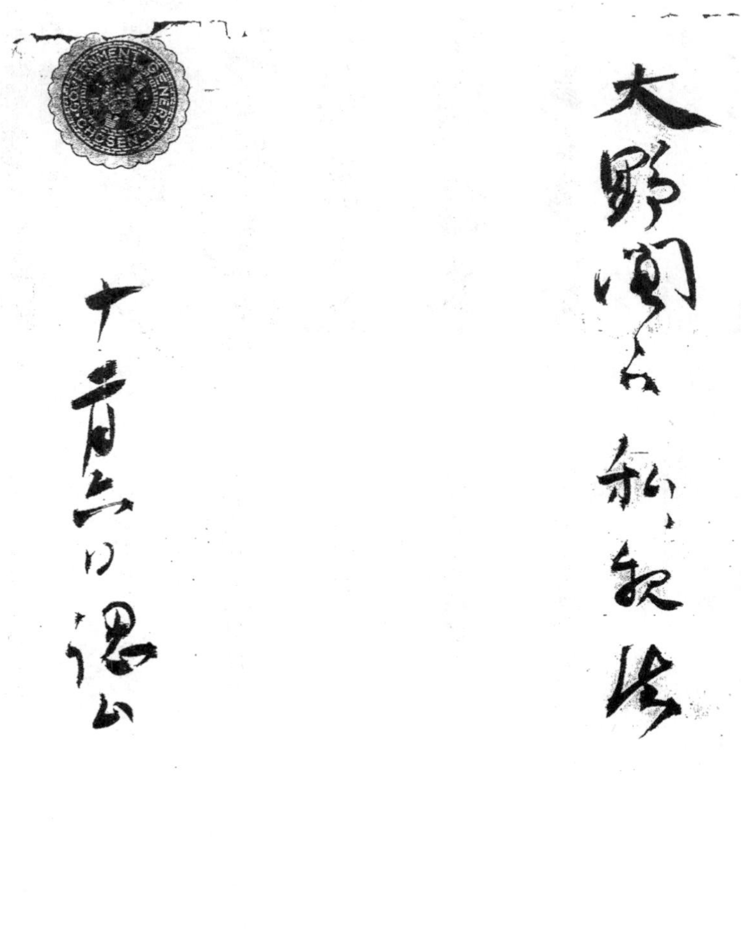

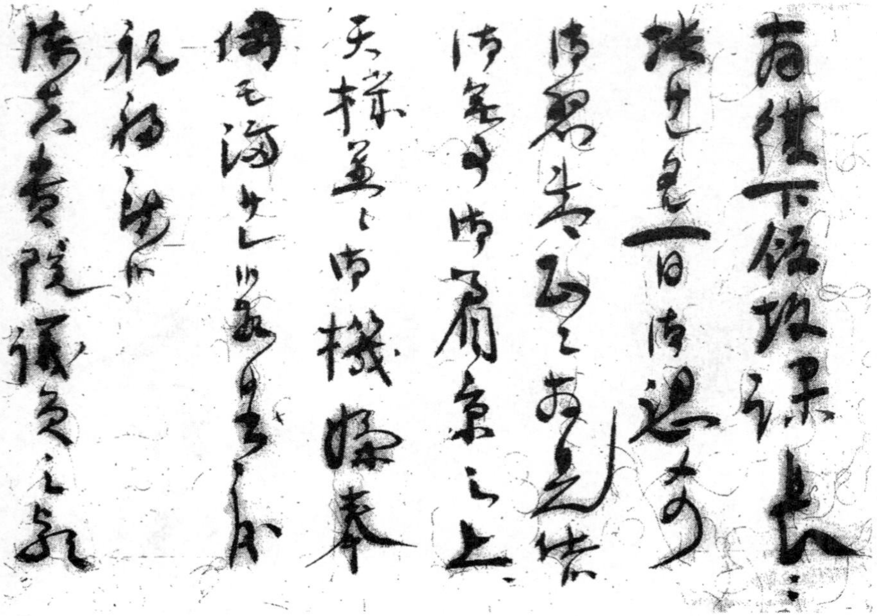

拝復　下飯坂課長ニ
托サレタル一日御認メの
御懇書正ニ拝見仕候。
御無事御着京之上、
天機並ニ御機嫌奉
伺モ済サレ候段目出度
祝福致候。
陳者貴院議員之朝

259 南次郎 → 大野緑一郎(미상. 12. 6)

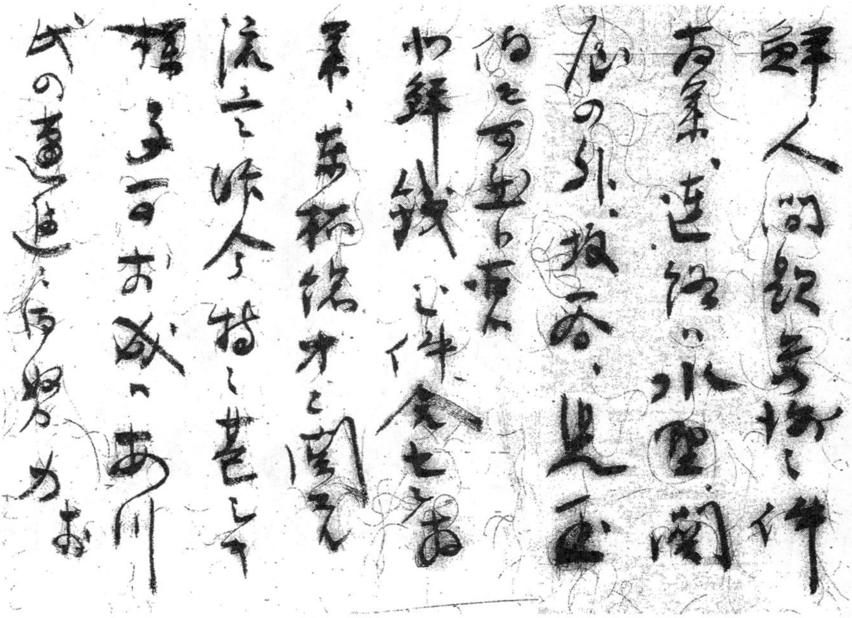

鮮人問題交渉之件
拝承、連絡ハ水野、関
屋の外、坂谷、児玉
伯* モ可然ト存候。
北鮮鉄之件、合セテ拝
承、東拓総才* ニ関スル
流言昨今特ニ甚シキ
様子可相成ハ安川
氏の邁進ニ御努力相

---

* 고다마(児玉) 백작을 지칭함.

* 総才는 원문 그대로. 본래는 総裁로 표기.

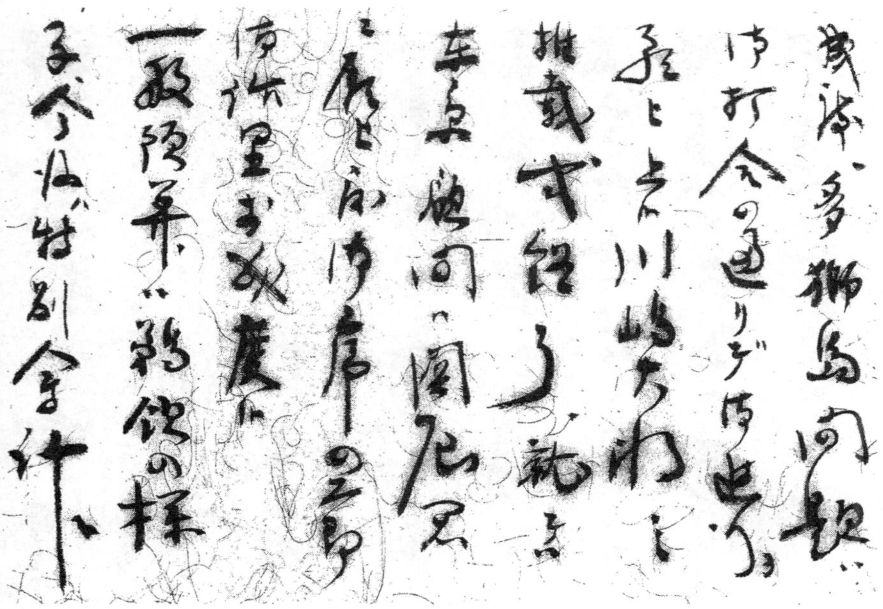

成度、多獅島問題ハ
御打合の通リデ御進行ヲ
願ヒ上候。川嶋大将之
推戴式終了、就テハ
東京顧問ハ関屋君
ニ願ヒ度御序の節
御話置相成度候。
一般予算ハ鵜飲*の様
子、今後ハ特別會計ニ

* 鵜飲(うのみ): 상대방 말을 곧이 곧대로 들음.

261　南次郎 → 大野緑一郎(미상. 12. 6)

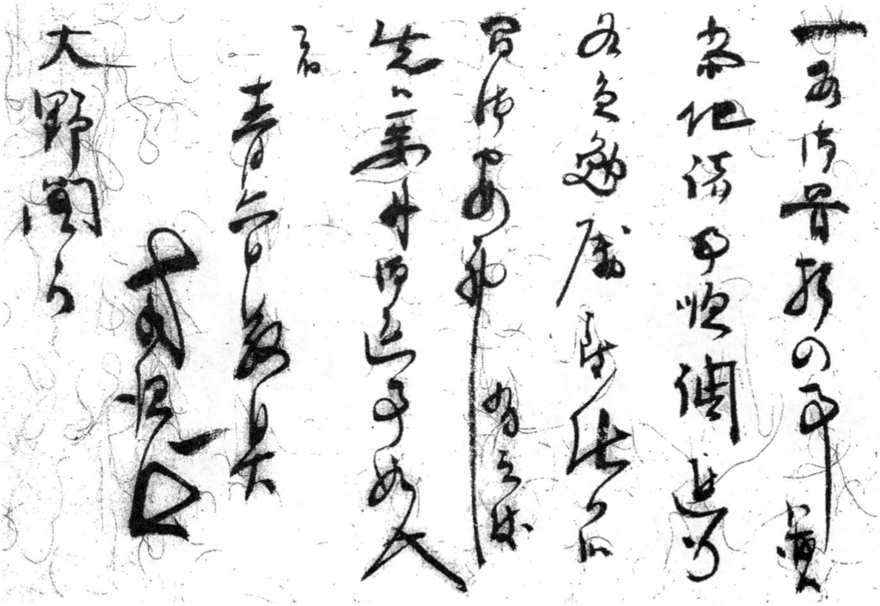

一段御骨折の事ト存候。
当地諸事順調進行
各員勉励致居リ候
間、御安神有之度
先ハ要用御返事如此
ニ候。
十二月六日　敬具
南次郎
大野閣下

南次郎 → 大野緑一郎(1938. 12. 9)

國會圖書館 番號 81-3

大野緑一郎

263 南次郎 → 大野緑一郎(1938. 12. 9)

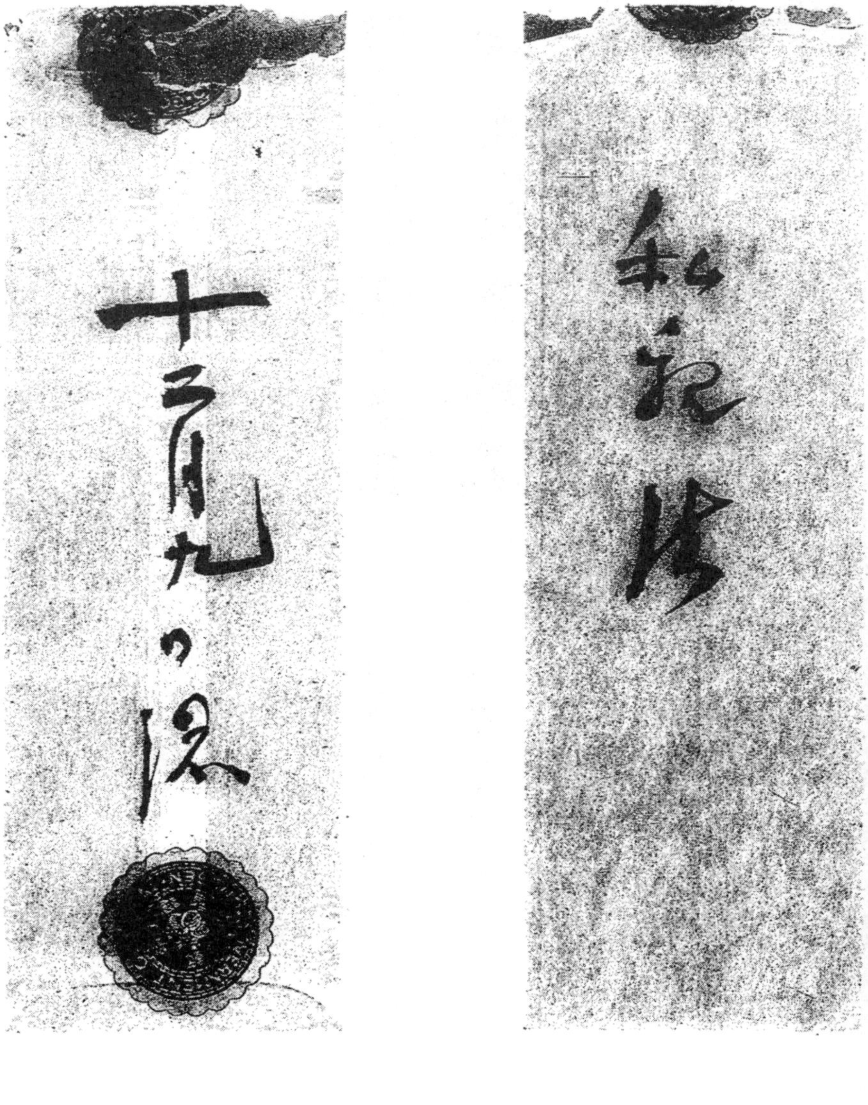

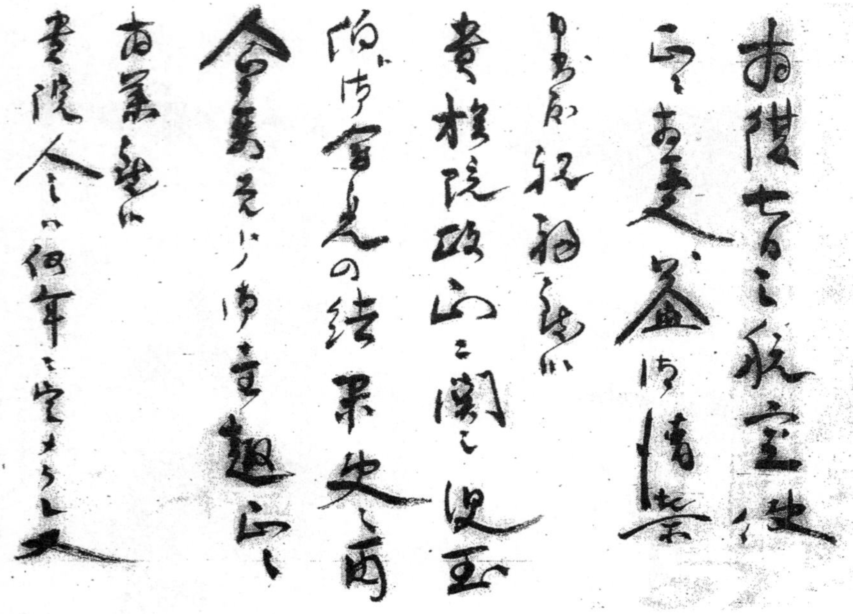

拝復　七日之航空便
正ニ拝受、益御清栄
目出度祝福致候。
貴族院改正ニ関シ児玉
伯ト御會見の結果更ニ再
合ヲ要スルトノ御主趣正ニ
拝承致候。
貴院令ハ何年ニ定メラレ又

265 南次郎 → 大野緑一郎(1938. 12. 9)

朝鮮併合後何年ナリシカ、又同今改正当時の朝鮮統治の実態並ニ統治観念等相当考慮ヲ要スヘキモノト存候。是上トモ御考究ヲ願ヒ上候。而シテ「日韓併合條約第三條、第四條」之主旨ヲ以テシ特ニ治政三十

年内鮮一躰*之実情
等ヲ見テ根本解決モ必要
カト存候。
次ニ井原大佐只今帰任、其
ノ報告ニヨリテ自動會社の設立
陸軍造兵廠支廠モ確立
セルハ御同慶ノ至リニ候。政界
情勢不相変不安之由
ナルモ何卒現閣ヲシテ議會

* 一躰는 원문 그대로. 일반적으로 一体로 표기.

267 南次郎 → 大野緑一郎(1938. 12. 9)

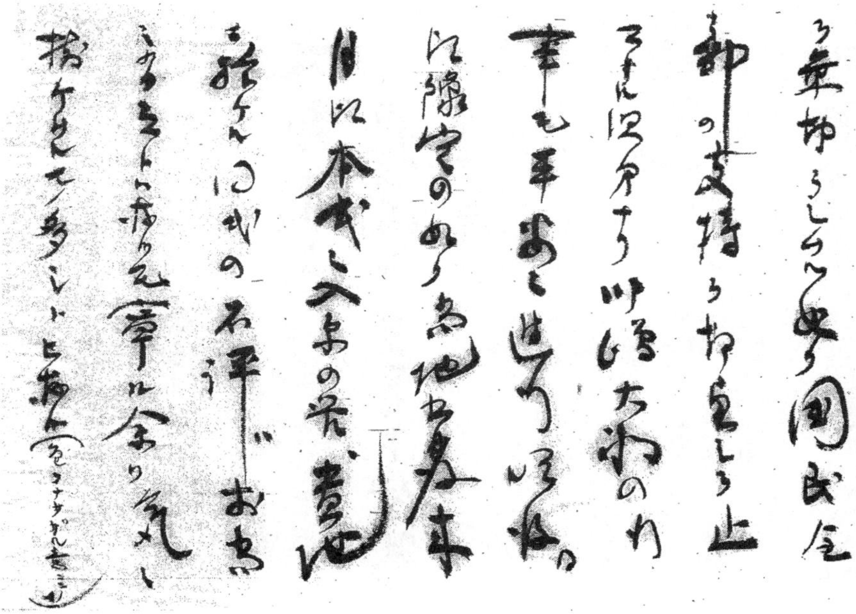

ヲ乗切ラシムル如ク國民全
部の支持ヲ切望シテ止
マサル次第ナリ。川嶋大将の行
事モ平安ニ進行、明後日
頃予定の如ク当地出発来
月頃本式ニ入京の筈、貴地
ニ於ケル同氏の不評ハ相当
ニ有之トハ存候モ寧ロ余リ氣之
措ケサルモノ多シト被存候(当ヲナサザル意ニテモ)

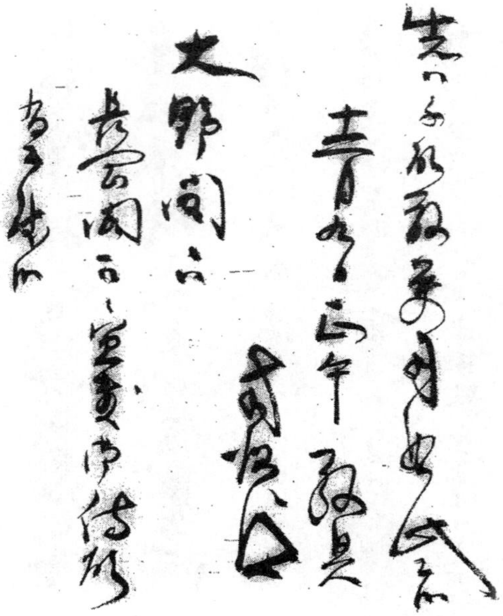

先ハ不取敢要用如此ニ候。

十二月九日正午　敬具

南次郎

大野閣下

長岡閣下ニ宜敷御伝声

有之度候。

南次郎 ⟶ 大野緑一郎(1938. 12. 19)

國會圖書館 番號 81–48

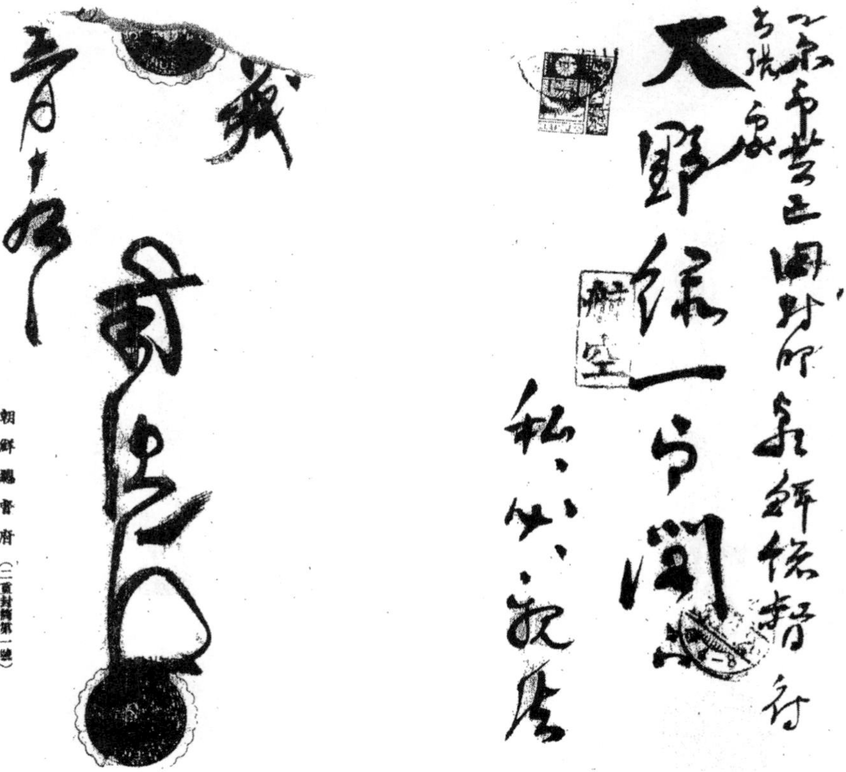

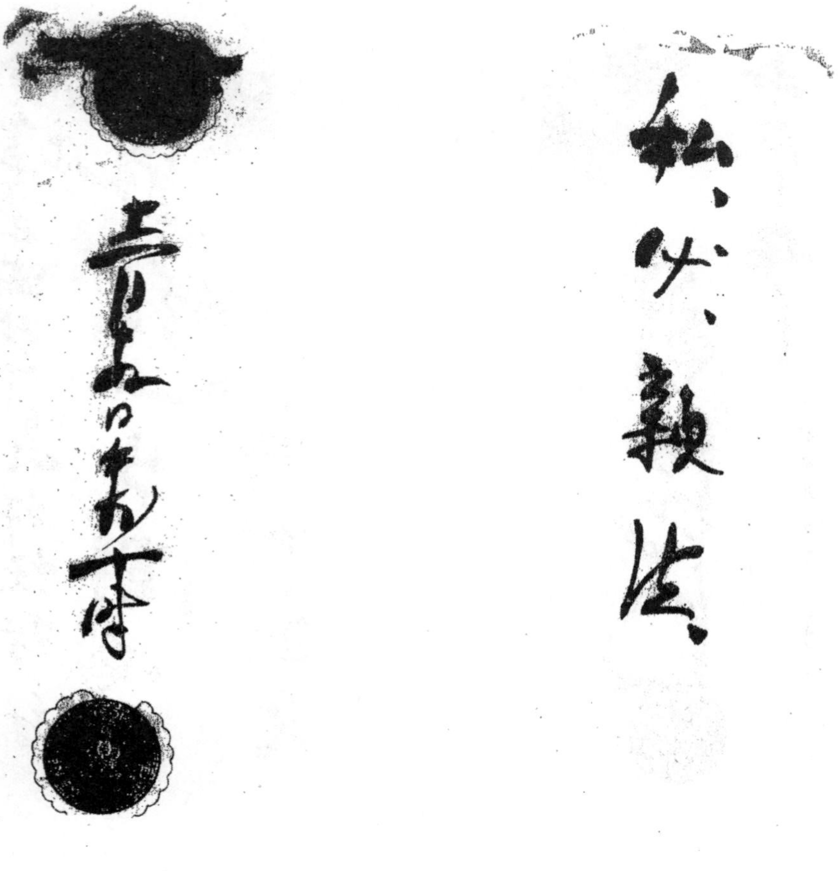

271 南次郎 → 大野緑一郎(1938. 12. 19)

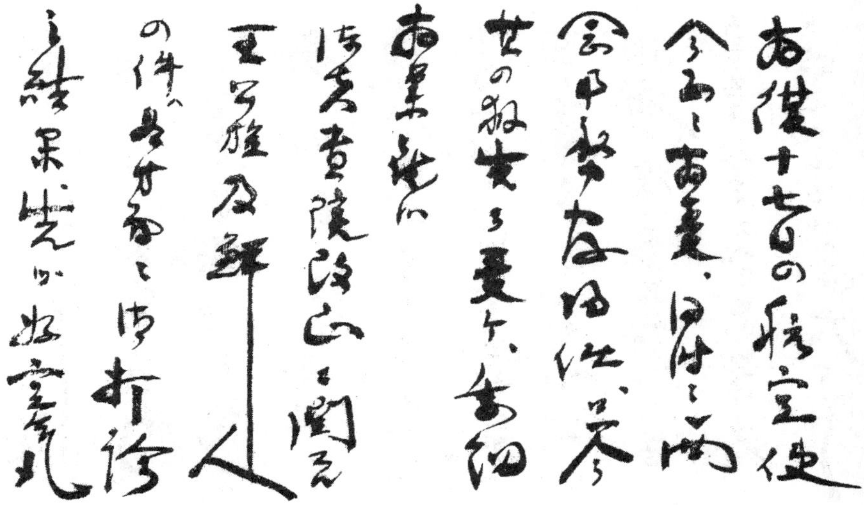

拝復　十七日の航空便
今正ニ拝受、同時ニ西
岡事務官帰任、只今
其の報告ヲ受ケ、委細
拝承致候。
陳者貴院* 改正ニ関スル
王公族* 及鮮人
の件ハ各方面ニ御打診
之結果、先ヅ好空氣

---

* 貴族院.

* 李王家: 대한제국이 일본에 강제병합된 후, 조선국 왕족은 일본 천황 아래 황공족으로 편성되었다. 이후 李王家로 지칭.

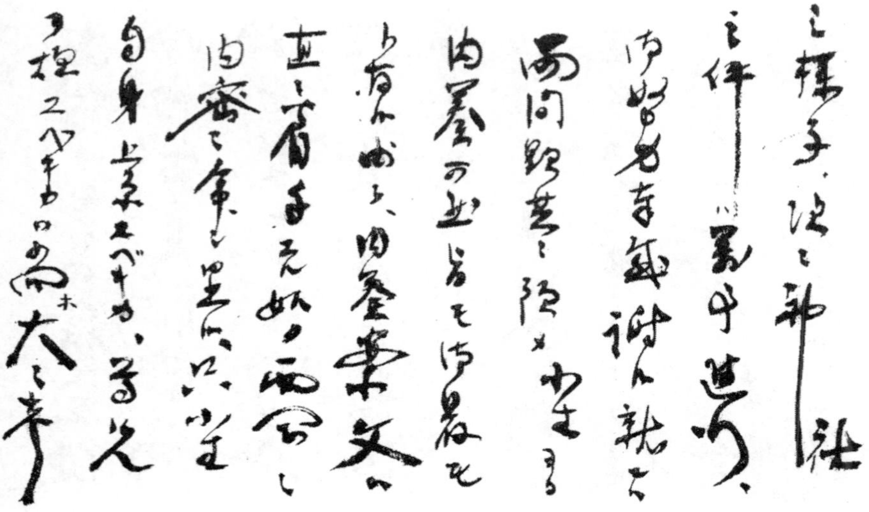

之様子、次ニ神社
之件ハ万事進行、
御努力奉感謝候。就テハ
両問題共ニ預メ小生ヨリ
内奏可然旨モ御最モ
ト存候由ニテ、内奏案文ハ
直ニ着手スル如ク西岡ニ
内密ニ命シ置候。只小生
自身上京スベキカ、尊兄
ヲ煩スベキカハ尚ホ大ニ考

273 南次郎 → 大野緑一郎(1938. 12. 19)

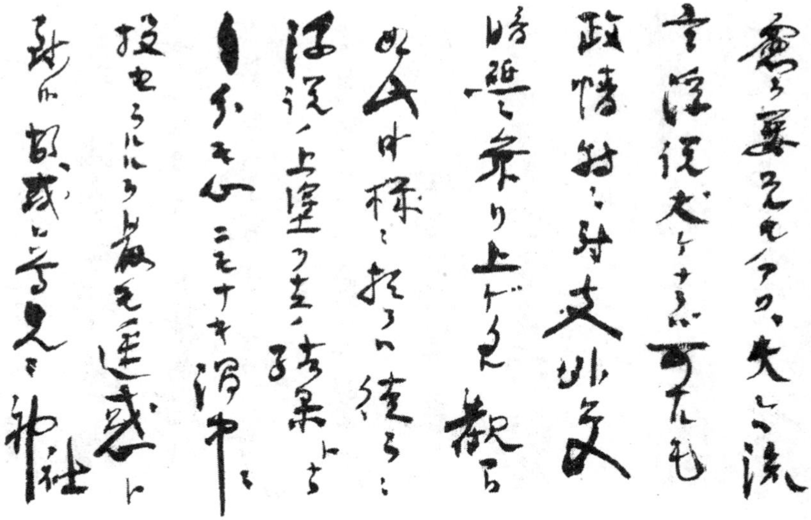

慮ヲ要スルモノアリ、夫レハ流
言浮説丈ケナラバ可ナルモ
政情特ニ對支外交
暗礁ニ乗リ上ゲタル観アリ、
如此時機ニ於テハ徒ラニ
浮説ノ上塗ヲナスノ結果トナリ
自分モ心ニモナキ渦中ニ
投セラルルヲ最モ迷惑ト
致候故、或ハ尊兄ニ神社

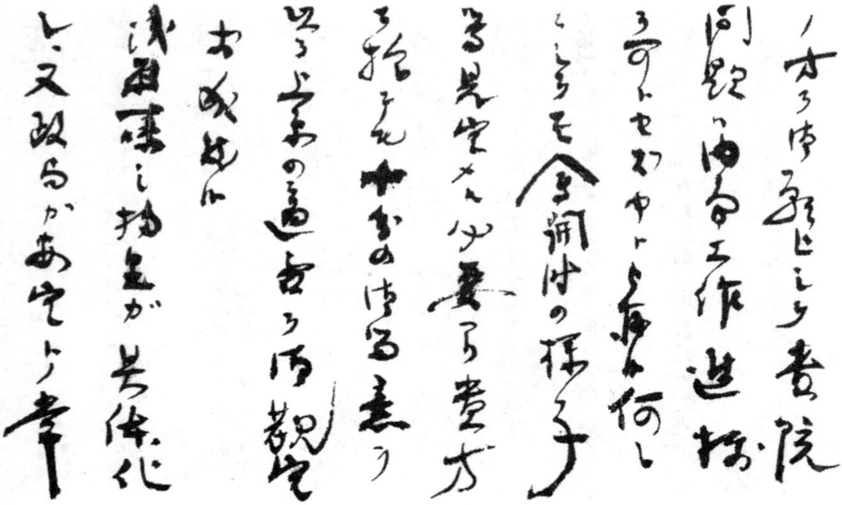

ノ方ヲ御願ヒシテ貴院
問題ハ内面工作進捗
ヲ可トセズヤト被存候。何レ
ニシテモ會開時の様子
等見定メル必要アリ、貴方
ニ於テモ十分の御留意ヲ
以テ上京の適否ヲ御觀定
相成度候。
浅原一味* 之拘置ガ具体化
シ、又政局ガ安定トノ常

* 아사하라 겐조(浅原健三)의 그룹.

275 南次郎 → 大野緑一郎(1938. 12. 19)

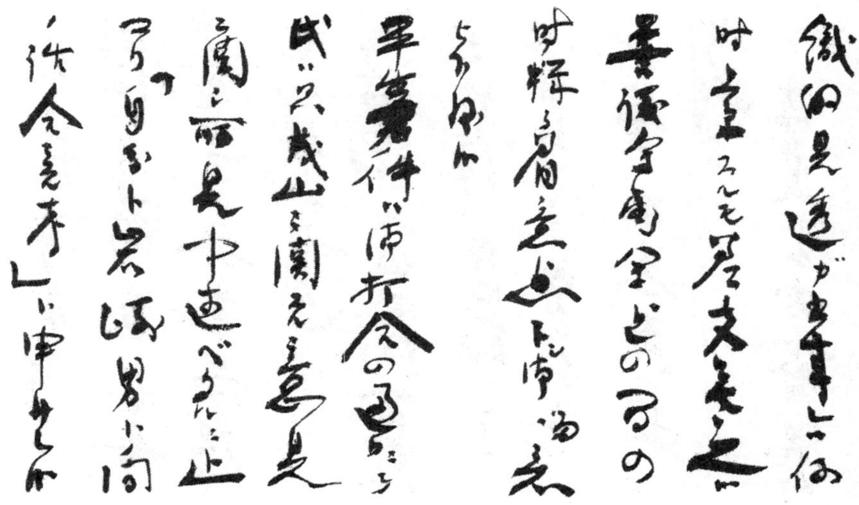

識的見透ガ出来レハ何
時上京スルモ差支無之候。
貴議會開會迠の間の
時機ヲ着意点トシ御留意
被下度候。
平生君ノ件ハ御打合の通リニテ
氏ハ只茂山ニ関スル意見
ニ関シ所見申述ベタルニ止
マリ「自分ト岩崎男*トノ間
ノ話合ニスル考」ト申サレ候。

---

* 미쓰비시(三菱)그룹.

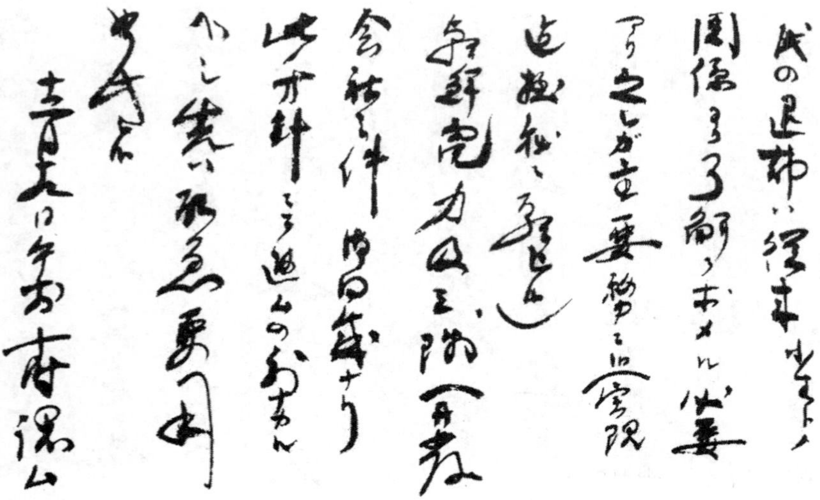

氏の退却ハ従来小生トノ
関係ヨリ了解ヲ求メル必要
アリ之レガ主要務ニ候(実現
迠極秘ニ願上候)。
朝鮮電力及三陟開発
會社之件御同感ナリ、
此ノ方針ニテ進ムの外ナカル
ベシ。先ハ取急要用
如此ニ候。

十二月十九日午前十時認ム

277 南次郎 → 大野緑一郎(1938. 12. 19)

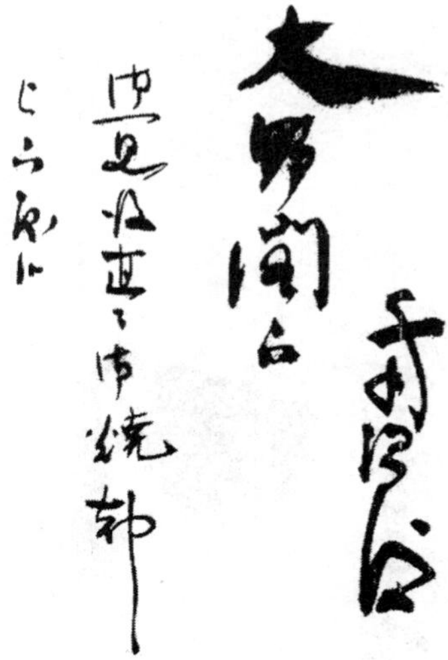

南次郎

大野閣下

御一見後直ニ御焼却
被下度候。

南次郎 ⟶ 大野緑一郎(1939. 1. 29)

國會圖書館 番號 81-10

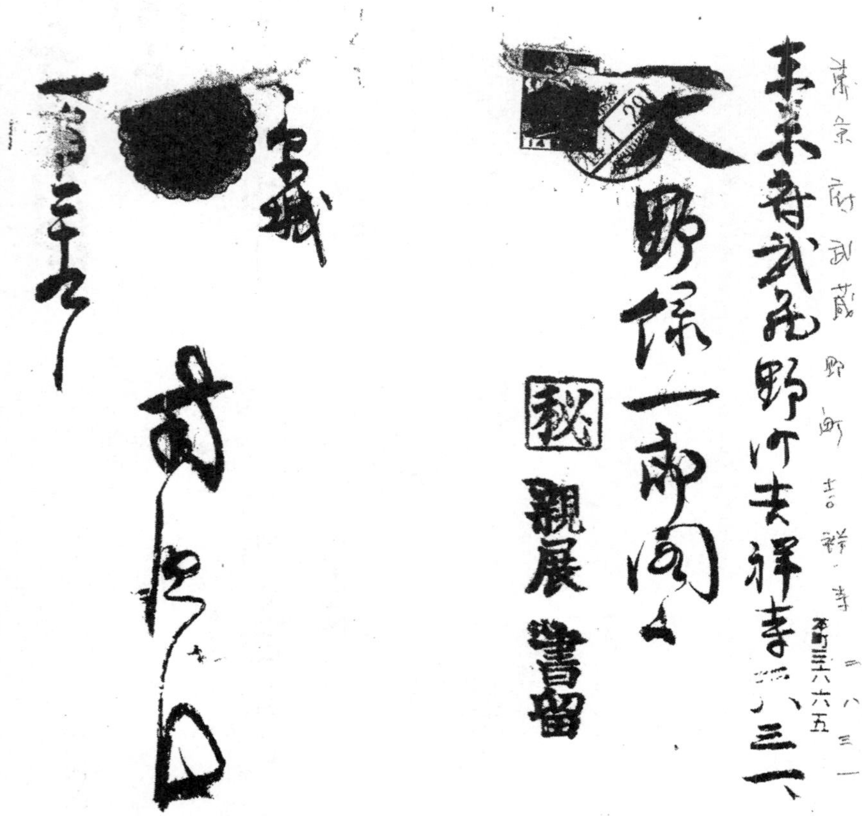

279 南次郎 → 大野緑一郎(1939. 1. 29)

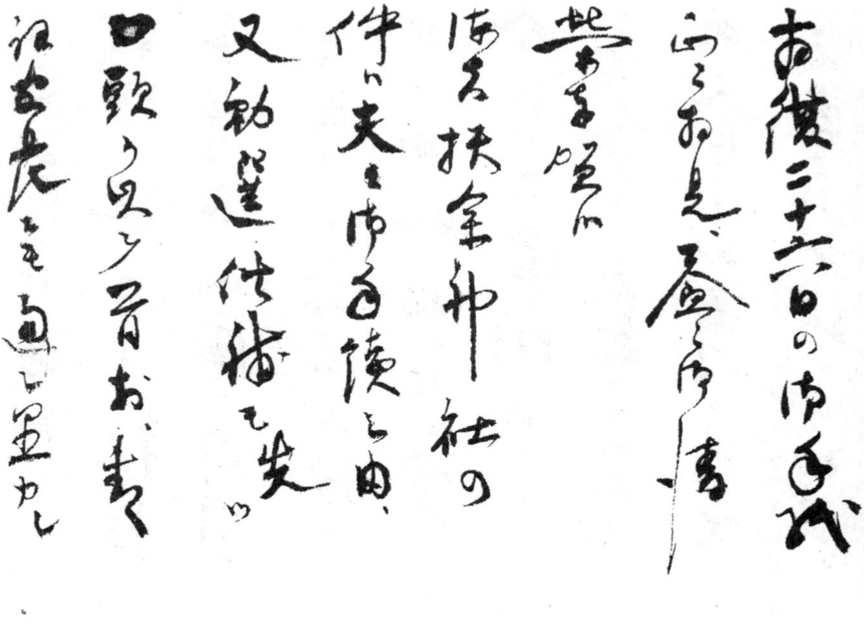

拝復　二十六日の御手紙
正ニ拝見、益々御清
栄奉賀候。
陳者扶余神社の
件ハ夫々御手続之由、
又勅選候補モ先ツ
口頭ヲ以テ首相、書
記官長ニモ通シ置カレ

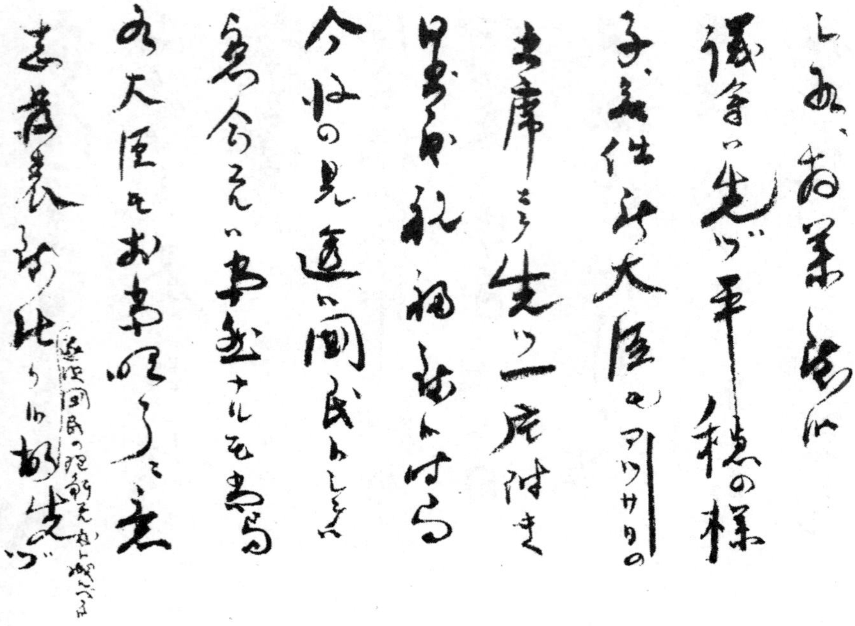

シ段、拝承致候*。
議會ハ先ヅ平穏の様
子、無任所大臣モアツサリの
出席ニテ先ツ一片附き
日出度祝福致候。時局
今後の見透ハ國民トシテハ
懸念スルハ当然ナルモ当局
各大臣モ相当明了ニ意
志発表致居リ候故、逐次國民の理解スル処
ト成ルベク候。先ヅ

* 부여신사를 국폐대사(國幣大社)로 만들려고 하는 식민지 동화정책의 일환.

281 南次郎 → 大野緑一郎(1939. 1. 29)

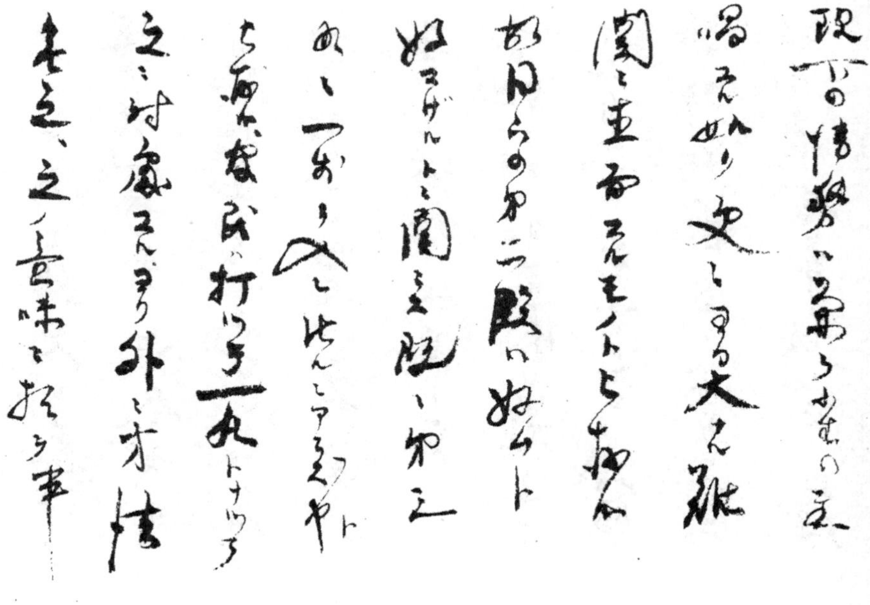

現下の情勢ハ兼テ小生の主
唱スル如ク更ニ多大ナル難
関ニ直面スルモノト被存候
故、目下の第二段ハ好ムト
好マザルトニ関ラス既ニ第三
段ニ一歩ヲ入レ居ルニアラズヤト
被存候。官民ハ打ツテ一丸トナツテ
之ニ對處スルヨリ外ニ方法
無之、之ノ意味ニ於テ半

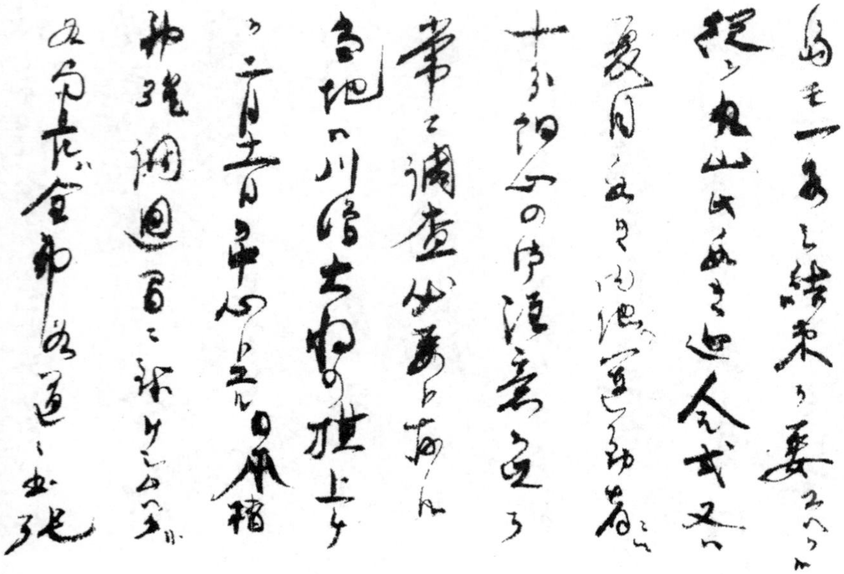

島モ一段之結束ヲ要スヘク候。
従テ丸山氏ノ如き迎合式又ハ
夏目ノ如き内地ヘノ運動者ニハ
十分細心の御注意ヲ以テ
常ニ調査必要ト存候。
当地ハ川嶋大将の旗上ケ
ヲ二月十一日ヲ中心トスル日本精
神強調週間ニ致サシムヘク候、
各局長ハ全部各道ニ出張

283 南次郎 → 大野緑一郎(1939. 1. 29)

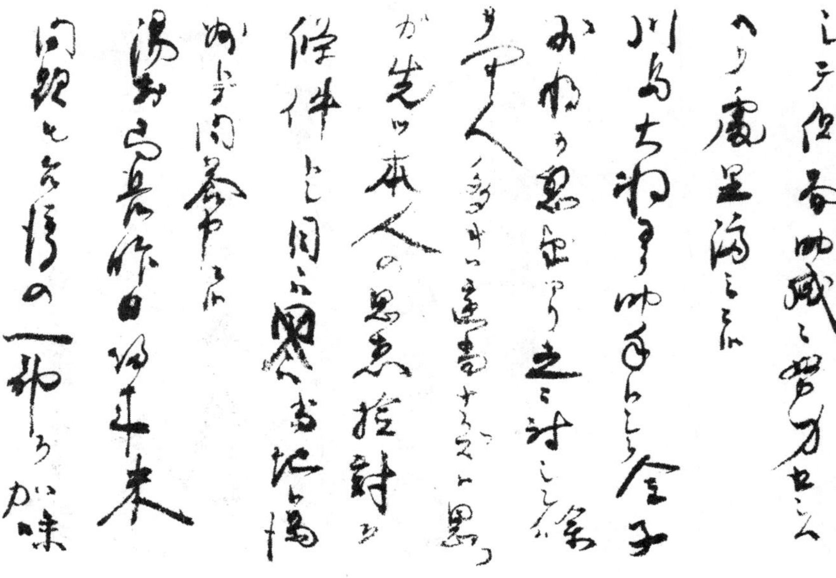

シテ側面助成ニ努力セシム
ヘク処置済ミニ候。
川島* 大将ヨリ助手トシテ金子
少将ヲ懇望アリ、之ニ對シテハ余
リ軍人ノ多キハ適当ナラズト思フ
ガ先ツ本人の思想検討ヲ
條件トシ目下当地ト満
洲トデ問答中ニ候。
湯村局長昨日帰来、米
問題モ台湾の一部ヲ加味

* 원문 그대로. 嶋의 오기.

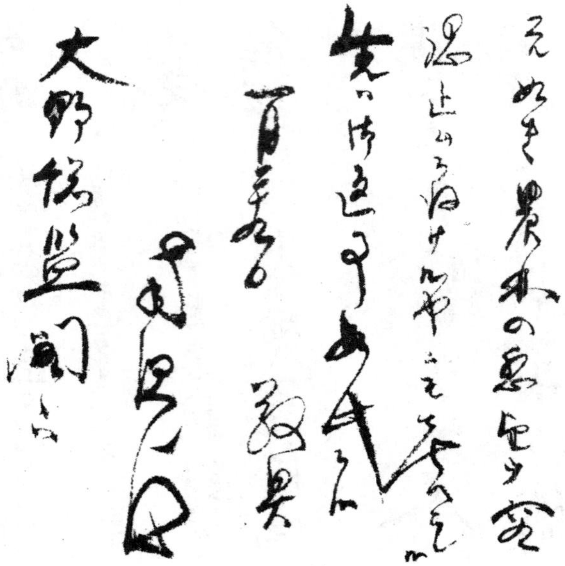

スル如き農林の懇望ヲ容
認止ムヲ得サルヤニモ考ヘラレ候。
先ハ御返事如此ニ候。
一月二十九日　敬具
南次郎
大野総監閣下

南次郎 → 大野緑一郎(1939. 2. 25)

國會圖書館 番號 81-27

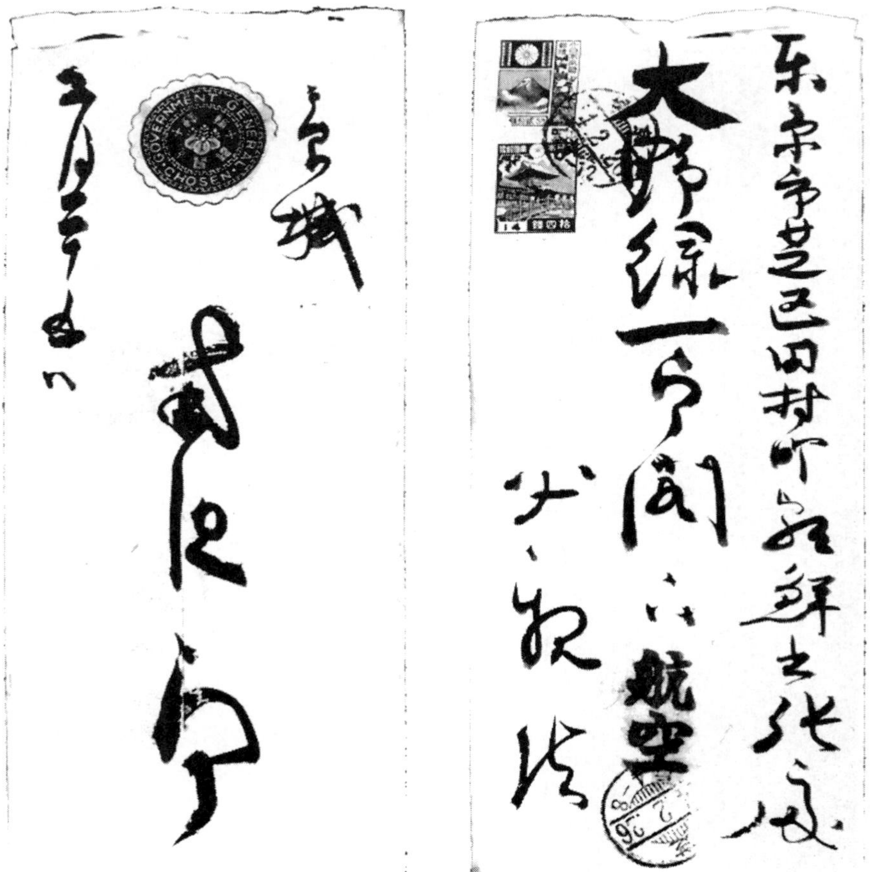

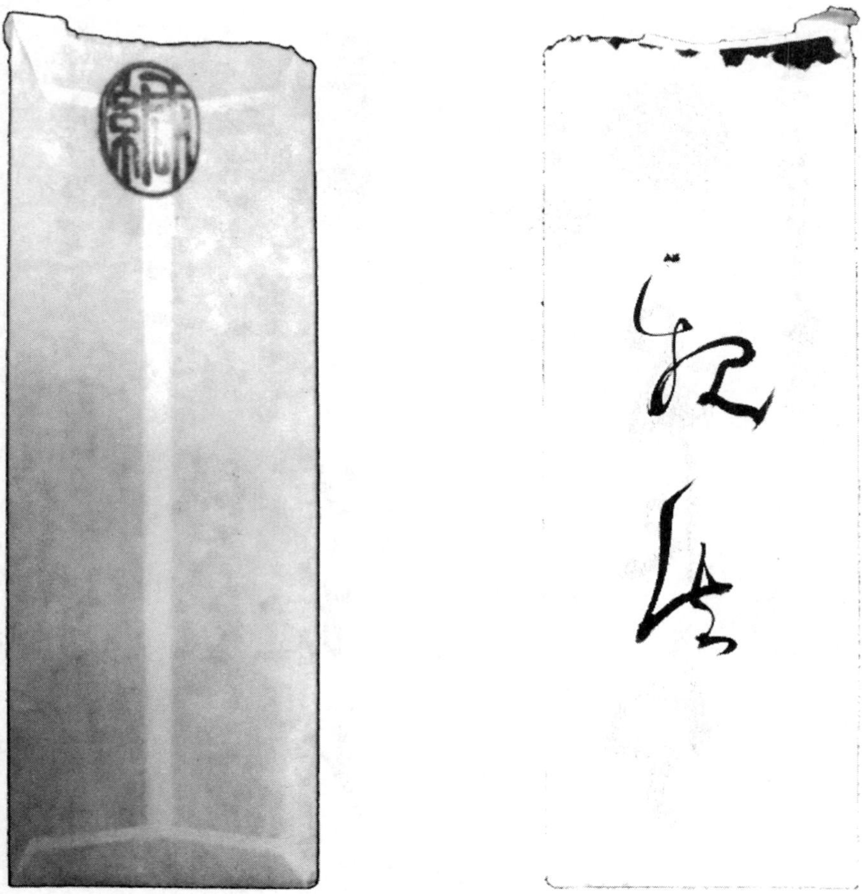

287 南次郎 → 大野緑一郎(1939. 2. 25)

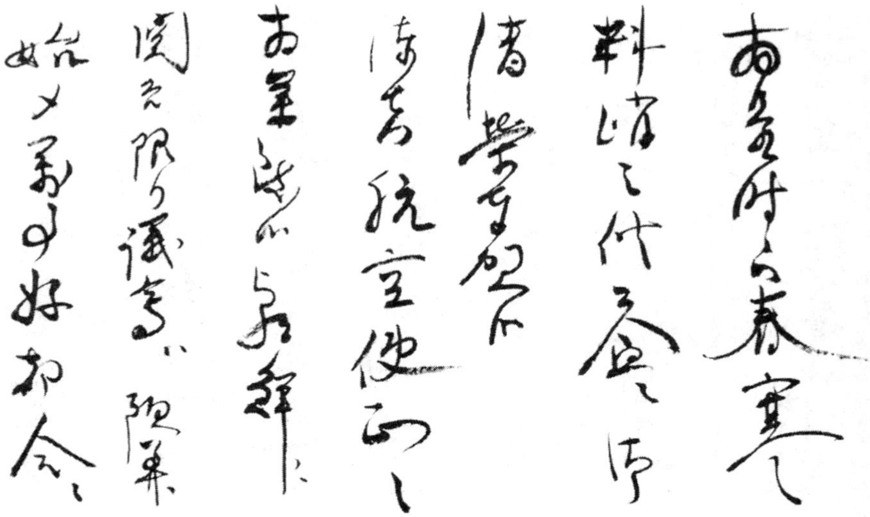

拝呈　時下春寒
料峭之候益々御
情榮奉賀候。
陳者航空便正ニ
拝承致候、朝鮮ニ
関スル限リ議會ハ予算
始メ万事好都合ニ

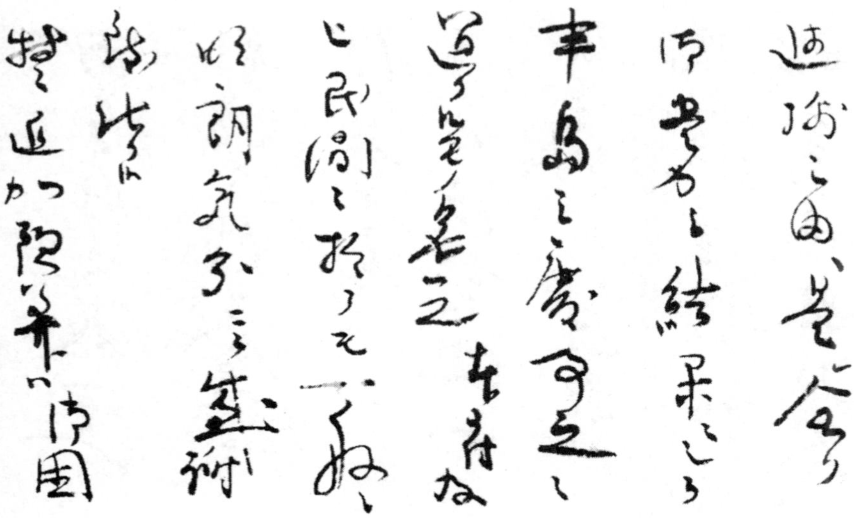

進捗之由、是レ全ク
御盡力之結果ニシテ
半島之慶事之ニ
過クルモノ無之、本府及
ヒ民間ニ於テモ一般ニ
明朗氣分ニテ感謝
致居リ候。
特ニ追加豫算ハ御困

289 南次郎 → 大野緑一郎(1939. 2. 25)

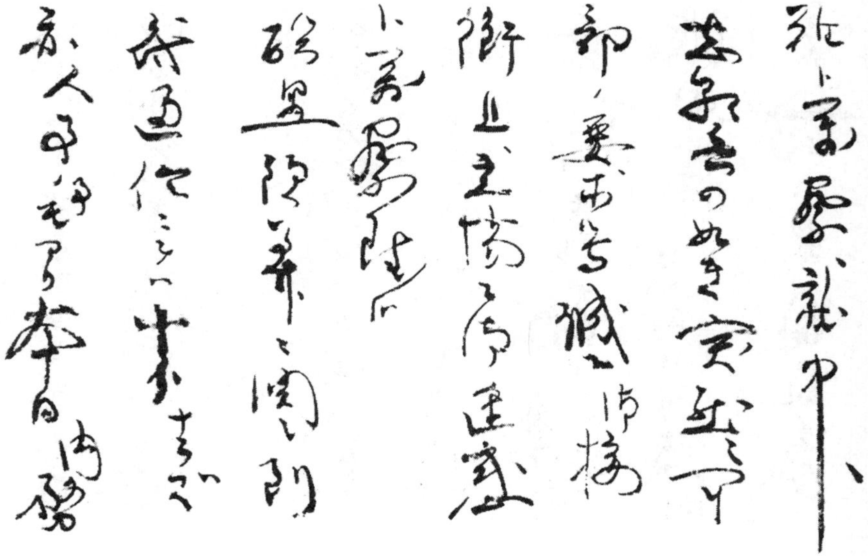

難ト万察、就中、
志願兵の如き突然ニ軍
部ノ要求等誠ニ御接
衝上、立場ニ御迷惑
ト万察致候。
連盟豫算ニ関シ別
紙通信ニテハ十分ナラズ
亦人事ノ事モアリ本日内務

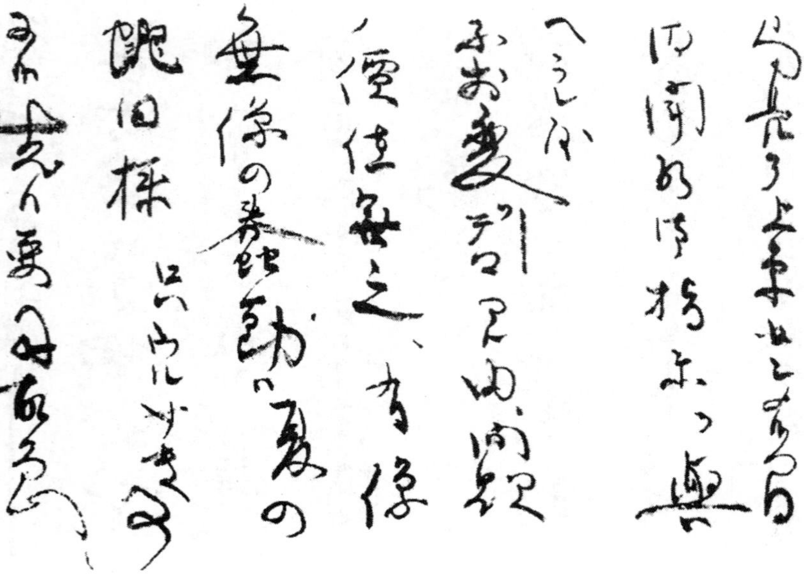

局長ヲ上京セシメ候間
御聞取御指示ヲ與
ヘラレ度。
不相変デマアル由、問題
ノ価値無之、有像
無像*の蠢動ハ夏の
蝿同様只ウルサき事
に候。先ハ要用取急

* 有像無像은 원문 그대로. 본래는 有象無象이다.

291 南次郎 → 大野緑一郎(1939. 2. 25)

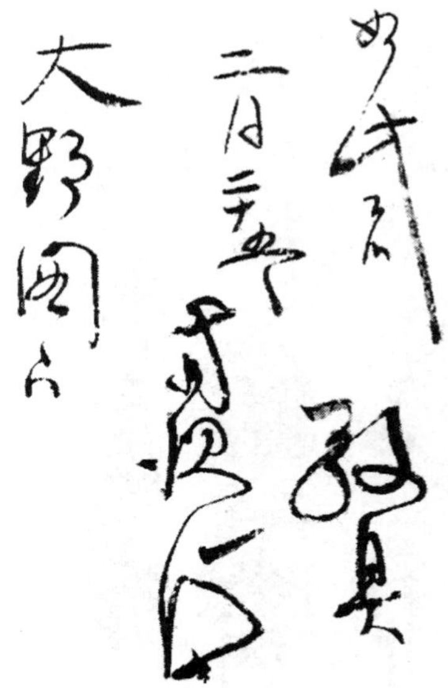

如此ニ候。　敬具

二月二十五日

南次郎

大野閣下

南次郎 → 大野緑一郎(1939. 3. 12)

國會圖書館 番號 81-56

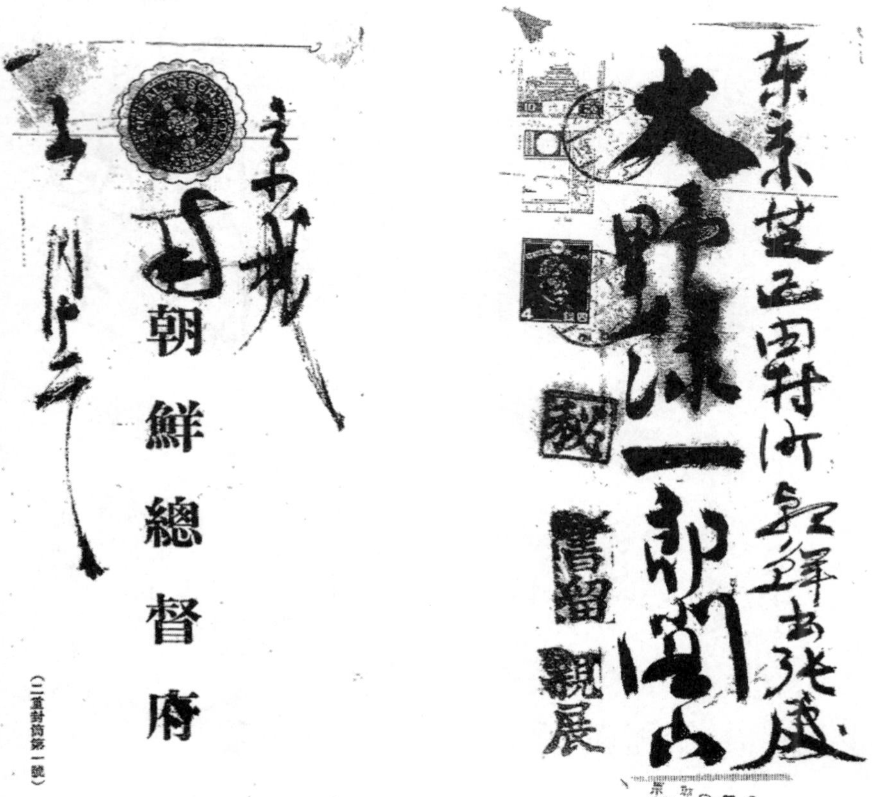

293 南次郎 → 大野緑一郎(1939. 3. 12)

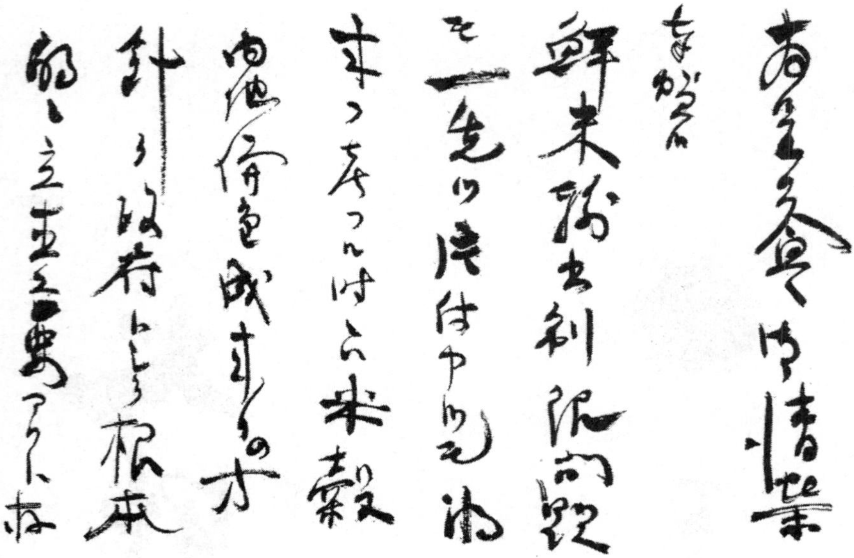

拝呈　益々御清栄
奉賀候。
鮮米輸出制限問題
モ一先ツ片付申候モ、将
来ヲ考フル時ニハ米穀
内地偏重成来リの方
針ヲ政府トシテ根本
的ニ立直ス要アリト存

295 南次郎 → 大野緑一郎(1939. 3. 12)

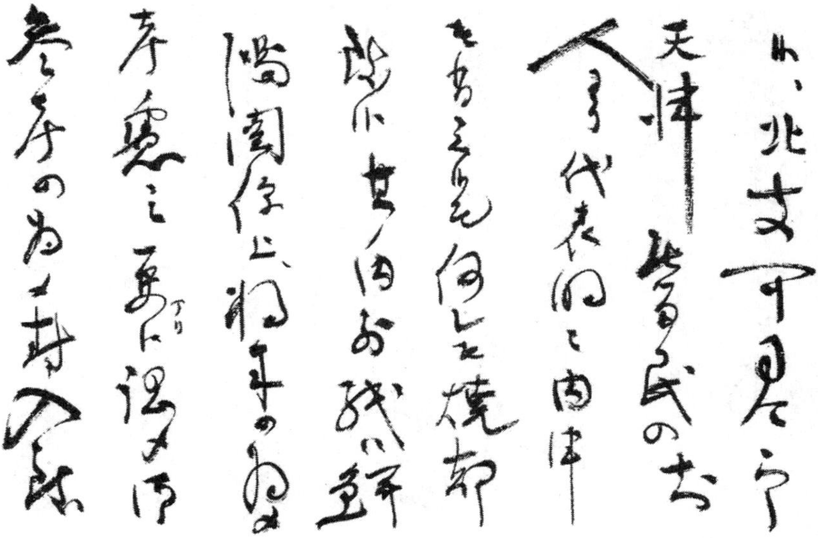

候。北支軍司令官
天津居留民の知
人ヨリ代表的ニ内申
モ有之候モ何レモ焼却
致候。其ノ内別紙ハ鮮
満関係上、将来の為メ
考慮之要アリト認メ御
参考の為メ封入致

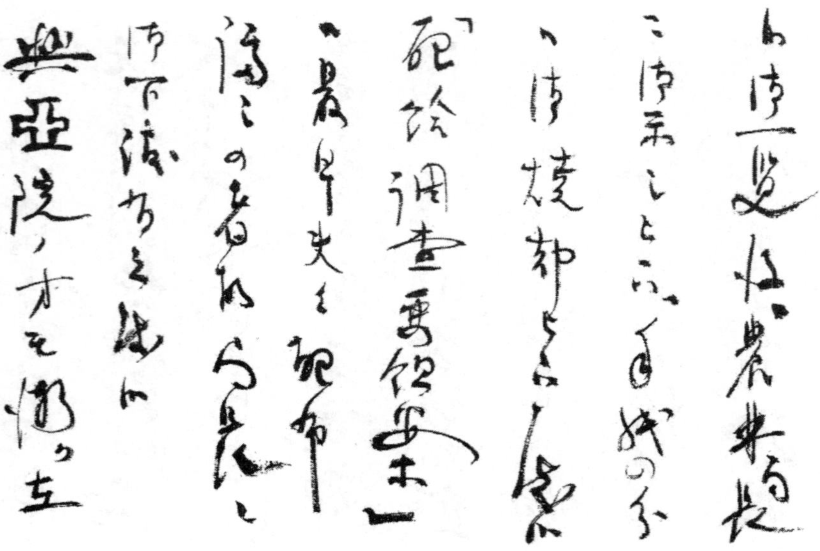

候。御一覧後農林局長
ニ御示シ被下、手紙の分
ハ御焼却被下度候。
「配給調査要領案」
ハ最早夫々配布
済ミの者故局長ニ
御下渡有之度候。
興亜院ノ方モ漸ク在

297 南次郎 → 大野緑一郎(1939. 3. 12)

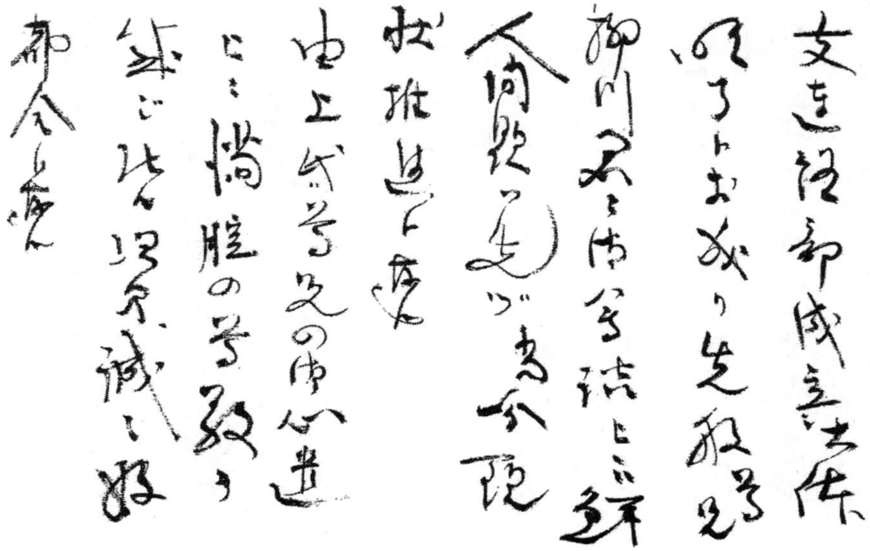

支連絡部成立シ大体
明了ト相成リ、先般尊兄
柳川君ニ御會話被下鮮
人問題ハ先ヅ当分現
状推進ト存候。
由上氏ハ尊兄の御心遣
ヒニ満腔の尊敬ヲ
感ジ居ル次第、誠ニ好
都合ト存候。

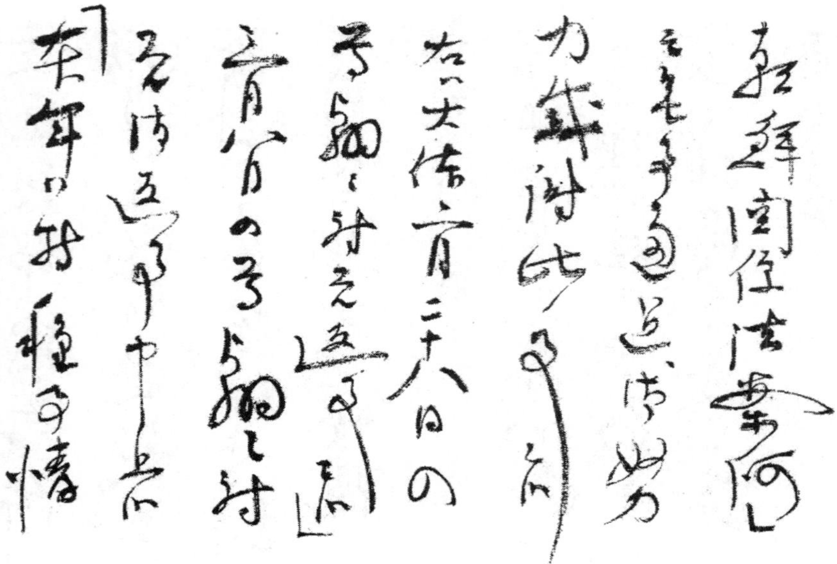

朝鮮関係法案何レ
モ無事通過、御努
力感謝此事ニ候。
右ハ大体二月二十八日の
尊翰ニ對スル返事ニ候。
三月八日の尊翰ニ對
スル御返事申上候。
「本年ハ特種事情

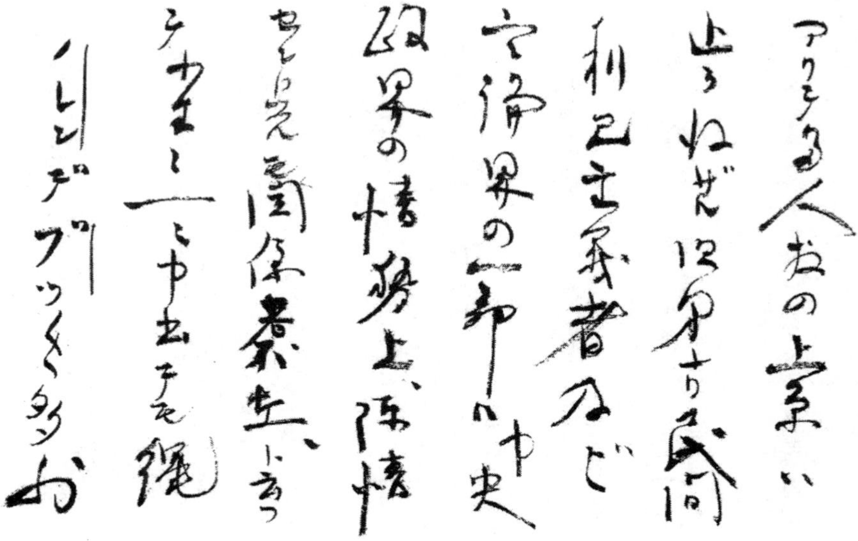

アリテ多人数の上京ハ
止ヲ得ザル次第ナリ。民間
利己主義者及ビ
言論界の一部ハ中央
政界の情勢上、陳情
セントスルモ関係者不在ト云フ
テ小生ニ一々申出テモ縄
ノレンデブツ〳〵多少

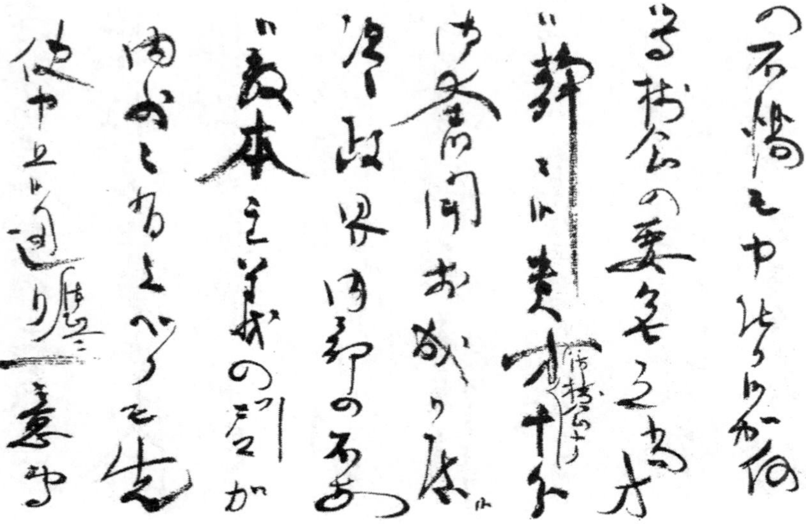

の不満モ申居リ候ガ何
等掛念の要無之当方
ハ静ニ候。貴方御掛念ナク十分
御奮闘相成リ度候。
次ニ政界内部の不安
ハ敵本主義のデマガ
内外ニ有之ベクモ先
便申上候通リ御互ニ一意専

301 南次郎 → 大野緑一郎(1939. 3. 12)

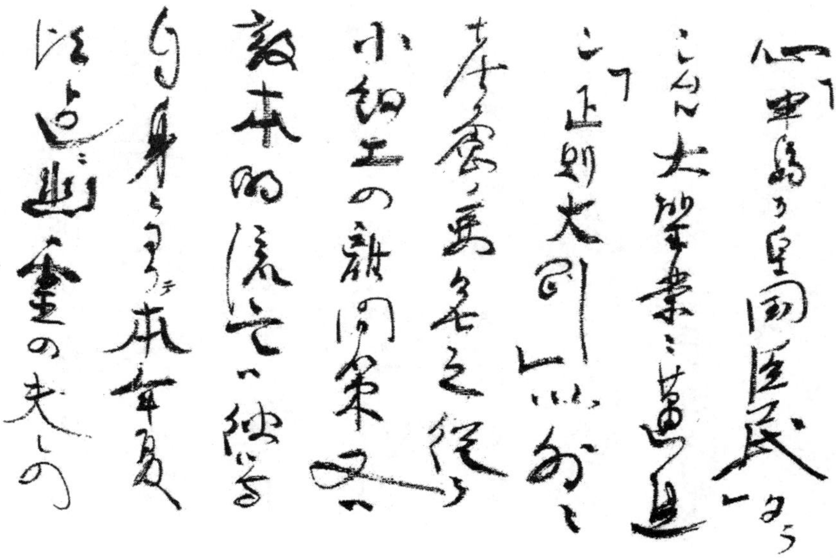

心「半島ヲ皇國臣民」タラ
シムル大聖業ニ邁進
シ「正則大剛」以外ニ
考慮ノ要ハ無之、従テ
小細工の離間策又ハ
敵本的流言ハ彼等
自身ニヨリテ本年夏
頃迠ニ幽霊の夫レの

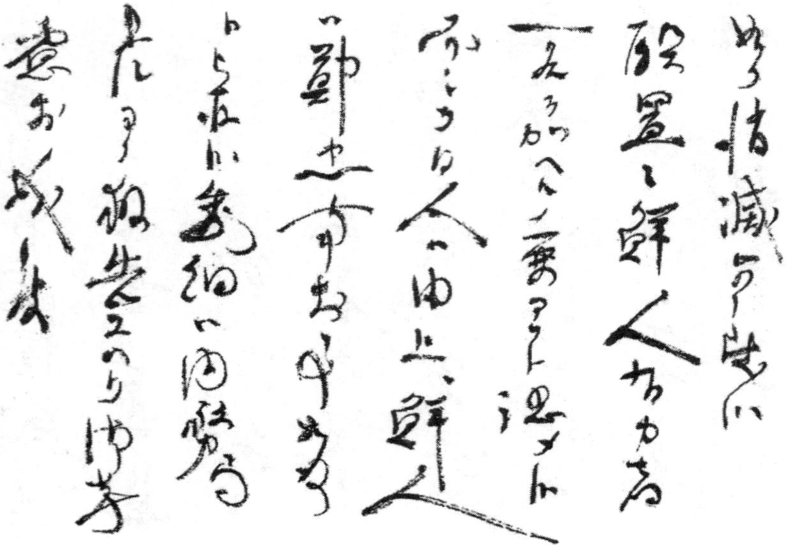

如ク消滅可致候。
配置ニ鮮人有力者
一名ヲ加ヘルノ要アリト認メ候。
而シテ日人ハ由上、鮮人
ハ鄭忠南知事如何
ト被存候。委細ハ内務局
長ヨリ報告スヘク御考
慮相成度。

303 南次郎 → 大野緑一郎(1939. 3. 12)

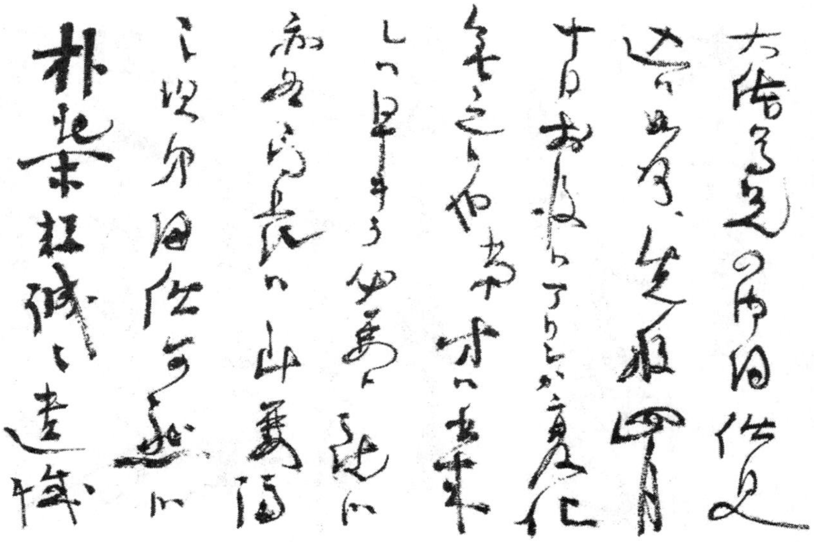

大体尊兄の御帰任見
込ハ如何、先般四月
十日前後トアリシガ変化
無之候や。当方ハ出来
レハ早キヲ必要ト致候。
亦各局長ハ所要済
ミ次第帰任可然候。
朴栄喆誠ニ遺憾

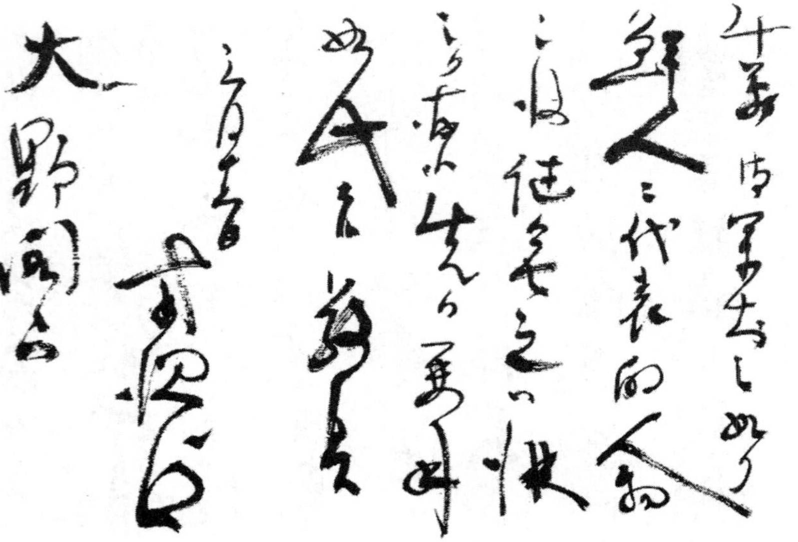

千萬御承知之如ク
鮮人ニ代表的人物
之後継無之ハ淋
シク存候。先ハ要用
如此ニ候。　敬具

三月十二日

南次郎

大野閣下

미상 → 미상(미상)

國會圖書館 番號 81-56 別紙

別紙

[illegible]

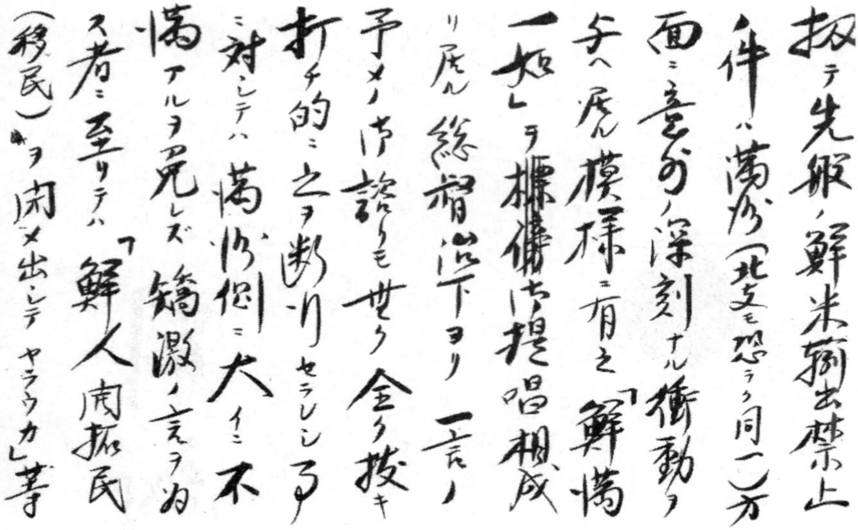

扨テ先般ノ鮮米輸出禁止
ノ件ハ満洲(北支モ恐ラク同一)方
面ニ意外ノ深刻ナル衝動ヲ
与ヘ居ル模様ニ有之、「鮮満
一如」ヲ御提唱相成
リ居ル総督治下ヨリ一言ノ
予メノ御諮リモ無ク全ク抜キ
打チ的ニ之ヲ断行セラレシ事
ニ對シテハ満洲側ニ大イニ不
満アルヲ免レズ、矯激ノ言ヲ為
ス者ニ至リテハ「鮮人開拓民
(移民)ヲ閉メ出シテヤラウカ」等

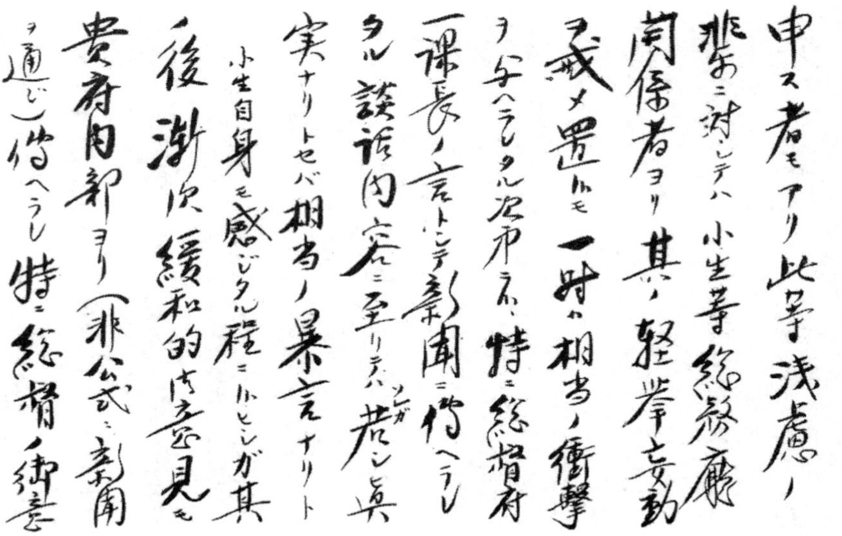

中ス者モアリ、此等浅慮ノ
輩ニ對シテハ小生等総務庁
関係者ヨリ其ノ軽挙妄動
ヲ戒メ置候モ一時ハ相当ノ衝撃
ヲ与ヘラレタル次第ニ候。特ニ総督府
一課長ノ言トシテ新聞ニ伝ヘラレ
タル談話内容ニ至リテハソレガ若シ眞
実ナリトセバ相当ノ暴言ナリト
小生自身モ感ジタル程ニ候ヒシガ、其
ノ後漸次緩和的御意見モ
貴府内部ヨリ(非公式ニ新聞
ヲ通ジ)伝ヘラレ特ニ総督ノ御意

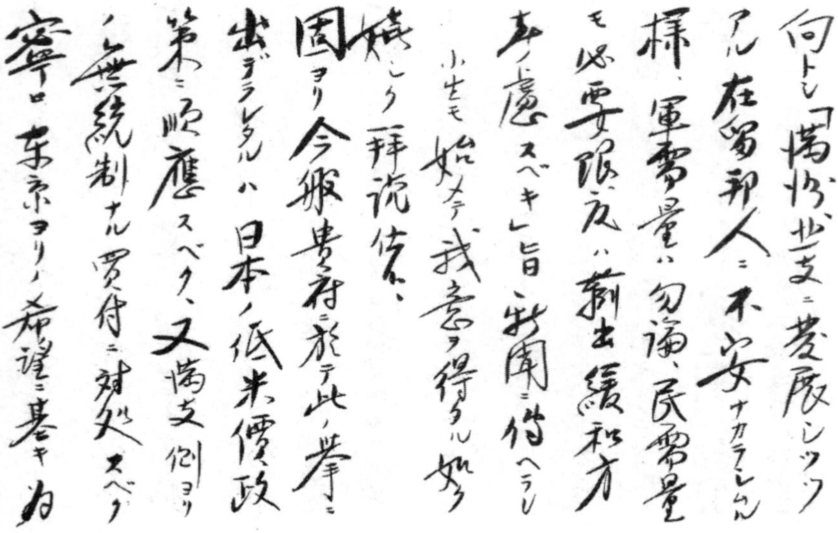

向トシ「満洲、北支ニ発展シツツ
アル在留邦人ニ不安ナカラシムル
様、軍需量ハ勿論、民需量
モ必要限度ハ輸出緩和方
考慮スベキ」旨新聞ニ伝ヘラレ
小生モ始メテ我意ヲ得タル如ク
嬉シク拝読仕候。
固ヨリ今般貴府ニ於テ此ノ挙ニ
出デラレタルハ日本ノ低米価政
策ニ順應スベク、又満支側ヨリ
ノ無統制ナル買付ニ對処スベク
寧ロ東京ヨリノ希望ニ基キ為

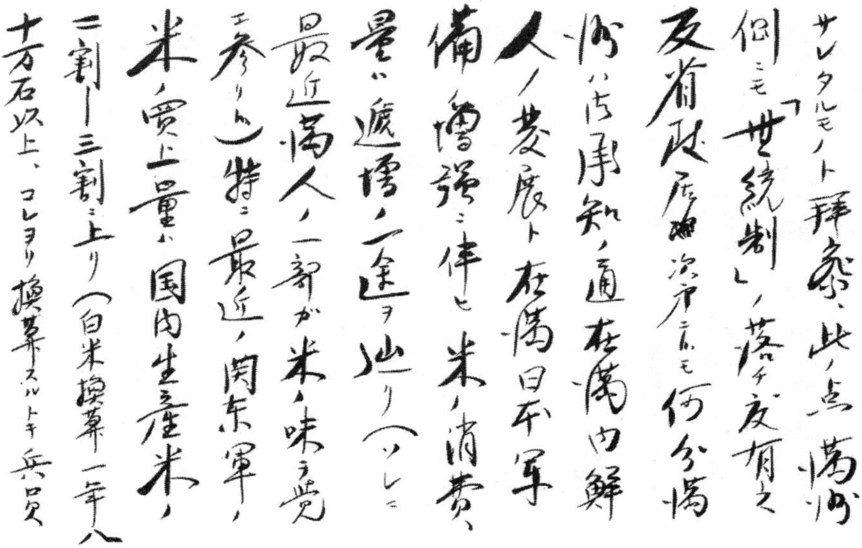

サレタルモノト拝察、此ノ点満洲
側ニモ「無統制」ノ落チ度有之
反省致居次第ニ候モ何分満
洲ハ御承知ノ通在満内鮮
人ノ発展ト在満日本軍
備ノ増強ニ伴ヒ米ノ消費
量ハ逓増ノ一途ヲ辿リ(ソレニ
最近満人ノ一部ガ米ノ味ヲ覚
エ参リ候)特ニ最近ノ関東軍ノ
米ノ買上量ハ國内生産米ノ
二割〜三割ニ上リ(白米換算一年八
十万石以上、コレヨリ換算スルトキ兵員

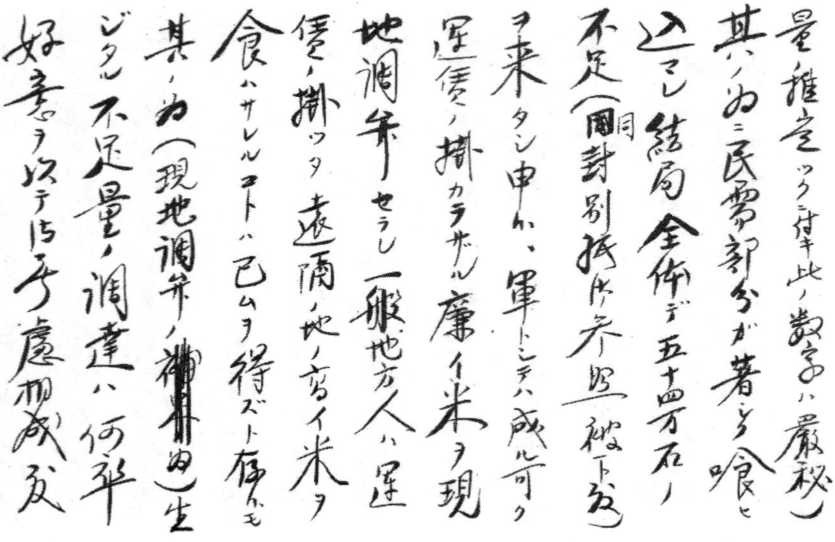

量ノ推定ツクニ付キ此ノ数字ハ厳秘）
其ノ為ニ民需部分ガ著シク喰ヒ
込マレ結局全体デ五十四万石ノ
不足（同封別紙御参照被下度）
ヲ来タシ申候。軍トシテハ成ル可ク
運賃ノ掛カラザル廉イ米ヲ現
地調弁セラレ一般地方人ハ運
賃ノ掛ツタ遠隔ノ地ノ高イ米ヲ
食ハサレルコトハ已ムヲ得ズト存候モ
其ノ為（現地調弁ノ為）生
ジタル不足量ノ調達ハ何卒
好意ヲ以テ御考慮相成度

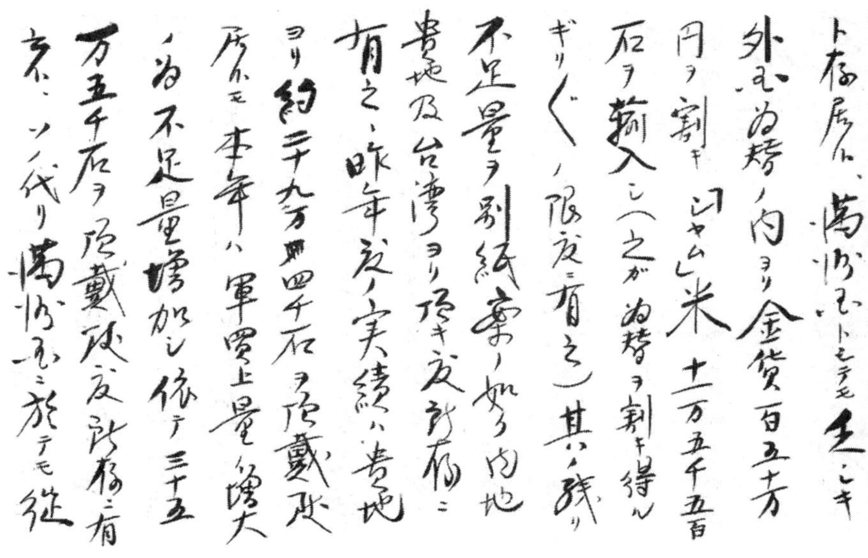

ト存居候。満洲國トシテモ乏シキ
外國為替ノ内ヨリ金貨百五十万
円ヲ割キ「シヤム」米* 十一万五千五百
石ヲ輸入シ(之ガ為替ヲ割キ得ル
ギリ〴〵ノ限度ニ有之)其ノ残リ
不足量ヲ別紙案ノ如ク内地
貴地及台湾ヨリ頂キ度所存ニ
有之。昨年度ノ実績ハ貴地
ヨリ約二十九万四千石ヲ頂戴致
居候モ本年ハ軍買上量ノ増大
ノ為不足量増加シ依テ三十五
万五千石ヲ頂戴致度所存ニ有
之候。ソノ代リ満洲國ニ於テモ従

* 「シヤム」米은 타이 쌀.

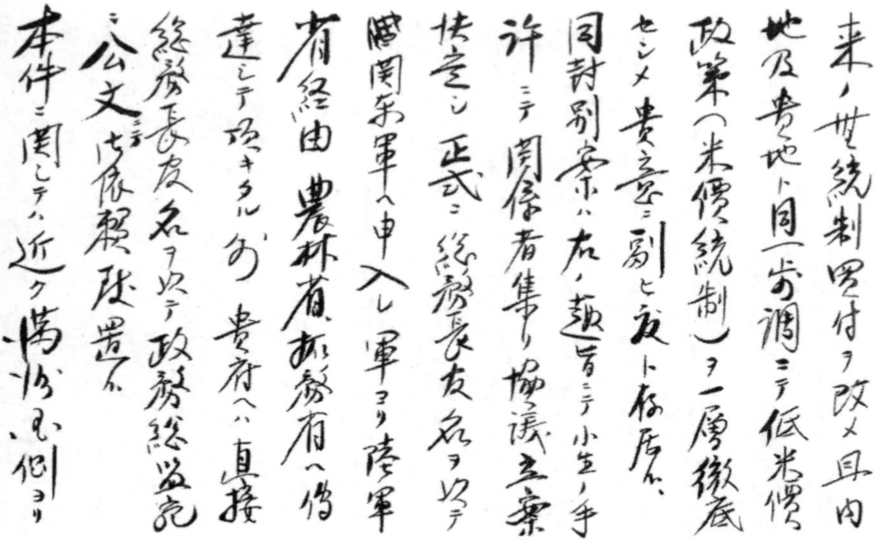

来ノ無統制買付ヲ改メ且内
地及貴地ト同一歩調ニテ低米価
政策(米価統制)ヲ一層徹底
セシメ貴意ニ副ヒ度ト存居候。
同封別案ハ右ノ趣旨ニテ小生ノ手
許ニテ関係者集リ協議立案
決定シ正式ニ総務長官名ヲ以テ
関東軍ヘ申入レ軍ヨリ陸軍
省経由農林省、拓務省ヘ伝
達シテ頂キタル外貴府ヘハ直接
総務長官名ヲ以テ政務総監宛
ニ公文ニテ御依頼致置候。
本件ニ関シテハ近ク満洲國側ヨリ

313 미상 → 미상(미상) 別紙

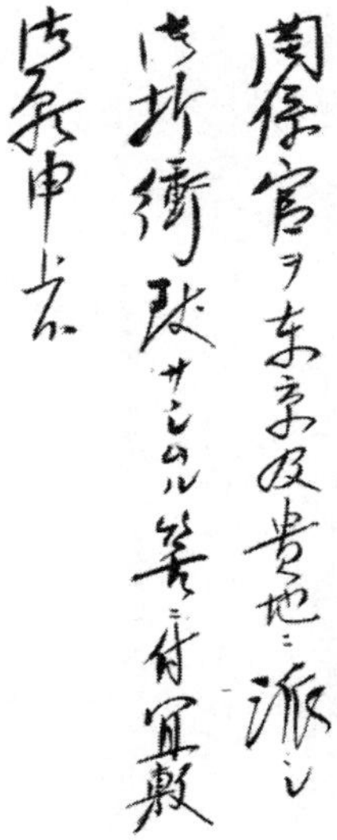

関係官ヲ東京及貴地ニ派シ
御折衝致サシムル筈ニ付宜敷
御願申上候。

南次郎 → 大野緑一郎(미상. 3. 30)

國會圖書館 番號 81-23

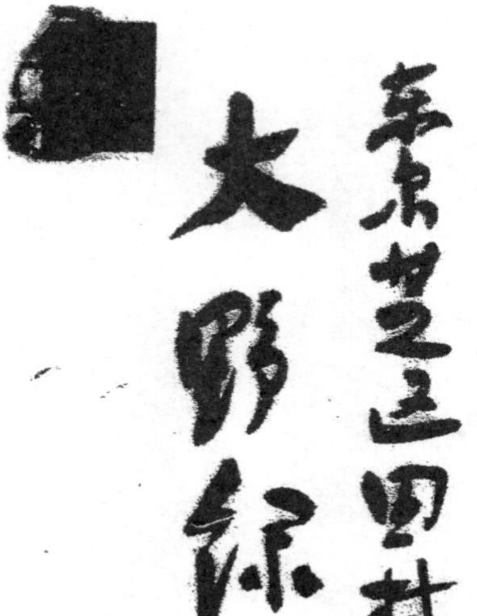

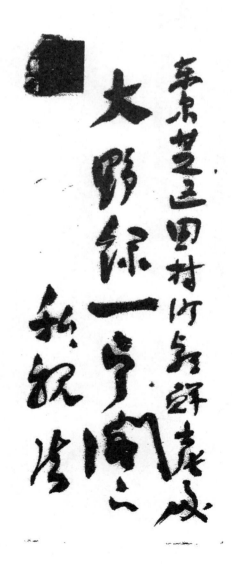

315 南次郎 → 大野緑一郎(미상. 3. 30)

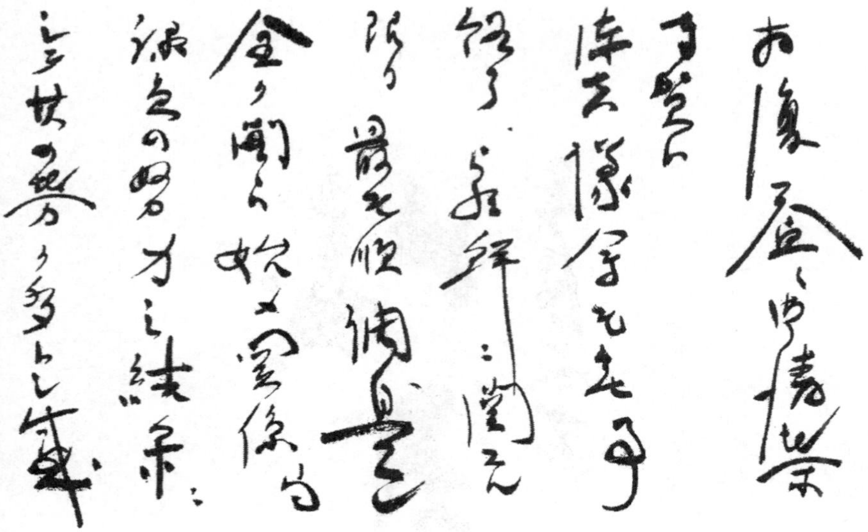

拝復　益々御情榮
奉賀候。
陳者議會モ無事
終了、朝鮮ニ関スル
限リ最モ順調、是レ
全ク閣下始メ関係局
課員の努力之結果ニ
シテ其の労ヲ多トシ感

317 南次郎 → 大野緑一郎(미상. 3. 30)

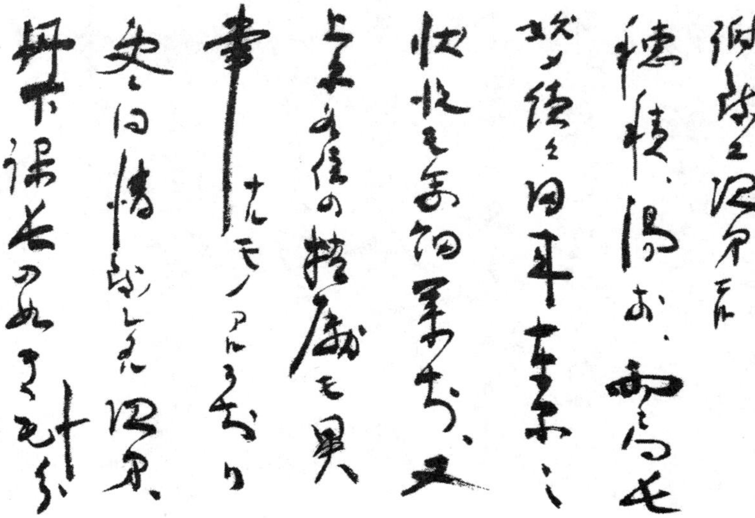

謝致ス次第ニ候。
穂積、湯村両局長
始メ続々帰来東京之
状況モ委細承知、又
上京各位の精励モ異
事ナルモノアルヲ知リ
更ニ同情致シタル次第、
丹下課長の如きモ十分

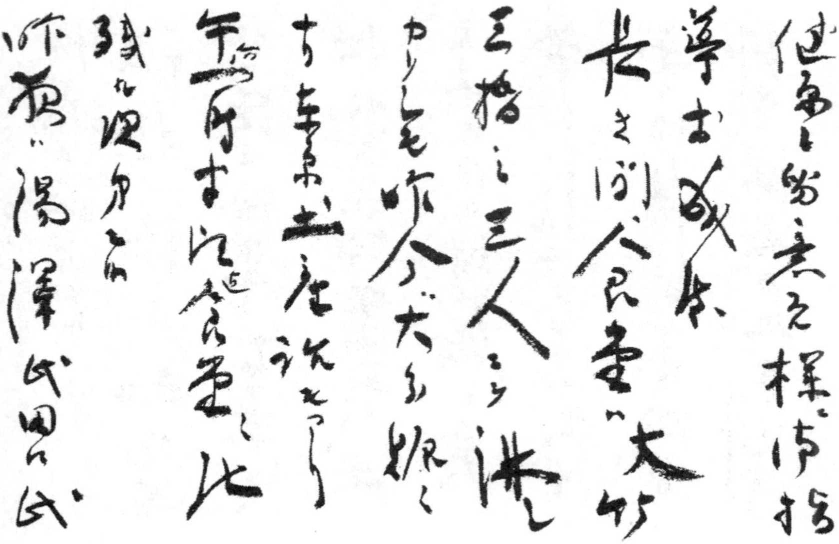

健康ニ留意スル様ニ御指
導相成度。
長き間、食堂ハ大竹、
三橋之三人ニテ淋シ
カリシモ昨今ハ大分賑ニ
ナリ、東京土産話モアリ
午后一時半頃迠食堂ニ居
残ル次第ニ候。
昨夜ハ湯澤氏、田口氏

319 南次郎 → 大野緑一郎(미상. 3. 30)

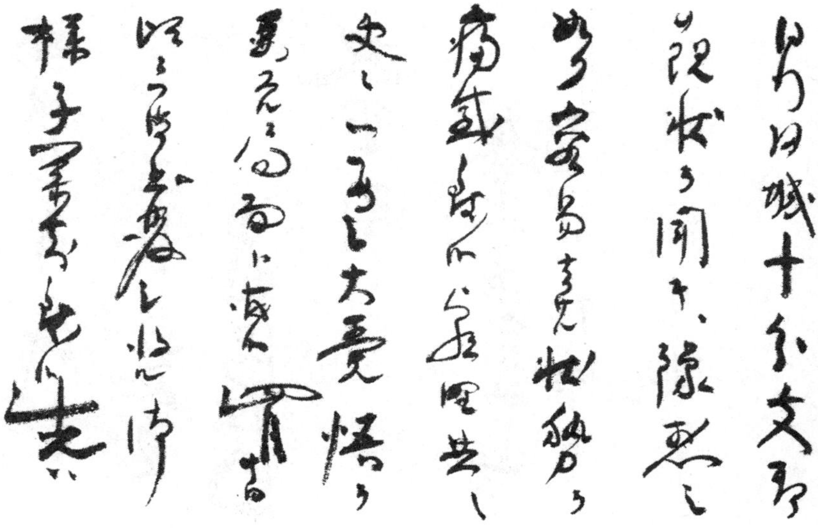

同行帰城、十分支那
の現状ヲ聞キ、豫想之
如ク容易ナラサル状勢ヲ
痛感致候。朝野共ニ
更ニ一段之大覚悟ヲ
要スル局面ト存候。四月十日
頃ニハ御出発シ得ル御
様子承知致候。先ハ

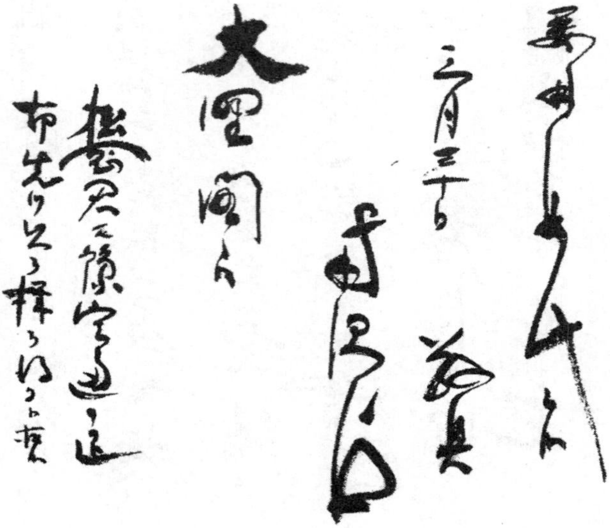

要用如此ニ候。

三月三十日　敬具

南次郎

大野閣下

松岡君モ豫定通リ退
却先ツ以テ機ヲ得タト存候。

南次郎 → 大野緑一郎(1939. 12. 12)

國會圖書館 番號 81-22

至急

323 南次郎 → 大野緑一郎(1939. 12. 12)

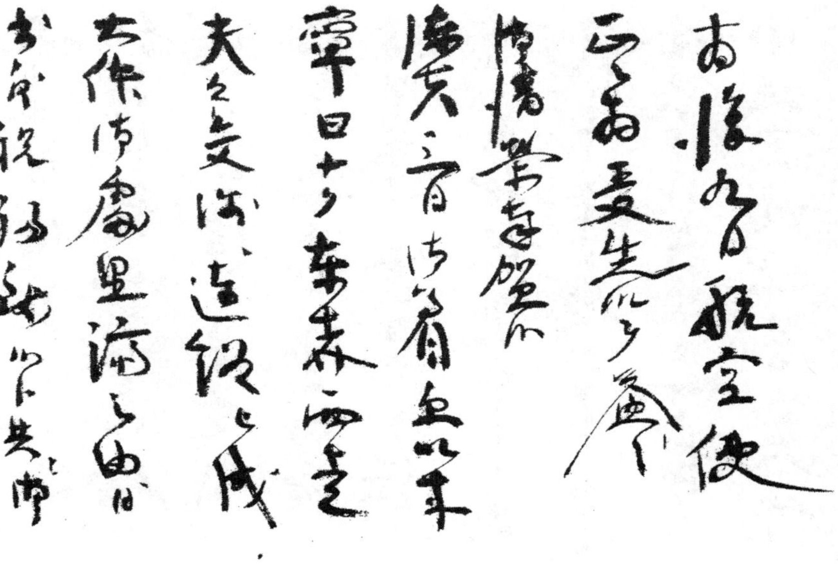

拝復　九日航空便
正ニ拝受先以テ益々
御情榮奉賀候。
陳者三日御着京以来
寧日ナク東奔西走
夫々交渉、連絡被成
大体御処置済之由、目
出度祝福致候ト共ニ御

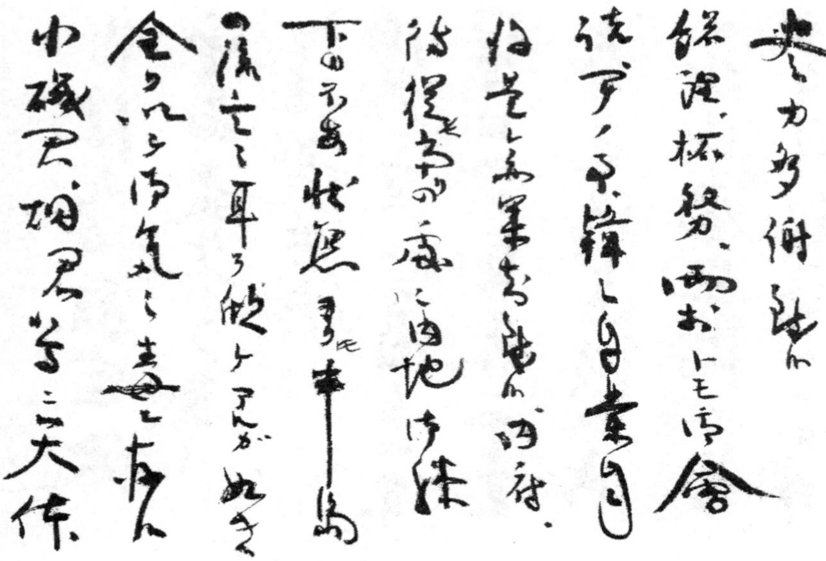

盡力多謝致候。
総理、拓務、両相トモ御會
談、軍ノ事、韓之自業自
得是レ亦承知致候。内府、
待従長當リの處ニ内地御膝
下の不安状態ヨリモ半島
の流言ニ耳ヲ傾ケアルガ如き
全ク以テ御氣之毒ニ存候。
小磯君、畑君* 等ニハ大体

* 小磯國昭(こいそ　くにあき)、畑俊六(はた　しゅんろく)。

325 南次郎 → 大野緑一郎(1939. 12. 12)

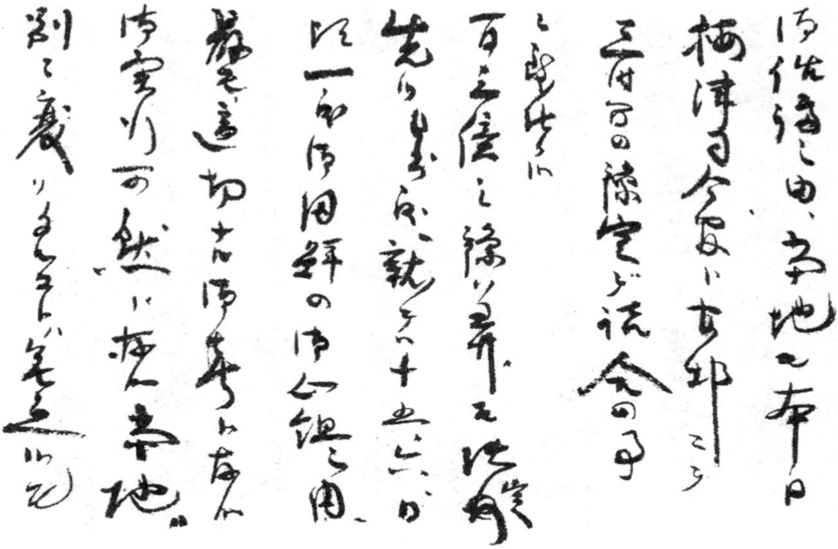

御話済之由、當地モ本日
梅津司令官ト官邸ニテ
三時間の豫定デ談合の事
ニ致居リ候。
百三億之豫算モ決定
先ツ目出度、就テハ十五、六日
頃一度御帰鮮の御心組之由、
最モ適切ナル御考ト存候。
御実行可然ト存候。當地ハ
別ニ変リタルコトハ無之候モ

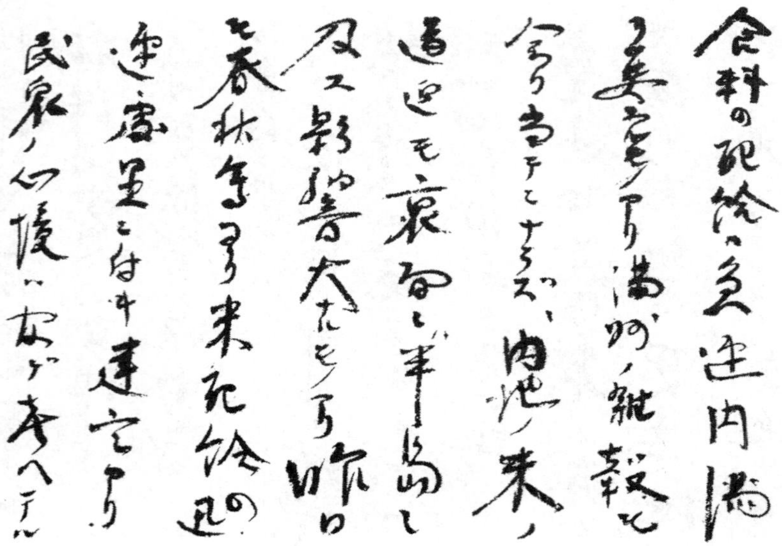

食料の配給ハ急速円満
ヲ要スルモノアリ。満洲ノ雑穀モ
余リ当テニナラズ、内地ノ米ノ
逼迫モ裏面ニハ半島ニ
及ス影響大ナルモノアリ。昨日
モ春秋會ヨリ米配給の迅
速処置ニ付キ建言アリ、
民衆ノ心境ハ官デ考ヘテル

327 南次郎 → 大野緑一郎(1939. 12. 12)

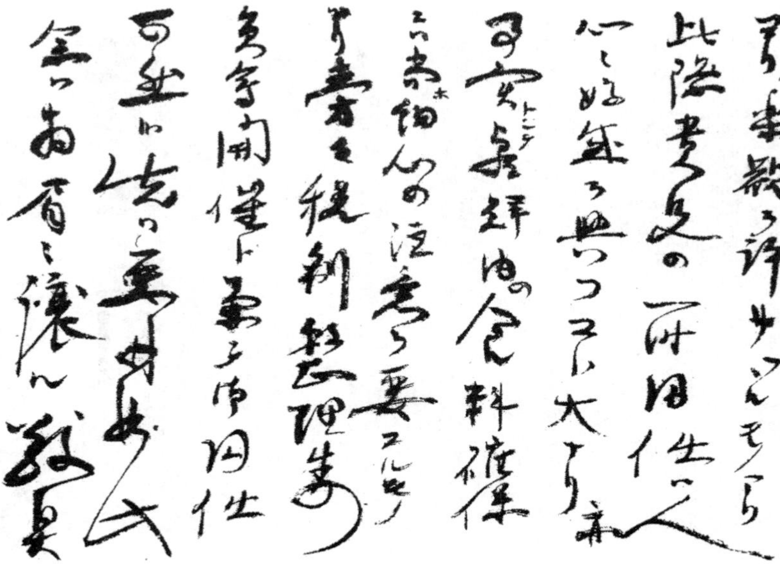

ヨリハ楽観ヲ許サヾ*ルモノアリ。
此際貴兄の一時帰任ハ人
心ニ好感ヲ与フコト大ナリ。亦
事実トシテ朝鮮内の食糧確保
ニハ尚ホ細心の注意ヲ要スルモノ
アリ。旁々税制整理委
員會開催ト兼テ御帰任
可然候。先ハ要用如此、
余ハ拝眉ニ譲ル。　敬具

---

* ヾ은 가타가나를 반복할 때 쓰는 기호. 탁점을 찍는다.

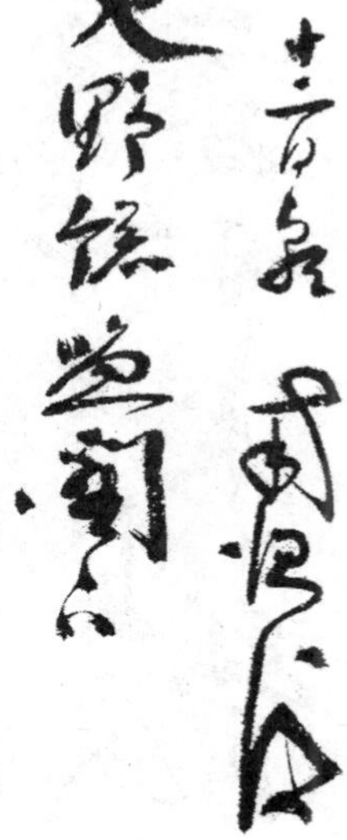

十二日朝　南次郎

大野総監閣下

南次郎 ⟶ 大野緑一郎(1940. 2. 8)

國會圖書館 番號 81–58

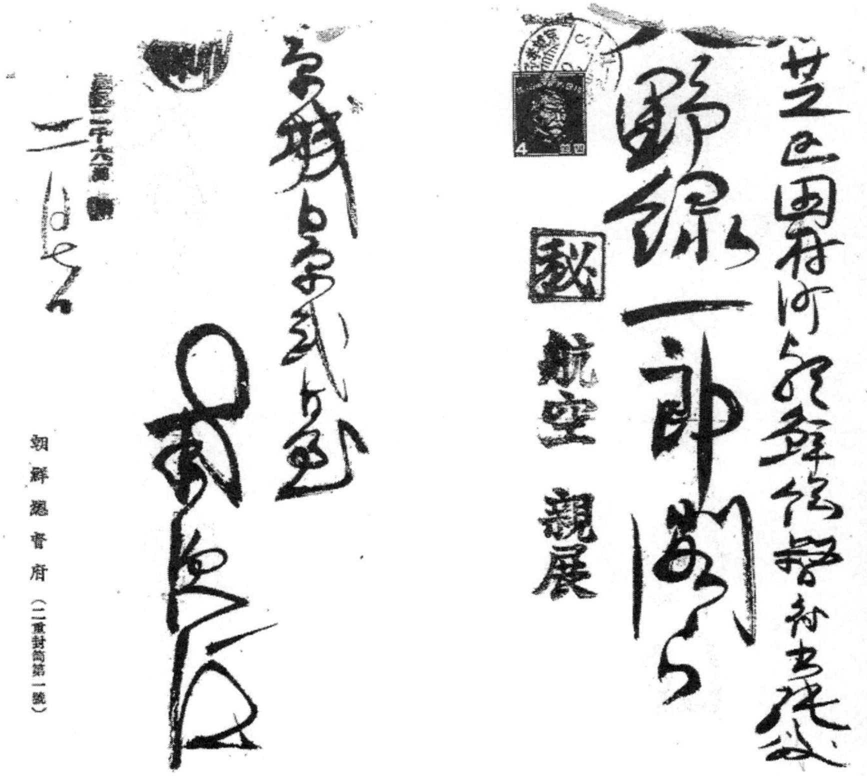

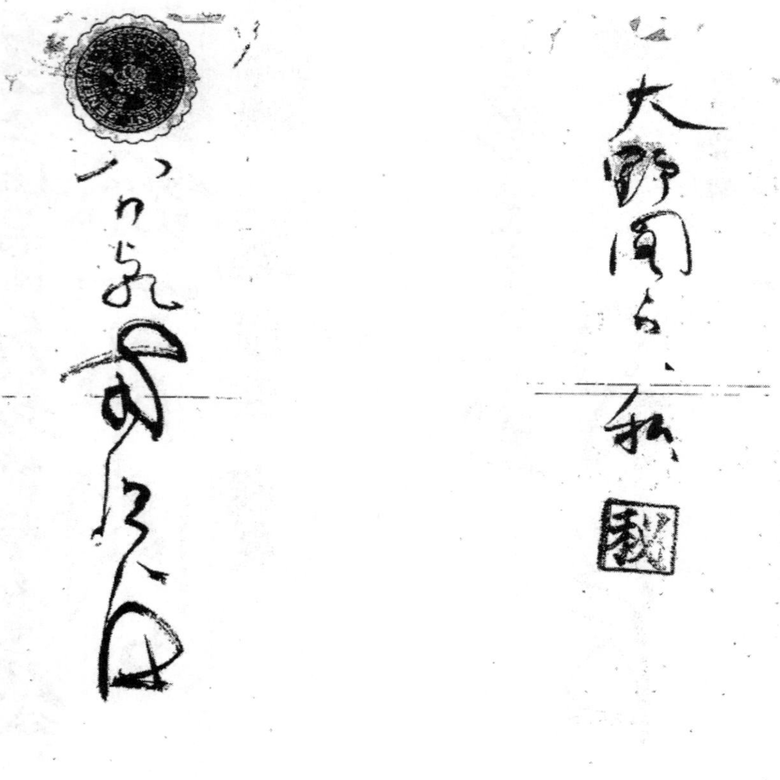

331 南次郎 → 大野緑一郎(1940. 2. 8)

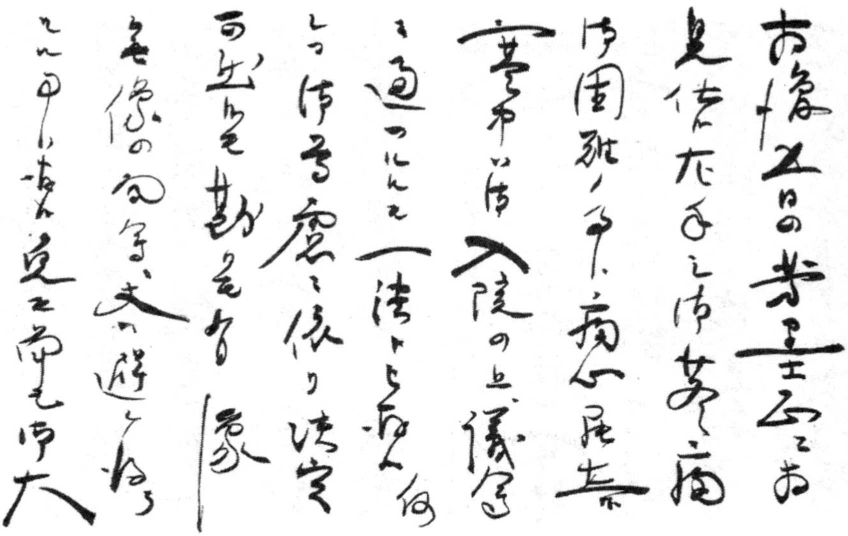

拝復　五日の芳墨正ニ拝
見仕候。左手之御荖痛
御困難ノ事ト痛心罷在候。
寒中ハ御入院の上、議會
ニ通ハルルモ一法ト被存候。何
レハ御尊慮ニ依リ決定
可然候モ尠クモ有像
無像の面會丈ハ避ケ得ラ
ルル事ト存候。兎モ角モ御大

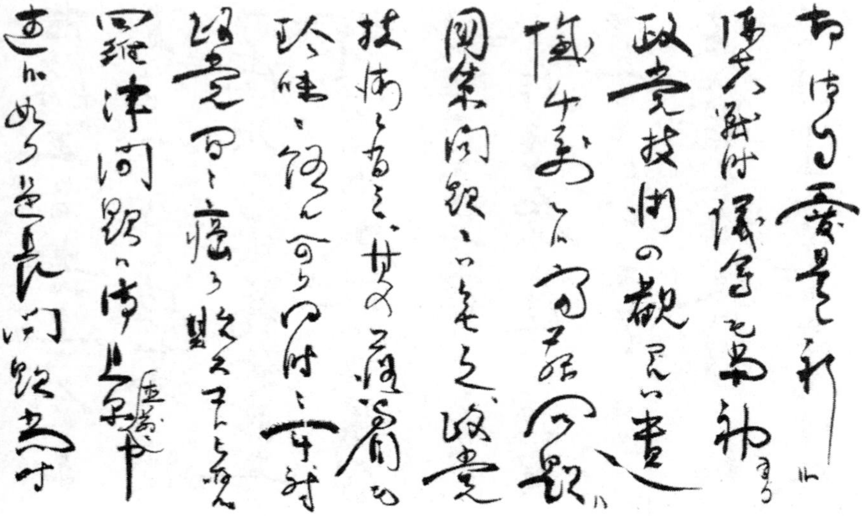

切御自愛是レ祈候。
陳者戦時議會モ当初ヨリ
政党技術の観アルハ遺
憾千万ニ候。齋藤問題ハ
國策問題ニハ無之、政党
技術ニ有之、其の落着モ
珍味ニ終ル可ク同時ニ軍對
政党間ニ癌ヲ胎スコト被存候。
羅津問題ハ御上京直前ニ申
述候如ク邑長問題当時

333 南次郎 → 大野緑一郎(1940. 2. 8)

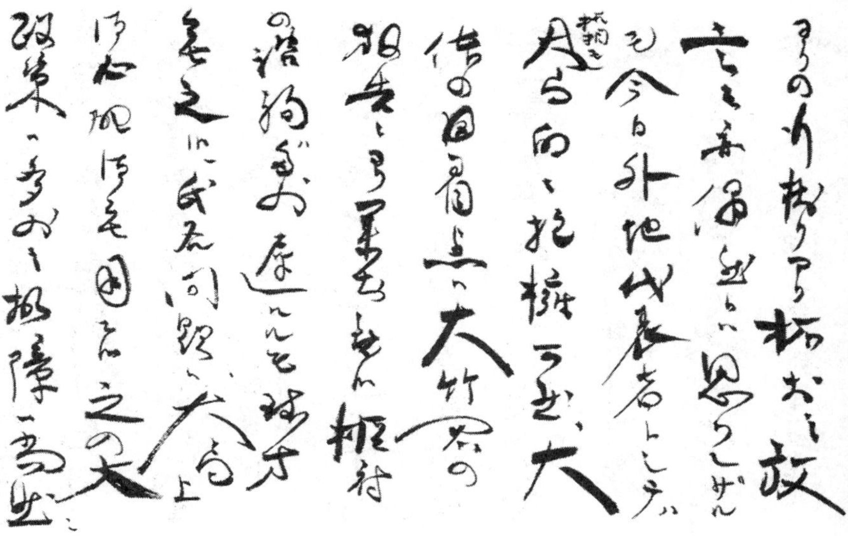

ヨリの行掛リアリ、拓相之放言モ亦偶然トハ思ワレザルモ今日外地代表者トシテハ拓相モ大局的ニ抱擁可然、大体の帰着点ハ大竹君の報告ニヨリ承知致候。枢府の諮詢ハ多少遅ルルモ致方無之候。氏名問題ハ大局上御心配御無用ニ候。之の大政策ハ多少之故障ハ当然ニ

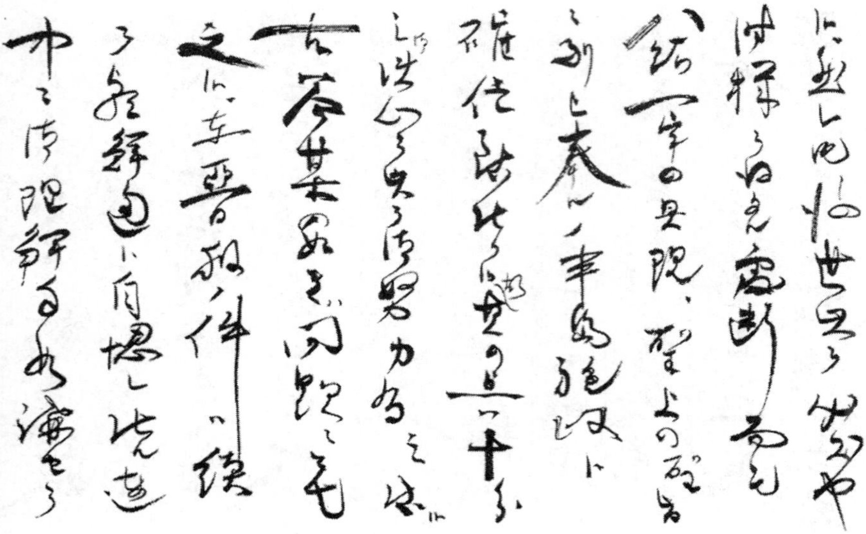

候。然レトモ後世以テ必ズヤ
時機ヲ得タル處断、而モ
八紘一宇の具現、聖上の聖旨
ニ副ヒ奉ルノ半島施政ト
確信致居リ候、故其の点ハ十分
之御決心ヲ以テ御努力有之度候。
古谷某の如きハ問題ニ無
之候。東亜日報ノ件ハ続
テ朝鮮通ト自惚レ居ル連
中ニ御理解手段講セラ

335 南次郎 → 大野緑一郎(1940. 2. 8)

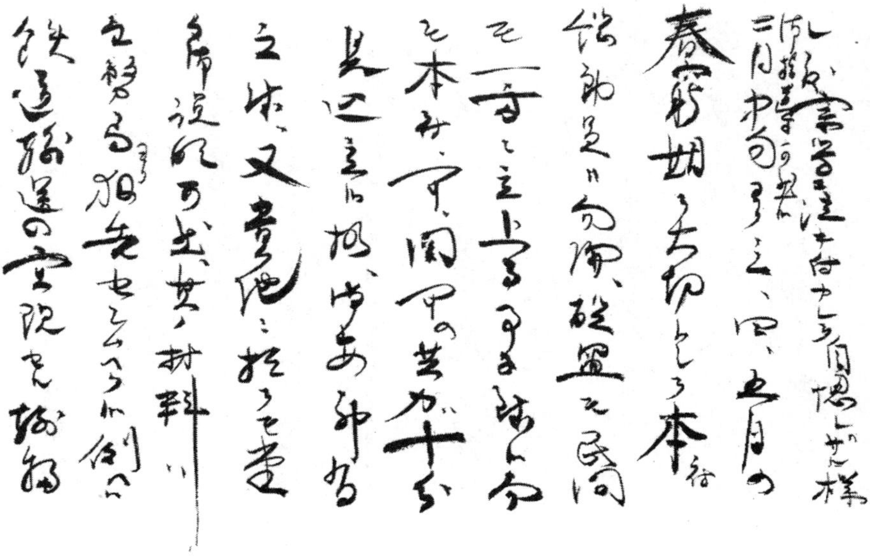

レ度、宗等ニ泣キ付カレテ自惚レザル様
御指導可然候。
三月中旬ヨリ三、四、五月の
春窮期ヲ大切トシテ本府
総動員ハ勿論、配置モ民間
モ一斉方ニ立上る事に致候。而
モ本府、軍、関軍の共力*ハ十分
見込立候故、御安心有
之度、又貴地ニ於テモ堂
々御説明可然、其ノ材料ハ
主務局ヨリ報告セシムヘク候。例ヘハ
鉄道輸送の実現セル輸移

---

* 共力은 원문 그대로. 본래는 協力.

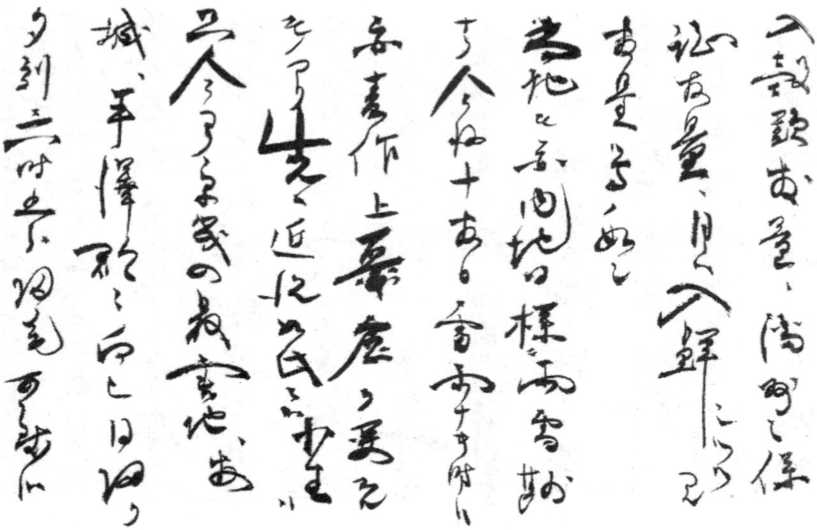

入穀類数量、満洲之保
証数量、目下入鮮シツツアル
数量等ノ如シ。
当地モ亦内地同様ニ雨雪尠
ナク今後十数日雪雨ナキ時ハ
亦麦作上憂慮ヲ要スル
モノアリ。先ハ近況如此ニ候。小生ハ
只今ヨリ京城の最害*地、安
城、平澤郡ニ向ヒ日帰リ
夕刻六時五分帰宅可然候。

* 最害는 원문 그대로. 본래는 災害이다.

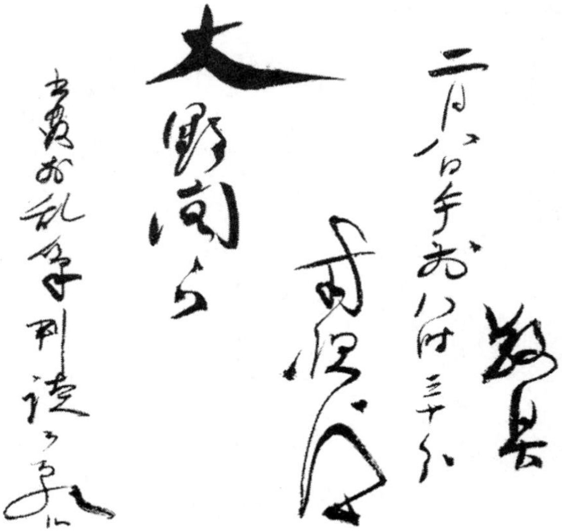

敬具

二月八日　午前八時三十分

南次郎

大野閣下

出発前乱筆判読ヲ願候。

昭和十五年二月十五日

南総督

大野政務総監殿

一、李王殿下ニハ本日別紙ノ通航空郵便寄信右置之ニ付御含ミ置相成度

二、貴衆両院秘密会ニ於テ発表セル王兆銘政権トノ申合事項ノ取調ヘ御付アリタシ。

339 南次郎 → 大野緑一郎(1940. 2. 15)

昭和十五年二月十五日

南總督

大野政務総監殿

一、李王殿下ニハ本日別紙ノ通航空郵便発信致置候ニ付御含ミ置相成度。

二、貴衆両院秘密會ニ於テ発表セル王兆銘政権トノ申合事項取調へ回付アリタシ。

미상 → 미상(1940. 2. 11)

國會圖書館 番號 81-59 別紙

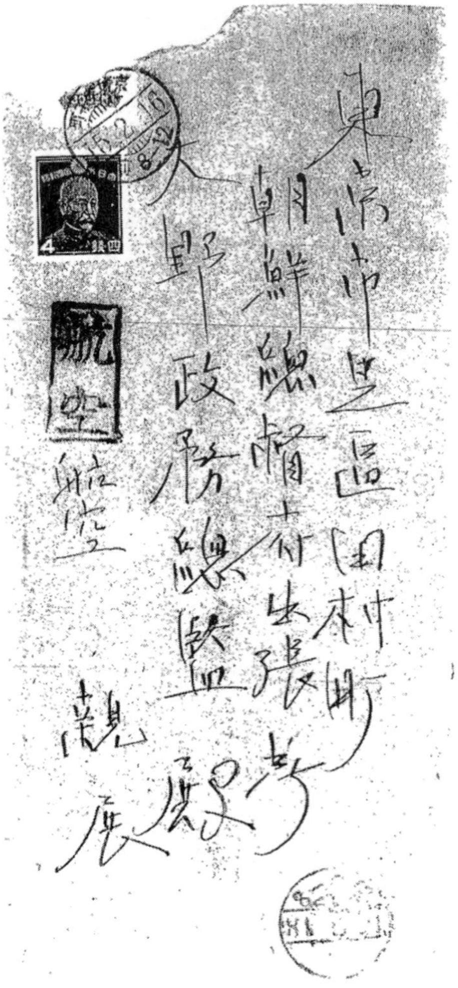

341 미상 → 미상(1940. 2. 11) 別紙

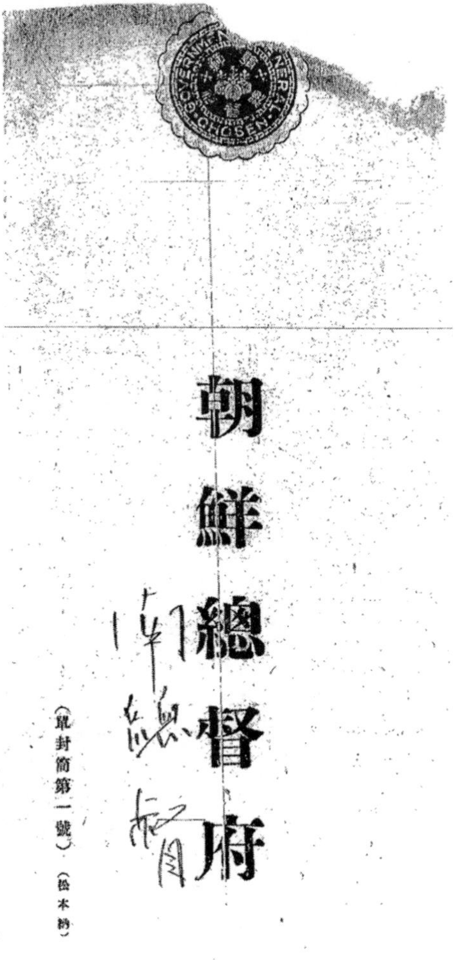

報

芝 906

シバ
リム 八二 ケイゼ ウコウシ 一三 コ三、一五
シバ クタムラテフ
テウセンソウトクフシユテフシヨレ
オホノセイムソウカン

官報 親展

ゴカデンミタゾイニゾンノコトナレバコトメンドイ
テヤカリコ、ゴウセゴカヤタッツテヒヤタッケカヅ
トオモワルルニツキミギオフクミノシエナル交ニダガソウイ
ツアロネミミクトハリバリアシヒリヤイエテ井
コシネガイヨリドリヨウシネラレサレ
タイワンイユイヅミイユニワマヒコホレサ

コ四、一七

15.2.11

343 미상 → 미상(1940. 2. 11) 別紙

シバ
リム　八二　ケイゼウコウシ　一二　コ三ノ　一五
シバクタムラテフ
テウセンソウトクフシユテフシヨ
オホノセイムソウカン殿

京城コウシ
芝区田村町
朝鮮総督府出張所
大野政務総監　殿

デンミタ、ダイニダンノコトトナレバ　コトメンドウ
トオモワルルニツキミギオフクミノウエ　ナルベクゴサイ
コウネガウヨウ　ドリヨクセラレタシ

電(報)見た。第二団のこととなれば事面倒と思わるるに付、右御含みの上なるべく御再考願うよう努力せられたし。

昭和十五年二月十五日 朝鮮總督 南次郎

李王殿下

謹啓 軍務多事ノ際愈々御[illegible]ニテ軍務ニ御精勵

被遊候段慶祝[illegible]奉存候 陳者[illegible]

[illegible]ケテ[illegible]ニ[illegible]ト[illegible]其ノ功績顯著ナルモノアリ

尚近ニ於テハ兩[illegible]ノ[illegible]ヲモ[illegible]宮ト共ニ功甚大ナリ名

[illegible]ノ[illegible]人心ヲ[illegible]ニ於テ[illegible]

ヲ讓ルモ其ノ[illegible]ヲ惜[illegible]

[illegible]

ノ[illegible] 一、[illegible]

二、[illegible]

345 南次郎 → 李垠(1940. 2. 15) 別紙

写

昭和十五年二月十五日

朝鮮総督南次郎

李王殿下

謹啓　軍國多事ノ際愈々御機嫌麗シク軍務ニ御精励被遊候段、慶祝奉存上候。陳者藤田李王職長官ハ御信任ヲ享ケテ王家ニ奉仕スルコト多事、其ノ功績顕著ナルモノアリ。最近ニ於テハ両公家ノ基本財産ヲモ確立シ長官トシテ功成リ名遂ケタルモノト見ラル可ク、此ノ際人心ヲ新ニスル意味ニ於テ後進ニ道ヲ譲ルモ其ノ時期ヲ得タルモノカト被存候。然ル処今般速水京城帝國大学総長ハ来タル三月ヲ以テ任期満了ニ付キ後任詮衡中ノ処

一、京城帝國大学各部教授ノ一致セル願望ナルコト

二、朝鮮総督府幹部ニ於テモ極メテ適任ト認ムルコト

三ッ島ニ於ケル吾寺院ト寺ノ係争ノ[illegible]ニ於テ[illegible]ノ事

候ニ就テ[illegible]見ニ[illegible]ト

[illegible]

ケル[illegible]

ニ付割愛[illegible]

三、半島ニ於ケル最高学府トシテノ使命ヲ全フスル上ニ於テ半島ノ事
情ニ精通シ且ツ閲歴識見之ニ適スルコト
等ノ事情ニ因リ藤田氏ヲ最モ適任ト被認候ニ付テハ王家ニ於
ケル種々ノ御都合有之候トハ拝察仕候ヘ共、事情御□察致様
ニ御割愛賜リ度奉懇願候。恐惶謹言

南次郎 → 大野緑一郎(1940. 2. 19)

國會圖書館 番號 81-35

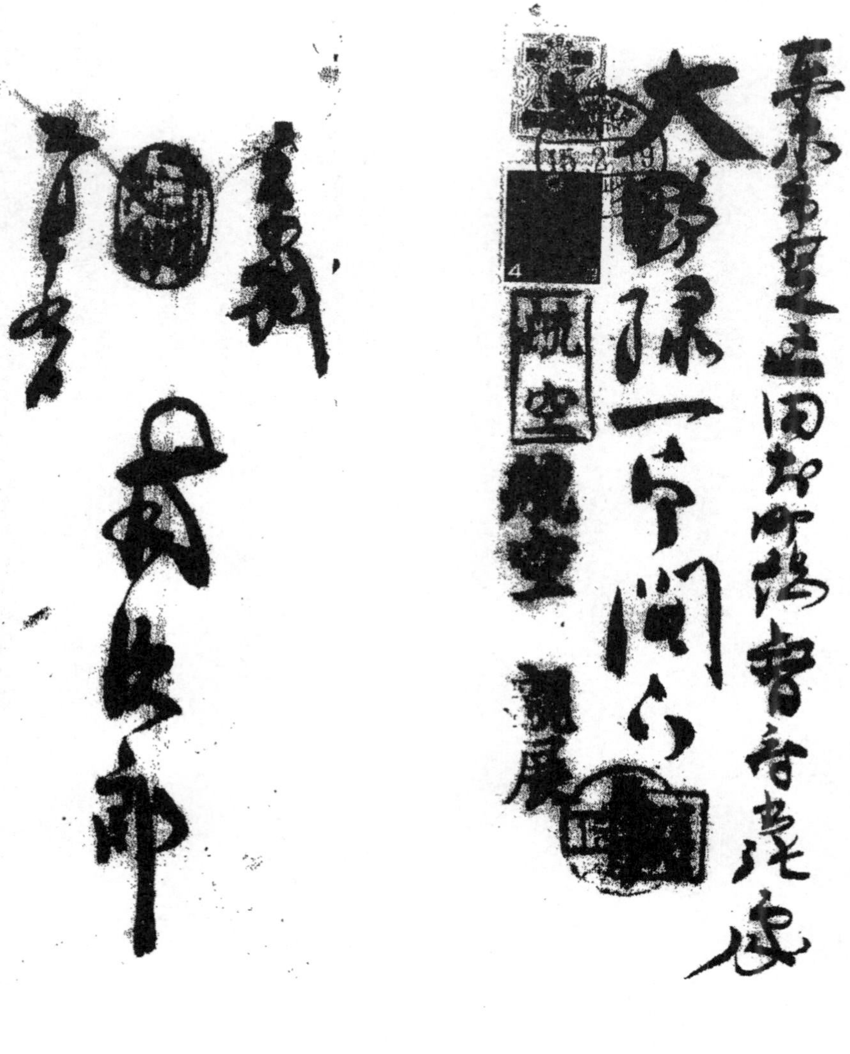

349 南次郎 → 大野緑一郎(1940. 2. 19)

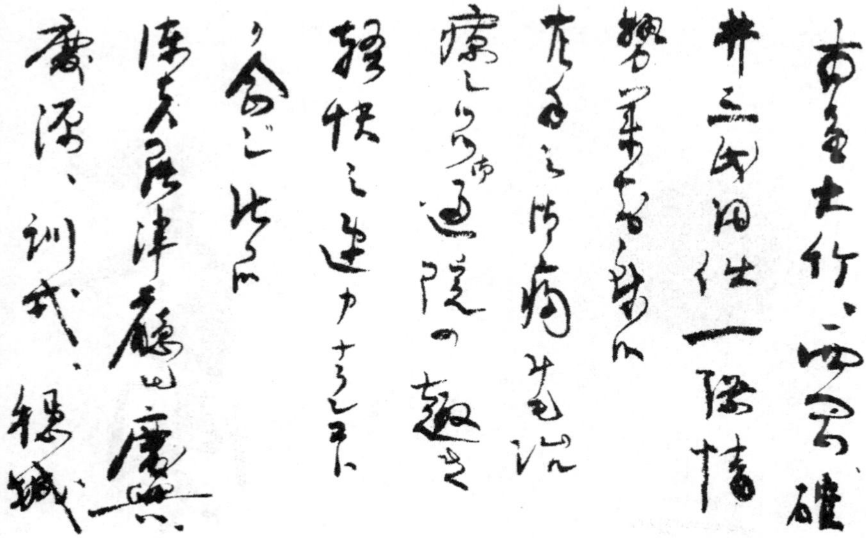

拝呈　大竹、西岡、碓
井三氏帰任一際情
勢承知致候。
左手之御痛みモ治
療シツツ御通院の趣き
軽快之速カナランコト
ヲ念ジ居リ候。
陳者羅津庁モ慶興、
慶源、訓戎、穏城

351 南次郎 → 大野緑一郎(1940. 2. 19)

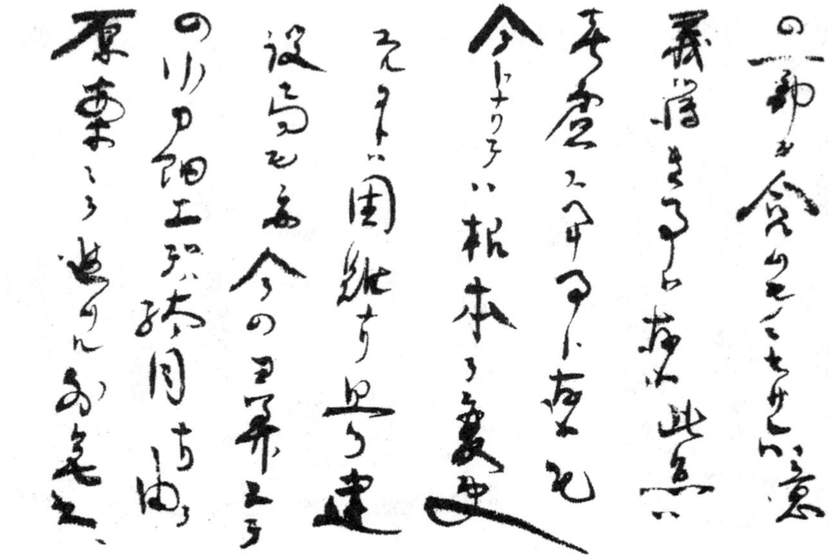

の一部ヲ含ムモノニセサレバ意
義薄き事ト存候。此点ハ
考慮スヘキ事ト存候モ
今トナリテハ根本ヲ変更
スルコトハ困難ナリ。且ツ建
設局モ亦今のヨ算*ニテ
の小刀細工デハ駄目ナリ、由テ
原案ニテ進ムル外無之、

* ヨ算은 원문 그대로. 본래는 豫算이다.

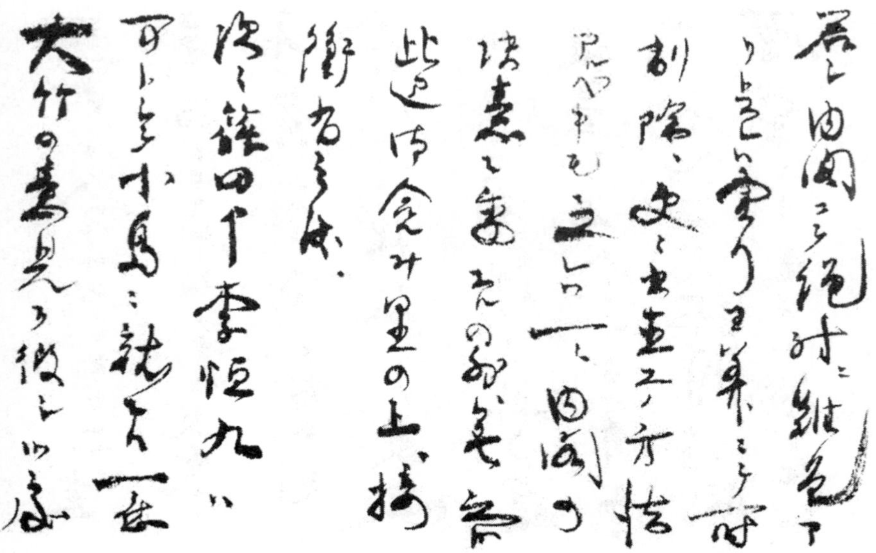

若シ内閣ニテ絶對ニ難色ア
リトスレハ実行ヨ算ニテ一時
削除、更ニ出直スノ方法
アルベキモ、之レハ一ニ内閣の
決意ニ委スルの外無之候。
此辺御含み置の上、接
衝有之度。
次ニ篠田や李恒九ハ
可トシテ小島ニ就テハ一應
大竹の意見ヲ徴シ候処、

353 南次郎 → 大野緑一郎(1940. 2. 19)

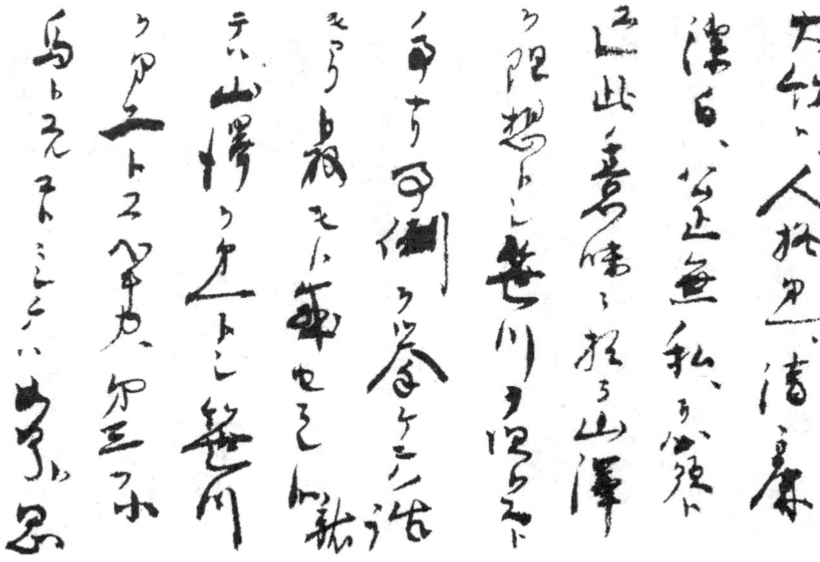

大竹ハ「人格第一、清廉潔白、公正無私、ヲ必須トス」此ノ意味ニ於テ山澤ヲ理想トシ笹川ヲ次トストノ事ナリ。事例ヲ挙ケテノ話モアリ最モ*ト感セラレ候。就テハ山澤ヲ第一トシ笹川ヲ第二トスベキカ、第三ヲ小島トスルコトニシテハ如何ト思

* 원문 그대로. 尤も의 오기이다.

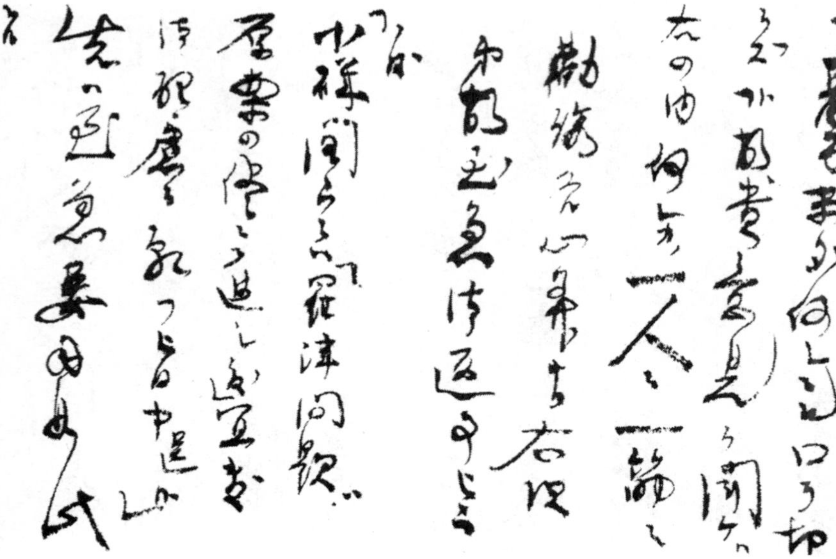

フ。最モ* 未ダ何レニモロヲ切
ラズ候故、貴意見ヲ聞ケハ
右の内何レカ、一人ニ一筋ニ
勧誘スル心算ナリ。右次
第故至急御返事被下
度。
「小磯閣下ニハ「羅津問題ハ
原案の侭ニテ進ミ度」宜敷
御配慮ヲ願フ旨申送候」
先ハ至急要用如此
ニ候。

* 원문 그대로. 尤も의 오기이다.

355 南次郎 → 大野緑一郎(1940. 2. 19)

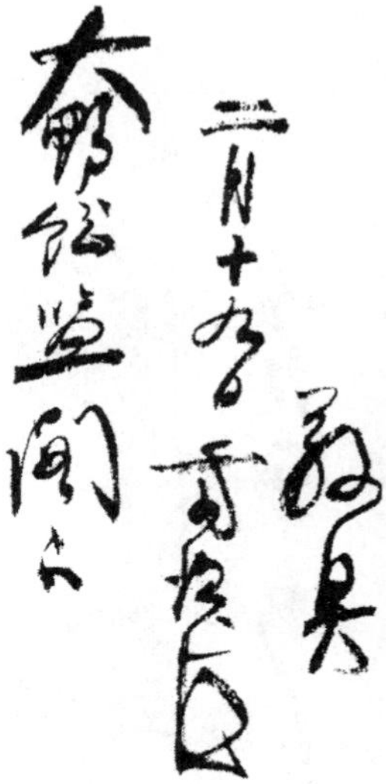

敬具

二月十九日　南次郎

大野総監閣下

南次郎 → 大野緑一郎(1940. 3. 23)

國會圖書館 番號 81-29

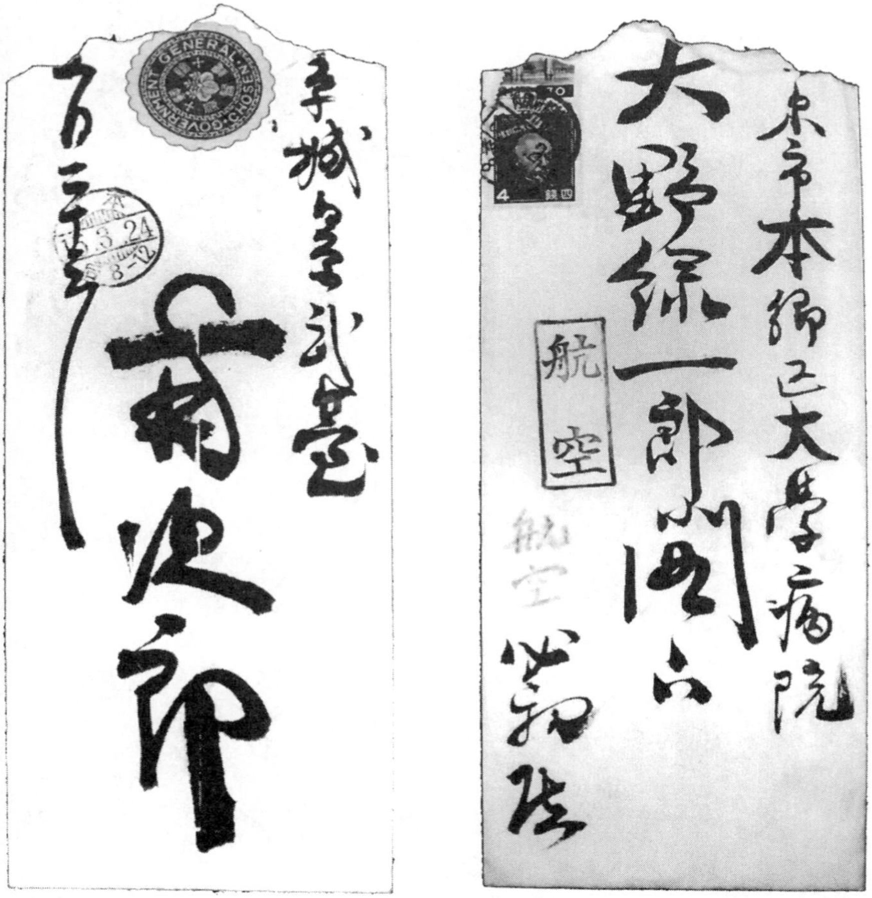

357 南次郎 → 大野緑一郎(1940. 3. 23)

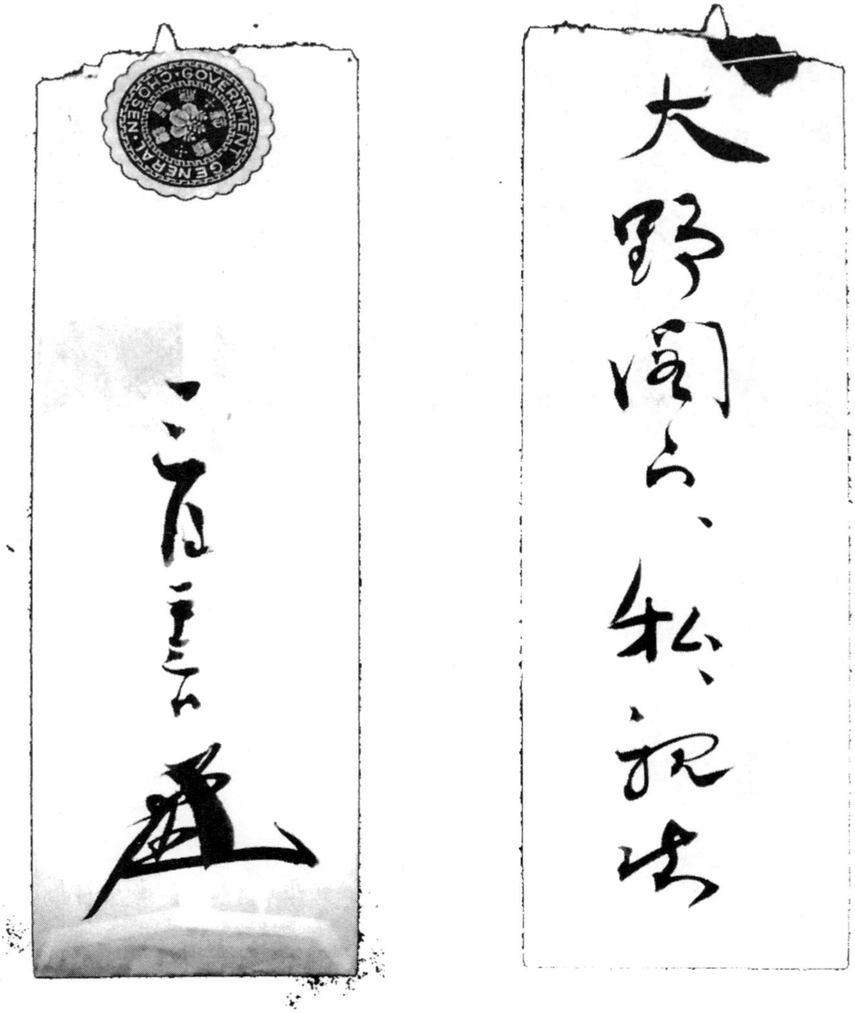

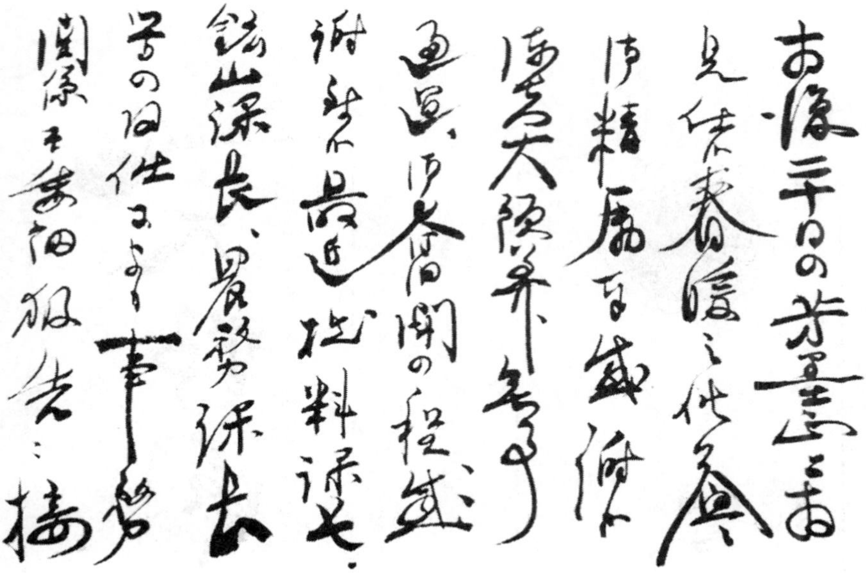

拝復　二十日の芳墨正ニ拝
見仕候。春暖之候益々
御精励奉感謝候。
陳者大豫算無事
通過、御奮闘の程感
謝致候。最近燃料課長、
鉱山課長、農務課長
等の帰任により事務
関係モ委細報告ニ接

359 南次郎 → 大野緑一郎(1940. 3. 23)

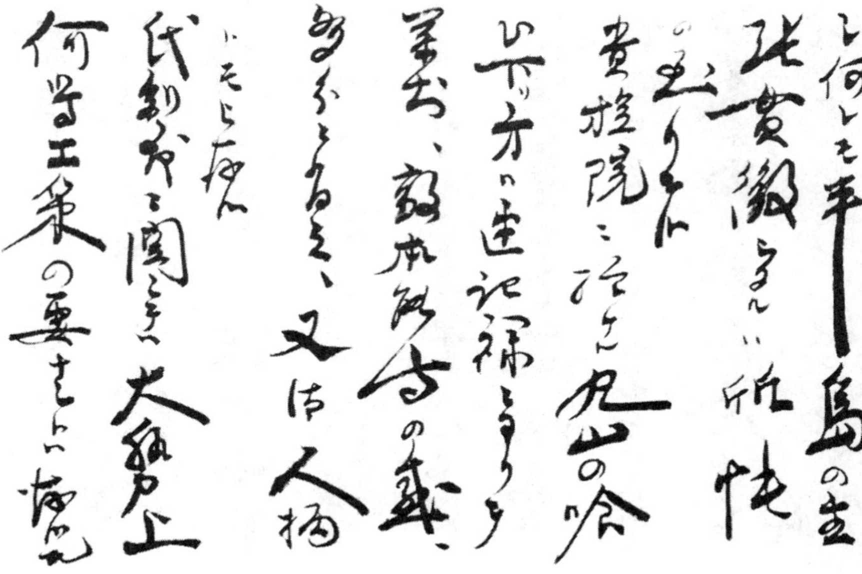

シ何レモ半島の主
張貫徹シタルハ欣快
の至リニ候。
貴族院ニ於ケル丸山の喰
ひ下リ方ハ速記録ニヨリテ
承知、敵本能寺の感、
多分ニ有之、又御人柄
トモ被存候。
氏制度ニ関シテハ大勢上
何等工策の要ナシトハ存候モ

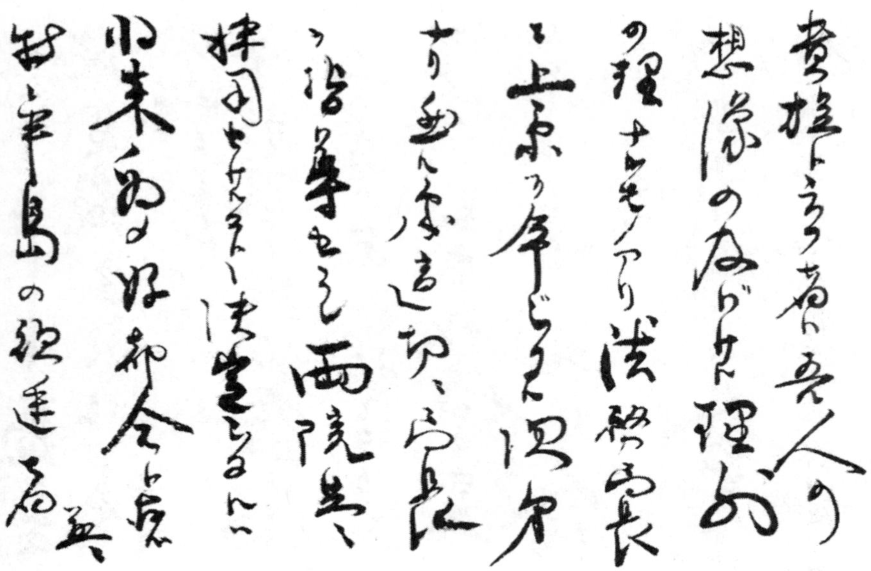

貴族ト云フ者ハ吾人の
想像の及バサル理外
の理ナルモノアリ、法務局長
ニ上京ヲ命ジタル次第
ナリ。然ル処適切ニ局長
ヲ指導セラレ両院共ニ
採用セサルコト丶決定シタルハ
将来ノ為メ好都合ト存候。
特ニ半島の頑迷者益々

361 南次郎 → 大野緑一郎(1940. 3. 23)

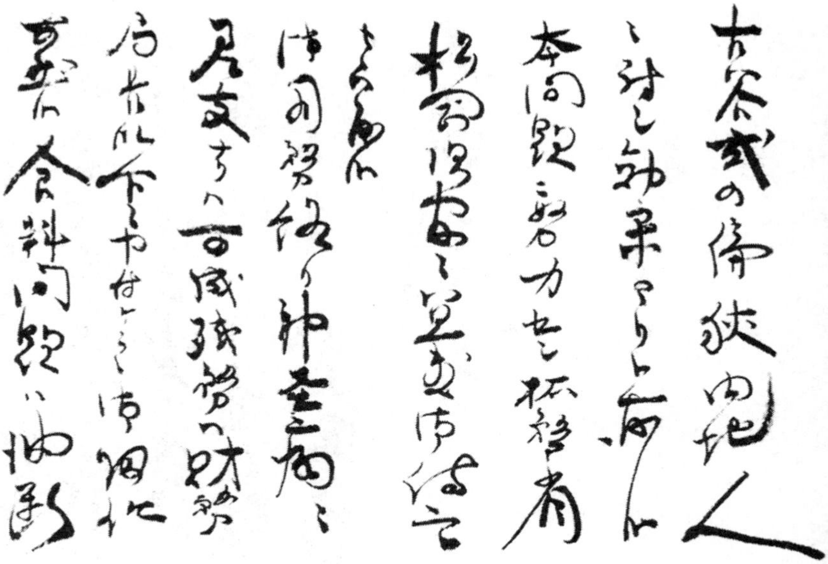

古谷式の偏狭、内地人
ニ對シ効果アリト存候。
本問題ニ努力セシ拓務省
松岡次官ニ宜敷御伝言
被下度候。
御用務終リ神經痛ニ
差支ナクハ可成残務ハ財務
局長以下ニ申付ケラレ御帰任
可然候。食料問題ハ油断

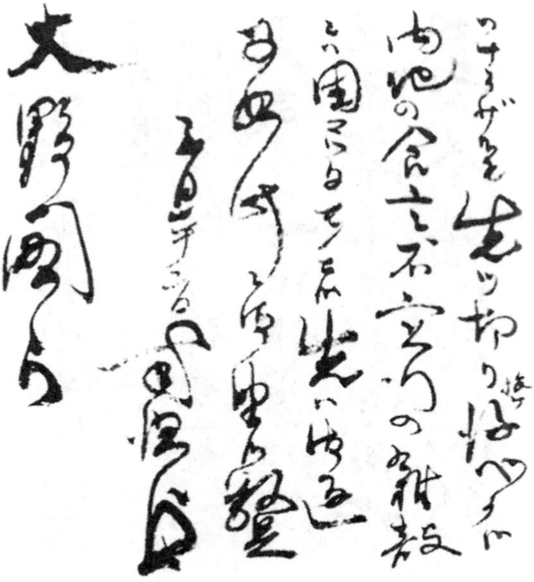

ハナラザルモ先ツ切リ抜ケ得ベク候。
内地の含言*、不実行の雑報
ニハ困マツタモノニ候。先ハ御返
事如此ニ御坐候。敬具
三月二十三日　南次郎
大野閣下

---

* 含言은 원문 그대로. 본래는 食言.

南次郎 → 大野緑一郎(1940. 6. 14)

國會圖書館 番號 81-57

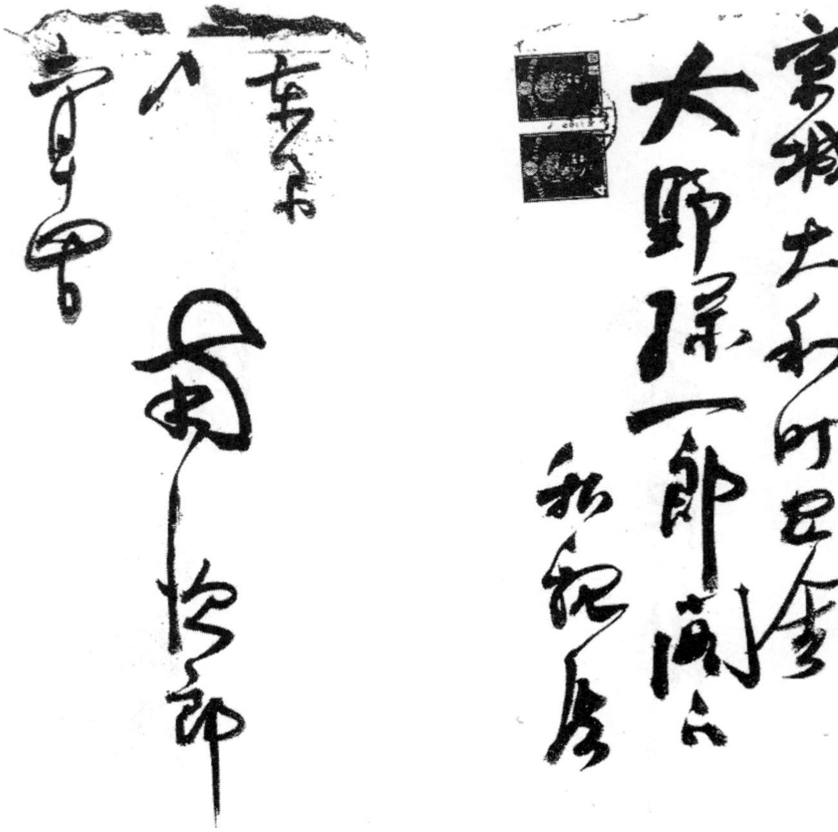
京城大和町官舎
大野緑一郎閣下
親展

南次郎

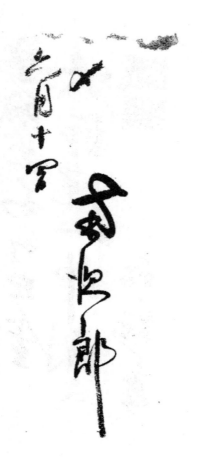
大野閣下
六月十日

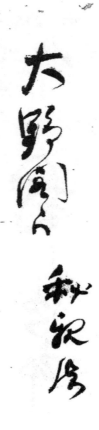

365 南次郎 → 大野緑一郎(1940. 6. 14)

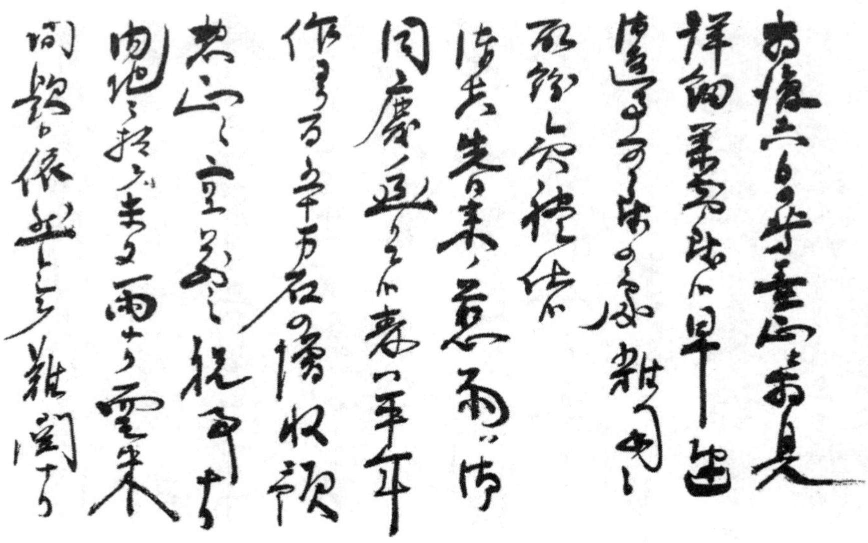

拝復　六日の芳墨正ニ拝見
詳細承知致候。早速
御返事可致の処雑用ニ
取紛レ欠礼仕候。
陳者先日来ノ慈雨ハ御
同慶ノ至リニ候。麦ハ平年
作ヨリ百五十万石の増収豫
想、正ニ空前之祝事ナリ。
内地ニ於テハ未タ雨ナク而モ米
問題ハ依然トシテ難関ナリ。

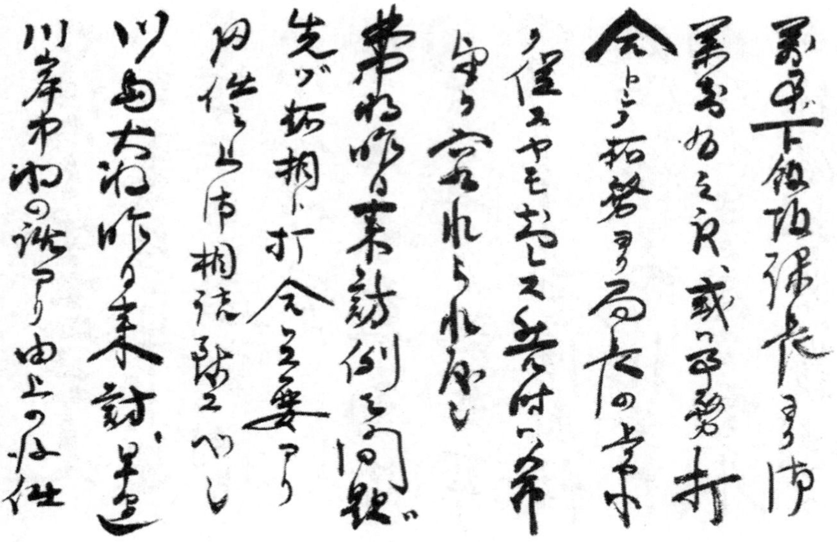

万事ハ下飯坂課長ヨリ御
承知有之度、或ハ事務打
合トシテ拓務ヨリ局長の上京
ヲ催スヤモ知レス、然ル時ハ希
望ヲ容れられ度シ。
林中将* 昨日来訪例之問題ハ
先ヅ拓相ト打合ハス要アリ。
帰任之上御相談致スベシ。
川島大将昨日来訪、早速
川岸中将の話アリ由上の後任

* 林銑次郎(はやし　せんジろう).

367 南次郎 → 大野緑一郎(1940. 6. 14)

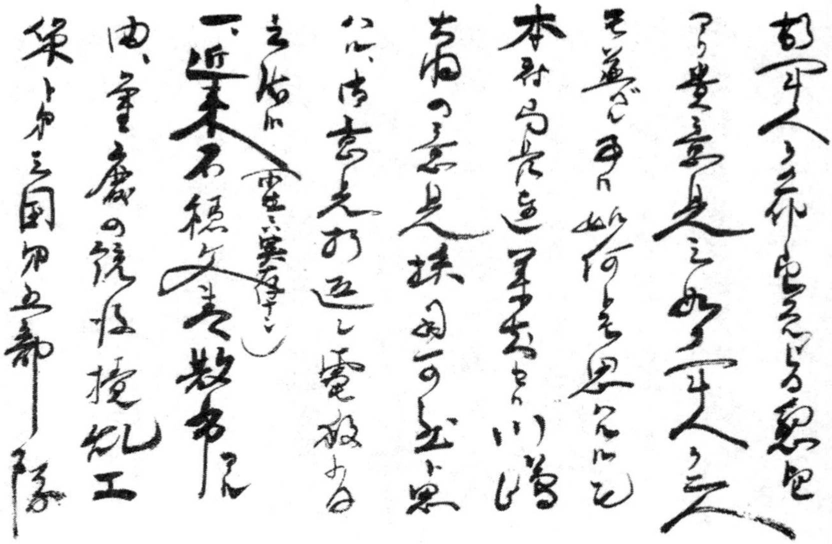

故軍人ヲ希望スル旨懇望
アリ。貴意見之如ク軍人ヲ二人
モ並ベル事ハ如何トモ思ハルルモ
本府局長連承知セハ川嶋
大将の意見採用可然ト思
ハル。御意見折返シ電報有
之度候(小生ニハ異存ナシ)。
一、近来不穏文書散布アル
由、重慶の銃後擾乱工
策ト第三國第五部隊

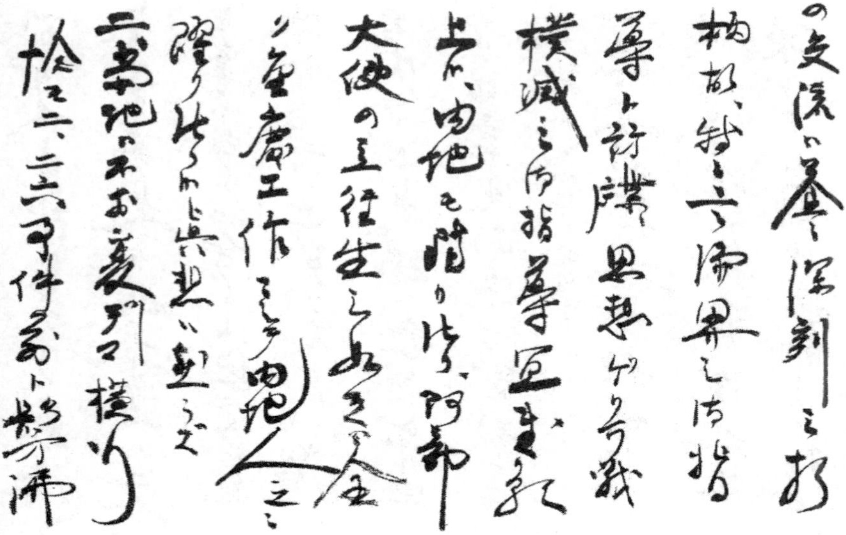

の交流ハ益々深刻之折
柄故、特ニ言論界之御指
導ト訪*諜思想ゲリラ戦
撲滅之御指導宜敷願
上候。内地モ弱リ居リ、阿部
大使の立往生*之如きハ全
ク重慶工作ニシテ内地人之ニ
躍リ居リ候。真想*ハ然ラズ。
二、当地ハ不相変デマ横行
恰モ二、二六事件前ト髣髴

* 원문 그대로. 防의 오기.
* 進退両乱.
* 원문 그대로. 真相의 오기.

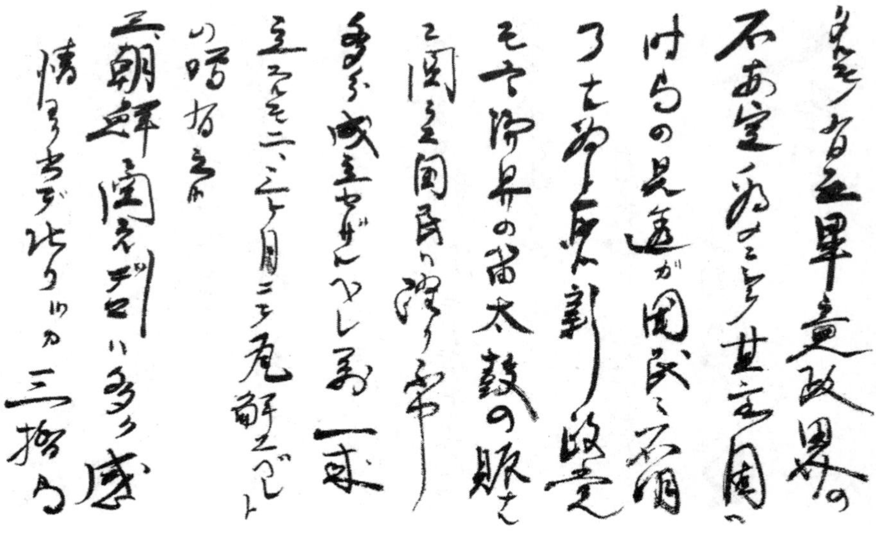

タルモノ有之。畢竟政界の
不安定ノ為メニシテ其主因ハ
時局の見透ガ國民ニ不明
了ナル為ト存候。新政党
モ言論界の笛太鼓の賑ナル
ニ関ラス國民ハ躍リ不申
多分成立セザルベシ。万一成
立スルモ二、三ヶ月ニテ瓦解スベシト
の噂有之候。
三、朝鮮ニ関スルデマハ多ク感
情ヨリ出デ居リ候カ三橋局

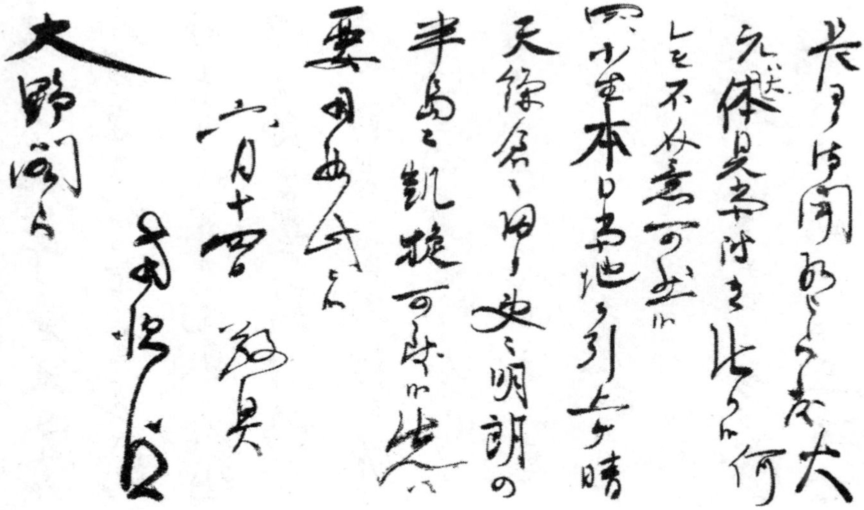

長ヨリ御聞取被下度。大
元ハ大体見当附き居リ候。何
レモ不介意可然候。
四、小生本日当地ヲ引上ケ晴
天鎌倉ニ帰リ更ニ明朗の
半島ニ凱旋可致候。先ハ
要用如此ニ候。
六月十四日　敬具
南次郎
大野閣下

南次郎 → 大野緑一郎(미상. 7. 5)

國會圖書館 番號 81-36

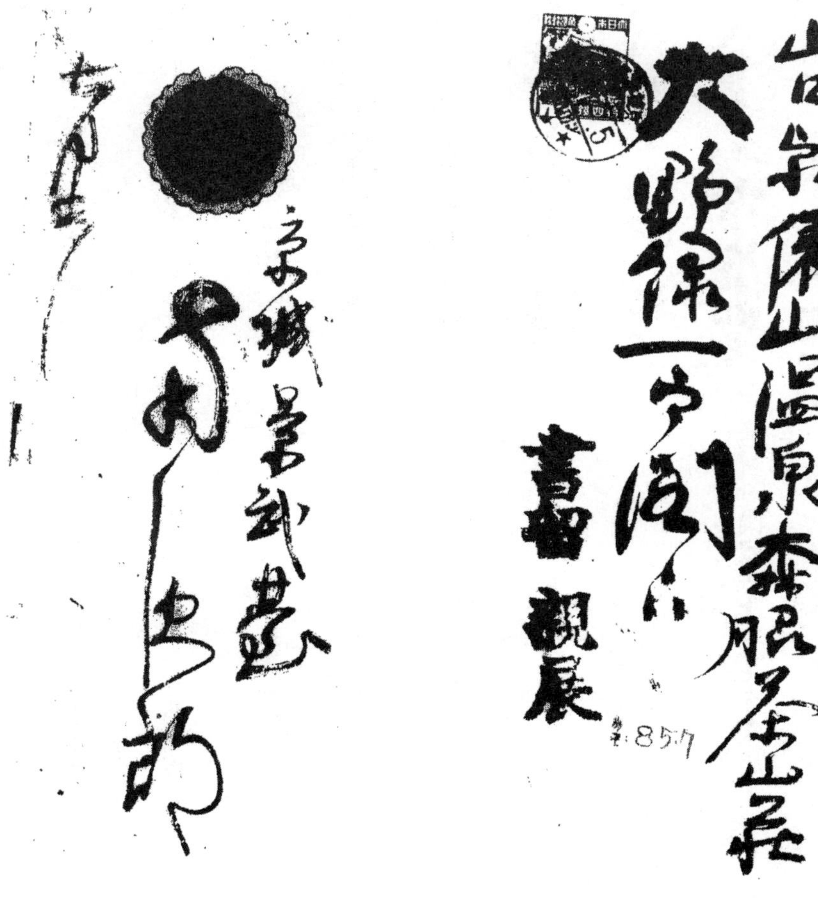

山口縣俵山温泉 森脇屋方

大野緑一郎閣下

親展

京城 景武臺

南次郎

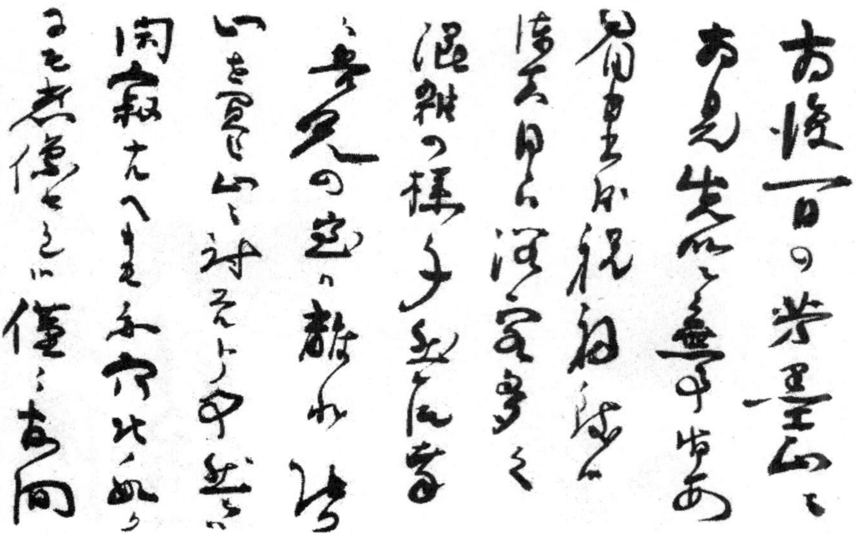

拝復　一日の芳墨正ニ
拝見、先以テ無事御安
着目出度祝福致候。
陳者目下浴客多く
混雑の様子、然レトモ幸
ニ貴兄の室ハ離れ居リ
山を負ヒ山ニ對スルトノ事、然ラハ
閑寂ナルヘキモ亦穴居ノ如ク
にモ想像セラレ候。僅之相間

373 南次郎 → 大野緑一郎(미상. 7. 5)

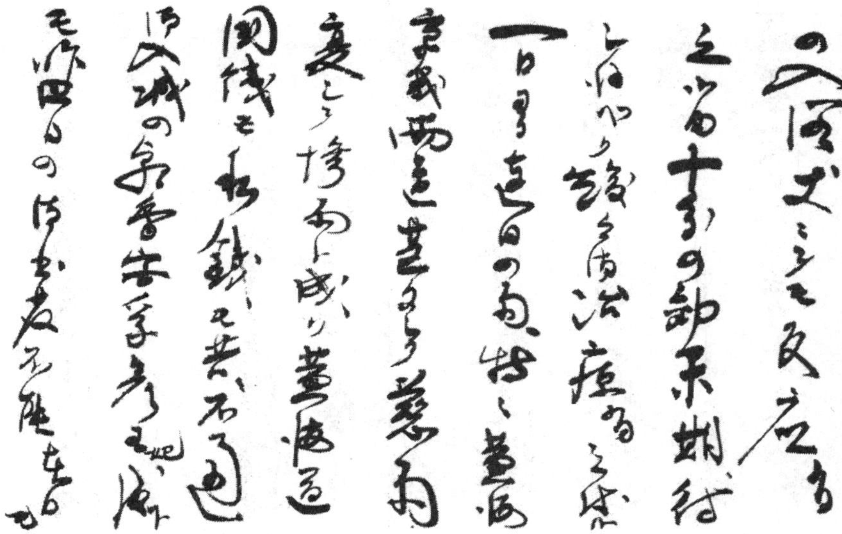

の入浴丈ニテモ反應有
之候由、十分の効果期待
シ得ベク緩々御治療有之度候。
一日ヨリ連日の雨、特ニ黄海
京畿両道甚タシク慈雨
変シテ惨雨ト成リ黄海道
國鉄モ私鉄モ共ニ不通、
御入城の朝香宮孚彦王妃殿下
モ昨四日の御出発不能、本日モ

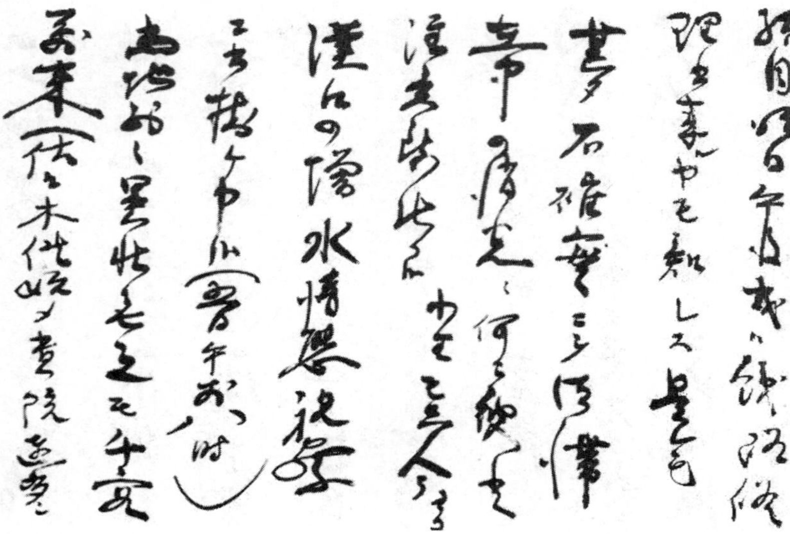

駄目、明日午後或ハ鉄路修
理出来ルヤモ知レス、是レモ
甚タ不確実ニテ御滞
在中の消光* ニ何ニ彼マテ
注意致居リ候。小生モ只今ヨリ
漢江の増水情態視察
ニ出掛ケ申候(五日午前八時)。
当地別ニ異状無之モ千客
万来(佐々木侯始メ貴院連多シ)。

---

* 원문 그대로.

375 南次郎 → 大野緑一郎(미상. 7. 5)

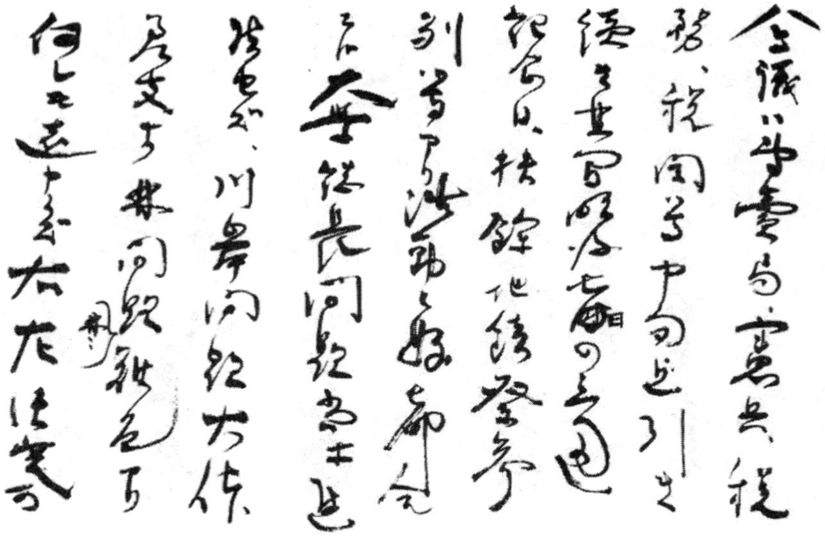

會議ハ専売局、憲兵、税務、税関等中旬迄引き続き、其間明後七日の三週記念日、扶余地鎮祭参列等アリ活動ニ好都合ニ候。大学総長問題尚ホ進展セズ、川岸問題大体差支ナク、林問題林ニ難色アリ。何レモ遠カラズ右左決定可

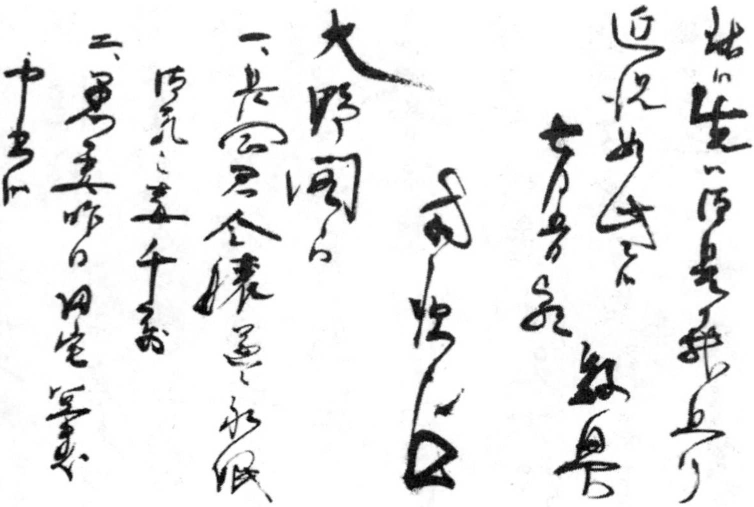

致候。先ハ御見舞旦ツ
近況如此ニ候。　敬具
七月五日　朝
南次郎
大野閣下
一、長岡君令嬢遂ニ永眠
御氣之毒千万。
二、愚妻昨日帰宅宜敷
申出候。

南次郎 → 大野緑一郎(1940. 7. 10)

國會圖書館 番號 81-26

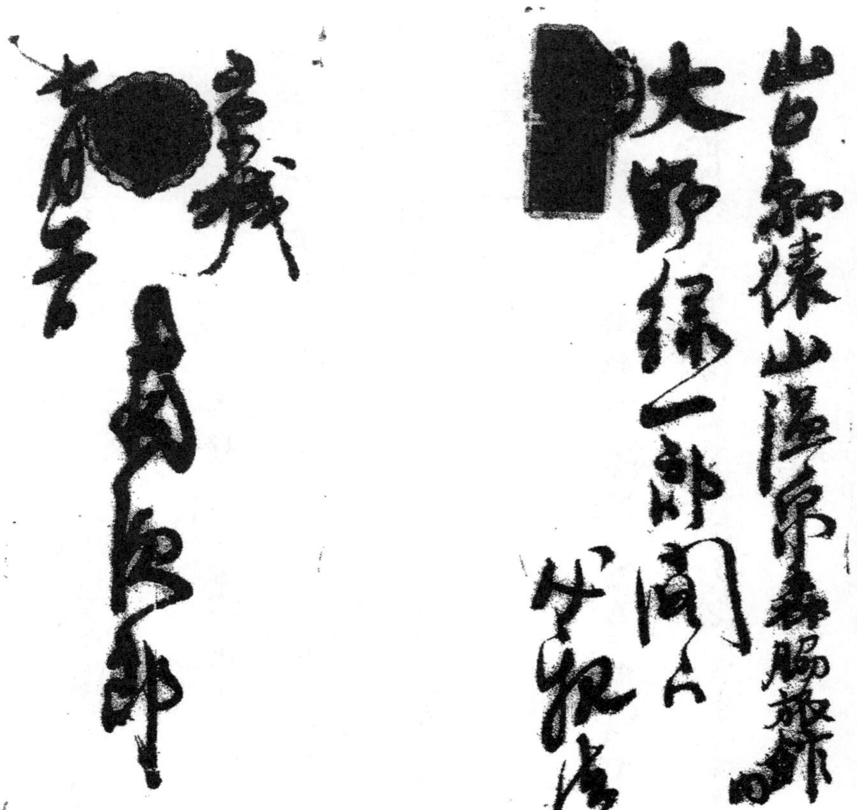

七月十日夕 南次郎

大野閣下

拝呈 其後御疎遠致候 御順調御精励拝賀候

満支奥地別ニ異状無之、行政上ノ事ハ夫々定評ア

尚ヲ報告スベキ程ノ事モ無之候 御了承ヲ

乞フ 猶左ニ一、二、申上

一、有煙炭社長ノ件ハ某氏ト拓相会見の結果

両人ノ年ニ相当大ナル開キアリ 依テ之ハ遂ニ

打切リガナリ候ノナサル 家ニ帰シタリ

不一

379 南次郎 → 大野緑一郎(1940. 7. 10)

大野閣下　七月十日朝　南次郎

拝呈　其後御經過如何、御順調ヲ祷居リ候。

陳者当地別ニ異状無之、行政上ノ事ハ夫々主務局ヨリ報告スベキ様命ジ置き候間御了承の事ト存候。左ニ一、二申上候。

一、有煙炭社長ノ件、林氏ト拓相會見の結果両人ノ考ニ相当大ナル開きアリ、由テ之レハ去ル三日打切リトナリ話ノナキ以前ニ帰シタリ。

2.

二、萩原氏ハ景気ノ風アルモ先日拓殖協会ノ理事長トナリタル計リ 朝鮮ニ於ケル事務ニ付テハノ希望ノ如クナリシハ穂積会長ノ尽力ナリシ由、此ノ如ク所望エヘク帝ニ申ハ「新会社創設ニ付テ社長ノ兼務ヲ謂白カラズ、由テ協会総裁ハ内閣氏ニ直接面会シ萩原氏割愛方ヲ依頼セラレタシ云々」

381 南次郎 → 大野緑一郎(1940. 7. 10)

二、萩原氏ハ乗氣ノ風アルモ先日拓殖協會の理事長トナリタル計リ故、当分兼勤ニシタシトノ希望ノ如クナリトノ穂積局長ノ手紙ナリシ故、次ノ如ク所置スヘク命シ申候。

「新會社創設当初ヨリ社長ノ兼務ハ面白カラズ、由テ協會総裁永田秀次郎氏ニ直接面會シ萩原氏割愛ヲ希望スベシ云々。」

3、

思フニ萩原氏モ説ヲ見ニ成リタ計リニテ
都合ノ宜敷才ニ急ギテ團結ナルベシ永田氏
ヨリ本件ニアレハ進退明朗ヲ申ス都合ト
七候ハ丈未説ヲ長ノ侍生ハ從来振舞悠々
ガ虎ヲ同シ申リテ陸稔御坂永田氏ヲ策候
也見ルヲ申シ候ハ、穏便ニ長ハ永田氏、會見ノ
結果ヲ見テハ先是又ハ安定ヲ永田氏ニ交
渉可致カト存候ハ

383 南次郎 → 大野緑一郎(1940. 7. 10)

思フニ萩原氏モ理事長ニ成ツタ計リニテ都合ノ宜敷方ニ急転モ困難ナルベク、永田氏ヨリ御許シアレハ進退明朗万事好都合ト被存候。元来理事長ノ位置ハ従来拓務次官ガ片手間ニヤツテ居ル程度故、永田氏モ承諾セラルル事ト存候。穂積局長、永田氏會見ノ結果ニヨリテハ尊兄又ハ小生ヨリ永田氏ニ交渉可然カト存居リ候。

二、川岸氏ノ件ハ軍部首脳部及幕僚ニモ全
部ノ諒解相得置ト相成リ是レニテ本務ハ軍部
ノ意見一致シ確置後ハ愈々旧意トシテ
事ハ大体終リタルニ付又本日御決定ノ事ハ正
式決定ノ上ニテ川岸氏ニ発表セラルヘク候
御静養ニ候ハヽ其点ハ大分御余裕ナカルヘク
様ニ存候カ、未タ不取敢二国ニ打合セヤ相談
ハ致シ居ル次第ニ付尚恵ミ居ル事ニ御座候、

三、川岸氏ノ件ハ軍部首脳部及幕僚モ全部顧問推選ト相成リ、是レニテ本府、軍部ノ意見一致シ連盟役員モ亦同意ト云フ事ト相成リタルヲ以テ本日小生ヨリ正式交渉ノ手紙ヲ川岸氏ニ発送セリ。尚ホ細部事項タル手当トカ、宿舎トカ、家族カ来ルトカ、来ヌトカ、ニ関スル打合ヤ相談ハ理事長又ハ事務当局者ヨリ致ス筈ナリ。

六

四

湯村ら先七日以後東京の報告ヲナセリ要ハ米

問題之内地要求ノ三分一程度ナルモ満足感謝

ノ様子、又予算上ノ事ハ「正」カ朝鮮ニアリシコトヨリ

皆喜悦せん如く局長モ[illegible]相招一夕和井楼ニテ

晩餐之振付ノ上大気焔ノ様子ナリシガ如シ

七月上旬以来打続ノ雨ハ九日一日丈晴レ昨夜ヨリ

又豪雨水害ハ相当ニ来ルナランモ旱害

ニ比シテハ問題トナラズ田植ハ99/100ナリ済安心被下度候

四、湯村局長七日帰任、東京の報告ヲナセリ。要ハ米
問題モ内地要求ノ三分一程度ナルモ満足感謝
ノ様子、又事務上ノ事ハ「正」カ朝鮮ニアリシコトヲ
皆是認セル如ク、局長モ拓相ヨリ一夕福井楼ニテ
晩餐之招待ヲ受ケ大懇親ノ様子ナリシガ如シ。
七月一日以来打通ノ雨ハ九月一日丈晴レ、昨夜ヨリ
又豪雨水害ハ相当ニ出来ルナランモ旱害
ニ比スレハ問題トナラズ。田植ハ 99 %ナリ御安神ヲ乞フ。

6

一、扶余神社地鎮祭ハ十日挙行の筈ナリシモ雨天
連日の為メ道路破損無期延期トナレリ
七日ニ於ケル事変三週年紀念事業アリ小
雨の為メ防空演習ハ中止セリ只午後「軍需
生産者報国会結成式」ノ後青年隊ヲ挙行の
筈ナリシモ現業員ハ永警備、尚年工場者
雨多ク土水ノ為メ工場被浸サレ事業ノ為メ
開会中止トナレリ、

389 南次郎 → 大野緑一郎(1940. 7. 10)

五、扶余神社地鎮祭ハ十日挙行の筈ナリシモ雨天連日の為メ道路破損無期延期トナレリ。

七日ニ於ケル事変三週年紀念業事* ハ小雨の為メ豫定通リ決行セリ、只午後「軍需生産業者報國結成式」ハ砲兵隊ニテ挙行の筈ナリシモ現業員ハ永登浦、富平工場者多ク出水ノ為メ工場救護事業ノ為メ開會中止トナレリ。

* 원문 그대로. 현재는 事業으로 쓰임.

7

六、スペイン経済使節一行ハ八日入城、李[?]卯ニテ晩
餐ヲ開ク、朝鮮舞踊の映画ヲ余興トス（彼等ハ
併世鮮デアリ真ハ熱ヲ知リ感嘆ス、九日ハ使節ガ持参
のスペイン内乱、フランコ将軍ノ奮戦風儀ノ映画ヲ李[?]ス
満会議ハ二日、李王職長官、十二日殿閣長、十五日
統務ノ監督ヲ見ル金議ノ決定、
十五日純宗妃李王妃殿下入城、川嶋大将同伴、
小磯元帥、中川殿下総裁入城、二十日大野総長
数令、貴陸一行来城、（別働長）佐々木中将入城、

391 南次郎 → 大野緑一郎(1940. 7. 10)

六、スペイン經財使節一行ハ八日入城官邸ニテ晩餐會ヲ開ク。朝鮮発展の映画ヲ余興トス。彼等ハ御世辞デナク真想*ヲ知リ感嘆ス。九日ハ彼レ持参のスペイン内乱、フランコ将軍ノ奮戦、風俗ノ映画ヲ本府ニテナス。

諸會議ハ二日、専売局長、十二日税関長、十五日税務監督局長會議ノ豫定。

五日朝香宮孚彦王妃殿下御入城、川嶋大将帰任、小原元内相、中川航空総裁入城、六日大学総長発令、貴院一行来城、副議長佐々木氏単独入城、

---

* 真想은 원문 그대로. 본래는 真相.

南次郎 ⟶ 大野綠一郎(1940. 7. 11)

國會圖書館 番號 81–42

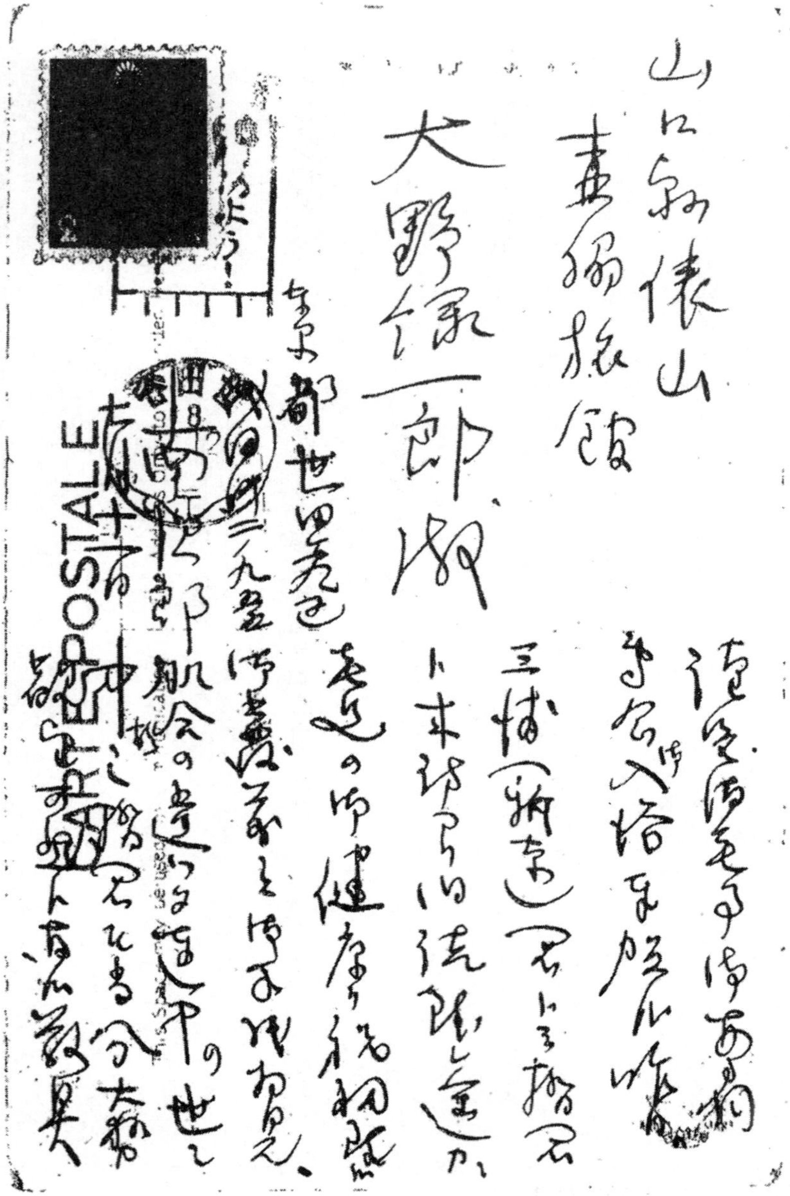
山口縣俵山

森田旅館

大野綠一郎 殿

POSTALE

393 南次郎 → 大野緑一郎(1940. 7. 11)

山口県俵山
森脇旅館
大野緑一郎殿
東京都世田谷区
代田町二ノ九五五
南次郎
七月十一日

謹呈　御無事御安着
専念御入浴奉賀候。昨日
三浦(新京)君ト三橋君
ト来訪アリ、旧話致シ遙カニ
貴兄の御健康ヲ祝福致候。
御出発前之御手紙拝見、
肌合の違ツタ連中の世之
中故三橋君モ当分大勢
観望可然ト存候。敬具

(주) 엽서 앞면에 주소와 내용이 함께 쓰여있다.

附近及旱魃用貯水池の光景

395 南次郎 → 大野緑一郎(1940. 7. 11)

엽서 뒷면에는 사진이 있다.

사진은

植田國境子經営果樹園

消毒及旱魃用貯水池 광경이다.

南次郎 → 大野緑一郎(1940. 7. 17)

國會圖書館 番號 81-7

397 南次郎 → 大野緑一郎(1940. 7. 17)

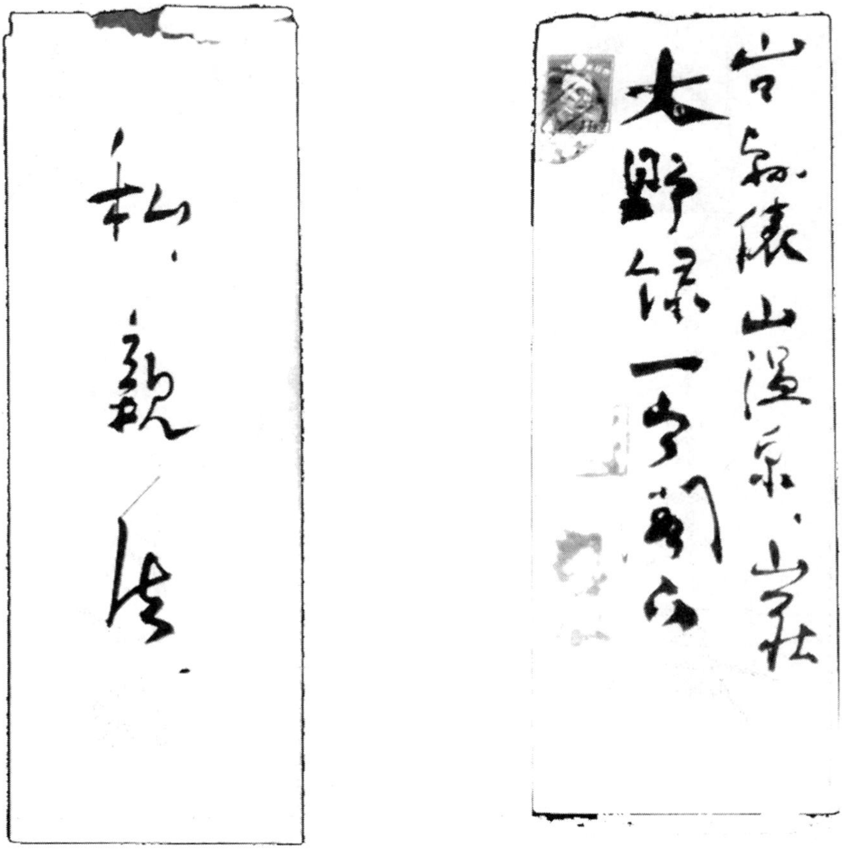

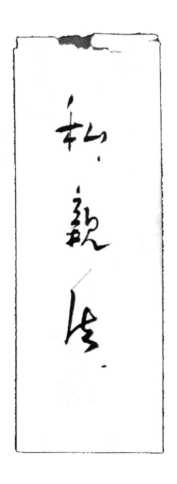

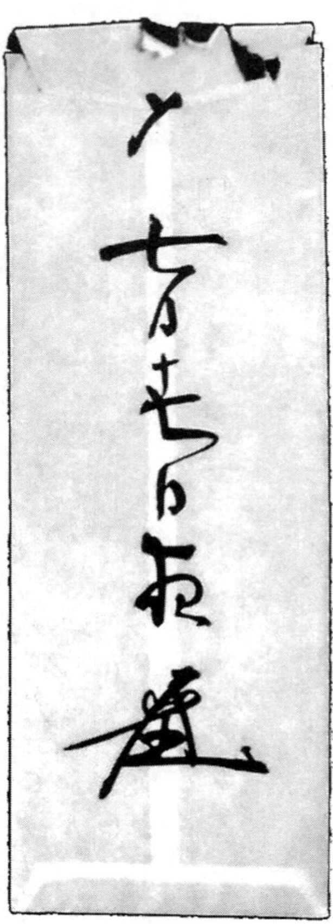

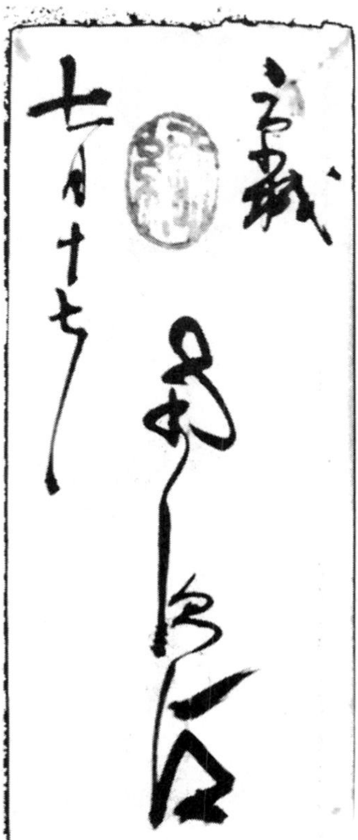

399 南次郎 → 大野緑一郎(1940. 7. 17)

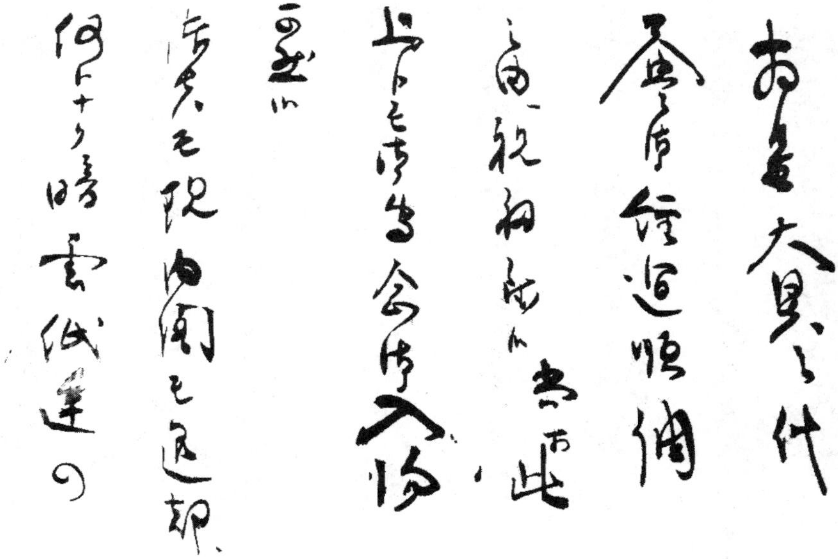

拝呈　大暑之候
益々經過順調
之由、祝福致候。尚ホ此
上トモ御専念御入湯
可然候。
陳者モ現内閣モ退却、
何トナク暗雲低迷の

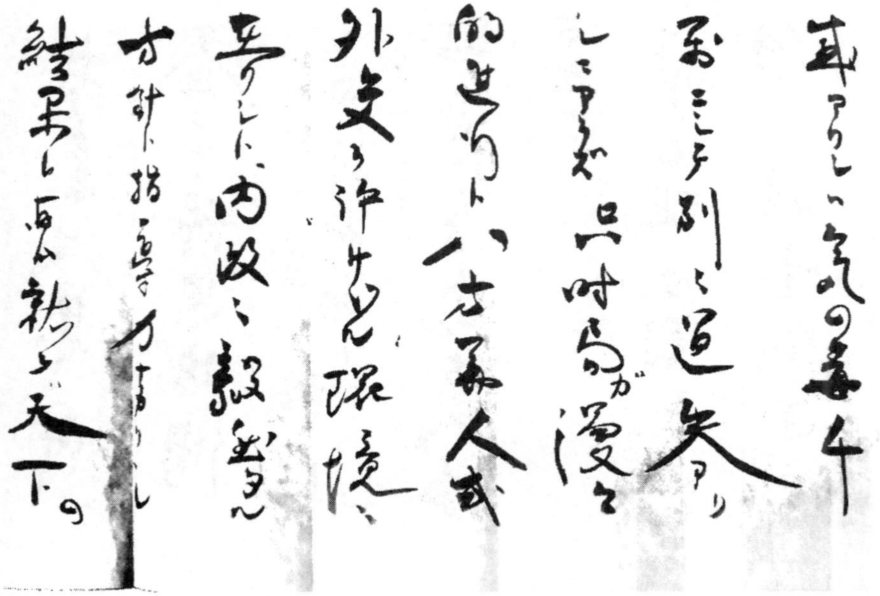

感アリシハ氣の毒千
万ニシテ別ニ過失アリ
シニアラズ只時局ガ漫々
的進行ト八方美人式
外交ヲ許サヾル環境ニ
在リシト、内政ニ毅然タル
方針ト指導力ナカリシ
結果ト存候、就テハ天下の

401 南次郎 → 大野緑一郎(1940. 7. 17)

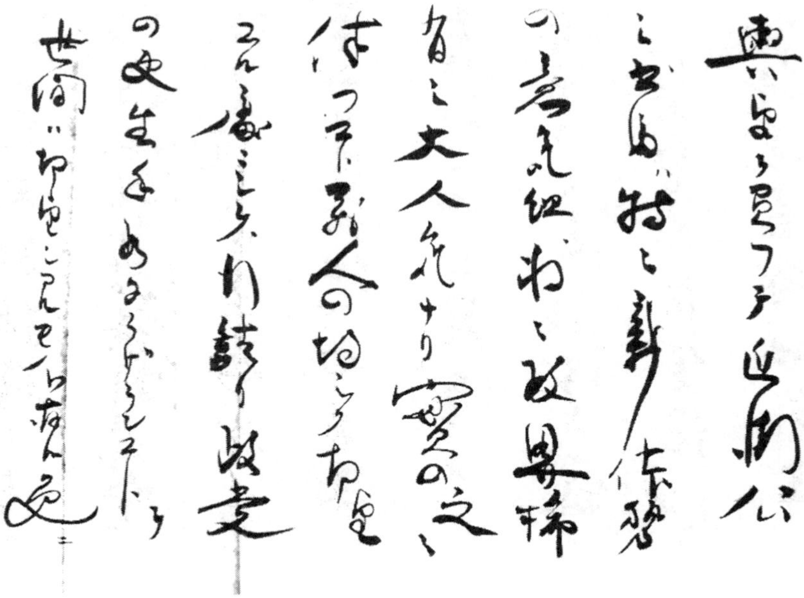

輿望ヲ負フテ近衛公
之出馬ハ特ニ新体勢
の意氣組、将ニ政界稀
有之大人氣ナリ。実の之ニ
伴フコト万人の均シク切望
スル処ニシテ、行詰リ政党
の更生手段タラザランコトヲ
世間ハ切望シアルモノト存候。兎ニ

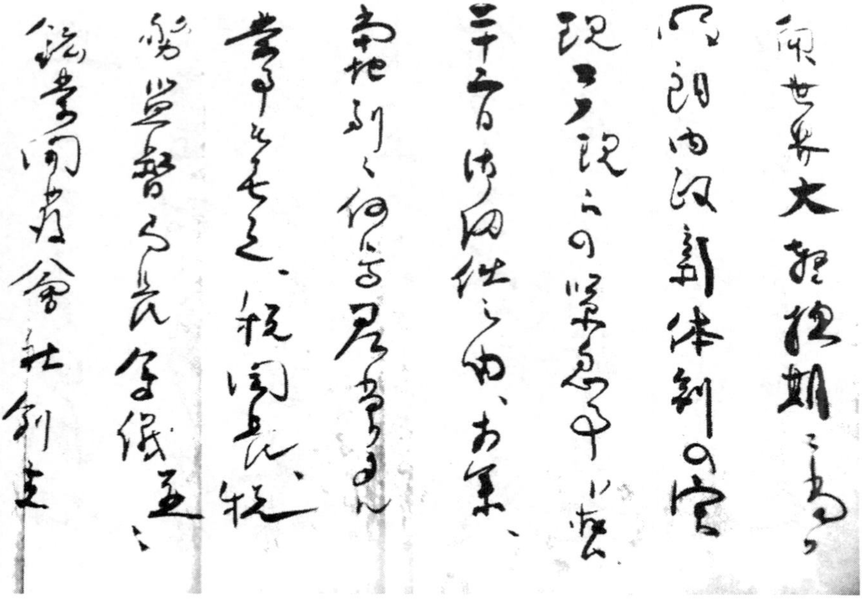

角世界大転換期ニ当リ
明郎内政新体制の実
現ニテ現下ノ緊急事ト存候。
二十二日御帰任之由、拝承、
当地別ニ何等差当リタル
業事* モ無之、税関長、税
務監督局長會議並ニ
鉱業開発會社創立

* 業事(わざごと) 원문 그대로.

403 南次郎 → 大野緑一郎(1940. 7. 17)

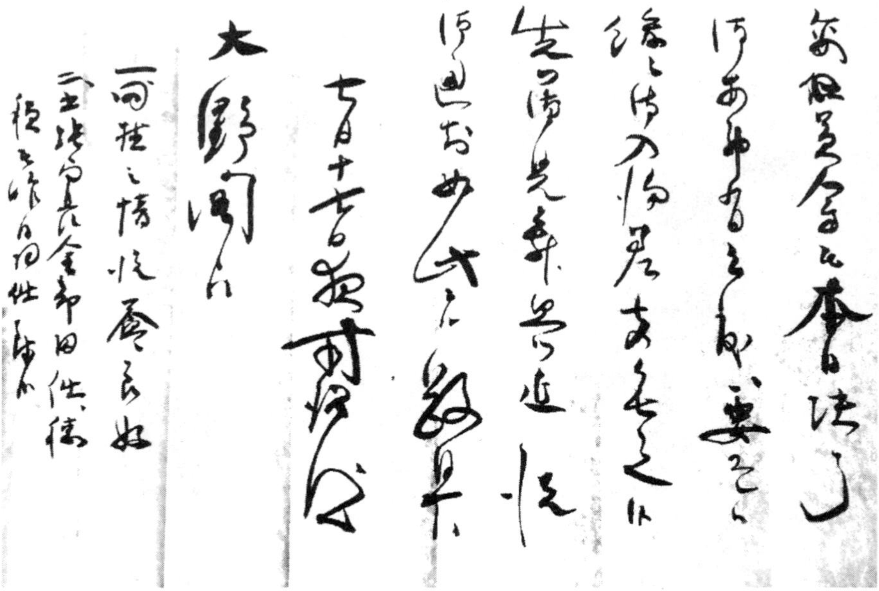

委員會モ本日決了。
御安神有之度、要スレハ
緩々御入湯差支無之候。
先ツ御見舞且ツ近況
御通知如此ニ候。　敬具

七月十七日夜　南次郎

大野閣下

一、田植之情況益々良好
二、出張局長全部帰任、穂
積モ昨日帰任致候

南次郎 → 大野緑一郎(1940. 10. 15)

國會圖書館 番號 81-8

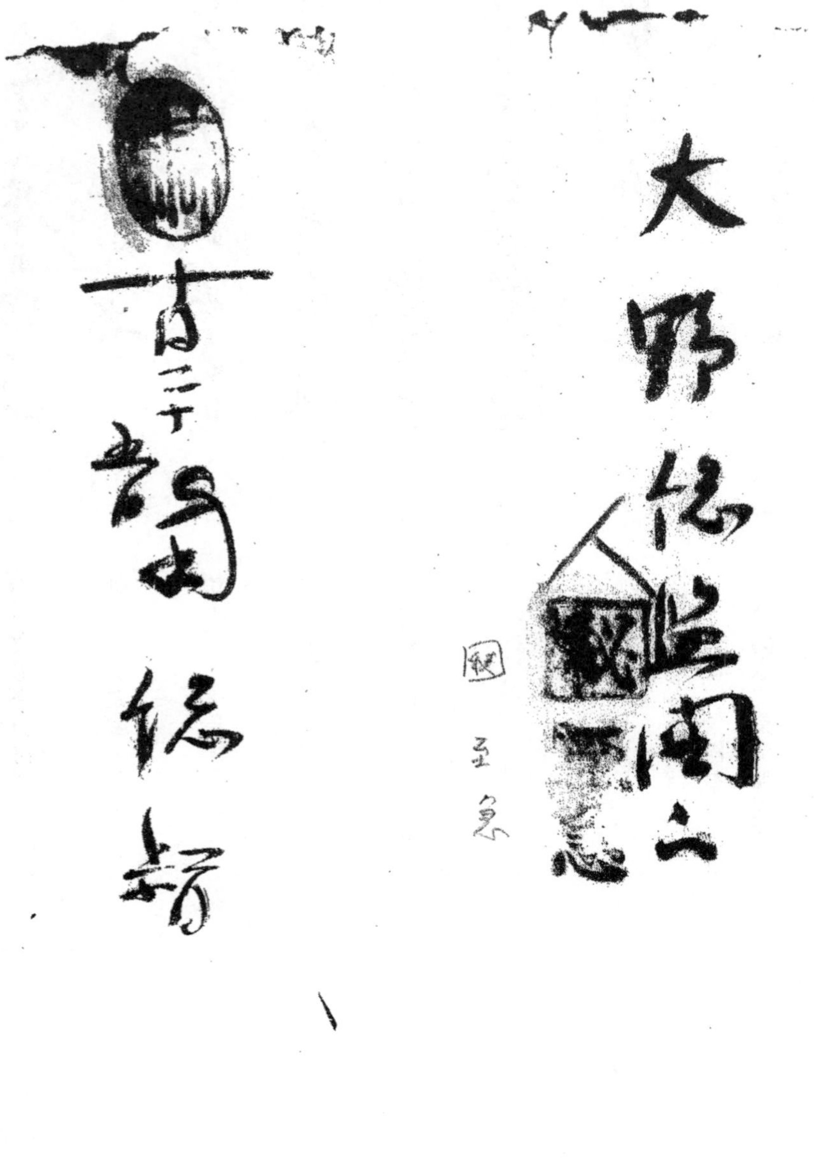

405 南次郎 → 大野緑一郎(1940. 10. 15)

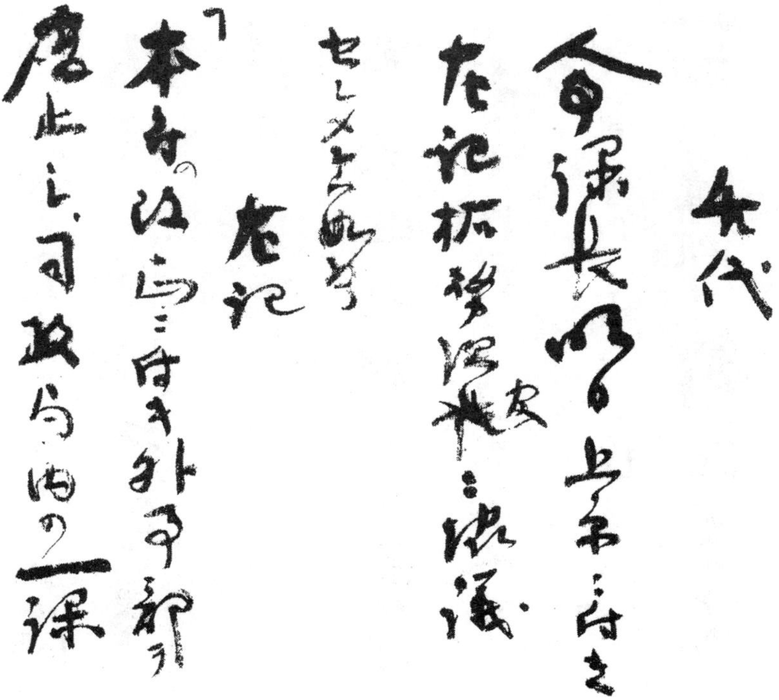

舌代

人事課長明日上京ニ付き
左記拓務次官ニ協議
セシメテハ如何。

左記

「本府の改正ニ付キ外事部ヲ
廃止シ、司政局内の一課

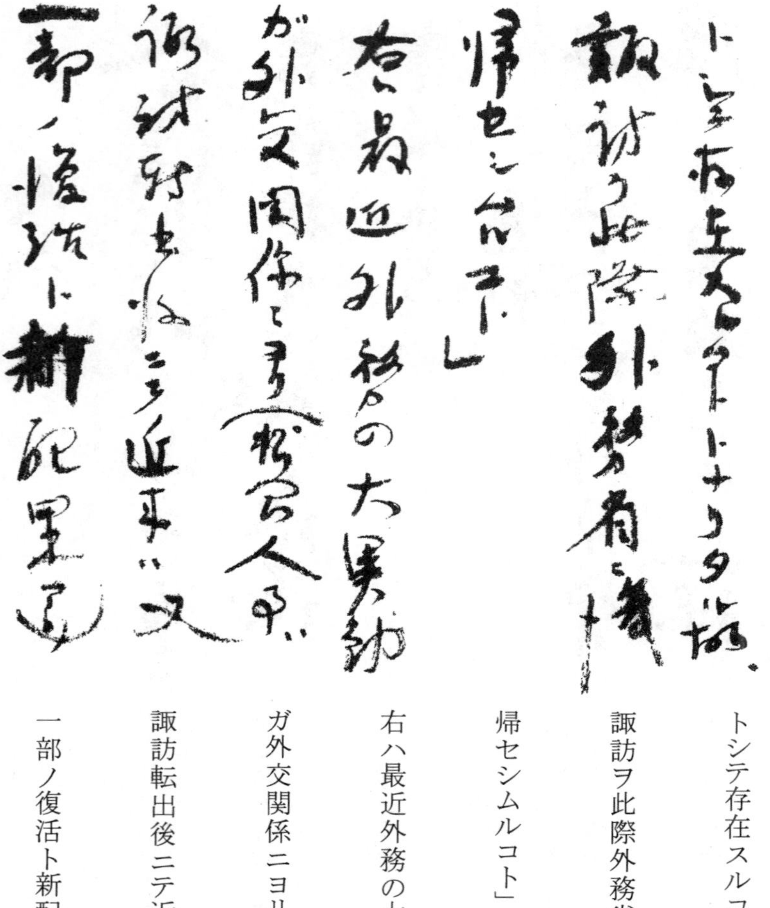

トシテ存在スルコトトナリタル故、
諏訪ヲ此際外務省ニ復
帰セシムルコト」
右ハ最近外務の大異動
ガ外交関係ニヨリ(松岡人事ハ
諏訪転出後ニテ近来ハ又
一部ノ復活ト新配置アリ)

407 南次郎 → 大野緑一郎(1940. 10. 15)

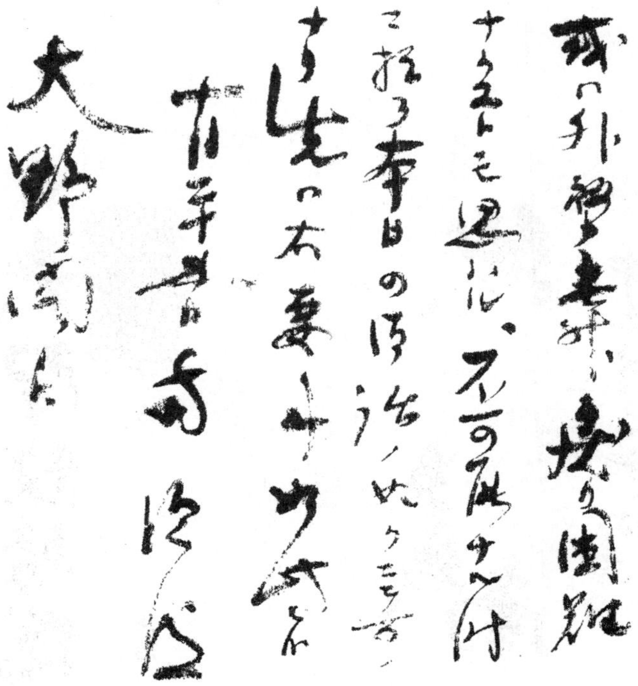

或ハ外務案外戻リ困難
ナラストモ思ハル。不可能ナル時
ニ於テ本日の御話ノ如クニテ可
ナリ。先ハ右要用如此ニ候。
十月二十五日　南次郎
大野閣下

南次郎 ⟶ 大野緑一郎(1940. 12. 20)

國會圖書館 番號 81-9

東京市芝區田村六ノ一
朝鮮總督府東京事務所
大野政務總監 閣下
航空
書留
朝鮮總督府內 650
緘
十二月二十日
京城 南次郎

409 南次郎 → 大野緑一郎(1940. 12. 20)

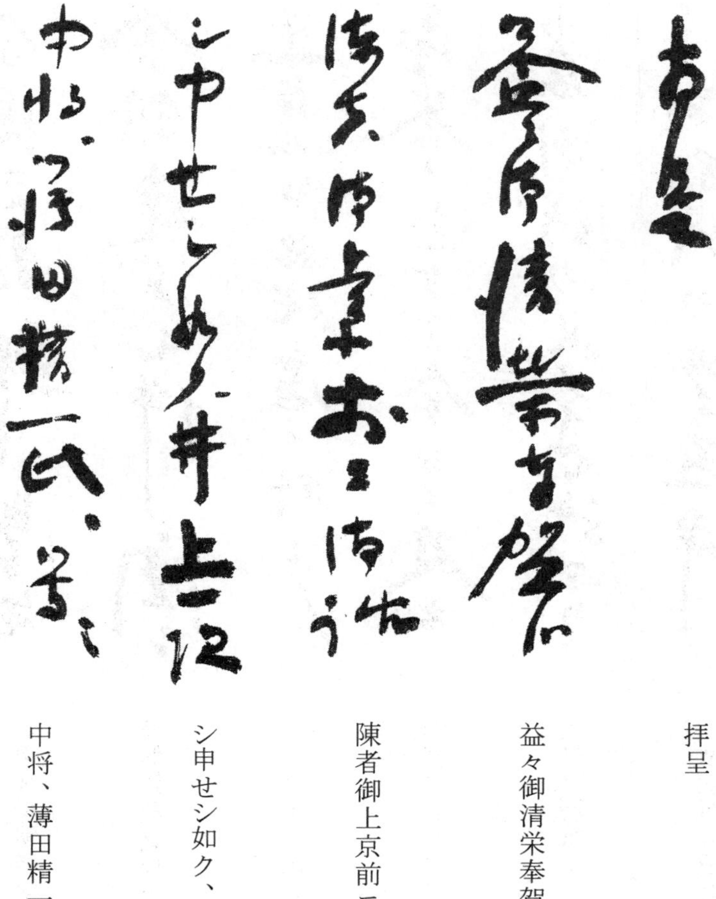

拝呈
益々御清栄奉賀候。
陳者御上京前ニ御話
シ申せシ如ク、井上一次
中将、薄田精一氏、等之

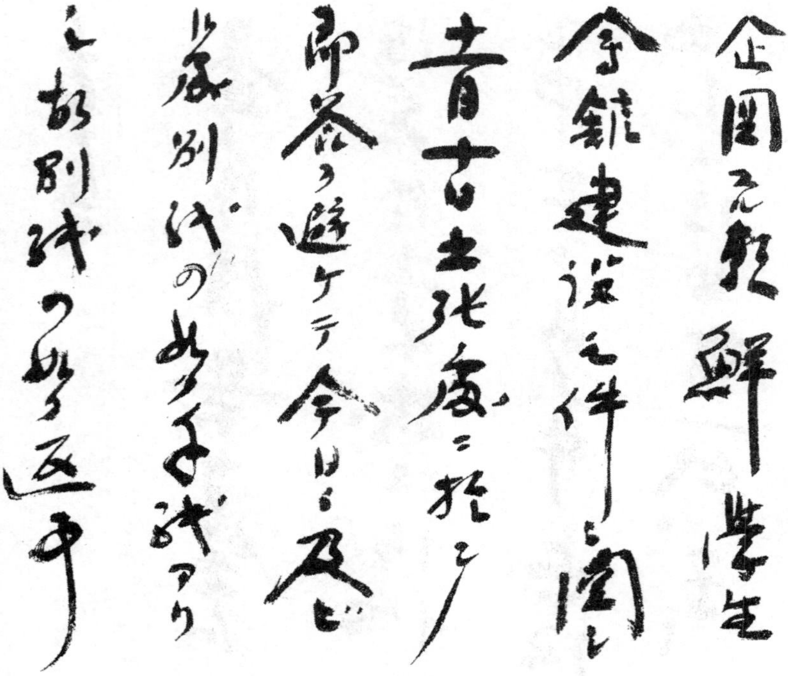

企図スル朝鮮学生
會館建設之件ニ関シ
十一月十日出張処ニ於テ
即答ヲ避ケテ今日ニ及ビ
候処、別紙(1)の如ク手紙アリ
シ故別紙(2)の如ク返事

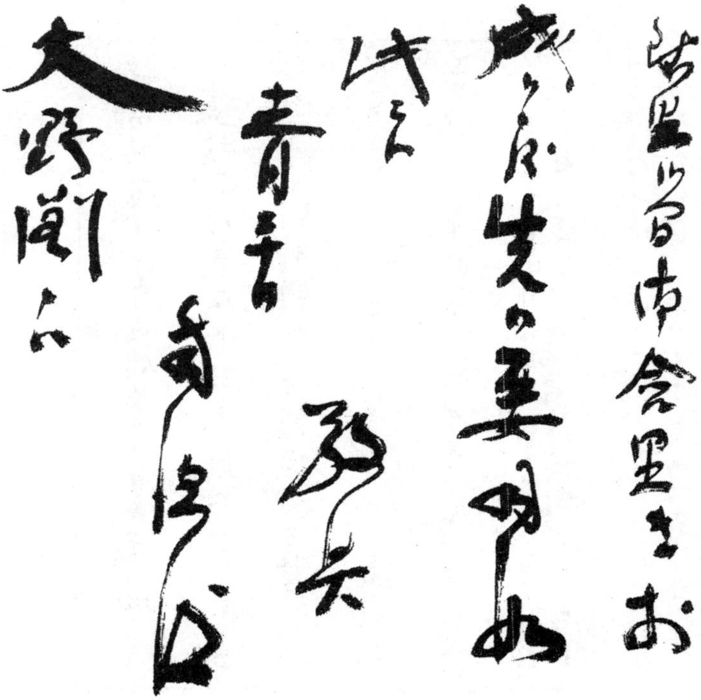

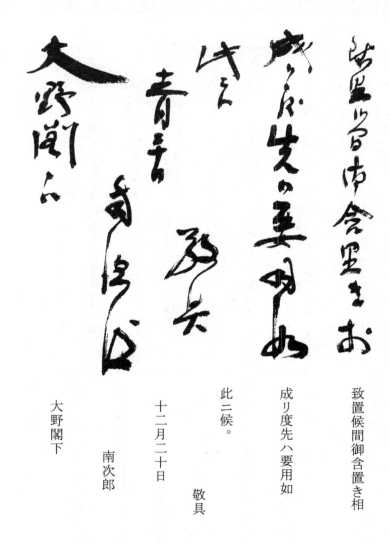

致置候間御含置き相
成リ度先ハ要用如
此ニ候。
敬具
十二月二十日
南次郎
大野閣下

薄田精一 ⟶ 南次郎(1940. 12. 18)

國會圖書館 番號 81-9 別紙

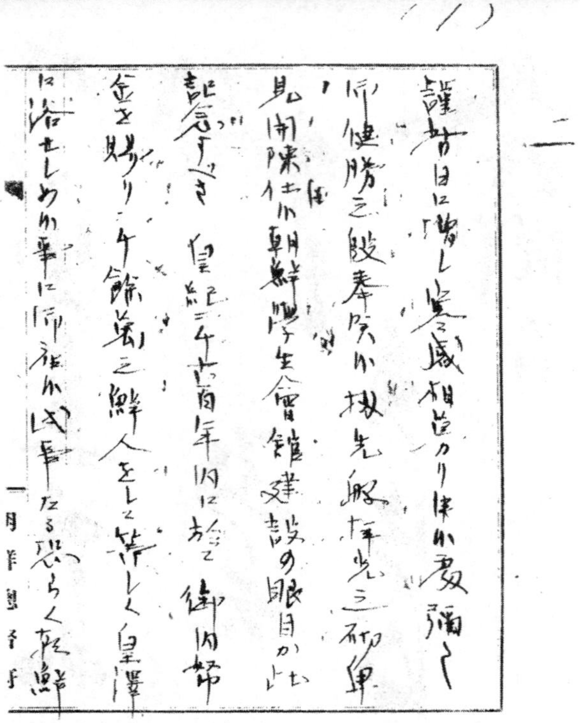

註：別紙(一)

謹啓　日に増し寒威相募り申候処弥々
御健勝之段奉賀候。扨先般拝光之砌、卑
見開陳仕候朝鮮學生會館建設の眼目か此
記念すべき　*皇紀二千六百年内に於て　御内帑
金を賜り、千余萬之鮮人をして等しく皇澤
に浴せしめ候事に御座候。此事たる恐らく朝鮮

* 황기(皇紀), 일왕(天皇) 등을 표시할 경우는 한 글자를 띄어쓰는 것이 관례이다.

413 薄田精一 → 南次郎(1940. 12. 18) 別紙

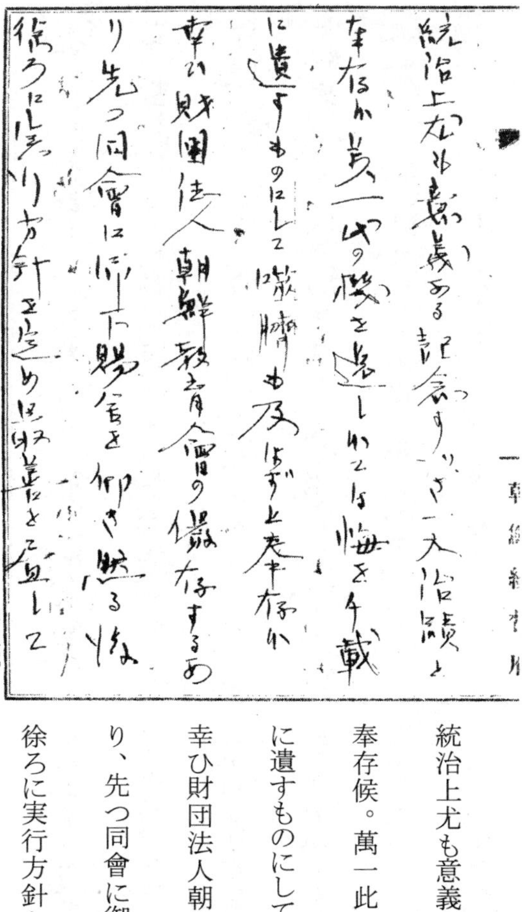

統治上尤も意義ある記念すべき一大治績と
奉存候。萬一此の機を逸し候ては悔を千載
に遺すものにして噬臍も及はずと奉存候。
幸ひ財団法人朝鮮教育會の儼存するあ
り、先つ同會に御下賜金を仰き、然る後
徐ろに実行方針を定め、最善を盡して

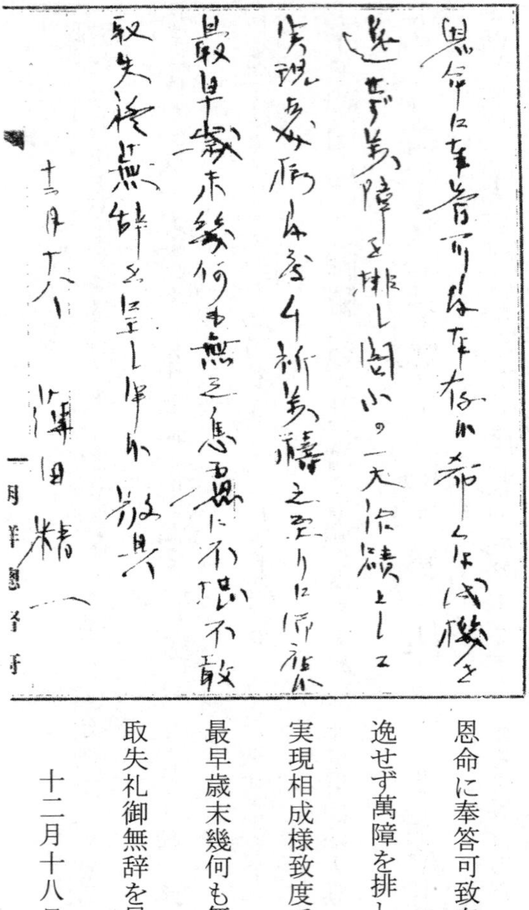

恩命に奉答可致奉存候。希くは此機を
逸せず萬障を排し閣下の一大治績として
実現相成様致度千祈万禱之至りに御座候。
最早歳末幾何も無之焦慮に不堪、不敢
取失礼御無辞を呈し申候。敬具

十二月十八日　薄田精一

415 薄田精一 → 南次郎(1940. 12. 18) 別紙

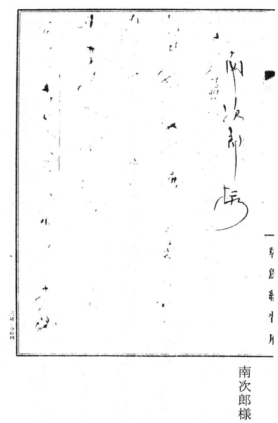

南次郎様

南次郎 ⟶ 薄田精一(1940. 12. 20)

國會圖書館 番號 81-9 別紙

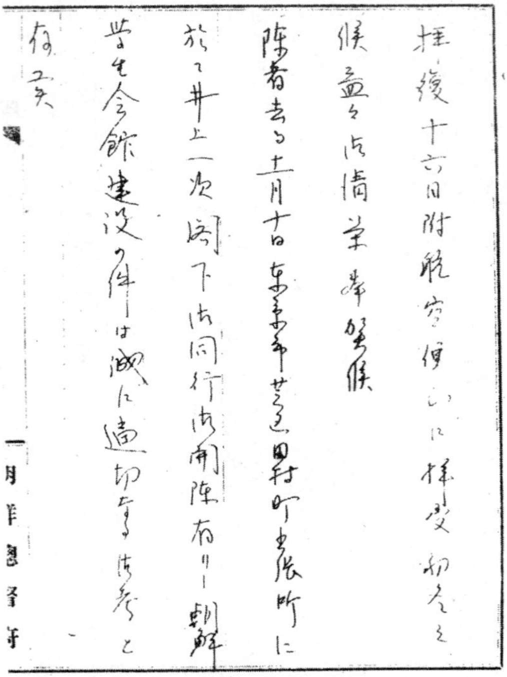

別紙(二)

拝復　十六日附航空便正に拝受、初冬之
候益々御清栄奉賀候。
陳者去る十一月十日東京市芝区田村町出張所に
於て井上一次閣下御同行御開陳有りし朝鮮
学生會館建設の件は誠に適切なる御考と
存候。

417 南次郎 → 薄田精一(1940. 12. 20) 別紙

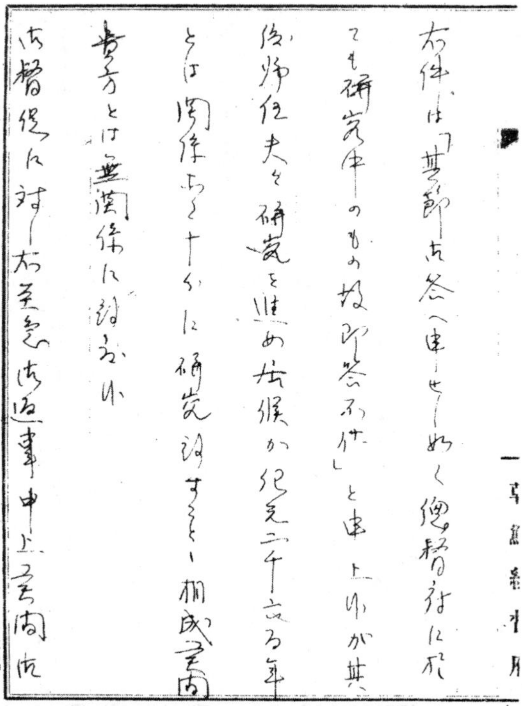

右件は「其節御答へ申せし如く総督府に於ても研究中のもの故即答不仕」と申上候が、其後御帰任夫々研究を進め居候か紀元二千六百年とは関係なく十分に研究致すことゝ相成候間貴方とは無関係に致度候。

御督促に対し右至急御返事申上候間御

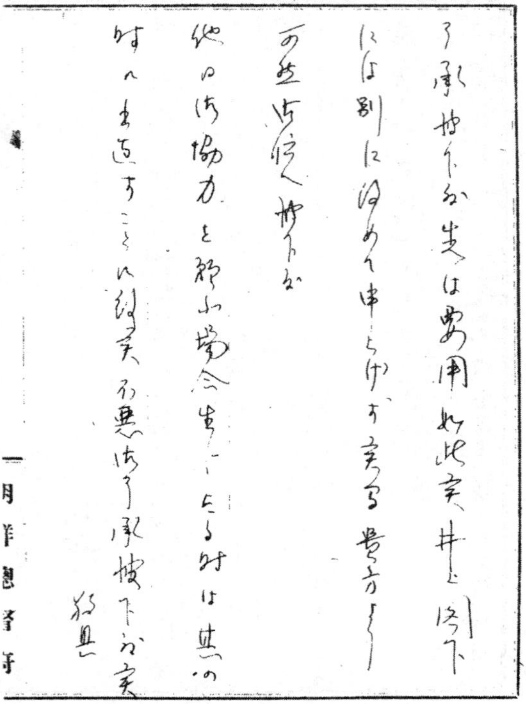

了承被下度、先は要用如此候。井上閣下
には別に改めて申上げず候間貴方より
可然御伝へ被下度。
他日御協力を願ふ場合生じたる時は其の
時に出直すことに致候。不悪御了承被下度候。

敬具

419 南次郎 → 薄田精一(1940. 12. 20) 別紙

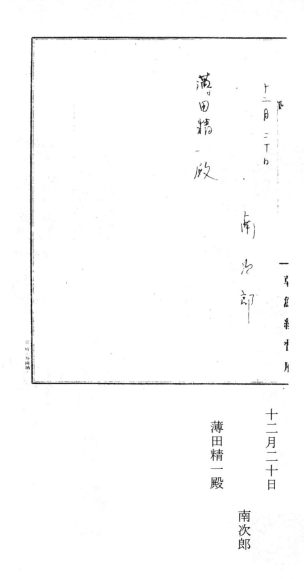

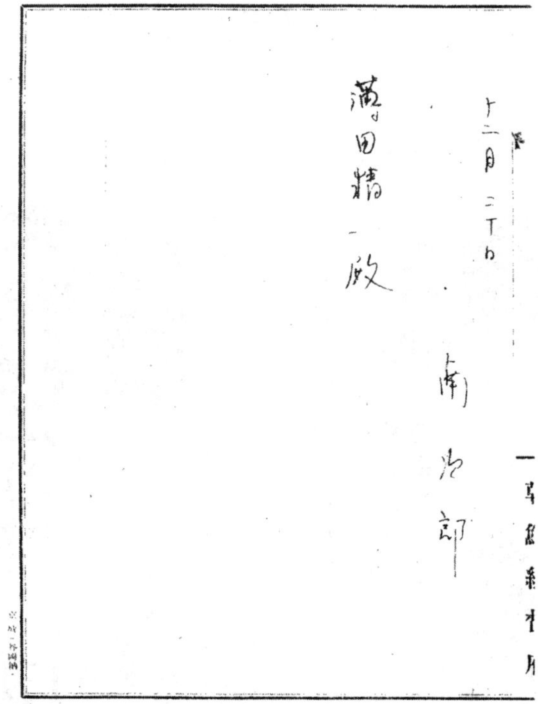

十二月二十日

南次郎

薄田精一殿

南次郎 → 大野緑一郎(1940. 12. 29)

國會圖書館 番號 81-21

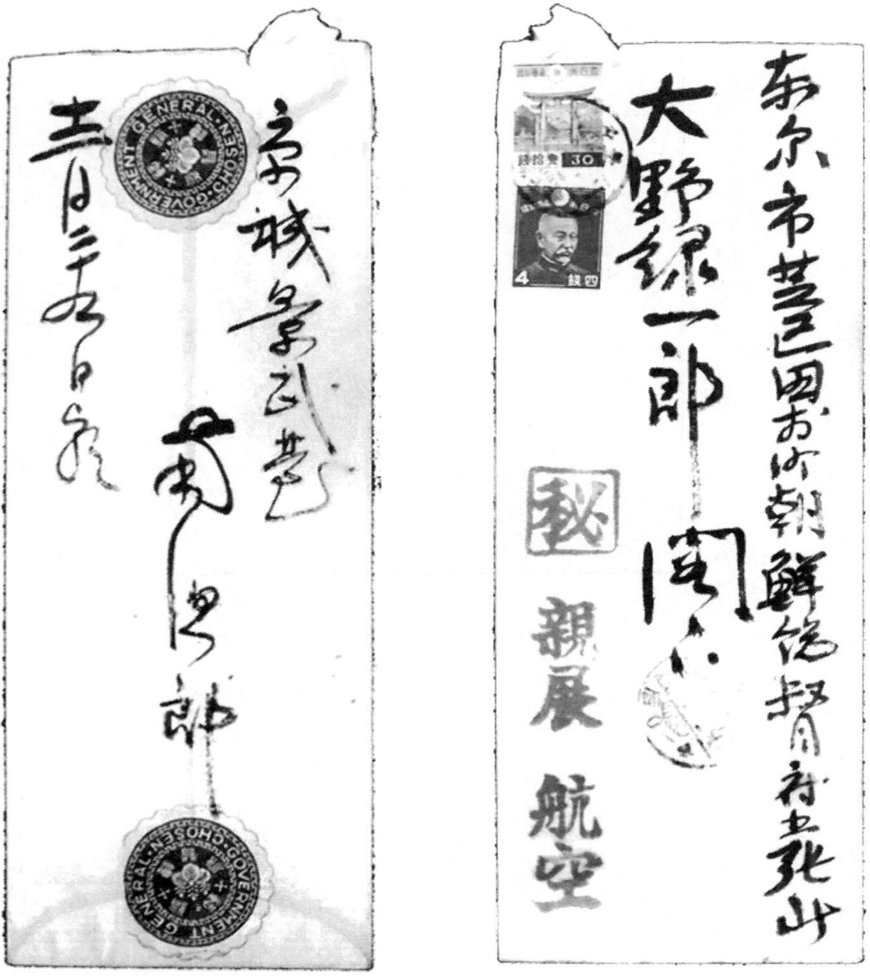

421 南次郎 → 大野緑一郎(1940. 12. 29)

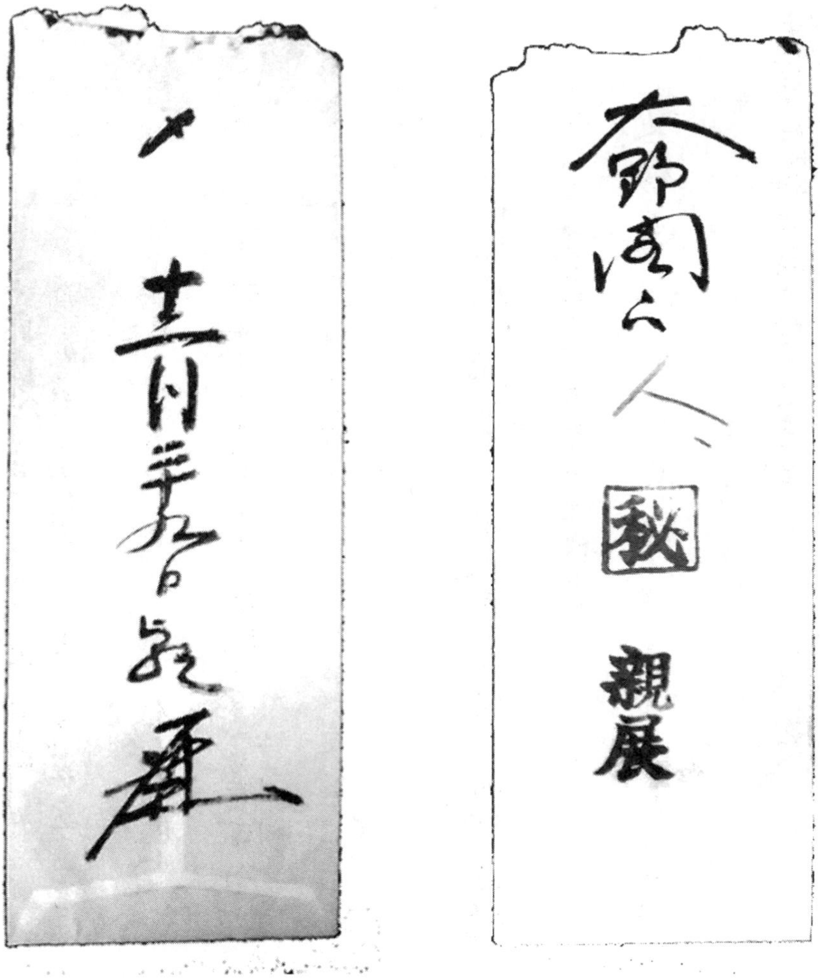

大野閣下　　二十九日夜　南次郎

御来示日頃御多用高配之際特ニ昨夕御

面倒ヲ掛ケ、実ハ未民心ニ安定ヲ缺シ、御手配給ヘ先ヅ

内鮮之間ト金融無比ナク、アナタハ、本精ヲ及ハ今年内

ハ之ヲ、御苦労ナガラ御存之趣

左記試ミラレ度、

一、軍隊内相談役ノ機会ニ於テ人ヲ交流ノ実験、結婚

ノ関係上先ツ婚姻ヲ局長ヲ任命トス

二、鮮人勅選ノ件ハ適平者ニ了解アル人ヲ比較的若

如何、

先着実ノ件不発表守リ返シ度、

敬具

423 南次郎 → 大野緑一郎(1940. 12. 29)

大野閣下　二十九日朝　南次郎

拝呈　連日御多用万察致居リ候。昨日ヲ以テ御用納メ、歳末民心モ安定致シ、物品配給モ先ヅ円滑ニ向ヒ金融亦ドーナリ、コーナリ、末梢ニ及ビ候間年内ハ無事、御安神有之度候。

左記試ミラレ度。

一、平沼内相*就任ノ機會ニ於テ人事交流ノ交渉、諸種ノ関係上先ツ汐原局長ヲ候補トス。

二、鮮人勅選ノ件ハ当事者ニ了解アリト信シ居リ候ガ、其後如何。

先ハ右要用如此ニ候。善き年ヲ迎ラレ度。　敬具

---

* 히라누마 기이치로(平沼騏一郎) 대신 취임시기.

南次郎 ⟶ 大野緑一郎(1941. 1. 27)

國會圖書館 番號 81–28

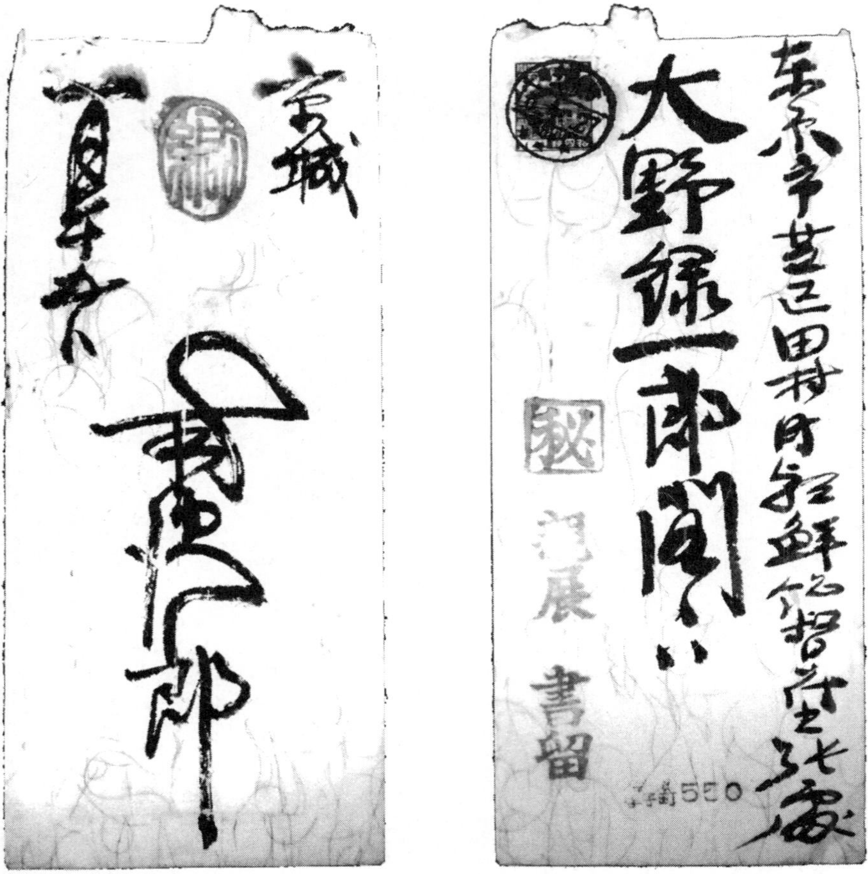

425 南次郎 → 大野緑一郎(1941. 1. 27)

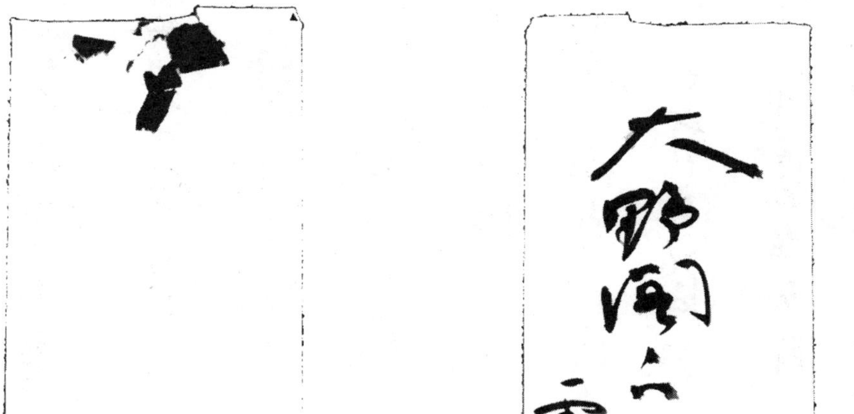

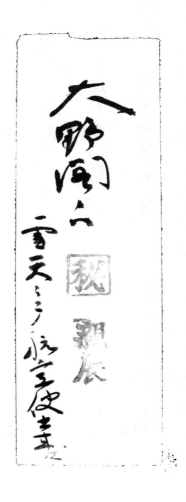

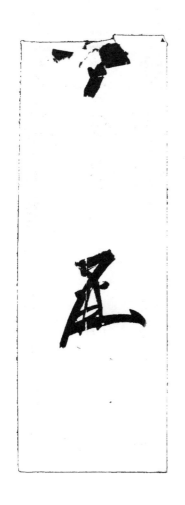

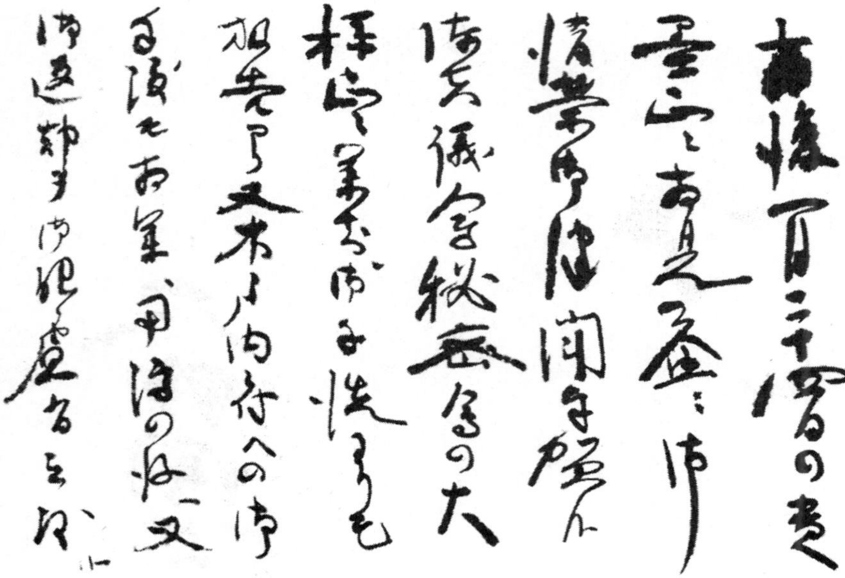

拝復　一月二十四日の貴
墨正ニ拝見益々御
清榮御健闘奉賀候。
陳者議會秘密會の大
様正ニ承知、御手洗ヨリモ
報告アリ又木戸内府への御
手紙モ拝承、用済の後、又
御返却ヲ御配慮有之度候。

427 南次郎 → 大野緑一郎(1941. 1. 27)

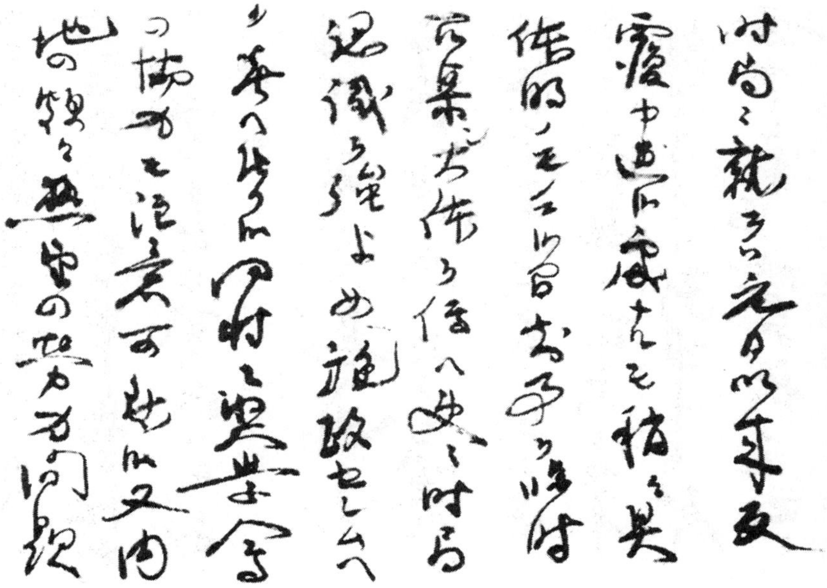

時局ニ就テハ先日以来反
覆申述候処ナルモ稍々具
体的ノモノニ候間知事ヲ臨時
召集シ大体ヲ伝へ更ニ時局
認識ヲ強よめ施政セシムへ
ク考へ居リ候。同時ニ奨学會
の協力モ注意可然候又内
地の頻々熱望の労力問題

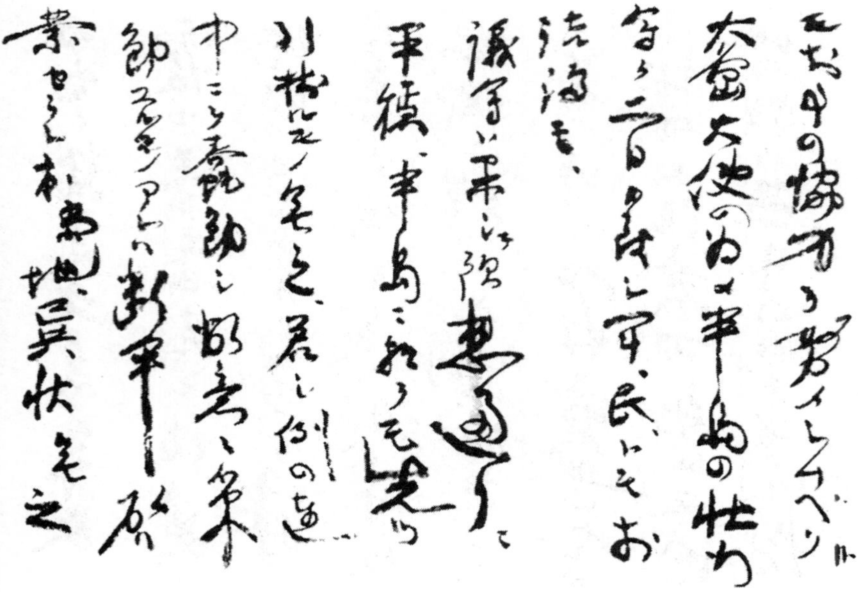

モ知事の協力ヲ努メシムベク候。
大島大使の為メ半島の壮行
會ヲ二日ト致シ軍、民、トモ相
談済ニ候。
議會ハ果シテ豫想通リニ
平穏、半島ニ就テモ先ツ
引掛ルモノ無之、若シ例の連
中ニテ蠢動シ故意ニ策
動スルモノアレハ断平啓
蒙セラレ度、当地ハ異状無之

429 南次郎 → 大野緑一郎(1941. 1. 27)

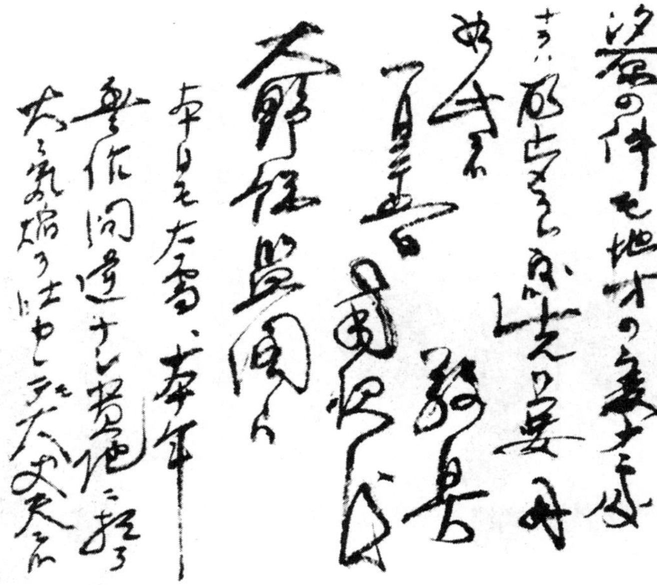

汐原の件モ地方の変ナ處
ナラハ取止メラレ度候。先ハ要用
如此ニ候。　　敬具
一月二十五日　　南次郎
大野総監閣下

本日モ大雪、本年
豊作間違ナシ、貴地ニ於テ
大ニ氣焔ヲ吐カレテモ大丈夫ニ候。

南次郎 → 大野緑一郎(1941. 2. 6)

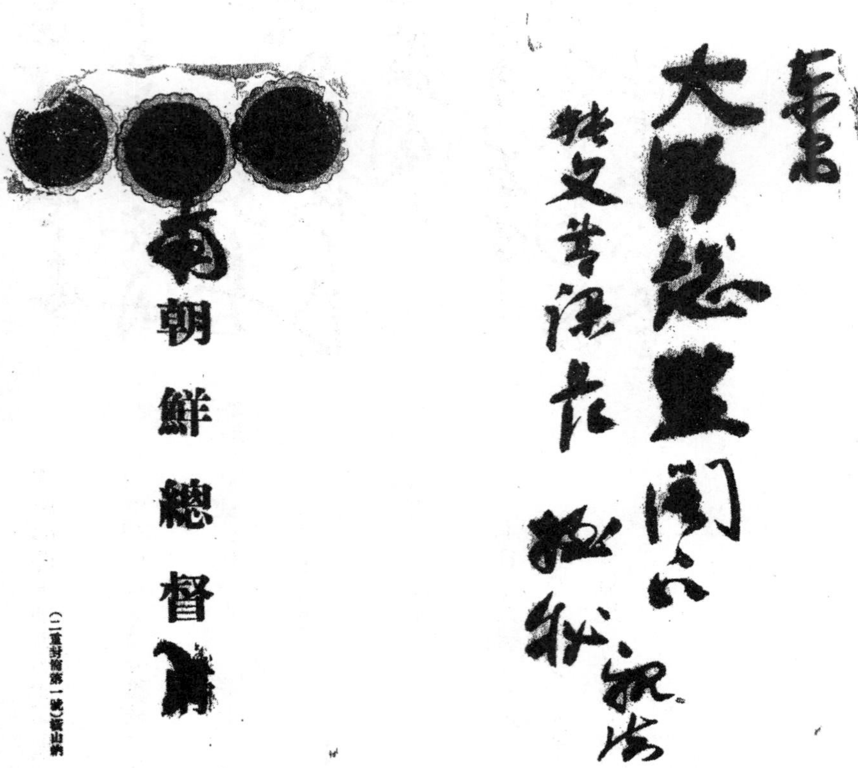

431 南次郎 → 大野緑一郎(1941. 2. 6)

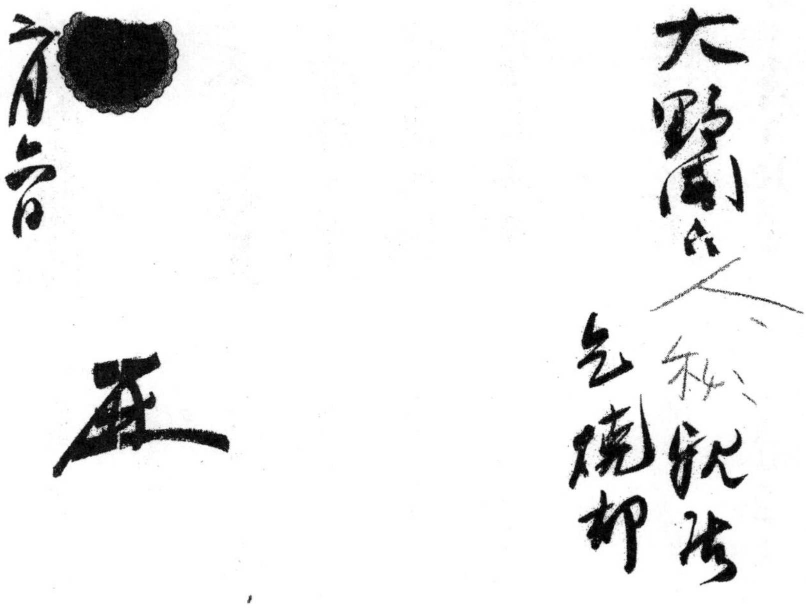

* 소각하라고 지시。

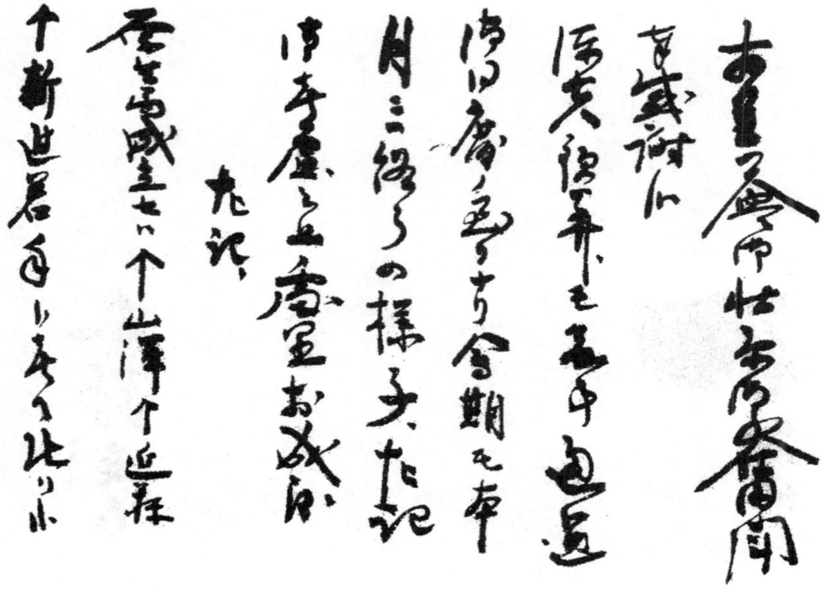

拝呈　益々御壮栄御奮闘
奉感謝候。
陳者豫算モ無事通過
御同慶ノ至リナリ。會期モ本
月ニハ終了の様子、左記
御考慮之上処置相成度。

左記

厚生局成立セハ↑山澤↑近藤
↑新進若手ト考へ居リ候。

433 南次郎 → 大野緑一郎(1941. 2. 6)

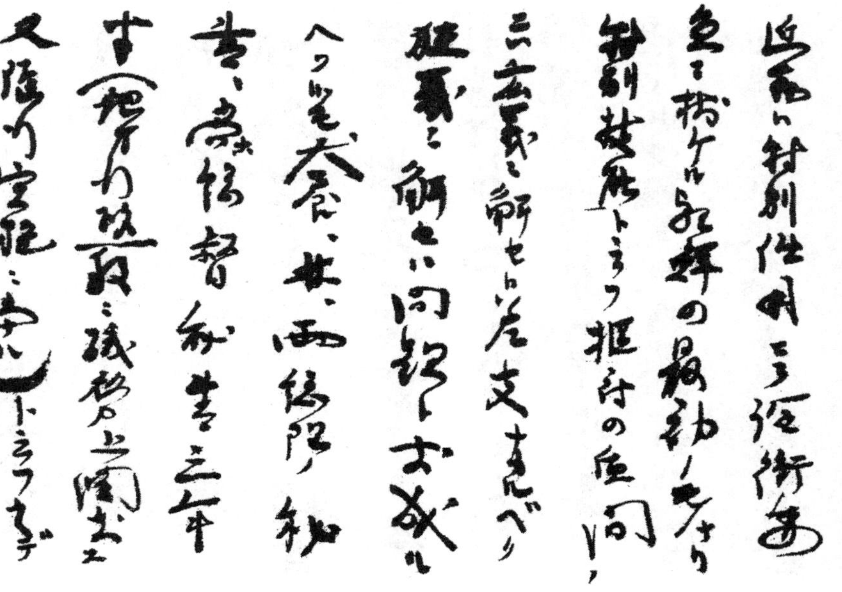

近藤ハ特別任用ニテ詮衡委
員ニ於ケル朝鮮の最初ノモノナリ。
「特別技能」ト云フ枢府の質問
ニハ広義ニ解セハ差支ナカルベク
狭義ニ解セハ問題ト相成ル
ヘク候モ、犬養、林、両総理ノ秘
書、尚ホ総督秘書三年
半(地方行政一般ニ職務上関知ス。
又随行実施ニ当ル)ト云フ之デ

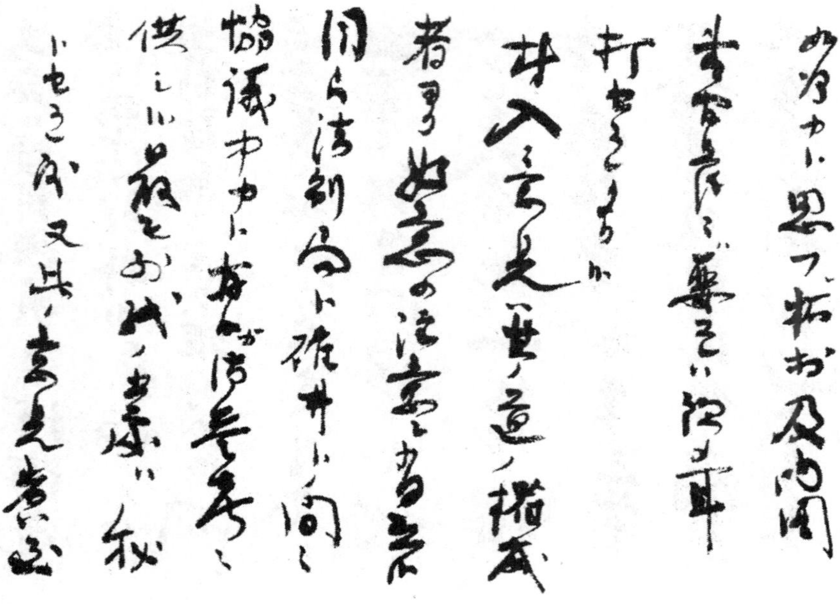

如何カト思フ。拓相及内閣
書[記]官長ニハ要スレハ豫メ耳
打セラレタク候。
封入意見ハ其ノ道ノ権威
者ヨリ好為の注意ニ有之候。
目下法制局ト碓井トノ間ニ
協議中カト存候ガ御参考ニ
供シ候。最モ別紙ノ出処ハ秘
トセラレ度、又此ノ意見者ハ至

435 南次郎 → 大野緑一郎(1941. 2. 6)

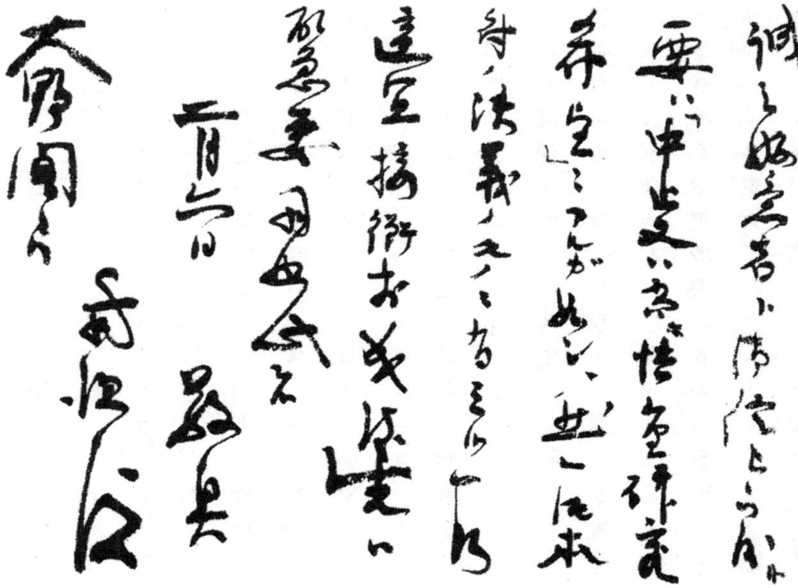

誠之好意者ト御信被下度候。
要ハ「中止又ハ尚ホ慎重研究
希望」ニアルガ如シ。然レトモ本
府ノ決義ノモノニ有之候、一段
適宜接衡相成度。先ハ
取急要用如此ニ候。

二月六日　敬具

南次郎

大野閣下

（昭一六・一・一八）

近時國際ノ狀勢愈緊迫ヲ加ヘ、之ニ應ジテ高度國防國家建設ノ爲、生産各部門ニ於テ其ノ全能力ヲ發揮スベキモノナルコト論ヲ俟タズ、然ルニ言フハ易ク行フハ難キ譬ニ洩レズ、從來ノ狀態ニ馴レタル處ヨリ俄ニ体制ヲ新ニシテ此ノ非常ノ要請ニ應ズルガ如キ果斷ノ構ヘヲナスコトハ一般ニハ望ミ難ク、口ニハ刷新ヲ唱ヘ乍ラ舊態依然タルモノヲ多ク見受クル所ナリ、斯カル際ニコソ果斷ノ處置ニ依リ特別ノ方策ヲ講ジ各種ノ施設ニ於テ万遺漏無キヲ期スベキナリ、而シテ近時ノ生産ハソノ規模ヲ大ニシソノ生産能率ノ向上ヲ圖ルコトヲ專念スベキガ故ニ生産ノ設備ニ於テハソノ機構極メテ大ニシテ且ソノ設備ノ運行ノ複雑微妙ナルコトハ特ニソノ專門的知識並ニ技術ヲ必要トスル所以ナリ

然ルニ最近ニ於ケル諸種ノ施設ニ於テ往々豫想ノ結果ヲ得ラレザルハ事ニ當ル者ニ於テ實情ヲ深ク了察シテ思ヒヲ潛ムルコトヲ爲サズ、唯着想ノ大ナルヲ以テ直ニ事ノ成就スルガ如ク思惟スル思慮上ノ飛躍ニ依ルナリ、例ヘバ生産力擴充計畫ニ於ケル實現ノ上ニ一大齟齬ヲ生ジツヽアルコトモ亦依ツテ來ル原因ノ存スルナリ、此ノ點ニ於テ專門家ノ意見ハ更ニ十分ナル敬意ト眞摯ナル態度ヲ以テ傾聽サルベキコトヲ痛感スルモノナリ

437 미상 → 미상(1941. 1. 18) 別紙

(昭一六・一・一八)

近時國際ノ狀勢愈緊迫ヲ加ヘ、之ニ應ジテ高度國防國家建設ノ為、生産各部門ニ於テ其ノ全能力ヲ發揮スベキモノナルコト論ヲ俟タズ。然ルニ言フハ易ク行フハ難キ譬ニ洩レズ、従来ノ狀態ニ馴レタル処ヨリ俄ニ体制ヲ新ニシテ此ノ非常ノ要請ニ應ズルガ如キ果断ノ構ヘヲナスコトハ一般ニハ望ミ難ク、ロニハ刷新ヲ唱ヘ乍ラ旧態依然タルモノヲ多ク見受クル所ナリ。斯カル際ニコソ果断ノ処置ニ依リ特別ノ方策ヲ講ジ各種ノ施設ニ於テ万遺漏無キヲ期スベキナリ。而シテ近時ノ生産ハソノ規模ヲ大ニシソノ生産能率ノ向上ヲ図ルコトヲ専念スベキガ故ニ生産ノ設備ニ於テハソノ構想極メテ大ニシテ且ソノ設備ノ運行ノ複雑微妙ナルコトハ特ニソノ専門的知識並ニ技術ヲ必要トスル所以ナリ。

然ルニ最近ニ於ケル諸種ノ施設ニ於テ往々豫想ノ結果ヲ得ラレザルハ事ニ当ル者ニ於テ実情ヲ深ク了察シテ思ヒヲ潜ムルコトヲ為サズ、唯着想ノ大ナルヲ以テ直ニ事ノ成就スルガ如ク思惟スル思慮上ノ飛躍ニ依ルナリ。例ヘバ生産力拡充計画ニ於ケル実現ノ上ニ一大齟齬ヲ生ジツヽアルコトモ亦依ツテ来ル原因ノ存スルナリ、此ノ点ニ於テ専門家ノ意見ハ更ニ十分ナル敬意ト真摯ナル態度ヲ以テ傾聴サルベキコトヲ痛感スルモノナリ。

(주) 편지지 상단에 秘라고 쓰여있음.

電力ガ各種ノ產業ト密接不可分ノ關係ニアルコトガ最近ニ於テ深ク世上一般ノ認識スル所トナリ、電力無クシテハ總テノ產業ハソノ興隆ヲ期待スルコトヲ得ズ、電力ノ生產ニ對スル地位ハ宛モ鐵、石炭ノ他ノ產業ニ對スルト同等ニシテ物動計畫ニ於テハ電力ニ重點ヲ置クベキモノナリト認メラル、ニ至レリ、從テ電力ヲ優先的ニ大規模ニ開發シソノ價格ニ於テ可及的低廉ナラシメントスル政策ガ最モ强ク堅持セラルベキハ明カナリ、萬一ソノ政策ニ於テ當ヲ得ザランカ、電力ヲ豐富ナラシメントシテ企畫セルコトガ却テ反對ノ結果ヲ招來スルコトナキヲ保シ難シ

ソノ反對ノ事象ヲ惹起スベキ一因トシテ慮レラル、モノニハ、電力ノ取扱ニ於テハ極メテ特殊ナル技術ヲ必要トシ、若シ之ヲ輕視シテ他ノ生產ト何等異ナルトコロ無カルベシトノ極メテ通俗的ナル考慮ノ下ニ事ヲ舉ラントスル點ニアリ

抑々電力ハ動力ノ大宗トシテ現下動力エネルギー經濟ノ大部分ヲ占ムルノミナラズ、光又ハ熱或ハ化學變化ヲナサシムルモノトシテアラユル用途ノ間ニ於テモ融通無礙ナル極メテ重要ナル特質ヲ有ス、電力エネルギーノ發生、送達、分配、消費ハソノ時間的並ニ場所的ニ於テ如何ナル用途ニ對スルモノタルヲ問ハズ、之等ヲ綜合スルコトニ依リテソノ能率ヲ發揮スルコ

電力ガ各種ノ産業ト密接不可分ノ関係ニアルコトガ最近ニ於テ深ク世上一般ノ認識スル所トナリ、電力無クシテハ総テノ産業ハソノ興隆ヲ期待スルコトヲ得ズ、電力ノ生産ニ對スル地位ハ宛モ鐵、石炭ノ他ノ産業ニ對スルト同等ニシテ物動計画ニ於テハ電力ニ重点ヲ置クベキモノナリト認メラルヽニ至レリ、従テ電力ヲ優先的ニ大規模ニ開発シソノ価格ニ於テ可及的低廉ナラシメントスル政策ガ最モ強ク堅持セラルベキハ明カナリ。万一ソノ政策ニ於テ當ヲ得ザランカ、電力ヲ豊富ナラシメントシテ企画セルコトガ却テ反對ノ結果ヲ招来スルコトナキヲ保シ難シ。

ソノ反對ノ事象ヲ惹起スベキ一因トシテ虞レラルヽモノニハ、電力ノ取扱ニ於テハ極メテ特殊ナル技術ヲ必要トシ、若シ之ヲ輕視シテ他ノ生産ト何等異ナルトコロ無カルベシトノ極メテ通俗的ナル考慮ノ下ニ事ヲ誤ラントスル点ニアリ。

抑々電力ハ動力ノ大宗トシテ現下動力エネルギー經済ノ大部分ヲ占ムルノミナラズ、光又ハ熱或ハ化学変化ヲナサシムルモノトシテアラユル用途ノ間ニ於テモ融通無礙ナル極メテ重要ナル特質ヲ有ス、電力エネルギーノ発生、送達、分配、消費ハソノ時間的並ニ場所的ニ於テ如何ナル用途ニ對スルモノタルヲ問ハズ、之等ヲ綜合スルコトニ依リテソノ能率ヲ発揮スルコ

---

* 설명: 전력과 철 · 석탄에 빨간선으로 밑줄이 그어져 있다. 주요사안 강조의 표시(필자).

トヲ得ルモノニシテ、電力ノ發生タルヤ電力事業ノ一部門ニ過ギズ、而モソノ生産ハ性質上一般ノ生産ト著シクソノ趣ヲ異ニスルモノナリ、之ヲシモ、一般生産ニ附隨スベキモノナリト考フルコトニ依リ恰モ多クノ化學工場ニ於ケル自家發電ノ如キ立場ニ之ヲ置カントスルモノニシテ、斯クテハ・小部門ニ局限セラレ、電力ノ地位極メテ微弱トナリテ將來ノ發展ハ到底期待スベカラザルニ至ルベシ

電力ハソノ所要量ヲ發生スルコトヨリモソノ綜合的技術的經營ニ於テ最モソノ特長ト妙味トヲ發揮スルヲ要スルモノナリ、ソノ綜合ヲナスモノハ之ヲ電力ノ發達及配分即チ發電及配衛ノ部門ニ於テ行フモノニシテ、此ノ點ハ他ノ生産ニ於テハ全然缺如スル所ナリ

若シ斯クノ如キコトヲモ生産部門ニ於テナス要アリト敢ヘテ言フ者アラバ、恰モ生産ニ於テ必要トスル原料ヲ取得スルタメニ原料運送ノ鐵道又ハ他ノ運輸ノ事業ヲモソノ生産部門ニ於テ行ハントスルニ等シク、ソノ意見ノ當ラザルコトハ一見明カナリ

電力ハ之ニ關スル技術ノ分野極メテ廣キコトガ未ダ世人ノ十分ナル認識ヲ得ラレザル所ナルガ、技術ヲ無視シテ電力ノ發達ハ望ムベカラズ、然ルニ電力ヲ強ヒテ生産部門ノミニ關聯セシムルトキハソノ條件ノ元ニ安ンジテ

441 미상 → 미상(1941. 1. 18) 別紙

トヲ得ルモノニシテ、電力ノ発生タルヤ電力事業ノ一部門ニ過ギズ、而モソノ生産ハ性質上一般ノ生産ト著シクソノ趣ヲ異ニスルモノナリ、之ヲシ[テ]モ、一般生産ニ附随スベキモノナリト考フルコトニ依リ恰モ多クノ化学工場ニ於ケル自家発電ノ如キ立場ニ之ヲ置カントスルモノニシテ、斯クテハ一小部門ニ局限セラレ、電力ノ地位極メテ微弱トナリテ将来ノ発展ハ到底期待スベカラザルニ至ルベシ。

電力ハソノ所要量ヲ発生スルコトヨリモソノ綜合的技術的經営ニ於テ最モソノ特長ト妙味トヲ発揮スルヲ要スルモノナリ、ソノ綜合ヲナスモノハ之ヲ電力ノ送達及配分即チ送電及配電*ノ部門ニ於テ行フモノニシテ、此ノ点ハ他ノ生産ニ於テハ全然缺如スル所ナリ。

若シ斯クノ如キコトヲモ生産部門ニ於テナス要アリト敢ヘテ言フ者アラバ、恰モ生産ニ於テ必要トスル原料ヲ取得スルタメニ原料運送ノ鉄道又ハ他ノ運輸ノ事業ヲモソノ生産部門ニ於テ行ハントスルニ等シク、ソノ意見ノ當ラザルコトハ一見明カナリ。

電力ハ之ニ関スル技術ノ分野極メテ廣キコトガ未ダ世人ノ十分ナル認識ヲ得ラレザル所ナルガ、技術ヲ無視シテ電力ノ発達ハ望ムベカラズ、然ルニ電力ヲ強ヒテ生産部門ノミニ関聯セシムルトキハソノ條件ノ元ニ安ンジテ

* 송전과 배전에 밑줄이 그어져 있다. 이하 이 편지에 그어진 밑줄은 붉은색으로 주요사안 강조의 표시이다(필자).

働クガ如キ技術者ハ得ラレザルベシ
之ハ各種工場ニ於ケル電力事務擔當技術者ノ狀況ヲ見レバ明カニシテ、學窓ヲ離レントスル有爲少壯ノ技術者ヲ工場ノ發電其他ノ電力關係ニ招聘セントスルモ殆ンド之ヲ留ル者ナキ實情ナルニ依リテモ此ノ事實ハ裏書セラル、モノナリ

滿洲國ニ於テハ建國當時內地ノ商工省關係者ガ逸早ク同國經濟關係ノ官制ヲ整備シ、日本內地ニ於ケル電力行政制度ニ缺陷アリトシ、鑛工部門ニ電力擔當課ヲ分屬セシメタル結果ソノ官廳側ノ新銳ナル施設トシテハ見ルベキモノナク、全體的ノ經營ヲ行フ滿洲電業會社ニ於テ專ラ之ヲ行フガ如キ狀態ナリ

今日此ノ際斯業ガ將來ニ於テ進ムベキ方向ニ有力ナル示唆ヲ與フルモノハ國家的見地ヨリスル官廳ナルベキコトハ論無ク、ソノ官廳ガ先ヅ技術ニ根底ヲ置ク雄大ナル方策ヲ包持シテ事業者ヲ牽引スルニ非ズンバ國策ノ遂行ハ困難ナルベシ、然ルニ官ニ優秀ナル技術者ヲ招ク途ヲ塞ギ、退嬰徒ニ事業者ノ爲ストコロニ任セテ新シキ內容ヲ國策ニ盛ラントスルハ如何ナル妙策ニ依ラントスルカ、全クソノ眞意ヲ捕捉スルニ苦シムモノナリ
電力政策ヲ司掌スル官廳ハ寧ロ生產擔當官廳ヨリ離レテ獨自ノ立場ニ依リ

働クガ如キ技術者ハ得ラレザルベシ。

又ハ各種工場ニ於ケル電力事務担當技術者ノ状況ヲ見レバ明カニシテ、学究ヲ離レントスル有爲少壮ノ技術者ヲ工場ノ發電其他ノ電力関係ニ招聘セントスルモ殆ンド之ヲ顕ル者ナキ實情ナルニ依リテモ此ノ事實ハ裏書セラルヽモノナリ。

滿洲國ニ於テハ建國當時内地ノ商工省関係者ガ逸早ク同國經済関係ノ官制ヲ整備シ、日本内地ニ於ケル電力行政制度ニ缺陥アリトシ、鑛工部門ニ電力擔當課ヲ分属セシメタル結果ソノ官庁側ノ新鋭ナル施設トシテハ見ルベキモノナク、全國的ノ經営ヲ行フ滿洲電業會社ニ於テ専ラ之ヲ行フガ如キ状態ナリ。

今日此ノ際斯業ガ将来ニ於テ進ムベキ方向ニ有力ナル示唆ヲ與フルモノハ國家的見地ヨリスル官庁ナルベキコトハ論無ク、ソノ官庁ガ先ヅ技術ニ根底ヲ置ク雄大ナル方策ヲ包持シテ事業者ヲ牽引スルニ非ズンバ眞ノ國策ノ遂行ハ困難ナルベシ、然ルニ官ニ優秀ナル技術者ヲ招ク途ヲ塞ギ、退嬰徒ニ事業者ノ為ストコロニ任セテ新シキ内容ヲ國策ニ盛ラントスルハ如何ナル妙策ニ依ラントスルカ、全クソノ眞意ヲ捕捉スルニ苦シムモノナリ。

電力政策ヲ司掌スル官庁ハ寧ロ生産擔當官庁ヨリ離レテ独自ノ立場ニ依リ

十分潤達ノ見識ヲ以テ必要且十分ナル電源ノ開發及之ガ運用ニ專念シ、其ノ得タル電力ニ依リ生産ノ増進ヲ促スガ如クナスヲ以テ適當トス、若シ之ヲ生産擔任官廳ノ一局部ニ偏蹐セシメンカ、全ク萎縮シテ却テ庶幾スルトハ相反スルコト、ナルベク、ソノ結果トシテ齎サル、モノハ五年若ハ十年ヲ經テ漸ク世論セラル、コト、ナルベシ

今日ノエネルギー企業ニ關スル海外諸國ノ政策ハ此ノ點ニ於テ十分ナル認識ヲ有シ、之ヲ他ノ行政部署ニ膠着セシムルコトナク、獨自的立場ニアラシムルコトニ依リテソノ發達ヲ促スモノトナシ、ソノ官廳組織上ノ系統ニ於テモ又必ズシモ產業分擔廳ニ分屬スルガ如キコトナシ、故ニ若シ百年ノ計ヲ慮ルナラバ寧ロソノ電力ヲ擔當スル部局ノ規模ヲ擴大シ一局トシテ自由ナル見地ニ於テソノ監督機能ヲ十分發揮セシムルヲ以テ當ヲ得タルモノナリト信ズ

十分闊達ノ見識ヲ以テ必要且十分ナル電源ノ開発及之ガ運用ニ専念シ、其ノ得タル電力ニ依リ生産ノ増進ヲ促スガ如クナスヲ以テ適当トス。若シ之ヲ生産擔任庁ノ一局部ニ跼蹐セシメンカ、全ク萎縮シテ却テ庶幾スルトハ相反スルコトヽナルベク、ソノ結果トシテ齎サルヽモノハ五年若ハ十年ヲ經テ漸ク覺認セラルヽコトヽナルベシ。

今日ノエネルギー企業ニ関スル海外諸國ノ政策ハ此ノ点ニ於テ十分ナル認識ヲ有シ、之ヲ他ノ行政部署ニ膠着セシムルコトナク、独自的立場ニアラシムルコトニ依リテソノ発達ヲ促スモノトナシ、ソノ官庁組織上ノ系統ニ於テモ又必ズシモ産業分擔庁ニ分属スルガ如キコトナシ、故ニ若シ百年ノ計ヲ慮ルナラバ寧ロソノ電力ヲ擔当スル部局ノ規模ヲ擴大シ一局トシテ自由ナル見地ニ於テソノ監督機能ヲ十分発揮セシムルヲ以テ当ヲ得タルモノナリト信ズ。

南次郎 → 大野緑一郎(1941. 2. 16)

國會圖書館 番號 81-6

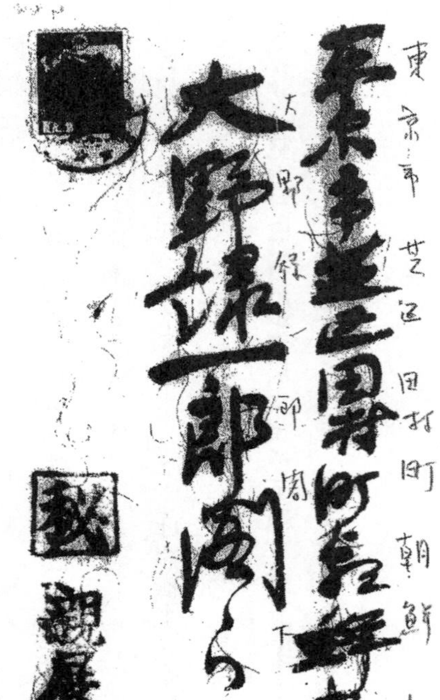

447 南次郎 → 大野緑一郎(1941. 2. 16)

1

大野總監閣下　二月十七日　[illegible]　敬具

お[illegible]尚[illegible]日の航便にてお受[illegible]御壮康奉賀候

陳者[illegible]の臨時[illegible]にて[illegible]確定、[illegible]

法及ビ鉄道用品會計法改正案モ衆[illegible]通過

可決、[illegible]先ニ[illegible]御[illegible]水田[illegible]

入[illegible]候[illegible]之[illegible]

一、二十五日ニ[illegible]改正案ヲ二十五日[illegible]通過[illegible]

[illegible]御尽力[illegible]御[illegible]

一、[illegible]ノ件ハ前[illegible]ニ對[illegible]上[illegible]又

[illegible]、[illegible]、関係[illegible]

此ノ際[illegible]

449 南次郎 → 大野緑一郎(1941. 2. 16)

大野総監閣下　二月十六日　南次郎　敬具

拝復　十四日の航便正ニ拝受、益々御壮康奉賀候。

陳者貴院*の豫算本會議モ無事確実、朝鮮事業公債法及ヒ鉄道用品會計法改正案モ亦原案通リ可決、慶祝ノ至リナルト同時ニ御盡力奉多謝候。水田局長ヘモ宜敷御伝達有之度。

一、二十五日頃ニハ治安維持法改正案モ二十五日頃迠ニ終了之了承致候、残務終了後御帰任之由承知。

一、近藤ノ件ハ首相之枢府ニ對スル言質上困難トノ事、又拓務、内閣、関係何レモ困難ナリトノ事、貴意見ノ如ク此ノ際見合可申候。尚御帰任後詳細承ルヘク候。

* 貴族院.

2、

二、電信ノ書開係ハ今回ハ事柄ノ性トシ他日の研究ニ譲ルコトナリハ

三、山縣君ヲ大將代ニ採用シ方生モ依頼アリシカ

之ハ貴説ノ如ク急ヲ要スル問題ニ無之貴兄の御

間柄ヲ使ハヲ幾々御意見事アリ度。此小生トシ承識

代筆間ニ「勅任待遇ハ今少シ閑係ナラン議論ノ代

リニ内地ニ勅任轉出ノ出来サル今日面ヒ只ハ特入ナハ至極然り」

ト返事ヲ致置候間御含ミ置キ被成度

四、太政翼賛會モ結局ハ予ノ内心相案シタル通リ出来ノ

應急的ニ甚タ見ルヘキモノナク政綱ト人事ニハ政府モ十分注

意シテ其ノ刷新ヲ要スルモノト考ヘ居ル

二、電信事業関係ハ今回ハ原案ノ儘トシ他日の研究ニ譲ル可ク候。

三、小磯君ヨリ大野氏ヲ採用方小生方ニモ依頼アリシガ之レハ貴説ノ如ク急ヲ要スル問題ニ無之貴兄の御帰任ヲ俟ツテ緩々御意見承リ度、只小生トシテ小磯氏書簡ニ「勅任移入ハ多分困難ナラン、諏訪ノ代リニ内地ニ勅任移出ノ出来サル今日再ビ只移入デハ考ヘ物ナリ」ト返事致置候間御含ミ置き相成度。

四、大政翼賛會モ結局八百万円デ落付クベキガ将来ノ癌タル患ヒアルヲ以テ、改組ト人事ニハ政府モ十分注意シテ断行ヲ要スルモノト被存候。

五、松宮君ハ何レハ某地ニ主張スルノト存候が、或ハ日程ト
秘密厳守ノ為メ途中ヲ秘サレ来リタルト存候、尚
直ちに確メ候處、今御来方ハ一寸デモ生半可ヲ無定
可秘密ガ多ク、半島丈ケハ厳守セシムベキ旨、内君ニ耳
打セシ候
六、三浦君ガ関東局総長ニ栄進是レデ田君ニ随スルハ
あ妙セリ則チ何トナク責任解除トテ言ウタ気分ガ
七、例ノ如ク朝鮮関係者ノ御招待有之候ヘ共、今回ハ大竹君
ヨリ醫学校設立ノ促成ヲセシモ未メ候、又之レハ別ニ関係
有ノ者ヲ醫学校生セリ一席ニ招待致シ御承知成度候、

453 南次郎 → 大野緑一郎(1941. 2. 16)

五、松岡君* ハ何レハ当地ニ立寄ルモノト存シ候ガ或ハ日程ト
秘密厳守ノ為メ途中ヲ抜キニ直行カトモ被存候間、
直對ニ確メラレ度、勿論当方ハ一寸デモ立寄ヲ熱望スルコト、
亦秘密ハ少クモ、半島丈ケハ厳守セシベキ旨、同君ニ耳
打セラレ度。

六、三浦君ハ関東局総長栄進、是レデ同君ニ関スルコトハ
安神セリ。則チ何トナク責任解除ト云ツタ氣分ガ致候。

七、例年ノ如ク朝鮮関係者の御招待有之ベク、其ノ節ハ大竹君
ヨリ奨学會設立の説明ヲセシ* ラレテハ如何。又之トハ別ニ関係各
省ノ参与等決定セハ一席招待如何。御考置相成度候。

---

* 松岡洋右(まつおか ようすけ).
* ニヲセシラレテ는 セラレテハ의 오기.

南次郎 ⟶ 大野緑一郎(1941. 2. 17)

國會圖書館 番號 81-15

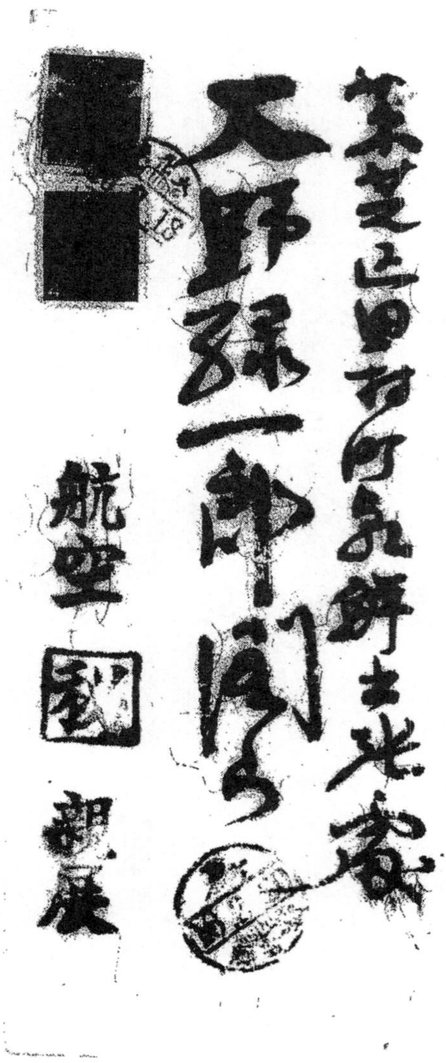

455 南次郎 → 大野緑一郎(1941. 2. 17)

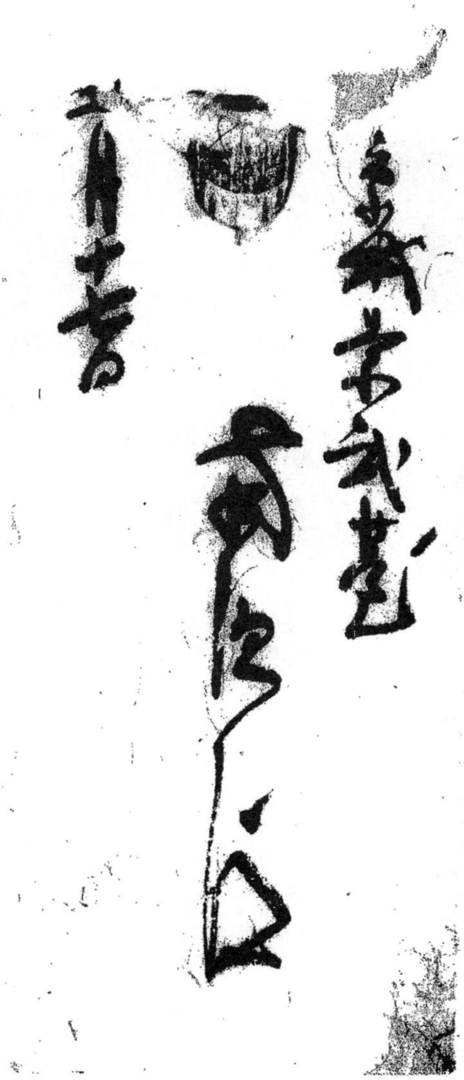

457 南次郎 → 大野緑一郎(1941. 2. 17)

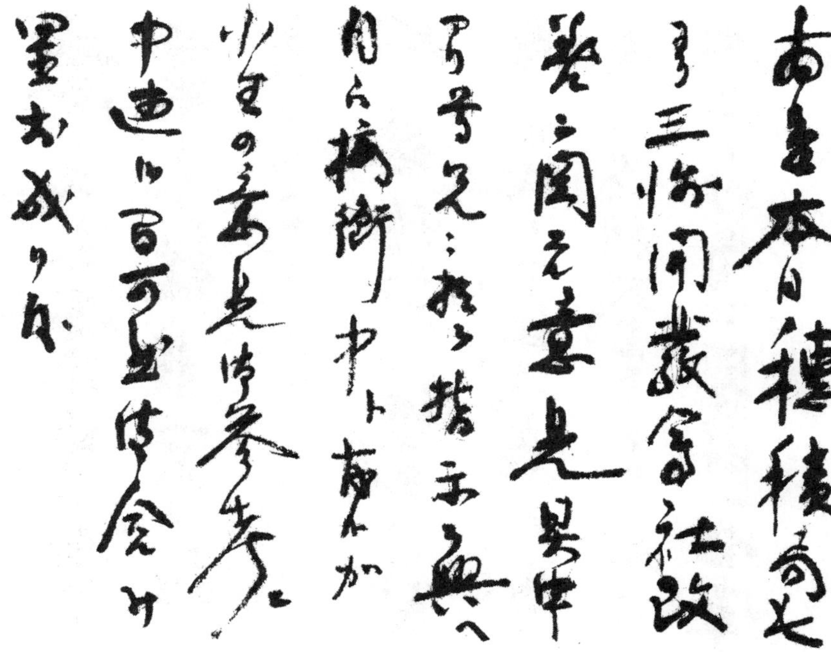

拝呈　本日穂積局長
ヨリ三陟開発會社改
善ニ関スル意見具申
アリ。尊兄ニ於テ指示ヲ与ヘ
目下接衝中ト存候ガ
小生の意見御参考ニ
申述候間可然御含み
置相成リ度。

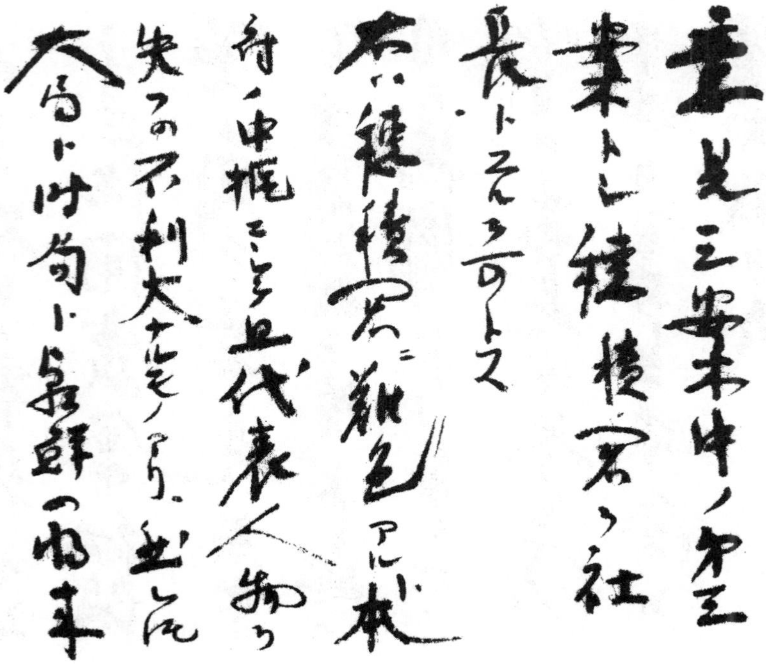

意見三案中ノ第三
案トシ穂積君ヲ社
長トスルヲ可トス。
右ハ穂積君ニ難色アルト、本
府ノ中枢ニシテ且代表人物ヲ
失フの不利大ナルモノアリ。然レトモ*
大局ト時局ト朝鮮の将来

* 본문의 문자 トモ는 ト와 モ를 가로로 이어서 쓴 것이다.

459 南次郎 → 大野緑一郎(1941. 2. 17)

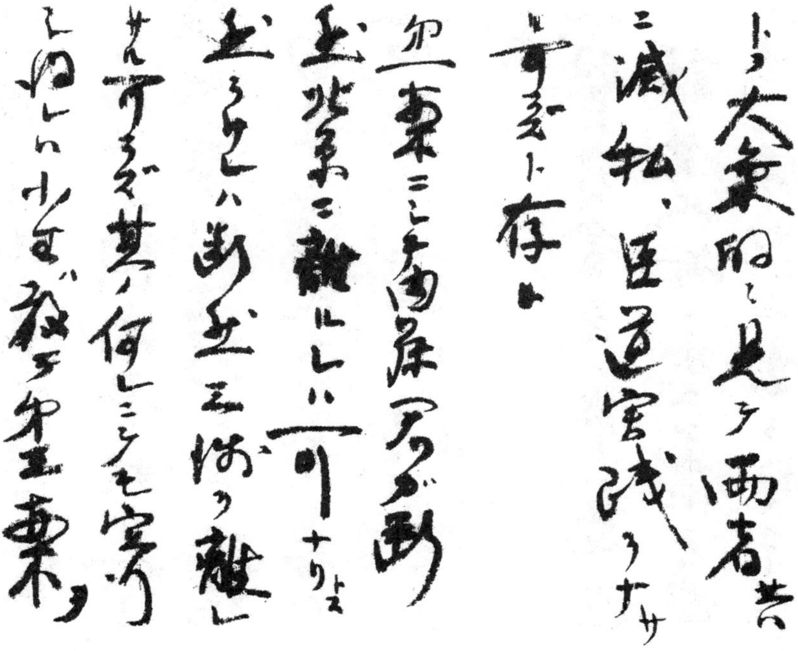

トヲ大乗的ニ見テ両者共
ニ滅私、臣道実践ヲナサ
ル可ラズト存候。
第一案ニシテ内藤君ガ断
然北京ニ離ルレハ可ナリトス。
然ラサレハ断然三陟ヲ離レ
サル可ラズ。其ノ何レニテモ実行
シ得レハ小生ハ敢テ第三案ヲ

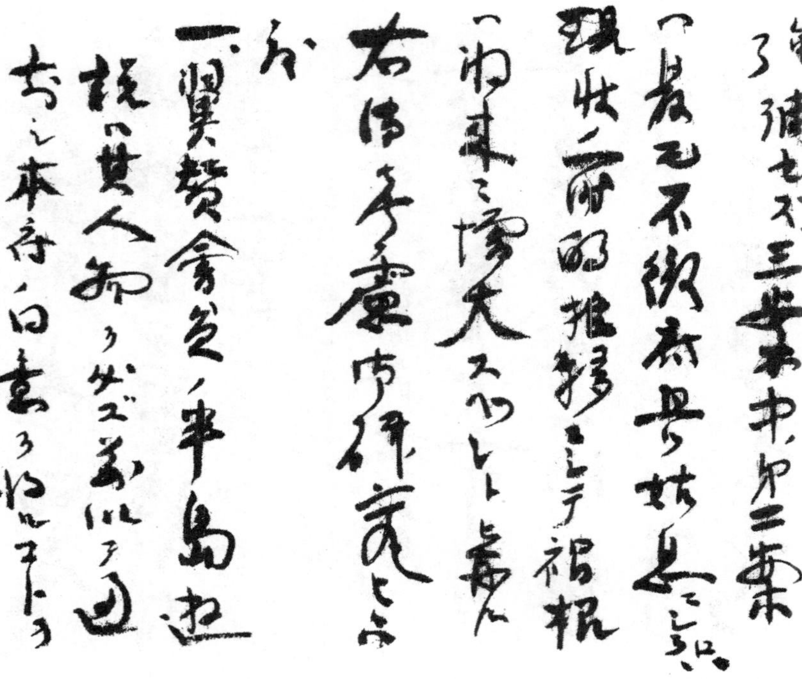

強調セズ。三案中ノ第二案
ハ最モ不徹底且ツ姑息ニシテ只
現状ノ一時的推移ニシテ禍根
ハ将来ニ増大スベシト被存候。
右御考慮御研究被下
度。
一、翼賛會員ノ半島遊
説ハ其人物ヲ必ズ前以テ通
知シ本府ノ同意ヲ得ルコトヲ

461 南次郎 → 大野緑一郎(1941. 2. 17)

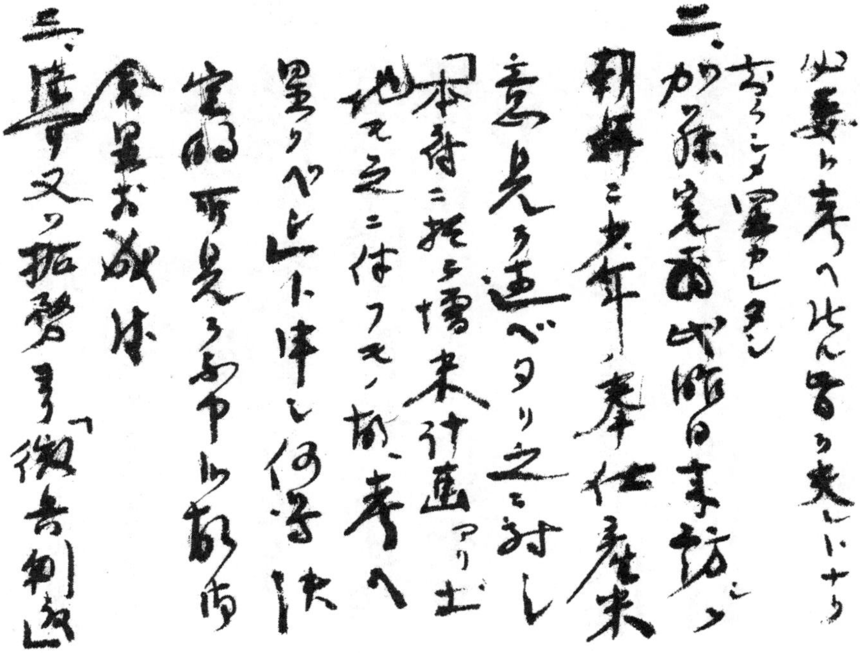

必要ト考ヘ居ル旨ヲ夫レトナク
知ラシメ置カレタシ。
二、加藤完爾*氏昨日来訪シテ
朝鮮ニ少年ノ奉仕産米
意見ヲ述ベタリ。之ニ對シ
「本府ニ於テ増米計画アリ土
地モ之ニ伴フモノ故、考ヘ
置クベシ」ト申シ何等決
定的所見ヲ不申候故御
含置相成度。
三、陸軍又ハ拓務ヨリ「徴兵制度」

* 원문 그대로. 본래는 加藤完治이다.

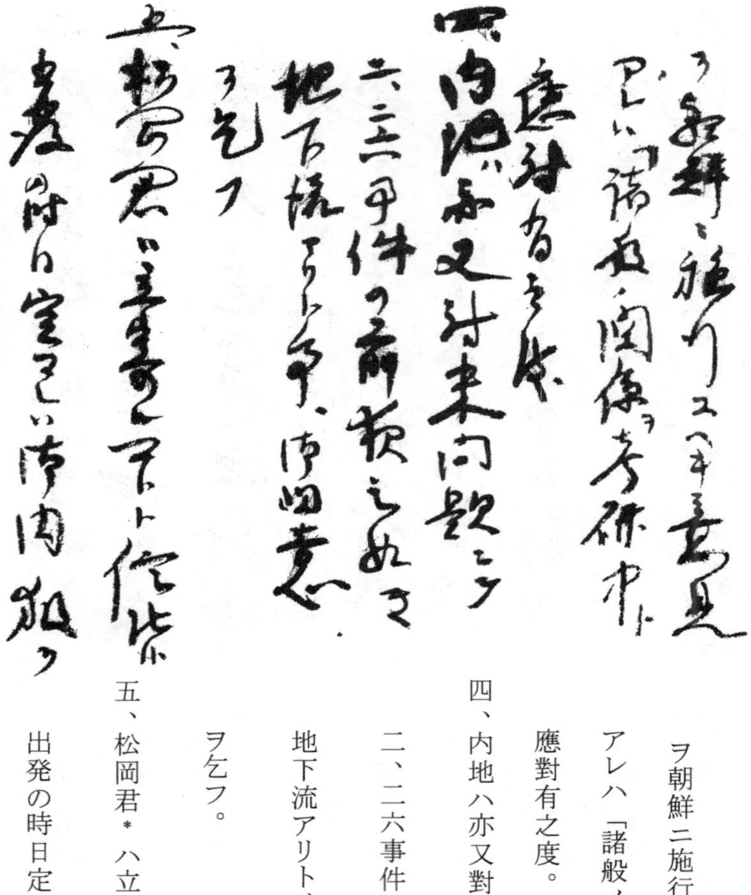

ヲ朝鮮ニ施行スヘキ意見
アレハ「諸般ノ関係ヲ考研中」ト
應對有之度。
四、内地ハ亦又對米問題ニテ
二、二六事件の前夜之如き
地下流アリトノ事、御留意
ヲ乞フ。
五、松岡君* ハ立寄ルコトト信居候。
出発の時日定マレハ御内報ヲ

* 松岡洋右(まつおか　ようすけ)。

463 南次郎 → 大野緑一郎(1941. 2. 17)

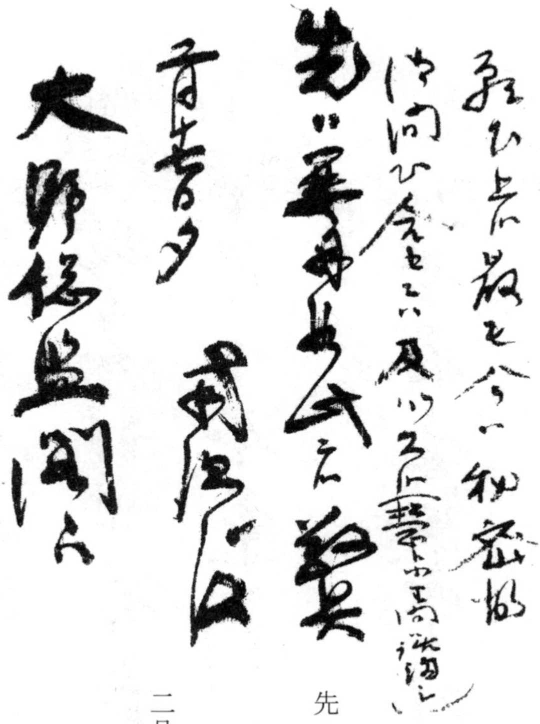

願ひ上候。最モ今ハ秘密故
御問ひ合セニハ及バス候
（松岡ト小生間ハ話済ミ）。
先ハ要用如此ニ候。敬具

南次郎

二月十七日夕

大野総監閣下

南次郎 ⟶ 大野緑一郎(1941. 5. 30)

國會圖書館 番號 81–16

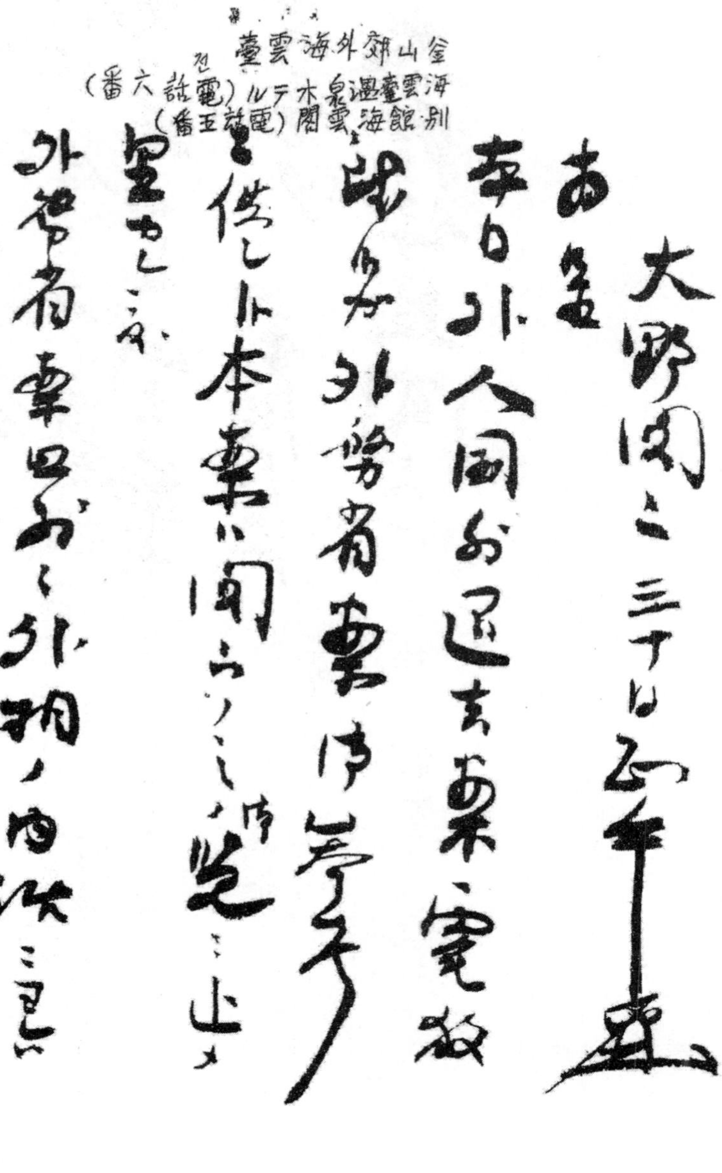

465 南次郎 → 大野緑一郎(1941. 5. 30)

釜山郊外海雲台
海雲台温泉ホテル(電話六番)
別館海雲閣(電話五番)

大野閣下　三十日正午　(南次郎花押)

拝呈

本日外人國外退去案電報致候ガ外務省案御参考ニ供シ候。本案ハ閣下ノミノ御覧ニ止メ置カレ度。

外務省案以外ニ外相ノ内話ニヨレハ

釜山郊外海雲臺
海雲臺溫泉ホテル（電話六番）
別館海雲閣（電話六番）

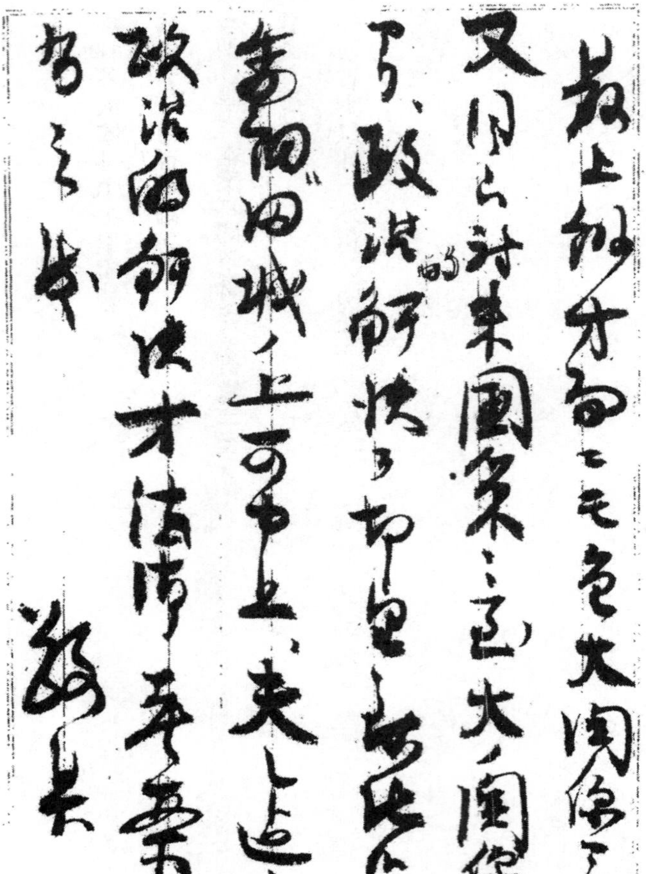

467 南次郎 → 大野緑一郎(1941. 5. 30)

最上級方面ニモ重大関係アリ、
又目下對米國策ニ至大ノ関係
アリ、政治的解決ヲ切望致居候。
委細ハ帰城ノ上可申上、夫レ迄ニ
政治的解決方法御考案
有之度。　　敬具

外務省米一 → 미상(1941. 5. 20)

國會圖書館 番號 81-16 別紙

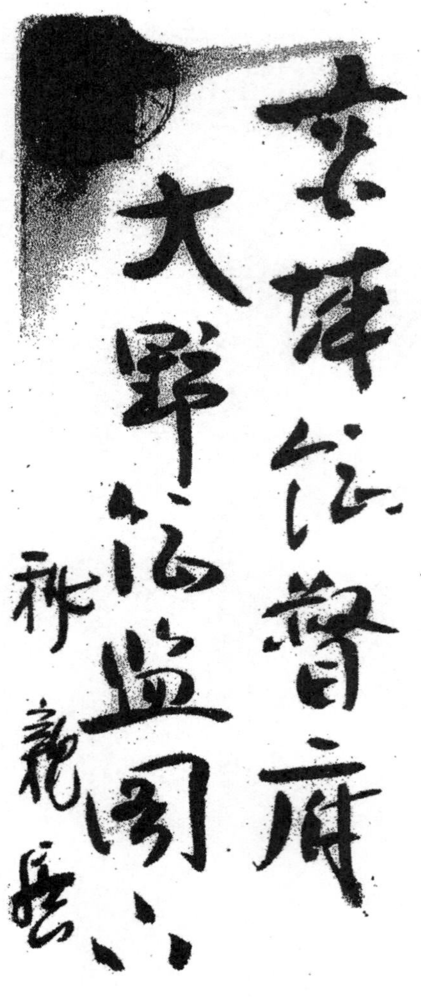

469 外務省米一 → 미상(1941. 5. 20) 別紙

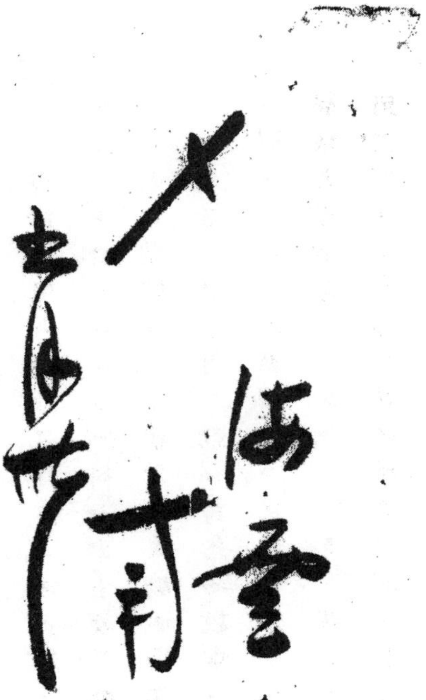

秘

（一六、五、二〇　米一）

「在鮮英米人宣教師ノ萬國婦人祈禱會開催不穩文書配布事件

㈠平壤府新陽里居住米人「プレスビテリアン」派宣教師Miss. M. Butts ハ(イ)神ヲ愛シ尊敬セス其ノ意ニ服從セス眞ナル連絡ヲセサル爲國際間ニ紛爭アルコト(ロ)自國ノ利ヲ圖ル爲他ノ國ヲ苦シメ助ケヤラサルコト(ハ)神ノ命令通リ神ノ言ヲ地ノ果迄傳ヘサリシコトヲ懺悔スヘキ趣旨ノ反戰祈禱文一萬五千部ヲ配布シ二月二十八日午後二時ヲ期シ鮮內各教會ニ萬國婦人祈禱會ヲ開催セシメントシタル處事前ニ之ヲ探知セル朝鮮當局ハ同人ヲ拘束其後米人宣教師「プレヤー」ヲ、續ヒテ三月二十六日英米人宣教師二十名ヲ不穩文書取締法、陸軍刑法（造言蜚語罪）及出版規則違反ノ廉ニ依リ檢擧取調ヘタリ、尤モ「ミス・バッツ」及「ブレヤー」ヲ除キ他ハ全部同日夕刻又前記兩名モ三月二十九日釋放シ目下不拘束ノ儘取調中ナリ

471 外務省米一 → 미상(1941. 5. 20) 別紙

秘

（一六、五、二〇 米一）

一、在鮮英米人宣教師ノ萬國婦人祈祷會開催不穏文書配布事件

(一)平壌府新陽里居住米人「プレスビテリアン」派宣教師miss. A. M. Batts ハ(イ)神ヲ愛シ尊敬セス其ノ意ニ服従セス眞ナル連絡ヲセサル為國際間ニ紛争アルコト(ロ)自國ノ利ヲ図ル為他ノ國ヲ苦シメ助ケヤラサルコト(ハ)神ノ命令通リ神ノ言ヲ地ノ果迄伝ヘサリシコトヲ懺悔スヘキ趣旨ノ反戦祈祷文一萬五千部ヲ配布シ二月二十八日午後二時ヲ期シ鮮内各教會ニ萬國婦人祈祷會ヲ開催セシメントシタル処事前ニ之ヲ探知セル朝鮮当局ハ同人ヲ拘束其後米人宣教師「ブレヤー」ヲ、続ヒテ三月二十六日英米人宣教師二十名ヲ不穏文書取締法、陸軍刑法(造言蜚語罪)及出版規則違反ノ廉ニ依リ検擧取調ヘタリ、尤モ「ミス・バッツ」及「ブレヤー」ヲ除キ他ハ全部同日夕刻又前記両名モ三月二十九日釈放シ目下不拘束ノ儘取調中ナリ。

尙本件ニ關シ(イ)在京城米國總領事ハ三月二十六日及二十七日警務外事部長ヲ往訪シ事情ヲ質問セル上關係者ノ卽時釋放方ヲ要求シタルニ對シ警務部長及總督府保安課長ヨリ同事件ハ純然タル司法事件ニシテ至急取調ヲ行ヒ首腦者ノミヲ拘束シ他ハ不拘束ノ儘取調ノ方針ナルコトヲ告ケタル處同總領事ハ滿足ノ意ヲ表シ辭去セリ、又(ロ)本件ハ米國新聞ニモ報道セラレ、在米野村大使ハ三月二十八日「プレスビテリアン」幹部三名ヨリ本件ニ關シ陳情ヲ受ケタル際、南總督トハ多年ノ親友ナルカ總督ハ宣敎ノ自由ヲ束縛スルカ如キコトナキモ國策ニ反シ治安ヲ害スル場合取締ルハ當然ナリト言ヒ聞カセタルニ彼等ハ同乘派ハ日米親善ノ爲ニ盡シ來タリ現ニ國務省ノ勸告ニモ拘ラス宣敎師ヲ引揚ケサル方針ナリキ、然レ共前夜貴府ニ於ケル數百名ノ會合ニ於テ右引揚問題ニ關シ質問アリ結局他派ト同シク引揚タル外ナカルヘシトノ說アリシモ方針ハ變更セサル積リナリ、宣敎師ハ尚本件ニ関シ(イ)在京城米國総領事ハ三月二十六日及二十七日諏訪外事部長ヲ往訪シ事情ヲ質問セル上関係者ノ即時釈放方ヲ要求シタルニ對シ諏訪部長及総督府保安課長ヨリ同事件ハ純然タル司法事件ニシテ至急取調ヲ行ヒ首脳者ノミヲ拘束シ他ハ不拘束ノ儘取調ノ方針ナルコトヲ告ケタル処同総領事ハ満足ノ意ヲ表シ辞去セリ、又(ロ)本件ハ米國新聞ニモ報道セラレ、在米野村大使ハ三月二十八日「プレスビテリアン」幹部三名ヨリ本件ニ関シ陳情ヲ受ケタル際、南総督トハ多年ノ親友ナルカ総督ハ宣教ノ自由ヲ束縛スルカ如キコトナキモ國策ニ反シ治安ヲ害スル場合取締ルハ当然ナリト言ヒ聞カセタルニ彼等ハ同宗派ハ日米親善ノ為ニ盡シ来タリ現ニ國務省ノ勧告ニモ拘ラス宣教師ヲ引揚ケサル方針ナリキ、然レ共前夜費府*ニ於ケル数百名ノ會合ニ於テ右引揚問題ニ関シ質問アリ結局他派ト同シク引揚クル外ナカルヘシトノ説アリシモ方針ハ変更セサル積リナリ、宣教師ハ

* 費府는 미국 필라델피아의 일본식 표기.

平和ヲ祈願スルモ日本ノ國策ニ反對スルカ如キコトナカルヘシ
ト謂ヒタル旨野村大使ヨリ報告アリタリ

475 外務省米一 → 미상(1941. 5. 20) 別紙

平和ヲ祈願スルモ日本ノ國策ニ反對スルカ如キコトナカルヘシト云ヒタル旨野村大使ヨリ報告アリタリ。

二）本件ニ關スル三月二十六日附朝鮮總督府保安課談話左ノ如シ

朝鮮ニ於ケル基督敎長老會及ビ監理會ノ英米人宣敎師中ニハ、支那事變發生以來、今次ノ聖戰ヲ帝國主義的ナ侵略戰爭デアルト妄斷シテ、無智ナ多クノ朝鮮人敎徒ニ極メテ巧妙ニ反戰思想乃至反國家意識ヲ注入培養シ、當局ノ基督敎指導ニ對シテモ終始頑迷ナ態度ヲ固執シテ居リ、殊ニ昨秋以來國際情勢ガ緊迫スルニ連レ、日本ノ眞意ヲ曲解猜疑シテ益々反日的態度ヲ露呈シ尙事變下民心ノ機微ナル動向ニ乘ジ所謂反戰的信仰復興運動ヲ展開シヤウト企テ遂ニ萬國祈禱會ノ指令ノ下ニ萬國婦人祈禱會ノ名ヲ以テ極端ニ不穩ナ反國家的、「反戰的祈禱文」數萬部ヲ印刷頒布シ、全鮮ノ敎會一齊ニ反戰祈禱會ヲ開催セシメ樣トシタノデアリマスガ、幸ニ事前ニ事件ヲ探知致シマシタノデ、時局下治安確保ノ見地カラ本日關係者ノ檢擧ヲ斷行致シマシタ。

曩ニハ基督敎ノ不穩事件ガアリ今又斯ノ謀略事件ガ發覺スルニ至

二、本件ニ関スル三月二十六日附朝鮮総督府保安課談話左ノ如シ。

朝鮮ニ於ケル基督教長老會及ビ監理會ノ英米人宣教師中ニハ、支那事変発生以来、今次ノ聖戦ヲ帝國主義的ナ侵略戦争テアルト妄断シテ、無智ナ多クノ朝鮮人教徒ニ極メテ巧妙ニ反戦思想乃至反國家意識ヲ注入培養シ、当局ノ基督教指導ニ對シテモ終始頑迷ナ態度ヲ固執シテ居リ、殊ニ昨秋以来國際情勢ガ緊迫スルニ連レ、日本ノ真意ヲ曲解猜疑シテ益々反日的態度ヲ露呈シ尚事変下民心ノ機微ナル動向ニ乗ジ所謂反戦的信仰復興運動ヲ展開シヤウト企テ遂ニ萬國祈祷會ノ指令ノ下ニ萬國婦人祈祷會ノ名ヲ以テ極端ニ不穏ナ反國家的、「反戦的祈祷文」数萬部ヲ印刷頒布シ、全鮮ノ教會一斉ニ反戦祈祷會ヲ開催セシメ様トシタノテアリマスガ、幸ニ事前ニ事件ヲ探知致シマシタノテ、時局下治安確保ノ見地カラ本日関係者ノ検挙ヲ断行致シマシタ。

曩ニハ基督教ノ不穏事件ガアリ今又斯ノ謀略事件ガ発覚スルニ至

リマシタ事ハ洵ニ遺憾ニ堪ヘナイ次第デアリマス。申ス迄モ無ク當局ハ、宗教ノ正當ナル宣布ニ對シテ妨害壓迫ヲ加フル様ナコトハ絶對ニ考ヘテ居ナイノデアリマスガ、苟モ宗教ノ美名ニ依ツテ行ハルル此種ノ反國家的ナ策動ニ對シテハ嚴重取締ヲナシツツアルノデアリマシテ、一般モ將來一層注意ヲ拂ツテ不知ノ間ニ非國民的ナ罪過ニ捲込マレヌ様戒心スルト共ニ、皇國臣民トシテノ自覺ノ下ニ益々銃後報國ニ邁進セラレンコトヲ切望スル次第デアリマス。

リマシタ事ハ洵ニ遺憾ニ堪ヘナイ次第テアリマス。申ス迄モ無ク当局ハ、宗教ノ正當ナル宣布ニ對シテ妨害圧迫ヲ加フル様ナコトハ絶對ニ考ヘテ居ナイノテアリマスガ、苟モ宗教ノ美名ニ依ツテ行ハルル此種ノ反國家的ナ策動ニ對シテハ厳重取締ヲナシツツアルノテアリマシテ、一般モ将来一層注意ヲ拂ツテ不知ノ間ニ非國民的ナ罪過ニ捲込マレヌ様戒心スルト共ニ、皇國臣民トシテノ自覚ノ下ニ益々銃後報國ニ邁進セラレンコトヲ切望スル次第テアリマス。

[illegible]在鮮米人宣敎師ノ神宮大麻冒瀆事件

㈠忠淸北道淸州郡居住「プレスビテリアン」派米人宣敎師[illegible]及[illegible]ノ兩人ハ一月十五日同人等居住構內ニ起居ノ鮮人三名ニ對シ絕對ニ神宮大麻ノ奉齋ヲ禁止スル旨申渡ノ上同人等ノ奉齋スル神宮大麻五體及神棚二個ヲ取去リ自宅物置ニ放置シ其內一體ハ鮮人達ノ面前ニテ石炭不足ノ折柄「ストーブ」ノ焚付ニスヘシトテ冒瀆不敬行爲ヲ爲シタル事實判明・爾來不拘束ノ儘取調ノ結果二月四日不敬罪竝ニ禮拜妨害罪トシテ送局、同月二十五日太田刑務所ニ收容セラレタル處四月九日太田地方法院ニ於テ各懲役十ケ月ノ言渡ヲ受ケタリ、右ニ對シ被告ヨリ控訴シ目下公判進行中ナリ

㈡尙本件ニ關シ在紐育「プレスビテリアン」本部代表者ハ四月二十三日在米野村大使ヲ來訪シ同本部トシテハ宣敎師ヲ引揚ケサル方針ニ基キ兩人ノ朝鮮ニ踏ミ止マル事ハ希望スル所ナルモ兩

三、在鮮米人宣教師ノ神宮大麻冒瀆事件

（一）忠清北道清州郡居住「プレスビテリアン」派米人宣教師 Edward Otto Decamp及D. S. Loweノ両人ハ一月十五日同人等居住構内ニ起居ノ鮮人三名ニ對シ絶對ニ神宮大麻ノ奉齋ヲ禁止スル旨申渡ー上同人等ノ奉齋スル神宮大麻五体及神棚二個ヲ取去リ自宅物置ニ放置シ其内一体ハ鮮人達ノ面前ニテ石炭不足ノ折柄「ストーブ」ノ焚付ニスヘシトテ冒瀆不敬行為ヲ為シタル事実判明、爾来不拘束ノ儘取調ノ結果二月四日不敬罪竝ニ禮拝妨害罪トシテ送局、同月二十五日太田刑務所ニ収容セラレタル処四月九日太田地方法院ニ於テ各懲役十ヶ月ノ言渡ヲ受ケタリ、右ニ對シ被告ヨリ控訴シ目下公判進行中ナリ。

（二）尚本件ニ関シ在紐育*「プレスビテリアン」本部代表者ハ四月二十三日在米野村大使ヲ来訪シ同本部トシテハ宣教師ヲ引揚ケサル方針ニ基キ両人ノ朝鮮ニ踏ミ止マル事ハ希望スル所ナルモ両

* 紐育는 미국 뉴욕의 일본식 표기.

人ニ於テ世ノ祭用ノ外行ヲ受クル代リニ內外過去ノ希望ヲ有シ許可セラルルナラハ本人ノ希望ニ任セル事ト從來右齋藤ヲ日本政府當局ニ傳達方申出アリタリ、爾大使ヨリ右報告ヲ受ケタル外務省ハ直ニ其ノ旨朝鮮總督ニ轉報セル處五月八日同總督ヨリ目下公判進行中ナルニ付右樣取計ヒ難キ旨回答アリタルニ付外務省ヨリ右ノ要旨野村大使ヲ通シ在紐育本部ニ通報セリ

三 本件ニ關スル外務省事務當局ノ意見

現在北米及爪哇ニハ日本人第一世約十四萬、第二世約十八萬在留シ居リ之等日本人ノ血ヲ享ケタル三十萬人以上ノ者ノ宗教生活ヲ司ル爲佛教、基督教、神道、天理教其他各派ノ開教使、牧師及其補助者四四〇名一內大谷派開教使ノミニテモ約二〇〇人信徒十二萬人アリ彼等ハ何レモ可然寺院禮拜堂ヲ有シ米人社會ノ中ニアリテ基督教ハ勿論各派佛教、天理教、金光教等ニ在リテモ米人官民ヨリ何等妨害差別ヲ受ケタルコトナク第一世及

人ニ於テ此ノ際刑ノ執行ヲ受クル代リニ國外退去ノ希望ヲ有シ許可セラルルナラハ本人ノ希望ニ任セル事ト致度右意嚮ヲ日本政府當局ニ伝達方申出アリタリ、同大使ヨリ右報告ヲ受ケタル外務省ハ直ニ其ノ旨朝鮮総督ニ転報セル処五月八日同総督ヨリ目下公判進行中ナルニ付右様取計ヒ難キ旨回答アリタルニ付外務省ヨリ右ノ趣旨野村大使ヲ通シ在紐育本部ニ通報セリ。

三、本件ニ関スル外務省事務当局ノ意見

現在北米及爪哇*ニハ日本人第一世約十四萬、第二世約十八万在留シ居リ之等日本人ノ血ヲ享ケタル三十万人以上ノ者ノ宗教生活ヲ司ル為佛教、基督教、神道、天理教其他各派ノ開教使、牧師及其補助者四四〇名(内大谷派開教使ノミニテモ約二〇〇人信徒十二万人)アリ彼等ハ何レモ可然寺院禮拝堂ヲ有シ米人社會ノ中ニアリテ基督教ハ勿論各派佛教、天理教、金光教等ニ在リテモ米人官民ヨリ何等妨害差別ヲ受ケタルコトナク第一世及

---

* 爪哇는 미국 하와이의 일본식 표기.

第二世ノ宗教生活並日本ノ三大節其他ノ祝祭日等ニ於ケル各般ノ日本的行事ヲ自由ニ行フコトヲ認メラレ居レリ

右事實ニ鑑ミ更ニ又「ルーズヴェルト」大統領、「ハル」國務長官ヲ始メ政府財界ノ要路中ニハ「プレスビテーリアン」派關係者多キ實情等ヲモ考慮シ本件ハ成ルヘク至急政治的解決ヲ圖ル樣南總督御上京ノ機會ニ大臣ヨリ可然御說得相願タシ第二世ノ宗教生活竝日本ノ三大節其他ノ祝祭日等ニ於ケル各般ノ日本的行事ヲ自由ニ行フコトヲ認メラレ居レリ。

右事実ニ鑑ミ更ニ又「ルーズヴェルト」大統領、「ハル」國務長官ヲ始メ政府財界ノ要路中ニハ「プレスヒテーリアン」派関係者多キ実情等ヲモ考慮シ本件ハ成ルヘク至急政治的解決ヲ図ル様南総督御上京ノ機會ニ大臣ヨリ可然御説得相願タシ。

南次郎 → 大野緑一郎(1941. 10. 10)

國會圖書館 番號 81-18

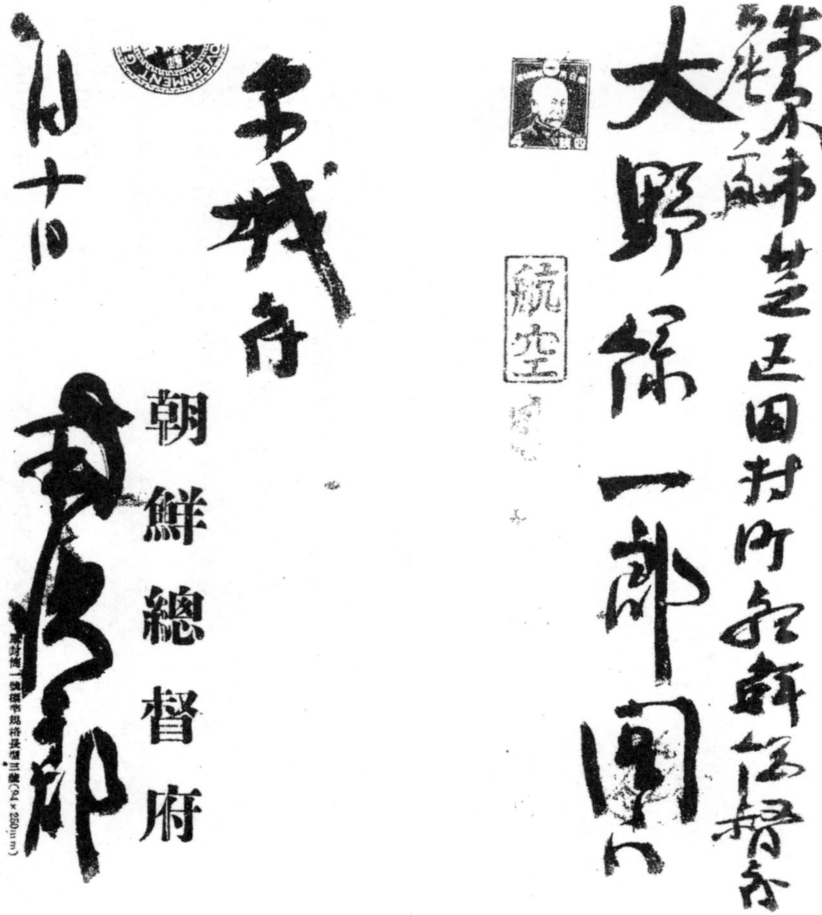

487 南次郎 → 大野緑一郎(1941. 10. 10)

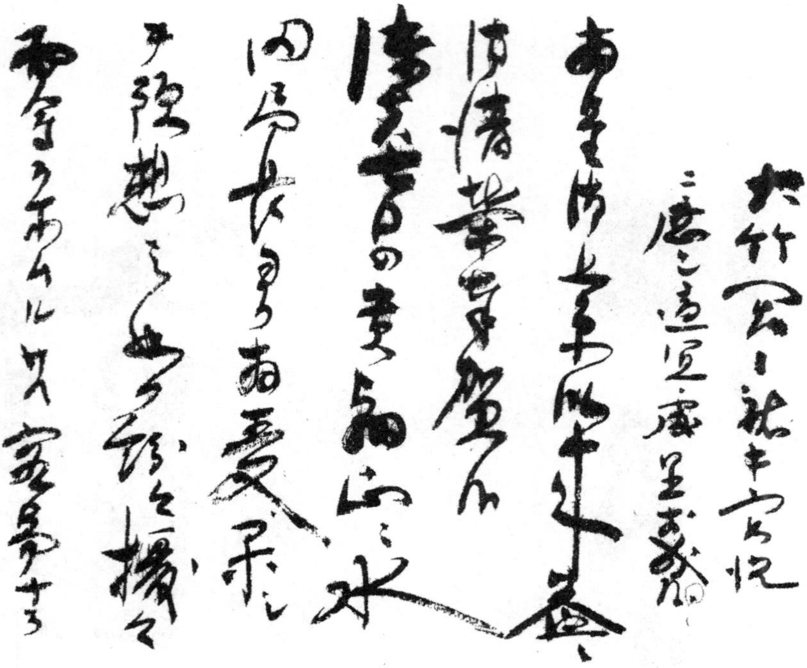

*大竹君ニ就キ実況
ニ應シ適宜処置相成候。
拝呈　御上京以来益々
御清栄奉賀候。
陳者七日の貴翰正ニ水
田局長ヨリ拝受、果シ
テ豫想之如ク紛々擾々
面會ヲ求ムルサヘ容易ナラ

---

* 앞의 두 행은 추신이다. 뒤쪽에 공란이 부족할 경우, 앞쪽에 있는 공란에 두 글자 아래부터 추가로 쓴다. 또는 긴 문장을 쓸 때는 행과 행 사이에 작은 글자로 추신을 쓰는 경우도 있다.

489 南次郎 → 大野緑一郎(1941. 10. 10)

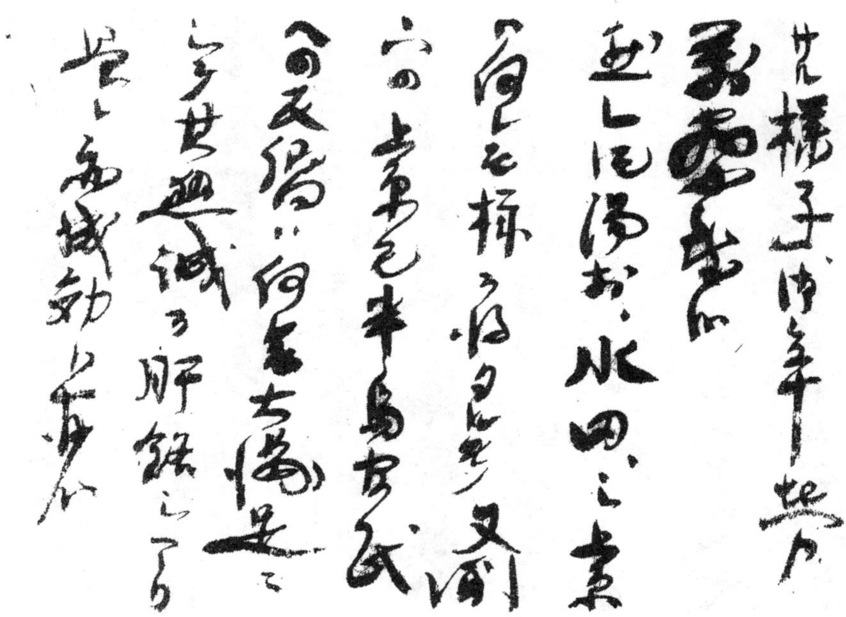

サル様子、御辛労
万察致候。
然レトモ湯村、水田之上京
ハ何レモ機ヲ得タルモノ、又閣
下の上京モ半島官民
への反響ハ何レモ大満足ニ
シテ其熱誠ヲ肝銘シアリ。
是レ亦成効ト存候。

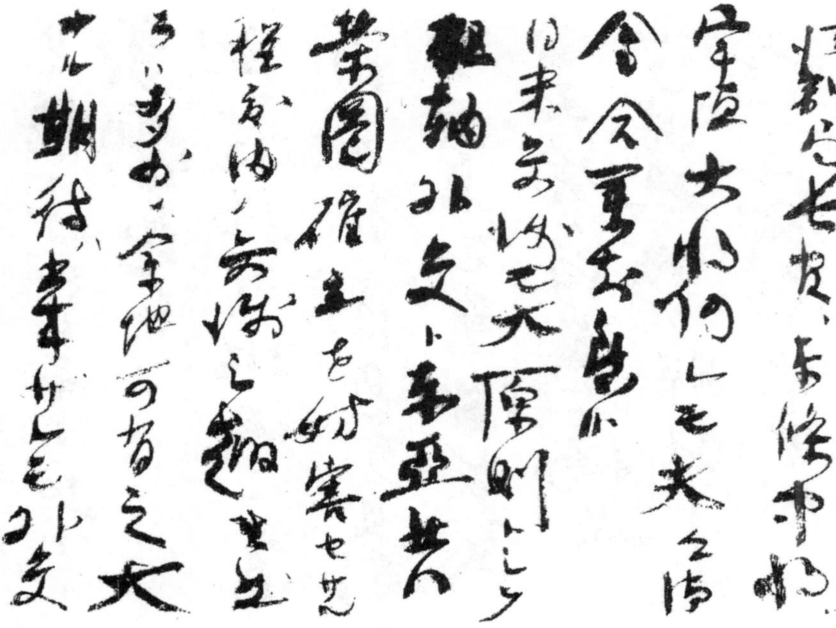

法制局長官、本條中将、
宇垣大将、何レモ夫々御
會合承知致候。
日米交渉モ大原則トシテ
枢軸外交ト東亜共
栄圏確立を妨害セサル
程度内ノ交渉之趣き然
ラハ多少ノ余地可有之、大
ナル期待ハ出来ザレモ外交

491 南次郎 → 大野緑一郎(1941. 10. 10)

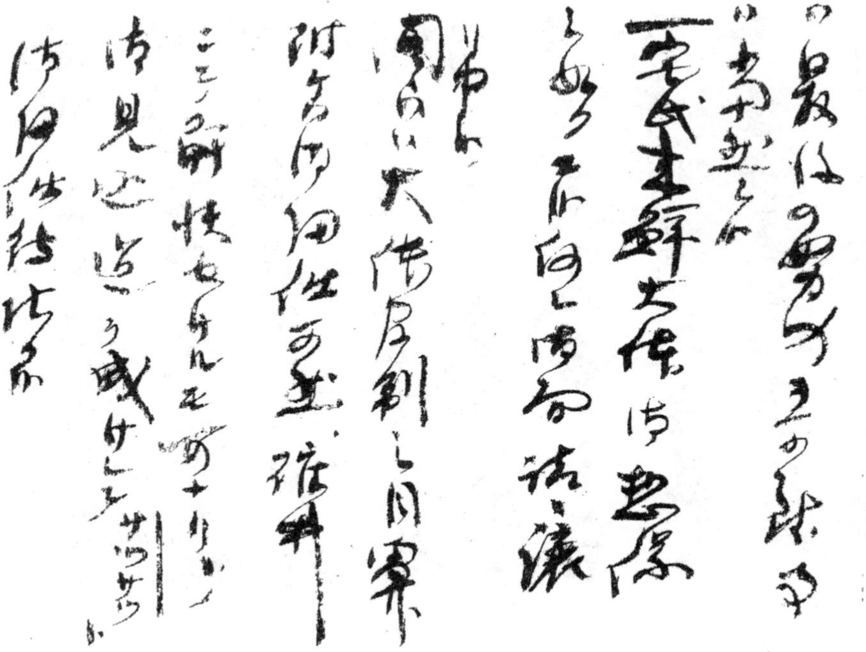

ハ最後の努力ヲ可致事
ハ当然ニ候。
一宮氏来鮮大体御想像
之如クニ候。何レ御面話ニ譲
リ申候。
閣下ハ大体官制之目算
附ケハ御帰任可然、碓井
ニテ解決セサルモ可ナリトノ
御見込迠ヲ成サレテサッサット
御帰任待居リ候。

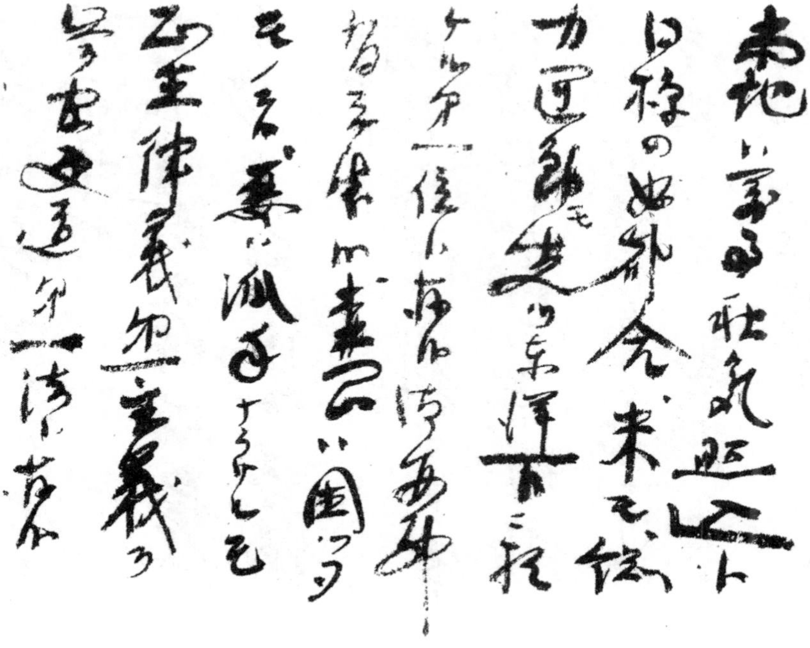

当地ハ万事秋氣照込ト
同様の好都合、米モ、総
力運動モ先ツ東洋下ニ於
ケル第一位ト存候、御安神
有之度候。森岡ハ困ツタ
モノニ候。要ハ派手ナラサルモ
正直律義第一主義ヲ
以テ官吏道第一法ト存候。

493 南次郎 → 大野緑一郎(1941. 10. 10)

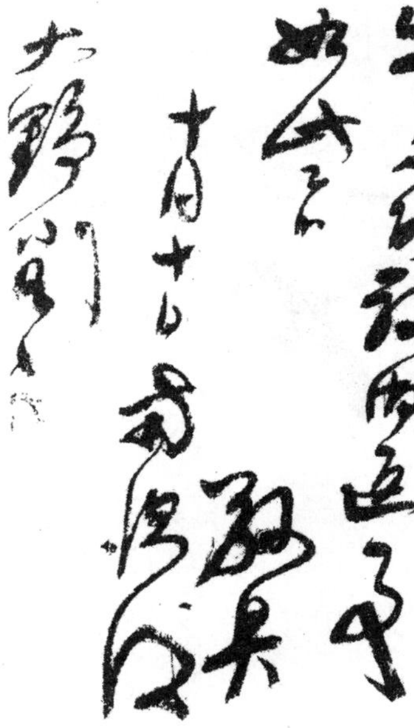

先ハ不取敢御返事

如此ニ候。　敬具

十月十日　南次郎

大野閣下

大和町
大野緑一郎閣下
親展
十八日
南次郎

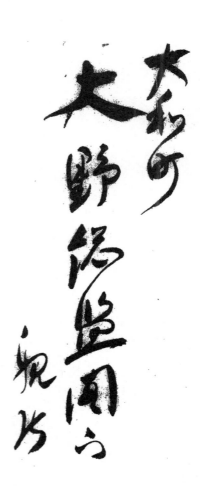

495 南次郎 → 大野緑一郎(미상. 미상. 18)

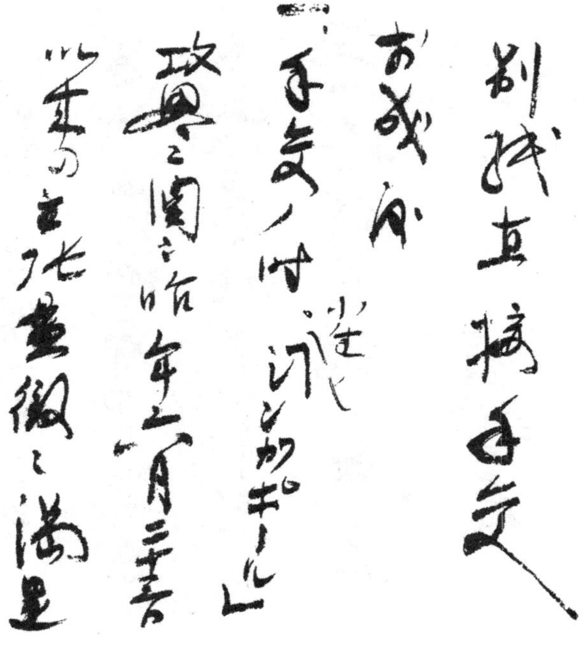

拝呈　一路平安ヲ
祈候。
別紙直接手交
相成度。
一、手交ノ時、小生「シンガポール」
攻略ニ関シ昨年六月二十三日
以来の主張貫徹ニ満足

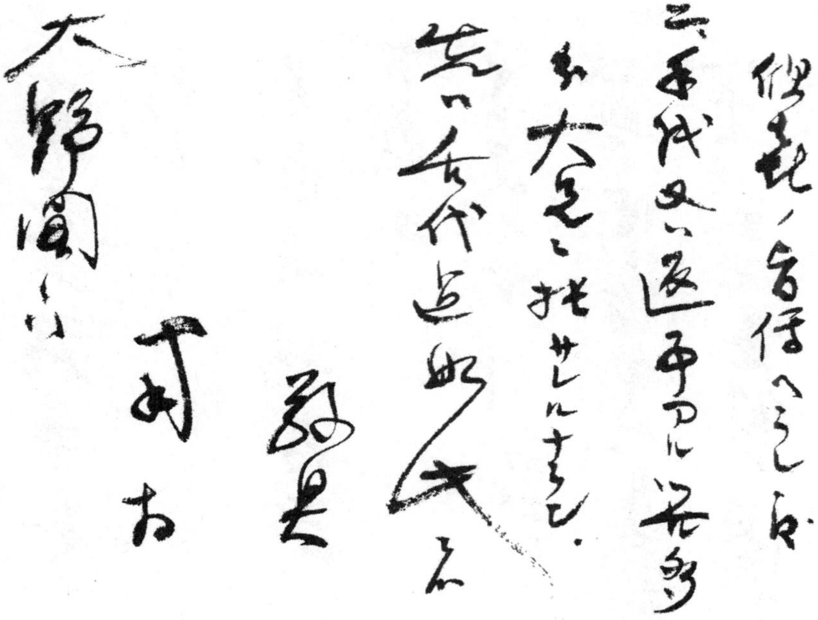

欣喜ノ旨伝ヘラレ度。
二、手紙又ハ返事アル筈、多
分大兄ニ托サレルナラン。
先ハ舌代迠如此ニ候。

敬具

南拝

大野閣下

南次郎 → 大野緑一郎(1942. 2. 3)

國會圖書館 番號 81-14

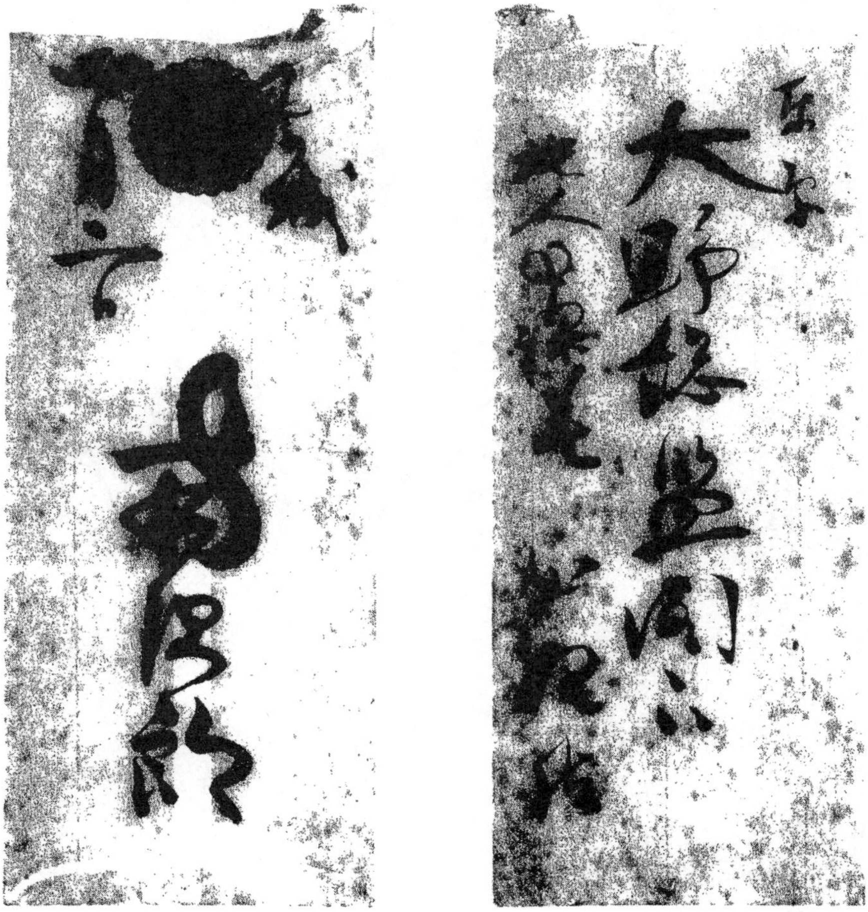

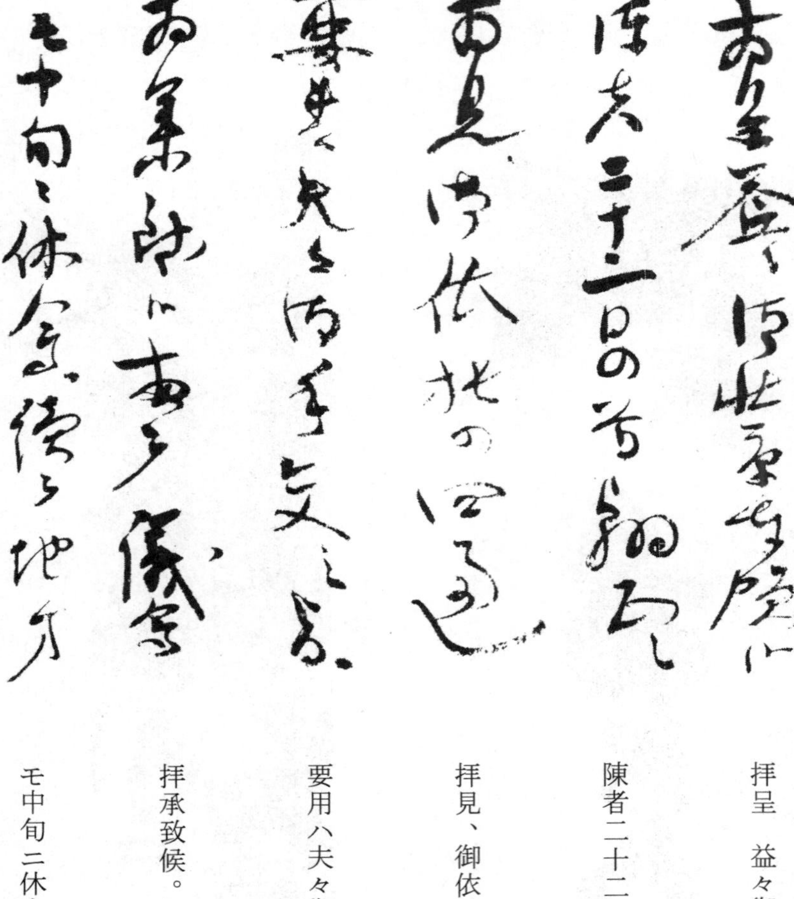

拝呈　益々御壮康奉賀候。
陳者二十二日の尊翰正ニ
拝見、御依托の四通
要用ハ夫々御手交之旨、
拝承致候。扨テ議會
モ中旬ニ休會、続テ地方

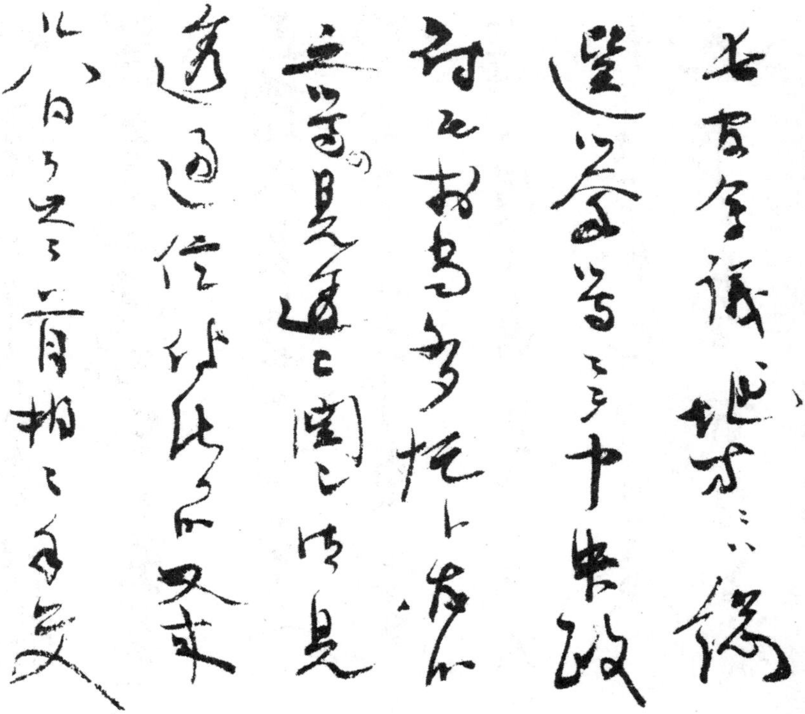

長官會議、地方ニハ総
選挙等ニテ中央政
府モ相当多忙ト存候。
之等の見透ニ関シ御見
透通信仕居リ候。又来
ル八日ヲ以テ首相ニ手交

方の書簡中ニハ貴院勅
選員定価を造リ置クコト、
三橋局長の栄転(本人ハ
何モ知ラズ、亦希望モ聞カズ)
等ニ関シ所見を申出候
故、東條氏ヨリ御答ナクバ
返事書簡有之候筈ニ候

501　南次郎 → 大野緑一郎(1942. 2. 3)

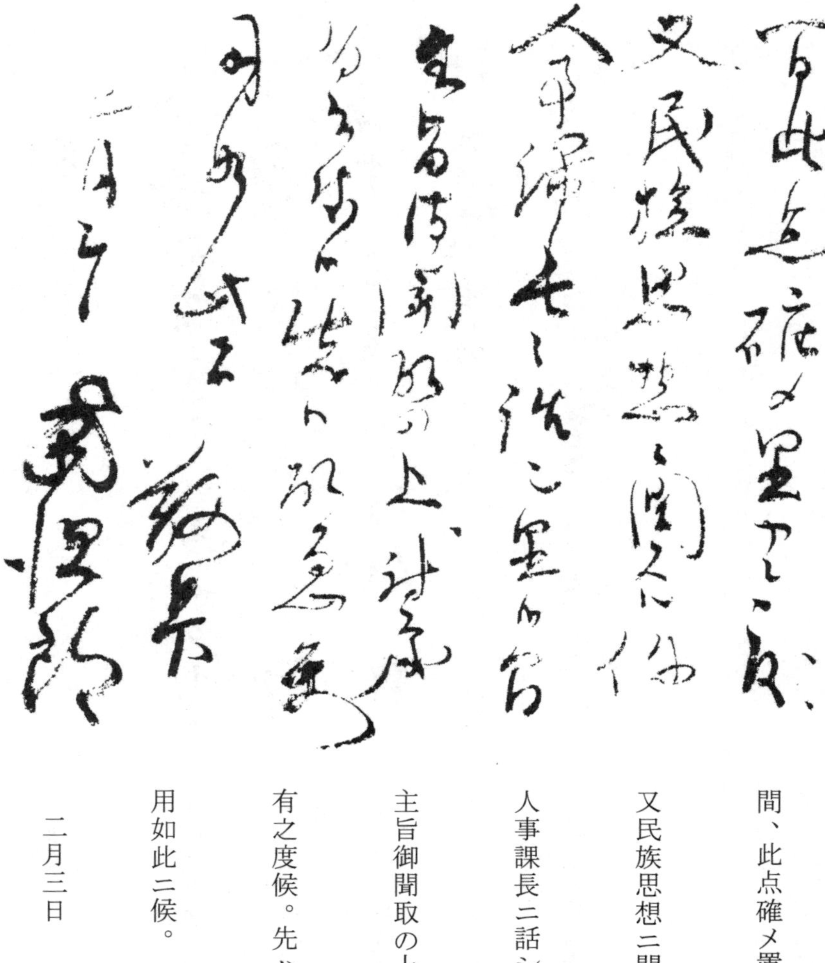

間、此点確メ置カレ度。
又民族思想ニ関スル件
人事課長ニ話シ置候間
主旨御聞取の上、對處
有之度候。先ハ取急要
用如此ニ候。　敬具
二月三日　南次郎

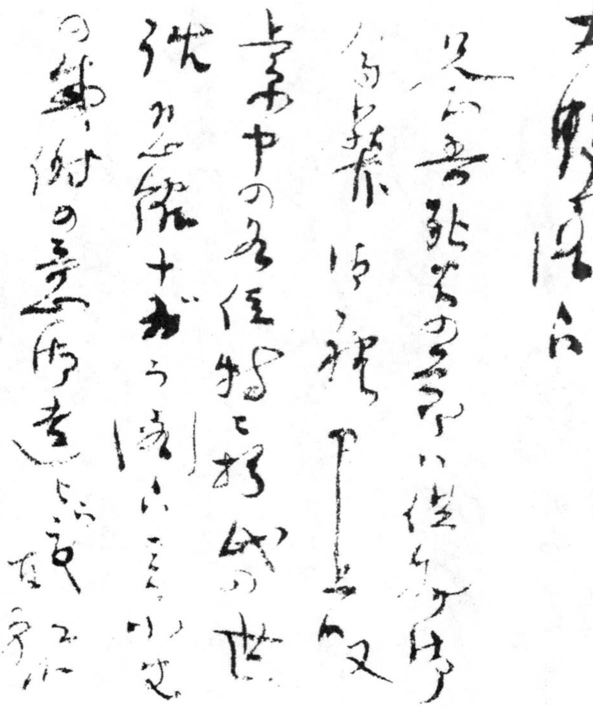

大野閣下

兄正吾死去の節ハ供物御

會葬御礼申上候。又

上京中の各位特ニ杉氏の世

話恐縮ナガラ閣下ヨリ小生

の感謝の意御達被下度奉願候。

南次郎 → 大野緑一郎(1942. 2. 16)

國會圖書館 番號 81-39

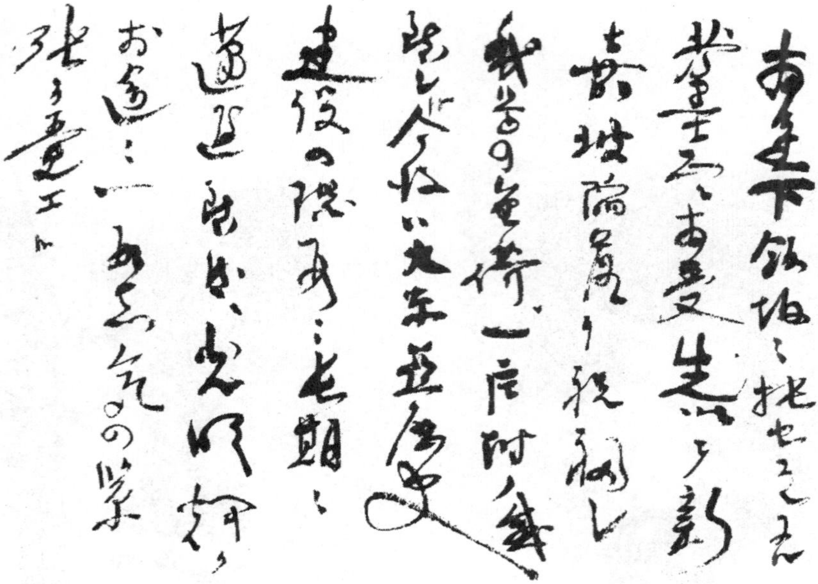

拝呈　下飯坂ニ托セラレタル
芳墨正ニ拝受。先以テ新
嘉波*陥落ヲ祝福シ
我等の重荷一片附ノ感
致シ候。今後ハ大東亜歴史
建設の際段ニ長期ニ
邁進致度、光明輝ク
前途ニ一段志氣の緊
張ヲ覚エ候。

* 新嘉波는 싱가포르의 일본식 표기.

505 南次郎 → 大野緑一郎(1942. 2. 16)

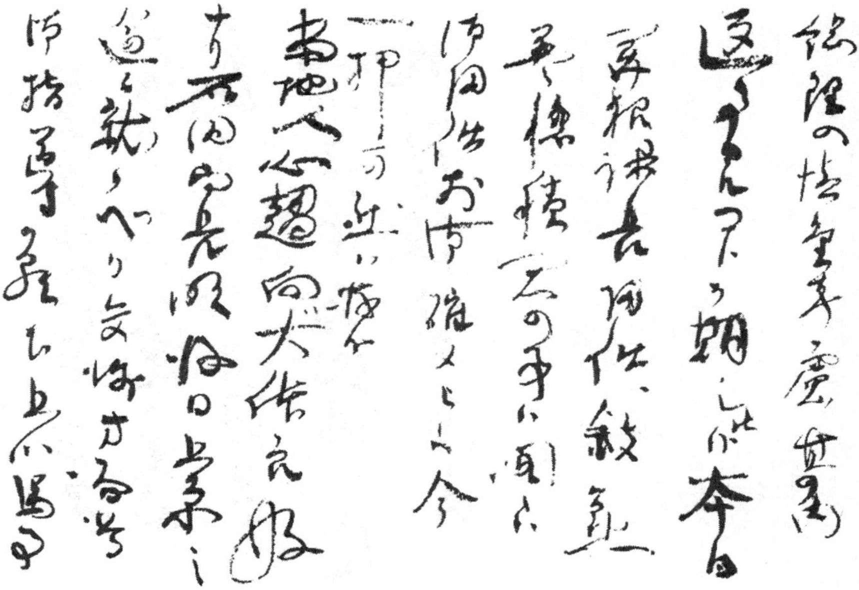

総理の慎重考慮其の内
返事アルコトヲ期シ居候。本日
関根課長帰任、叙勲
並ニ穂積君の事ハ閣下
御帰任前御確メ被下今
一押可然ト存候。
当地人心趨向ハ大体良好
ナリ。石田局長明後日上京之
途ニ就クベク交渉方面會
御指導願ひ上候。馬事

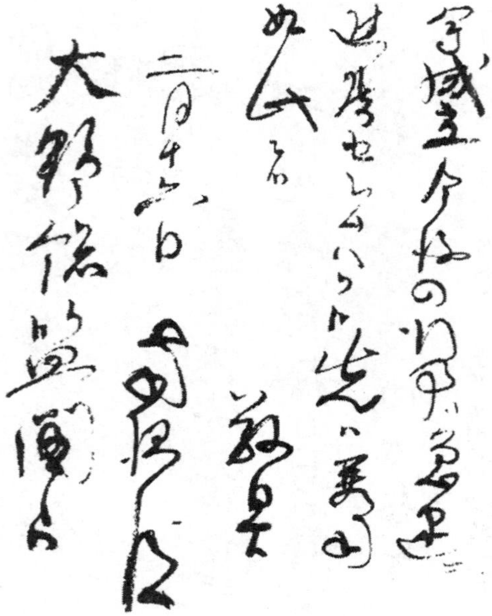

會成立、今後の行事ハ急速ニ
進展セシムヘク候。先ハ要用
如此ニ候。　敬具
二月十六日　南次郎
大野総監閣下

南次郎 → 大野緑一郎(미상. 2. 3)

國會圖書館 番號 81-1

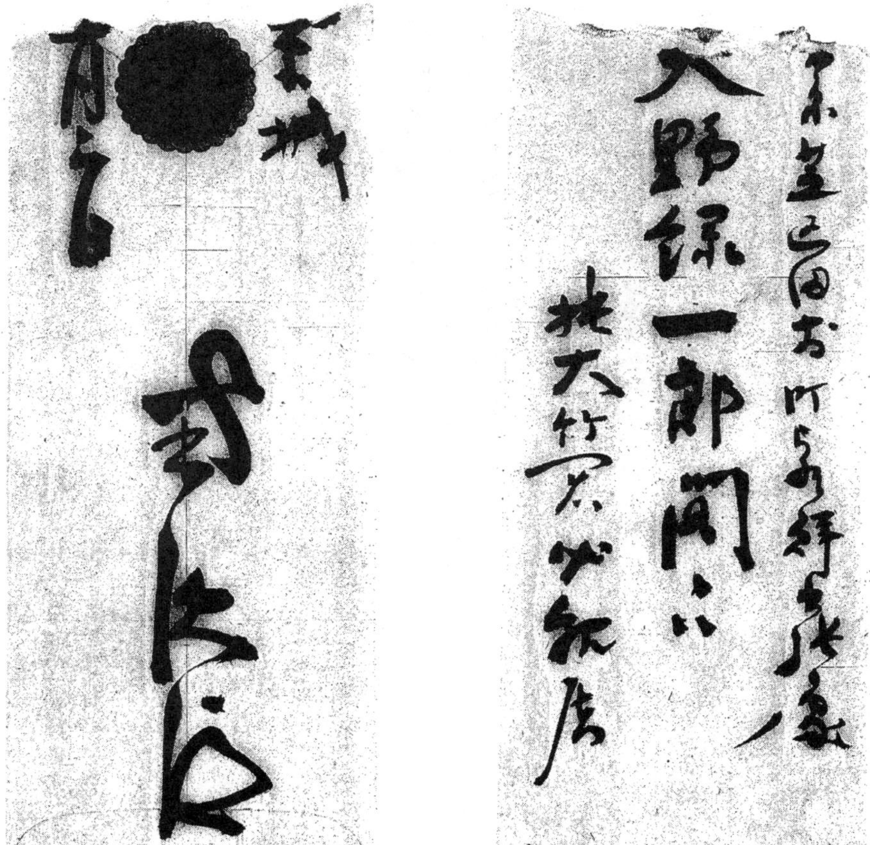

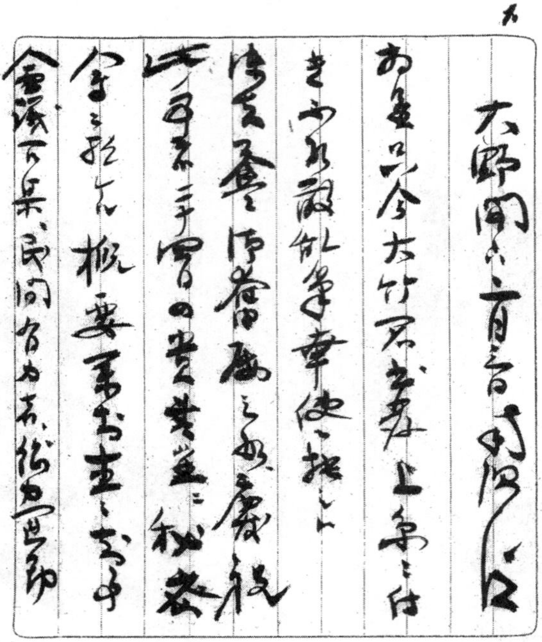

大野閣下　二月三日　南次郎
拝呈　只今大竹君出発上京ニ付
き不取敢乱筆幸便ニ托シ候。
陳者益々御奮励之段、慶祝
此ノ事ニ候。二十四日の貴書並ニ秘密
會ニ於ケル概要承知、直ニ知事
會議召集、民間有力者、総力運動

509 南次郎 → 大野緑一郎(미상. 2. 3)

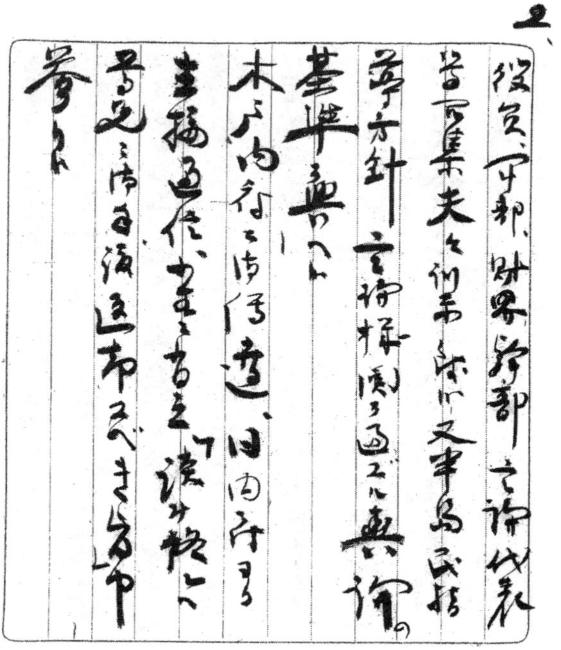

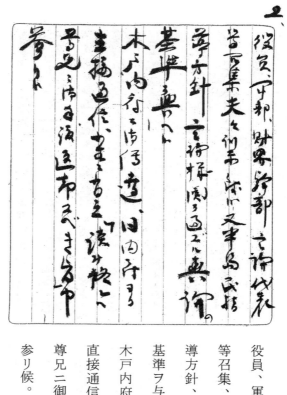

役員、軍部、財界幹部、言論代表
等召集、夫々訓示致候。又半島民指
導方針、言論機関ヲ通ズル輿論の
基準ヲ与へ候。
木戸内府ニ御伝達、同内府ヨリ
直接通信、小生ニ有之「読み終レハ
尊兄ニ御手渡返却スベキ旨」申
参リ候。

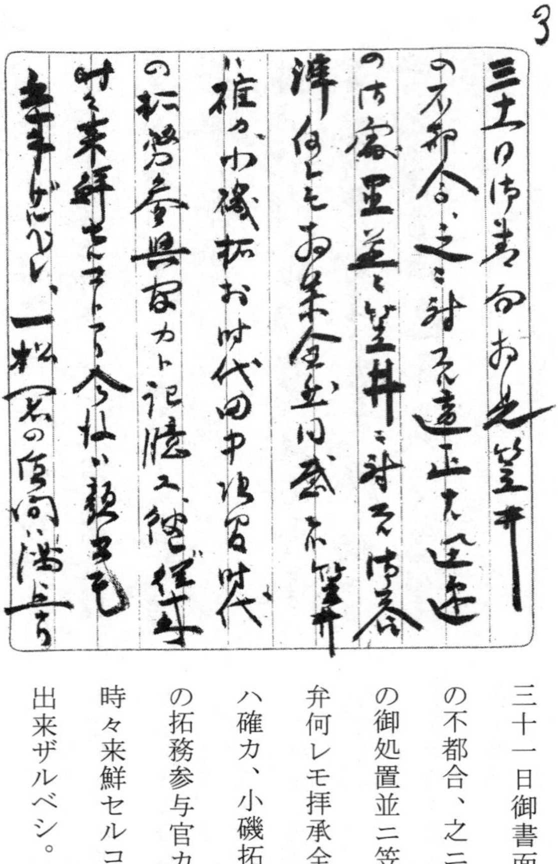

三十一日御書面拝見、笠井
の不都合、之ニ對スル適正ナル迅速
の御処置並ニ笠井ニ對スル御答
弁何レモ拝承全然同感ニ候。笠井
ハ確カ、小磯拓相時代田中次官時代
の拓務参与官カト記臆*ス、彼ハ従来
時々来鮮セルコトアリ今後ハ顔出モ
出来ザルベシ。一松君の質問ハ満点ナリ。

* 쓰인 그대로 표기. 현재는 記憶으로 씀.

511 南次郎 → 大野緑一郎(미상. 2. 3)

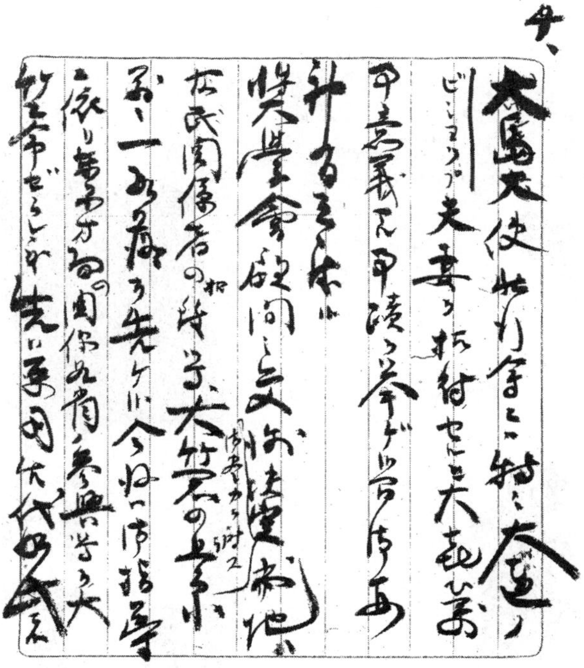

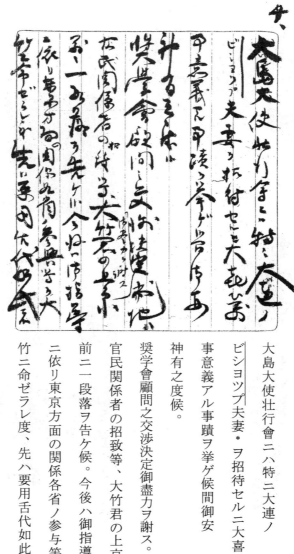

大島大使壮行會ニハ特ニ大連ノ
ビショップ夫妻*ヲ招待セルニ大喜ひ万
事意義アル事蹟ヲ挙ゲ候間御安
神有之度候。
奨学會顧問之交渉決定御盡力ヲ謝ス。当地ハ
官民関係者の招致等、大竹君の上京
前ニ一段落ヲ告ケ候。今後ハ御指導
ニ依リ東京方面の関係各省ノ参与等ヲ大
竹ニ命ゼラレ度、先ハ要用舌代如此ニ候。

* 존·비숍과 이사베라 버드·비숍(Isabella Bird Bishop) 부처.

南次郎 → 大野緑一郎(미상. 9. 14)

513 南次郎 → 大野緑一郎(미상. 9. 14)

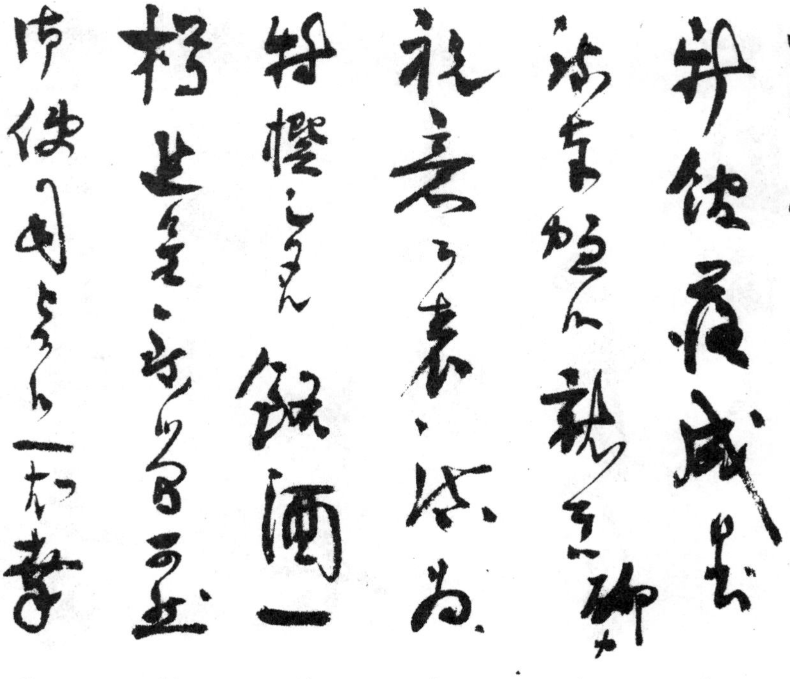

拝呈
新館落成目出
度奉賀候。就テハ聊カ
祝意ヲ表度為、
特撰シタル銘酒一
樽進呈致候間可然
御使用被下候へば幸

甚ニ存候。先ハ要用

如此ニ候。

敬具

九月十四日　夜

南次郎

大野閣下

南次郎 → 大野緑一郎(미상. 6. 19)

國會圖書館 番號 81-13

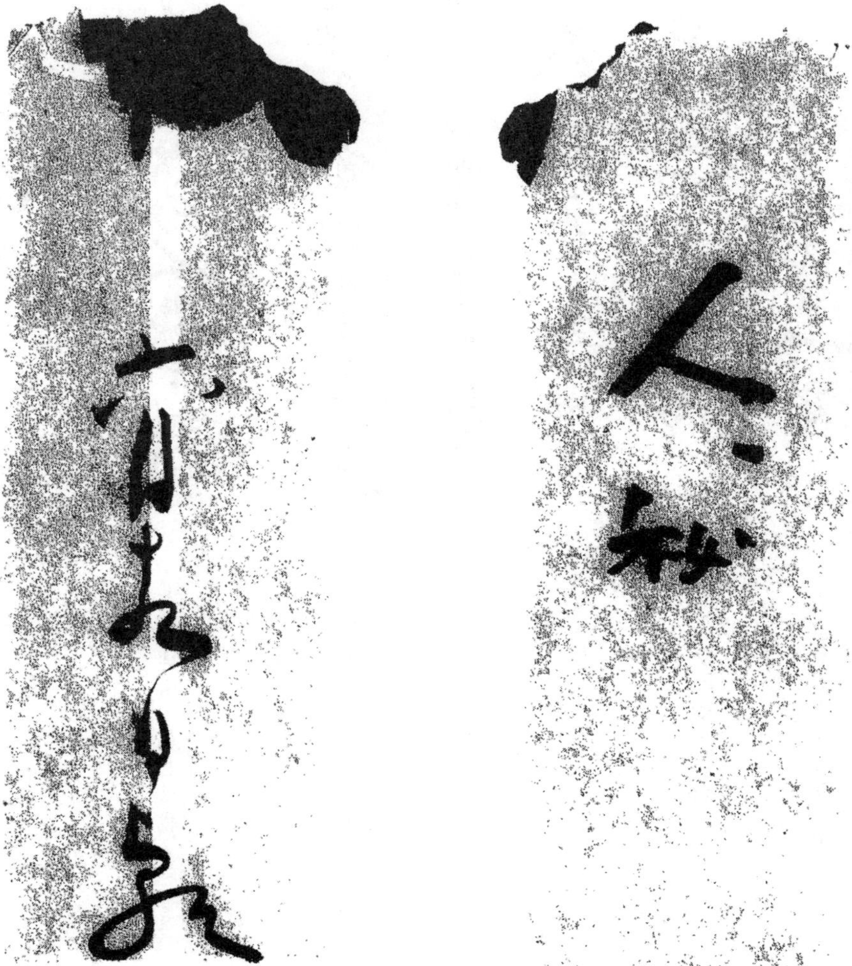

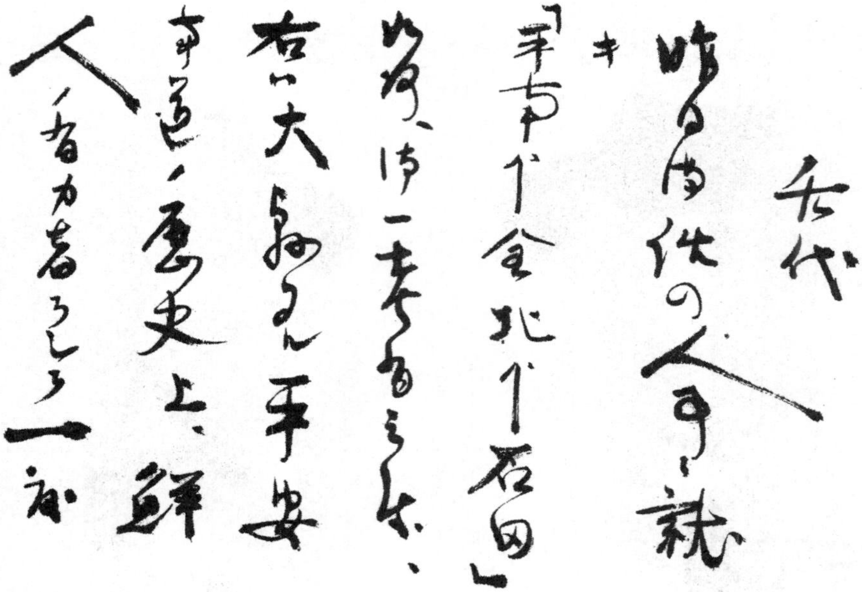

舌代

昨日御話ノ人事ニ就

キ

「平南↑全北↑石田」

如何、御一考有之度、

右ハ大県タル平安

南道ノ歴史上、鮮

人ノ有力者ヲシテ一度

517 南次郎 → 大野緑一郎(미상. 6. 19)

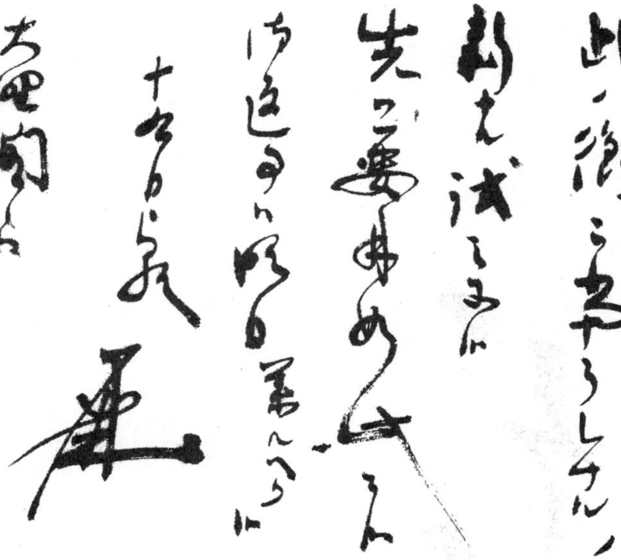

此ノ衝ニ当ラシムルノ
新ナル試ミに候。
先ハ要用如此ニ候。
御返事ハ明日承ルヘク候。
十九日朝　(南次郎花押)
大墅閣下

南次郎 → 大野緑一郎(미상. 미상. 21)

國會圖書館 番號 81-43

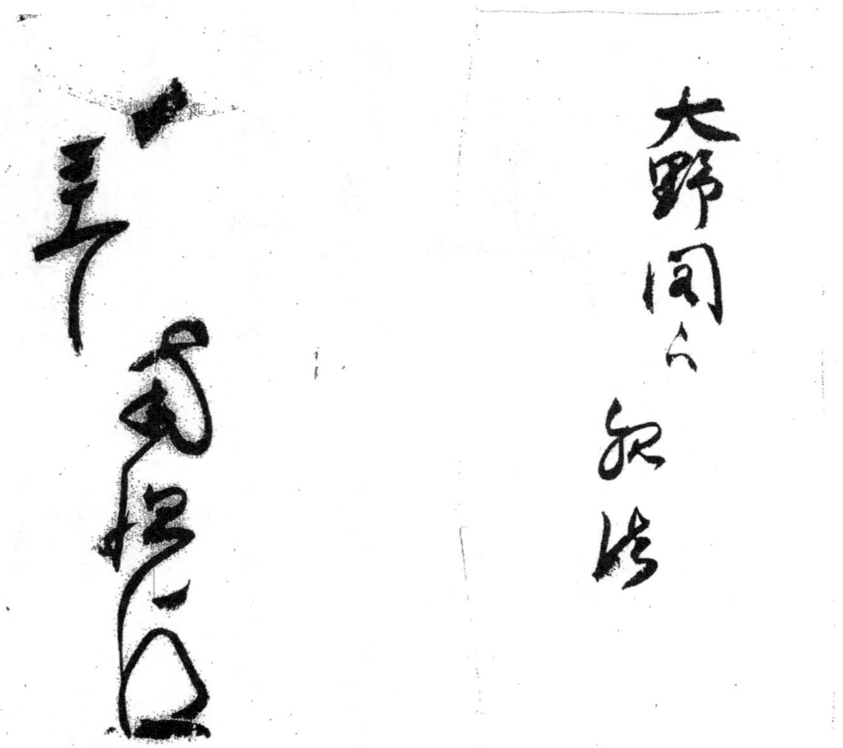

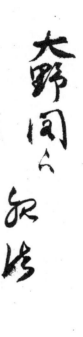

519 南次郎 → 大野緑一郎(미상. 미상. 21)

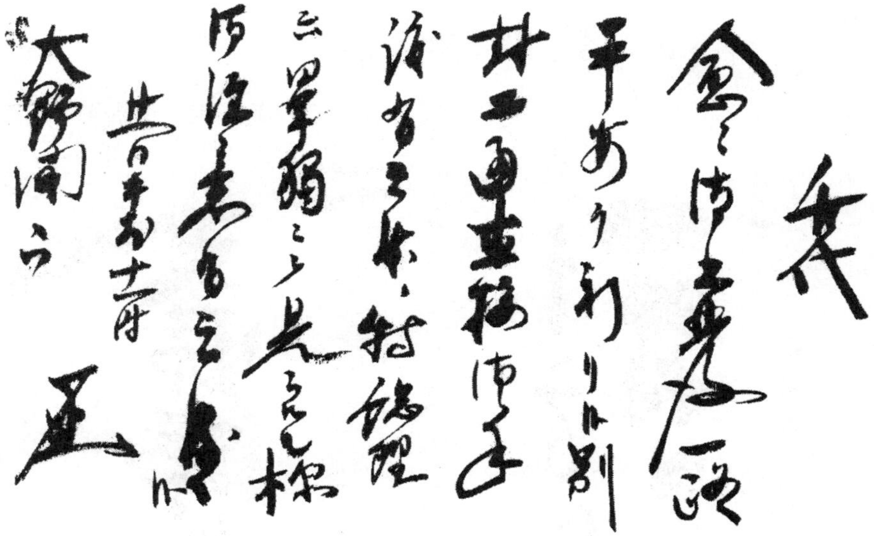

舌代
愈々御出発一路
平安ヲ祈リ候。別
封二通直接御手
渡有之度、特総理
ニハ単独ニテ見ラルル様
御注意有之度候。
廿一日午前十一時
(南次郎花押)
大野閣下

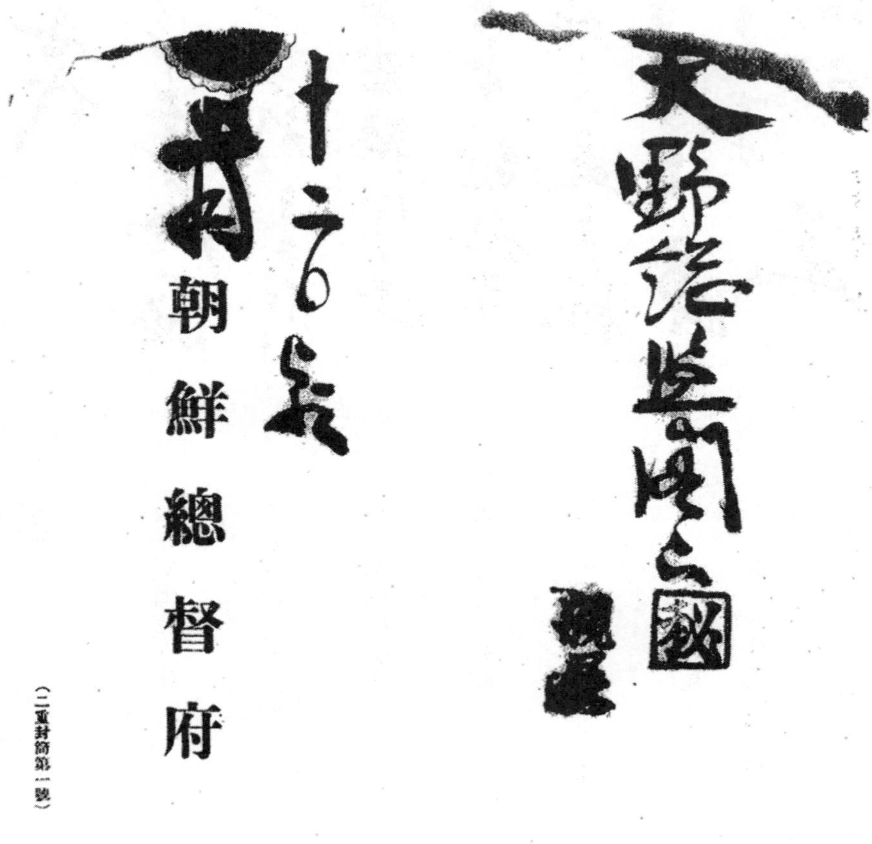
大野總監閣下
南
朝鮮總督府
(二重封筒第二號)

521 南次郎 → 大野緑一郎(미상. 미상. 12)

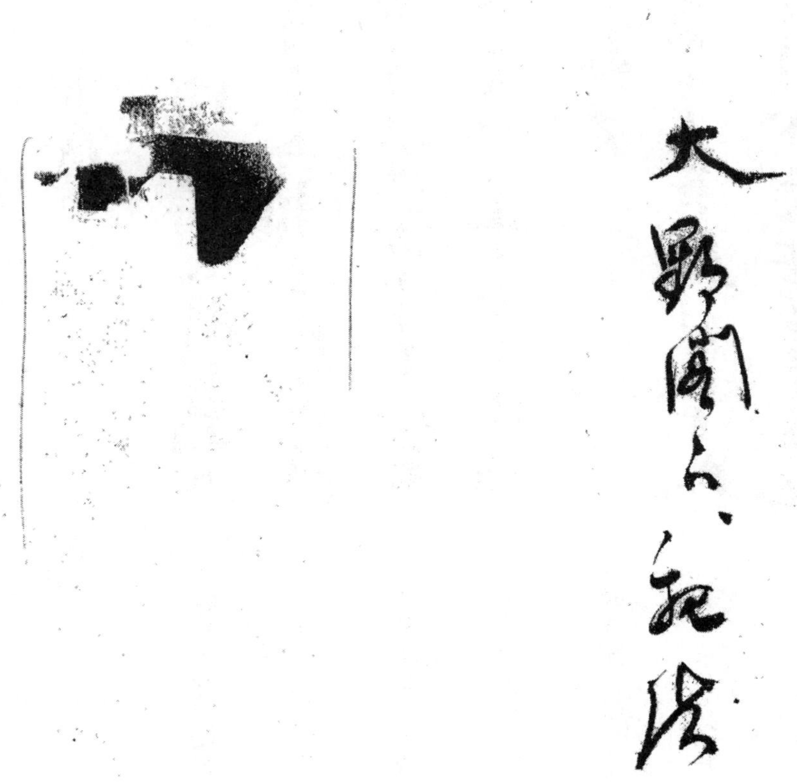

大野閣下 親展

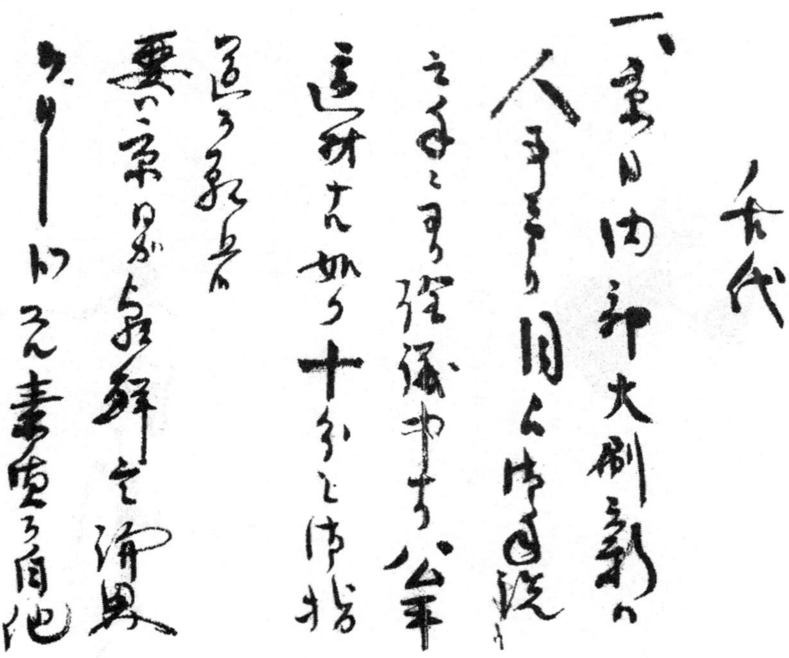

舌代

一、京日内部大刷新ハ
人事ニアリ目下御手洗*
之手ニヨリ詮議中ナリ。公平
適材ナル如ク十分之御指
置ヲ願上候。
要ハ京日ガ朝鮮言論界
ヲリードスル素質ヲ自他

* 御手洗長雄(みたろい たつお). 1934년부터 경성일보 부사장. 1939년부터 동 신문사 사장을 역임.

523 南次郎 → 大野緑一郎(미상. 미상. 12)

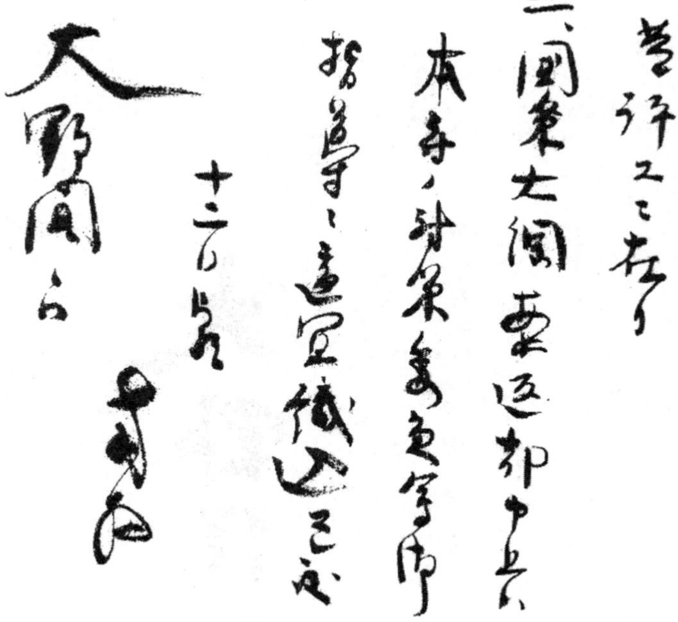

共ニ評スニ在リ。

二、國策大綱案返却申上候。

本府ノ對策委員會御

指導ニ適宜織込マレ度。

十二日　朝

南拜

大野閣下

南次郎 ⟶ 大野緑一郎(미상. 4. 17)

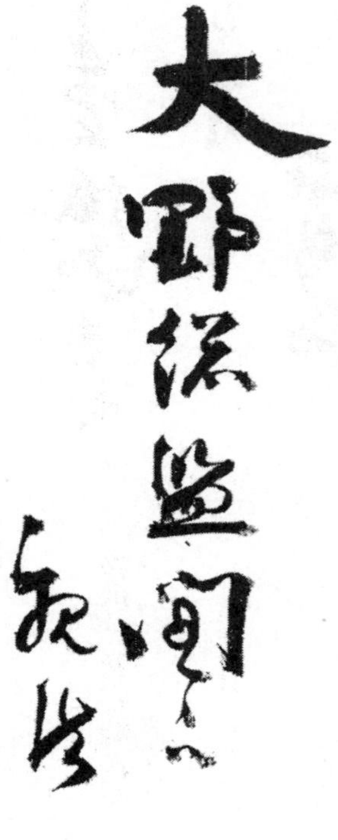

525 南次郎 → 大野緑一郎(미상. 4. 17)

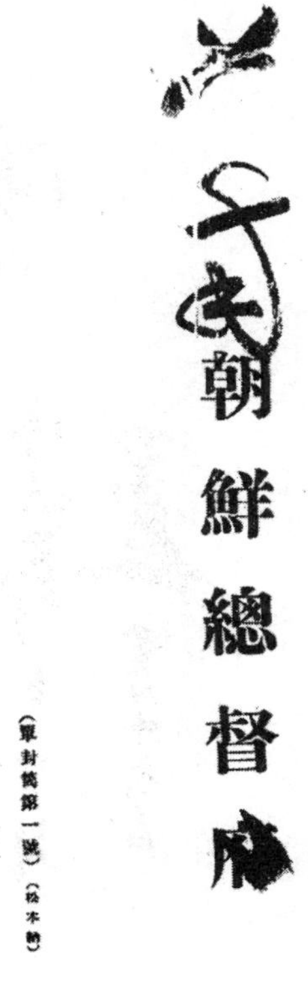
朝鮮總督府

(單封筒第一號)(松本納)

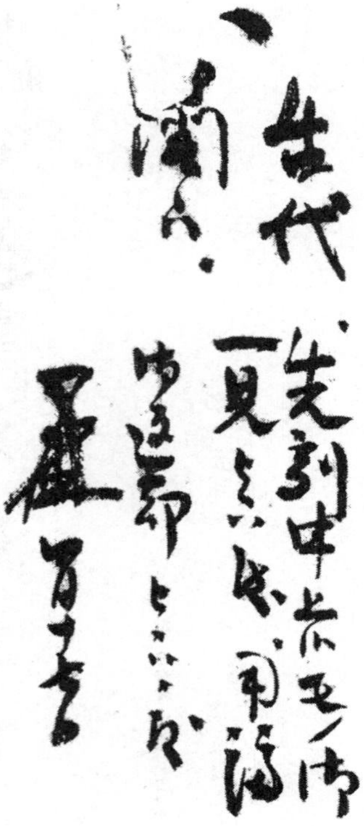

舌代　先刻申上候モノ御
閣下　一見被下度、用済
御返却被下度。
(南次郎花押)　四月十七日

527 南次郎 → 大野緑一郎(미상. 4. 17)

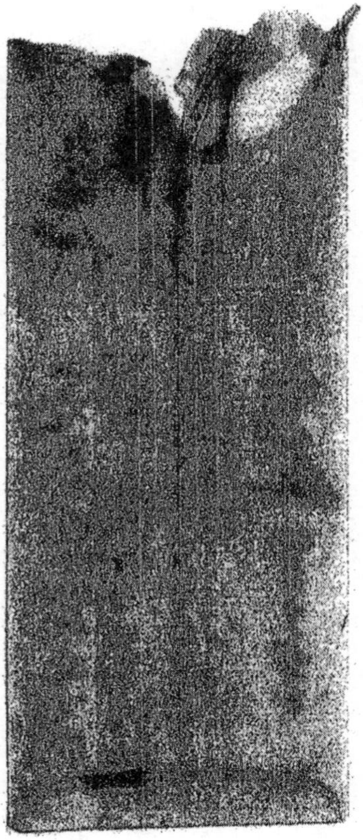

(5) 日滿經濟ブロツクヲ目標トスル以上ハ經濟ノ心臟タル貨幣金融制度ヲ統一シ日本ト同一ノ金貨制ヲ實施シ日本大藏省ノ統制ノ下ニ置ク可キモノトス

說明

此問題ハ日滿議定書中ニ規定スベキ價値アル最モ重要ナル經濟事項ノ一ニシテ日滿兩國間ヲ結合スル唯一ノ根本策タルハ論ヲ待タズ現在ノ如ク爲替運用ニヨリ金銀間位ヲ維持スルヲ以テ差支ナシトスルモ夫ハ畢竟一時姑息ナル事務的ノ一方法ニシテ決シテ永久强固ナル結合ト言フ可ラズ現ニ實大信會社ノ株券ノ如キハ圓金拂ト銀圓拂ノ相場ハ同一會社ノ株ニテ一株數圓ノ差アリ小生ノ見ル所ニテハ只單ニ相互金銀間價ヲ以テ足レリトセズ金利金融ノ浮沈統制又ハ公社債ノ日滿兩國ノ市場ニ於ケル賣買上ニモ何等ノ差等ナク國民上下ヲ通ジ恰モ一國ノ感アラシムル事其事ヲ目的トセザル可ラズ英國ノ磅ブロツクヲ見ルニ根底ヨ

529 (南次郎) → (미상. 11. 2)

十一月二日 安川氏 南次郎

◎日満經済ブロツクヲ目標トスル以上ハ經済ノ心臓タル貨幣金融制度ヲ統一シ日本ト同一ノ金貨制ヲ実施シ日本大蔵省ノ統制ノ下ニ置ク可キモノトス

説明

此問題ハ日満議定書中ニ規定スベキ価値アル最モ重要ナル經済事項ノ一ニシテ日満両國間ヲ結合スル唯一ノ根本策タルハ論ヲ待タズ。現在ノ如ク為替運用ニヨリ金銀同位ヲ維持スルヲ以テ差支ナシトスルモ夫ハ畢竟一時姑息ナル事務的ノ一方法ニシテ決シテ永久強固ナル結合ト言フ可ラズ。現ニ電信會社ノ株券ノ如キハ円金払ト銀円払ノ相場ハ同一會社ノ株ニテ一株四円ノ差アリ。小生ノ見ル所ニテハ只単ニ相互金銀同価ヲ以テ足レリトセズ金利金融ノ浮沈統制又ハ公社債ノ日満両國ノ市場ニ於ケル売買上ニモ何等ノ差等ナク國民上下ヲ通ジ恰モ一國ノ感アラシムル事其事ヲ目的トセザル可ラズ。英國ノ磅* ブロツクヲ見ルニ根底ヨ

(주) 본문 용지의 가장자리 공백란에 미나미 총독이 메모를 30곳 정도 해놓아 자신의 의견을 표현해 놓았다. 그 내용은 다음 ①~㉚과 같다.

① (一) 金貨制トスベシ. 상단에 표기

② 十一月三日安川氏ヨリ呈出　南次郎

* 磅은 영국의 파운드 표기.

③

リ國情ヲ異ニスル各國間ニ於テスラ尚且相互ノ通貨安定ヲ第一義トナスニ非ラズヤ

本問題ハ日常國民ノ生活ニ直接影響ヲ感ゼザルガ如ク見ユルモ日滿兩國ノ經濟ヲ論ズル場合之以上重要ナル問題ナシト斷ズルモ敢テ過言ニ非ザルヲ信ズルモノナリ速ニ御斷行ヲ希望ス

(○)次ニ滿洲ノ國情ニ於テハ金融上長期貸附ヲ爲シ得ル拓殖工業銀行ヲ設立シ又細民ノ金融機關トシテ信用組合的ノ組織ニヨル機關ヲ必要トス

說明

意義明瞭說明ヲ省略ス

(○)滿洲經濟行政ハ（國防上必要事業ハ論外）交通、農業、礦業ニ先以テ全力ヲ注ギ産業部門ヲ第二次的ニ考フ可キモノトスリ國情ヲ異ニスル各國間ニ於テスラ尚且相互ノ通貨安定ヲ第一義トナスニ非ラズヤ。

本問題ハ日常國民ノ生活ニ直接影響ヲ感ゼザルガ如ク見ユルモ日満両國ノ經済ヲ論ズル場合之以上重要ナル問題ナシト断ズルモ敢テ過言ニ非ザルヲ信ズルモノナリ。速ニ御断行ヲ希望ス。

◎次ニ満洲ノ國情ニ於テハ金融上長期貸附ヲ為シ得ル勧農工銀行ヲ設立シ又細民ノ金融機関トシテ信用組合的ノ組織ニヨル機関ヲ必要トス

説明

竟義明瞭説明ヲ省略ス。

◎満洲經済行政ハ(國防上必要事業ハ論外)交通、農業、鑛業ニ先以テ全力ヲ注ギ産業部門ヲ第二次的ニ考フ可キモノトス

③ 商農工銀行設立ヲ要ス

④

説明

交通　満洲ノ如ク廣大ナル國土ニ於テハ國防ト言ハズ經濟ト言ハズ先
以テ交通ノ便ヲ計ル要アルハ論ヲ待タズ都市間ノ聯絡、物資産出地方
ト集散市場トノ聯絡ハ言フニ及ハズ但シ世界各國ノ情勢ヨリ見テ遽急
ヲ欲スルモノハ航空ニヨリ、地上ハ鐵路ヨリ寧ロ自動車道路ヲ出來得
ル限リ縦横ニ敷設スルガ得策ナルベシ
尤モ滿人農夫ノ現在使用スル荷車ハ少クモ現在ノ車輪ノ幅ヲ二倍以上
ニ廣クスル必要アリ爲ニ從來ヨリ多クノ牽引力ヲ入用トスルモ道路ノ
改築ニヨリ相償ツテ餘リアル可シ

農業　在來ノ大豆、高粱、粟等ハ元ヨリ其品種ノ改良收穫高ノ増加ヲ
計ルハ當然ナルガ都市ノ近郊ハ加工シ以テ海外輸出シ得ラル、農産物
ヲ獎勵スル事、國富増進ノ上ニ於テ最モ肝要ナリ例ヘバ馬鈴薯ヲ作リ
之ヨリ澱粉ヲ製造シ、青豆ヲ栽培シ之ヲ罐詰トシ又ハアスパラガスヲ

533 (南次郎) → (미상. 11. 2)

説明

交通　満洲ノ如ク広大ナル國土ニ於テハ國防ト言ハズ經済ト言ハズ先以テ交通ノ便ヲ計ル要アルハ論ヲ待タズ、都市間ノ連絡、物資産出地方ト集散市場トノ聯絡*ハ言フニ及ハズ。但シ世界各國ノ情勢ヨリ見テ事急ヲ欲スルモノハ航空ニヨリ、地上ハ鐵路ヨリ寧ロ自動車道路ヲ出来得ル限リ縦横ニ敷設スルガ得策ナルベシ。

尤モ満人農夫ノ現在使用スル荷車ハ少クモ現在ノ車輪ノ幅ヲ二倍以上ニ広クスル必要アリ。為ニ従来ヨリ多クノ牽引力ヲ入用トスルモ道路ノ改善ニヨリ相償ツテ余リアル可シ。

農業　在来ノ大豆、高粱、粟等ハ元ヨリ其品種ノ改良収穫高ノ増加ヲ計ルハ当然ナルガ都市ノ近郊ハ加工シ以テ海外輸出シ得ラルヽ農産物ヲ奨励スル事、國富増進ノ上ニ於テ最モ肝要ナリ。例ヘバ馬鈴薯ヲ作リ之ヨリ澱粉ヲ製造シ、青豆ヲ栽培シ之ヲ缶詰トシ又ハアスパラガスヲ

---

④ (三)經済行政

(ト)交通

(ロ)農業

(ハ)鉱業

ノ三ツ工業力ヲ集中

○ 畜産ヲ加ヘテ四ツトスルハ可トス

* 원문 그대로. 현재는 連絡으로 씀.

⑤ ⑥ ⑦ ⑧

作リ、玉蜀黍ヨリコーンフレークヲ得ル等在米鮮人及日本人モ經驗無キ世界的食料品ヲ製出スル様獎勵セサルベカラズ卽チ習慣ヲ墨守スル農業ヨリ今一步國際的ニ步ミ出ス考ヘヲ以テ大ニ發展セザル可ラズ、此等ノ指導ヲ受クルニハ宜シク和蘭及デンマーク等農業本位ヲ以テ立國ノ基トナシ居ル國人ヲ聘シ其師範ニ待ツヲ可トス

四、地下ノ富源開發ハ技術家ノ努力ニ待ツ外ナシト雖モ往々各國ノ實例ヲ見ルニ其發見ハ多クハ素人ノ冒險的擧ニ得ル事少シトセズ要ハ種ヲ以テ人間ノ本能ヲ極度ニ發揮セシムルニ在ルト共ニ其作業ニ至リテモ亦礦業ノ種類卽チ砂金採取ノ如キハ大局ノ取締ハ統制的ニ取扱フ必要アリト雖モ進ンデ民營ニ開放スルヲ以テ得策トス

(○)官制、學制ヲ改正シ適材ヲ適所ニ永ク留任セシムル方法ヲ講ズル事

說明

535 (南次郎) → (미상. 11. 2)

作リ、玉蜀黍ヨリコーンフレークヲ得ル等在来満人及日本人モ經驗無キ世界的食料品ヲ製出スル様奨励セサルベカラズ。即チ旧慣ヲ墨守スル農業ヨリ今一歩國際的ニ歩ミ出ス考ヘヲ以テ大ニ発展セザル可ラズ、此等ノ指導ヲ受クルニハ宜シク和蘭及デンマーク等農業本位ヲ以テ立國ノ基トナシ居ル國人ヲ聘シ其師範ニ侍ツヲ可トス。

礦業　地下ノ國富開発ハ技術家ノ努力ニ待ツ外ナシト雖モ僅々各國ノ実例ヲ見ルニ其発見ハ多クハ素人ノ冒険的探求ニ得ル事少シトセズ。要ハ利ヲ以テ人間ノ本能ヲ極度ニ発揮セシムルニ在ルト共ニ其作業ニ至リテモ亦礦業ノ種類即チ砂金採取ノ如キハ大局ノ取締ハ統制的ニ取扱フ必要アリト雖モ進ンデ民営ニ開放スルヲ以テ得策トス。

◎官制、職制ヲ改正シ適材ヲ適所ニ永ク留任セシムル方法ヲ講ズル事

説明

---

⑤ 一〇

⑥ 本府モ人ヲスベシ

⑦ 可

⑧ 人事

⑩ ⑨

官民ノ別ナク總テ國情ヲ異ニスル滿洲國ニ奉職スルモノハ地方ノ民情ニ通ジ、滿人ト個人的親交有テ初メテ業務ノ圓滿進行ヲ得ラル、モノトス殊ニ經濟關係者ニ於テ其必要性ヲ認ム、現ニ英國ノ如キハ殖民地在勤者ハ本國在勤者ニ比シ遙カニ優秀ナル待遇ヲ與ヘ出來得ル限リ同一地方ニ永住セシムル方針ヲトリ居リ其ノ爲到ル所當該國人ヨリ尊敬ヲ受ケ萬事圓滿、平和的ニ意志ノ疏通ヲ得之ヲ大ニシテハ本國ノ國威發揚トナリ國防上ニ於テモ利スル所大ナルモノアリ

◎中小商業（一名民業）ノ發展ヲ獎勵スル爲滿鐵其他日系官吏ノ消費組合、購買會ヲ全廢スベシ

說明

枯木モ山ノ賑ト古諺ニ言ヘル如ク凡ソ一都市ノ形態ヲ形成スルニハ必ズ中小商店ノ存立ヲ必要トス小賣商店ノ無キ都會ハ所謂死ノ都ト稱ヘ

537 (南次郎) → (미상. 11. 2)

官民ノ別ナク総テ國情ヲ異ニスル満洲國ニ奉職スルモノハ地方ノ民情ニ通ジ、満人ト個人的親交有テ初メテ業務ノ円満進行ヲ得ラル丶モノトス。殊ニ經済関係者ニ於テ其必要性ヲ認ム、現ニ英國ノ如キハ殖民地在勤者ハ本國在勤者ニ比シ遙カニ優秀ナル待遇ヲ与ヘ出来得ル限リ同一地方ニ永住セシムル方針ヲトリ居リ其ノ為到ル所当該國人ヨリ尊敬ヲ受ケ萬事円満、平和的ニ意志ノ疎通ヲ得之ヲ大ニシテハ本國ノ國威発揚トナリ國防上ニ於テモ利スル所大ナルモノアリ。

◎中小商業(一名民業)ノ發展ヲ奨励スル為満鐵其他日系官吏ノ消費組合、購買會ヲ全廃スベシ

説明

枯木モ山ノ賑ト古語ニ言ヘル如ク凡ソ一都市ノ形態ヲ形成スルニハ必ズ中小商店ノ存立ヲ必要トス。小売商店ノ無キ都會ハ所謂死ノ都ト称ヘ

---

⑨ 適務ヲ処ニ永ク当セムルコト
今井課長ノ待遇ヲ強調ス

⑩ 消費社會組合全廃ス

⑪ ⑫

人心ノ委靡ヲ招キ繁榮ヲ來タスモノニアラズ、然ルニ此等小商店ノ業務ニ關スル日常ノ需要品ハ滿鐵ト云ヒ日系官吏ト云ヒ集團的需要家ハ夫々自給自辨ヲナシ市民商務ノ源泉ヲ斷止シ居ルヲ以テ滿洲ニ移住シ來ル經濟移民ハ數ニ振ハズ此點滿洲繁榮策トシテハ大ニ考フベキ大問題ノ一トス

◎山東移民ノ制限ヲ緩和ス可シ

說明

拓務省ノ御方針トシテハ夫ノ二十ケ年百萬戶ノ計畫ヲ建ツルト共ニ出來得ル限リ本邦人ノ移殖ニ全力ヲ注キ山東移民ヲ制限セラルヽモ滿洲ノ現狀ハ一刻モ早ク未墾ノ土地ヲ開キ特產物ノ增產ヲ計リ國力ノ充實ヲ急グ要アリ故ニ北滿ノ如キ個人所有地ニシテ未耕地ノ多キ地方及播種時及收穫時期ノ如キ勞力缺乏ノ爲充分ノ耕作ヲ爲シ能ハザル方面頗

人心ノ萎靡ヲ招キ繁栄ヲ来タスモノニアラズ、然ルニ此等小商店ノ業務ニ属スル日常ノ需要品ハ満鐵ト言ヒ日系官吏ト言ヒ集団的需要家ハ夫々自給自弁ヲナシ市民商務ノ源泉ヲ断止シ居ルヲ以テ満洲ニ移住シ来ル經済移民ハ更ニ振ハズ此点満洲繁栄策トシテハ大ニ考フベキ大問題ノ一トス。

◎ 山東移民ノ制限ヲ緩和ス可シ

説明

拓務省ノ御方針トシテハ夫ノ二十ヶ年百萬戸ノ計画ヲ建ツルト共ニ出来得ル限リ本邦人ノ移殖ニ全力ヲ注キ山東移民ヲ制限セラルヽモ満洲ノ現状ハ一刻モ早ク未墾ノ土地ヲ開キ特産物ノ増産ヲ計リ國力ノ充実ヲ急グ要アリ。故ニ北満ノ如キ個人所有地ニシテ未耕地ノ多キ地方及播種時及収穫時期ノ如キ労力欠乏ノ為充分ノ耕作ヲ為シ能ハザル方面頗

⑪ 可

⑫ (大)山東移民ヲ入ルベシ

⑭ 可ナリ

⑬ 七）滿鐵營業方針ヲ變更ス

ル多シ、故ニ此等ノ方面ニ對シテハ小作法ニ依ルカ或ハ又特別ノ規定ヲ設ケ他日本邦人ノ入國增加ノ場合ニ容易ニ代リ得ル樣豫メ適當ノ方法ヲ講ジ以テ北滿開發ノ途ヲ建ツル事肝要ナリ

◎滿鐵ハ事變前ノ舊營業方針ヲ變改スルヲ要ス

說明

滿洲ガ支那ノ宗主權ノ下ニ在ル當時ナラバイザ知ラズ事變後ノ今日ニ於テモ其營業方針ハ依然トシテ同一方針ヲ採ルハ遺憾ナリ卽チ前ニ在ツテハ石炭ノ如キ滿洲內地ハ相當ニ賣價ヲ高メ海外ハ世界的市價ニ因ルガ如ク又運賃政策モ世界無比ノ高率ヲ維持スルハ事變前ナレバ兎モ角今日ニ在ツテハ滿洲內地ノ產業發展ヲ妨ゲ大ニ延ビントスル滿洲經濟界ノ爲メ速カニ方針變更ヲ必要トス

ル多シ。故ニ此等ノ方面ニ對シテハ小作法ニ依ルカ或ハ又特別ノ規定ヲ設ケ他日本邦人ノ入國増加ノ場合ニ容易ニ代リ得ル様豫メ適当ノ方法ヲ講ジ以テ北満開発ノ途ヲ建ツル事肝要ナリ。

◎満鐵ハ事変前ノ旧営業方針ヲ変改スルヲ要ス

説明

満洲ガ支那ノ宗主権ノ下ニ在ル当時ナラバイザ知ラズ事変後ノ今日ニ於テモ其営業方針ハ依然トシテ同一方針ヲ採ルハ遺憾ナリ。即チ前ニ在ツテハ石炭ノ如キ満洲内地ハ相当ニ売価ヲ高メ海外ハ世界的市価ニヨルガ如ク、又運賃政策モ世界無比ノ高率ヲ維持スルハ事変前ナレバ兎モ角今日ニ在ツテハ満洲内地ノ産業発展ヲ妨ゲ大ニ延ビントスル満洲經済界ノ為メ速カニ方針変更ヲ必要トス。

---

⑬ (七)満鉄ハ営業方針ヲ変更セズ

⑭ 可ナリ

⑮

◎統制經濟ト自由經濟トノ調和ヲ得ル事必要ナリ

說明

統制必ズシモ不可ナラズ自由必ズシモ排斥ス可キニ非ズ日滿今日ノ國情ハ此兩者ノ並用宜敷ヲ得ルニ在リト信ズ今茲ニ此等ノ是非ヲ論ズル暇ナキヲ以テ短直ニ決論ヲ述ベンニ目下軍ニ於テ御計畫ノ統制第一部ニ屬スル國防上直接ニ必要ナル國營事業竝ニ特種重工業ハ勿論絕對ノ統制ハ可ナリ但シ第二部ノ內或ルモノ及ビ第三部ニ屬スル棉糸布、製糖、麥酒、油房、セメント、パルプ、其他滿洲產原料ヲ以テ輸出貿易ニ資スル工業ノ如キモノ迄統制ノ範圍ニ入ル、ハ資本及事業ノ滿洲ヘノ流入ヲ防キ滿洲ノ經濟ヲシテ迅速ニ健全ナル發達ヲ遂ゲシムル所以ニ非ズ

⑯

又此等ノ工業ヲ統制スルハ統制技術上甚ダ困難ニシテ角ヲ矯メテ牛ヲ殺スノ場合多カル可シ勿論此等ノ事業ハ時ニヨリ一盛一衰需給必ズシ

◎ 統制經済ト自由經済トノ調和ヲ得ル事必要ナリ

説明

統制必ズシモ不可ナラズ自由必ズシモ排斥ス可キニ非ズ。日満今日ノ國情ハ此両者ノ並用宜敷ヲ得ルニ在リト信ズ。今茲ニ此等ノ是非ヲ論ズル暇ナキヲ以テ短直ニ決論ヲ述ベンニ目下軍ニ於テ御計画ノ統制第一部ニ属スル國防上直接ニ必要ナル國営事業並ニ特種重工業ハ勿論絶對ノ統制ハ可ナリ。但シ第二部ノ内或ルモノ及ビ第三部ニ属スル綿糸布、製糖、麦酒、油房、セメント、パルプ、其他満洲産原料ヲ以テ輸出貿易ニ資スル工業ノ如キモノ迄統制ノ範囲ニ入ルヽハ資本及事業ノ満洲ヘノ流入ヲ防キ満洲ノ經済ヲシテ迅速ニ健全ナル発達ヲ遂ゲシムル所以ニ非ズ。

又此等ノ工業ヲ統制スルハ統制技術上甚ダ困難ニシテ角ヲ矯メテ牛ヲ殺スノ場合多カル可シ。勿論此等ノ事業ハ時ニヨリ一盛一衰需給必ズシ

---

⑮ 統制スベカテギルモノヲ統制下ニ入ルルハ不可ナリ

⑯ 大二可ナリ

⑰

モ一定セズ時ニ或ハ操業短縮ヲ要シ或ハ増産ヲ必要トスル場合多々アリト雖モ此等ノ調節ハ事業主自身ノ責任ニ於テ爲スヲ甘ンズルヲ以テ
政策的ニ其點迄統制、制限ヲ加フル必要ナシト認ム
況ンヤ一朝有事ノ際ハ動員統制左程困難ナルモノニ非ズ要ハ平時ニ於テ充分發展擴張セシメ置ク事肝要ナリ

◎一業一社主義ハ監督ヲ特ニ厳ニスルト同時ニ監督者其人ニ適材ヲ要ス

說明

一業一社若シクハ事實的專業ハ多クハ刺激ヲ受クル事少ク自然怠慢ニ流レ改善進取ノ氣慨ニ乏シク又其結果トシテ種々ノ弊害其間ニ起ルハ自明ノ理ナリ故ニ此等ノ弊害ヲ除去センニハ最モ公正ナル監督ヲ必要トスルノミナラズ監督者其人ノ撰定ニ最モ意ヲ用ユル事ガ事業其物ヨリ更ニ重大ナリトス

モ一定セズ時ニ或ハ操業短縮ヲ要シ或ハ増産ヲ必要トスル場合多々アリト雖モ此等ノ調節ハ事業主自身ノ責任ニ於テ為スヲ甘ンズルヲ以テ政策的ニ其点迄統制、制限ヲ加フル必要ナシト認ム。

況ンヤ一朝有事ノ際ハ動員統制左程困難ナルモノニ非ズ要ハ平時ニ於テ充分発展拡張セシメ置ク事肝要ナリ。

◎一業一社主義ハ監督ヲ特ニ厳ニスルト同時ニ監督者其人ニ適材ヲ要ス

説明

一業一社若シクハ専売的事業ハ多クハ刺激ヲ受クル事少ク自然怠慢ニ流レ改善進取ノ氣慨*ニ乏シク又其結果トシテ種々ノ弊害其間ニ起ルハ自明ノ理ナリ。故ニ此等ノ弊害ヲ除去センニハ最モ公正ナル監督ヲ必要トスルノミナラズ監督者其人ノ撰定ニ最モ意ヲ用ユル事ガ事業其物ヨリ更ニ重大ナリトス。

---

⑰ 一業一社ニハ監督ヲ厳ニスベシ

* 원문 그대로 표기.

⑱

◎軍部竝ニ滿鐵ノ經濟問題ニ參與セシムル爲メ滿洲經濟參議制ヲ組織スル事

說明

玆ニ唱フル參議制ハ內地各省ニ設ケラル、審議會若シクハ調査會ノ如キ單ナル諮問機關ニ非ラズ相當ノ權限ヲ賦與シタル半官半民性ノモノトシ無給名譽職トシ（官制上絕對ノ無給ハ許サレザレバ米國式ニ則リ一ケ年金壹圓ヲ給與スル卽チワン、イヤー、ワン、ダラー。メントス）日滿間ノ經濟上聯絡ヲ計リ併セテ滿洲經濟行政ニ參劃セシムルモノトス從ツテ其人物ノ選定ハ日本財界ニ於ケル最モ德望アリ且ツ廣汎ナル智識ニ富メル人士ニシテ多年實業ニ從事セル者ノ內ヨリ五名以內ヲ擢拔シ內一名ハ金融業者ヲ加フルヲ妥當ト認ム

⑲

◎獨占的事業ヨリ製出スル商品及物資ハ其價格ヲ統制公定スル事

◎軍部並ニ滿鐵ノ經済問題ニ参与セシムル為メ滿洲經済参議制ヲ組織スル事

説明

茲ニ唱フル参議制ハ内地各省ニ設ケラルヽ審議會若シクハ調査會ノ如キ単ナル諮問機関ニ非ラズ相当ノ権限ヲ賦与シタル半官半民性ノモノトシ無給名誉職トシ(官制上絶對ノ無給ハ許サレザレバ米國式ニ則リ一ケ年金壱円ヲ給与スル、即チワン、イヤー、ワン、ダラー。メントス*)日滿間ノ經済上聯絡ヲ計リ併セテ滿洲經済行政ニ参劃セシムルモノトス。従ツテ其人物ノ撰定ハ日本財界ニ於ケル最モ徳望アリ且ツ広汎ナル智識ニ富メル人士ニシテ多年実業ニ従事セル者ノ内ヨリ五名以内ヲ撰抜シ内一名ハ金融業者ヲ加フルヲ妥当ト認ム。

◎独占的事業ヨリ製出スル商品及物資ハ其価格ヲ統制公定スル事

---

⑱ ○(十)、本件亦朝鮮ニ採用シテハ如何

⑲ ○研究ヲ要ス

* One year one dollar. man

⑳ ㉑ ㉒

説明

今更特ニ説明スル迄モ無ク獨占的事業ノ弊害ハ一業一社ノ項ニ於テ述ベタル弱點ノ外ニ其致命ノ根本ヲ爲ス製品賣價ヲ法外ニ高クシ暴利ヲ貪ルニ在リ斯クテハ一般國民ノ怨府トナルノミナラズ社會上害毒ヲ流ス恐レアルヲ以テ事業ノ内容、性質、社會ノ狀勢、世界ノ價格等ヲ參酌シ公平ナル公定價格ヲ指定スル必要アリ

◎熱河ニ於ケル阿片栽培ハ財源ヲ得ルヲ主眼トシ現在ノ限度ヲ約三倍加シ其加工業ハ民業トシ政府ハ自ラ之ニ關與スルコトヲ避ケ表面强力ノ監督ヲ爲ス事

説明省略ス

◎滿洲經營ハ滿洲國民性ニ順シ緩急宜敷ヲ得テ之ヲ性急ニ行フコトヲ避

説明

今更特ニ説明スル迄モ無ク独占的事業等弊害ハ一業一社ノ項ニ於テ述ベタル弱点ノ外ニ其収益ノ根本ヲ為ス製品売価ヲ法外ニ高クシ暴利ヲ貪ルニ在リ。斯クテハ一般國民ノ怨府トナルノミナラズ社會上著敷害毒ヲ流ス恐レアルヲ以テ事業ノ内容、性質、社會ノ状勢、世界ノ価格等ヲ参酌シ公平ナル公定価格ヲ指定スル必要アリ。

◎ 熱河ニ於ケル阿片栽培ハ財源ヲ得ルヲ主眼トシ現在ノ限度ヲ約三倍加シ其加工業ハ民業トシ政府ハ自ラ之ニ関与スルコトヲ避ケ裏面強力ノ監督ヲ為ス事

説明省略ス。

◎ 満洲經営ハ満洲國民性ニ照シ緩急宜敷ヲ得テ之ヲ性急ニ行フコトヲ避

---

⑳ (十一)独占事業ニハ公定価格ヲ指定セヨ

㉑ (十二)阿片栽培可ナリ

㉒ 高原地帯亦可ナリ

㉓

(三)、満洲從ハ民從ニ合スルモノ満氣長ニスベシ

クルヲ要ス

說明

台灣統治ハ今日ノ現狀迄四十年、朝鮮ハ二十五年ヲ要シ漸ク經濟的獨立ノ形態迄進ミ來レルガ如ク本滿洲ハ夫ニ數十倍スル面積ト古キ歷史ヲ有スル國土ナルト且又支那民族中最モ緩慢ナル特性ヲ有スル以上此民族ヲ土台トスル滿洲經濟經營亦自ラ相當ノ年月ヲ以テ之ニ假サヽル可ラズ、殊ニ滿人ノ購買力ノ如キモ事變前ニ比シ相當ノ增加ヲ來タシ今尙年々增加ノ傾向アリ（一時的建設輸入額ヲ除キタル棉糸布及雜貨類ニ於テ然リ）又自由移民ノ如キモ月ニヨリ多少ノ差アリト雖モ若干宛增加シ來レルハ明カナル事實トス、故ニ民間經濟ノ發達ハ其事甚少タ又遲シト雖モ漸增ノ過程ニ在ルハ疑フ餘地ナシ

勿論國防的見地ヨリセル重工業其他戰時的必要ナル經濟施設ハ之ハ國家ノ力ニヨル可キモノニシテ普通民間經濟ト區別シテ論ズ可キモノナリ

551 (南次郎) → (미상. 11. 2)

クルヲ要ス

説明

台湾統治ハ今日ノ現状迄四十年、朝鮮ハ二十五年ヲ要シ漸ク經済的独立ノ形態迄進ミ来レルガ如ク本満洲ハ夫ニ数十倍スル面積ト古キ歴史ヲ有スル國土ナルト且又支那民族中最モ緩慢ナル特性ヲ有スル以上此民族ヲ土台トスル満洲經済經営亦自ラ相当ノ年月ヲ以テ之ニ假サヾ*ル可ラズ、殊ニ満人ノ購買力ノ如キモ事変前ニ比シ相当ノ増加ヲ来タシ今尚年々増加ノ傾向アリ(一時的建設輸入額ヲ除キタル棉糸布及雑貨類ニ於テ然リ)又自由移民ノ如キモ月ニヨリ多少ノ差アリト雖モ若干宛増加シ来レルハ明カナル事実トス、故ニ民間經済ノ発達ハ其率甚少ク亦遅シト雖モ漸増ノ道程ニ在ルハ疑フ余地ナシ。

勿論國防的見地ヨリセル重工業其他戦時的必要ナル經済施設ハ之ハ國家ノ力ニヨル可キモノニシテ普通民間經済ト区別シテ論ズ可キモノナリ。

㉓ (十二)*満洲統治ハ民權ニ合スル如ク尚氣長クスベシ

* ㉒와 같은 중복된 번호인데 그대로 썼다.

* ササ를 두 번 겹쳐 쓸 때 쓰는 표기.

㉔

◎礦山探檢技術家ヲ增員シ地下資源開發ニ、土木技術家ヲ增員シ地上濕地ヲ乾燥シ耕地ノ增加ヲ計ル事

說明

聞ク處ニヨレバ現在此等探檢員ノ數ハ僅カニ二十名ノ少數ニシテ如何ニ努力スルモ一省ノ探檢ニ數年ヲ要スルガ如キハ到底今日ノ急務ニ應ズルヲ得ズ少クトモ數百名ニ大增員シ地質研究、礦脈發見ニ從事セシムルコト差當リノ急務トス又滿洲ハ到ル處濕地多シ之ガ乾燥方法ヲ講ジ耕地面積ノ增擴ヲ研究セシムル事亦必要ナリトス

㉕

◎向後新規ニ興ス可キ工業ハ農產及畜產ヲ原料トスル鑵詰工業トス

說明

㉖

內地工業ト衝突セズ且ツ滿洲獨特ノ產業ヲ原料トスル農畜產ヲ以テ各種ノ耐久食料ヲ機械工作シ日滿人ノ食料トナシ餘分ハ之ヲ國際市場ニ

◎礦山探検技術家ヲ増員シ地下資源開発ニ、土木技術家ヲ増員シ地上湿地ヲ乾燥シ耕地ノ増加ヲ計ル事

説明

聞ク処ニヨレバ現在此等探検員ノ数ハ僅カニ二十名ノ少数ニシテ如何ニ努力スルモ一省ノ探検ニ数年ヲ要スルガ如キハ到底今日ノ急務ニ應ズルヲ得ズ。少クトモ数百名ニ大増員シ地質研究、礦脈発見ニ従事セシムルコト差当リノ急務トス。又満洲ハ至ル処湿地多シ之ガ乾燥方法ヲ講ジ耕地面積ノ増拡ヲ研究セシム事亦必要ナリトス。

◎向後新規ニ興ス可キ工業ハ農産及畜産ヲ原料トスル缶詰工業トス

説明

内地工業ト衝突セズ且ツ満洲独特ノ要素ヲ原料トスル農畜産ヲ以テ各種ノ耐久食料ヲ機械工作シ日満人ノ食料トナシ余分ハ之ヲ國際市場ニ

㉔ (十三)礦山探検技術家ニ土木技術家トモ増員スベシ

㉕ (十四)豫ノ存志、○大ニ同意ナリ

㉖ 我意ヲ得タリ(완전히 동감한다는 뜻)

㉗

供給ス

例ヘバ各種豆類ノ罐詰、各種澱粉、ハム、ベーコン、コーンドビーフ、ソーセージ、鳥獸肉ノ鹽漬、罐詰又ハスモークド等ノ如シ

㉘

◎製鐵業其他重工業ニ對シ需要減退製産過多ノ時代ニ備フル用意ヲ要ス

說明

目下内外ノ形勢ハ非常時ノ叫ビト共ニ國防上用意周到タルベキハ論ヲ俟タズト雖モ亦一面ヨリ見テ各國各方面共或ハ無事安定スルコトナシトセズ玆ニ於テ其際ニ處スル方法ハ現時增設又ハ擴張ノ時代ニ大ニ顧慮ヲ廻ラシ變轉應變ノ用意ヲ爲スハ産業界智將ノ苦心ヲ要スル點ニシテ孫吳ノ兵法業界ニモ亦大ニ教示サルヽ所アルヲ感ズ

◎日本内地ノ資本及事業ノ滿洲流入ヲ促進スルニハ先以テ滿洲國並ニ滿

供給ス。

例ヘバ各種豆類ノ缶詰、各種澱粉、ハム、ベーコン、コーンドビーフ、ソーセージ、鳥獣肉ノ塩漬、缶詰又ハスモークド等ノ如シ。

◎製鐵業其他重工業ニ對シ需要減退製産過多ノ時代ニ備フル用意ヲ要ス

説明

目下内外ノ形勢ハ非常時ノ叫ビト共ニ國防上用意周到タルベキハ論ヲ俟タズト雖モ亦一面ヨリ見テ各國各方面共或ハ無事安定スルコトナシトセズ。茲ニ於テ其際ニ処スル方法ハ現時増設又ハ拡張ノ時代ニ大ニ顧慮ヲ廻ラシ変転應変ノ用意ヲ為スハ産業界智将ノ苦心ヲ要スル点ニシテ孫呉ノ兵法業界ニモ亦大ニ教示サルヽ所アルヲ感ズ。

◎日本内地ノ資本及事業ノ満洲流入ヲ促進スルニハ先以テ満洲國並ニ満

㉗ 我意ヲ得タリ

㉘ (十五)製産過多時代ノ用意肝要ナリ

㉙ ㉚

鐵ノ信用ヲ高ムルヲ要ス

說明

資本及事業ヲ招來センニハ單ニ國家的需給主トスルノミニテハ或一小部分ノモノヨリ成功セズ嘗シテモ民衆的大量的ニ招致スルニ非レバ取ルニ足ラザルナリ而シテ民衆ヲ動員スルニハ根本的ニ前途ノ光明ト安心ヲ與フルニ如カズ

即チ滿洲國並ニ從來之ガ經濟的建設ニ協力セル滿鐵ノ信用ヲ高ムルヲ以テ第一ノ要義トナス、然ラバ其方法如何、他ナシ滿洲國ノ國是方針ヲ明瞭ニ公表シ我國民ヲシテ首肯セシムル爲メ萬般ノ手段措置ヲ採ル事又一面ニハ滿鐵內部ノ會計狀況ヲ明細ニ亘リ國策的又營業的ニ計數ヲ區別シ一目瞭然タラシムルコト最モ肝要トス、世人ハ滿洲國ノ將來ヲ重視シ何レモ好意ト同情ヲ以テ其發達成熟ヲ希望セザルモノナシト雖モ露骨ニ言ヘバ今尙社會ノ一隅ニハ懸念不安ノ思ナシトセズ此不

557 (南次郎) → (미상. 11. 2)

鐵ノ信用ヲ高ムルヲ要ス

説明

資本及事業ヲ招来センニハ単ニ國家的観念ヲ主トスルノミニテハ或一小部分ノモノヨリ成功セズ堂シテモ民衆的大量的ニ招致スルニ非レバ取ルニ足ラザルナリ。而シテ民衆ヲ動員スルニハ根本的ニ前途ノ光明ト安心ヲ与フルニ如カズ。

即チ満洲國並ニ従来之ガ經済的建設ニ協力セル満鐵ノ信用ヲ高ムルヲ以テ第一ノ要義トナス、然ラバ其方法如何、他ナシ満洲國ノ國是方針ヲ明瞭ニ公表シ我國民ヲシテ首肯セシムル為メ万般ノ手段措置ヲ採ル事又一面ニハ満鐵内部ノ會計状況ヲ明細ニ亘リ國策的又ハ営業的ニ計数ヲ区別シ一目瞭然タラシムルコト最モ肝要トス。世人ハ満洲國ノ将来ヲ重視シ何レモ好意ト同情ヲ以テ其発達成熟ヲ希望セザルモノナシト雖モ露骨ニ言ヘバ今尚社會ノ一隅ニハ懸念不安ノ思ナシトセズ。此不

㉙ (十六)満洲國へ資本事業

㉚ ニツニ分ツ

安ハ理ヲ以テ說カザル可ラズ數ヲ以テ示サザル可ラズ威ヲ以テ壓スル

コト能ハザルナリ

559 (南次郎) → (미상. 11. 2)

安ハ理ヲ以テ説カザル可ラズ、数ヲ以テ示サザレバ可ラズ、威ヲ以テ圧スルコト能ハザルナリ。

南次郎 → 大野緑一郎(미상. 미상. 28)

國會圖書館 番號 81-54

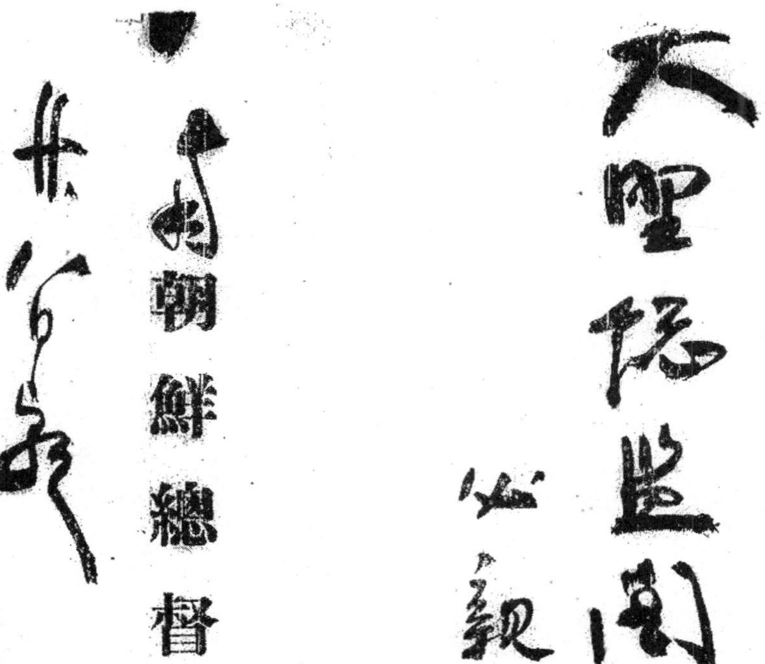

(眞封筒第一號) (拔本封)

561 南次郎 → 大野緑一郎(미상. 미상. 28)

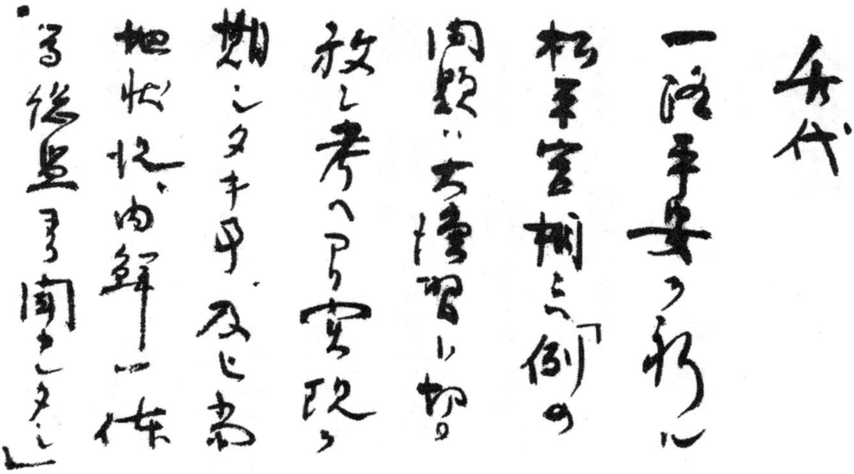

舌代

一路平安ヲ祈ル。

松平宮相ニハ「例の

問題ハ大演習ト切リ

放シ考へアリ、実現ヲ

期シタキ事、及ヒ當

地状況、内鮮一体

等総監ヨリ聞カレタシ」

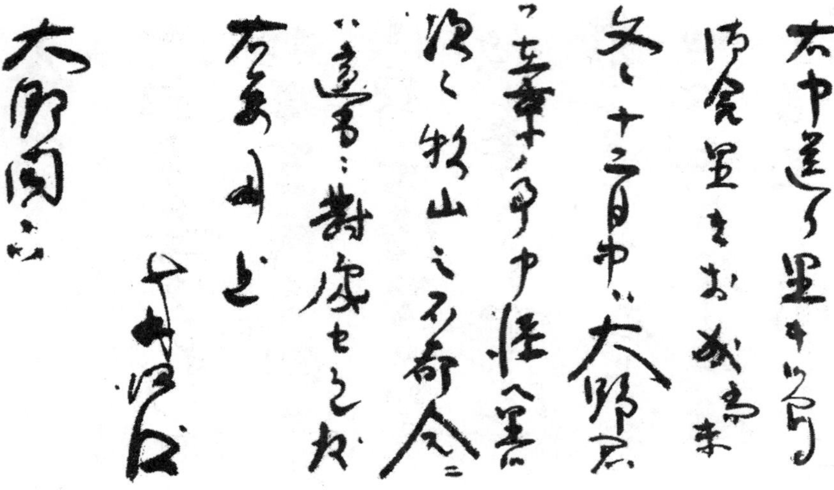

右申送リ置キ候間
御含置き相成、尚末
文ニ十二月中ハ大野君
ハ在京ノ事申添へ置候。
次ニ牧山之不都合ニ
ハ適当ニ對處セラレ度。
右要用迠。

南次郎

大野閣下

편지의 주요정보(인명 · 사항)

書簡情報							注釈情報(人名・事項)				
番号	宛名	差出人・作成者	元号	年	月	日	文中の表現	フルネーム	役職	特記事項	備考
55	南次郎	板垣征四郎	昭和	(11)	8	7	五族				
							朝鮮総督府				
							朝鮮人教育問題				
							五族協和				
							満鉄				
							間島地方				
25	大野緑一郎	南次郎	昭和	11	11	17	拓相				
							茂山問題				
							浦汐				
							東拓総裁之件				
							小乃寺				
							陸相	寺内寿一	陸軍大臣		
							次官				
							首相	広田弘毅	総理大臣		
							水害予算				
							殖銀債券発行				
							産業統制問題				
							商相	小川郷太郎	商務大臣		
							羅津都市問題				
							内務局長				
							日獨条約				
							ハキーフ公使				
							外相	有田八郎	外務大臣		
							長岡君				
44	大野緑一郎	南次郎	昭和	11	11	17	首相				
							日独防共協定				
							前川課長				
							外事課之将来				
							外相				
							日独協約				
24	大野緑一郎	南次郎	昭和	11	12	15	東拓				
							小乃寺				
							陸相	寺内寿一	陸軍大臣		
							次官				
							松岡				

書簡情報							注釈情報(人名・事項)				
番号	宛名	差出人・作成者	元号	年	月	日	文中の表現	フルネーム	役職	特記事項	備考
							江口氏				
							拓相	永田秀次郎	拓務大臣		
							加藤				
51	大野緑一郎	南次郎	昭和	(12)	1	12	鮮満一如ノ主義精神				
							日満支ノ提携				
							日本國民運動				
							満州皇帝				
							関東軍				
							総務庁				
							鮮満對立ノ歴史的感念				
							満州事変				
							大陸政策				
							對「ソ」諸準備				
							拓相				
							内閣			林銑十郎内閣	
							小の寺ノ件				
							溥傑結婚問題				
							入江次長				
							吉岡中佐				
							宮内大侍従長				
4	大野緑一郎	南次郎	昭和	(12)	1	16	山澤氏				
							内務局長				
							警務局長				
							朝鮮鉄道社長				
							吉田局長				
							村上義一				
							中枢院参議				
							東拓幹事				
							李範益				
							姜弼成				
							全南参与				
							山本犀蔵				
							岡崎赤十字支社長				
							松本(全南)				
							阿部(慶北内務)				
							大川				
							大村満鉄副総裁				

565 南次郎 → 大野緑一郎(미상. 미상. 28)

書簡情報							注釈情報(人名・事項)				
番号	宛名	差出人・作成者	元号	年	月	日	文中の表現	フルネーム	役職	特記事項	備考
							中村金治郎				
							和田				
							間島局長				
							鄭僑源				
							金東勳				
5	大野緑一郎	南次郎	昭和	12	2	10	李範益				
							東拓				
							中枢院				
							内務局長				
							安川氏	安川雄之助			
							林内閣			林銑十郎内閣	
							西鮮電氣合同の社長問題				
							長岡君				
							廣島丸				
							巴里ノ万國議員會議				
							山下相談役				
							伍堂新商相				
							小川氏				
							湯崗子				
							松岡				
							クルップ社				
							清津築港				
							鴨江水力開発の件				
							逓信局長				
							□本會計長				
							逓相	児玉秀雄		逓信大臣	
							陸相杉山氏	杉山元			
							前陸相	中村孝太郎			
							内務次官				
40		拓務省	昭和	12	3		満鮮一如				
							牧山耕藏		衆議院議員		
							韓日併合				
							朝鮮総督府官制改正				
							林　銑十郎		内閣総理大臣		
							結城豊太郎		拓務大臣		
41		(南次郎)	昭和	(11)			朝鮮人教育問題				
							東京會議				

書簡情報							注釈情報(人名・事項)				
番号	宛名	差出人・作成者	元号	年	月	日	文中の表現	フルネーム	役職	特記事項	備考
							満鐵				
							間島				
							吉林				
							齊々哈爾				
							牡丹江				
							哈爾賓				
							今井田総監	今井田清徳			
							新義州				
							田中警務局長				
							相川外事課長				
							竹下第三課長				
							塩澤中佐				
46-1	南次郎	大谷尊由	昭和	12	11	4	大谷尊由		拓務大臣		
							勅選の件				
							総理	近衛文麿			
47-1	南次郎	賀屋興宣	昭和	12	11	18	賀屋興宣		東京市麹町大蔵大臣官邸		
							鮮銀総裁の件				
							加藤氏				
							松原君				
47	大野緑一郎	南次郎	昭和	(12)	(11)	21	大臣				
							植田大吉				
							割裏方依頼				
							星野庁長				
45	大野緑一郎	南次郎	昭和	12	11	26					
46	大野緑一郎	南次郎	昭和	(12)	11	27	加藤君				
							拓相	大谷尊由			
19	大野緑一郎	南次郎	昭和	12	12	3	内閣			第1次近衛文麿内閣	
							宮田				
							大江				
							内大臣				
							侍従長				
							宮内大臣				
							志願兵制度				
							満田少佐				
17	大野緑一郎	南次郎	昭和	12	12	13	南京城壁上				
							近衛公				
							安川氏	安川雄之助			

567 南次郎 → 大野緑一郎(미상. 미상. 28)

書簡情報							注釈情報(人名・事項)				
番号	宛名	差出人・作成者	元号	年	月	日	文中の表現	フルネーム	役職	特記事項	備考
							江界水力発電				
							穂積局長				
							松井七夫				
							片谷				
							宇垣大将				
							牧山	牧山耕藏			
							宇氏				
							中枢院				
							李範益				
33	大野緑一郎	南次郎	昭和	(13)	2	1	桃井攻課長				
							帝人			帝國人絹の汚職事件	
							朝鮮人勅選				
							韓相龍				
							朴栄喆				
							牧山ノ事	牧山耕藏			
							私設鉄道買収不能の現状				
							吉田局長				
							東拓副総裁之件				
							安川	安川雄之助			
							児玉	児玉秀雄			
							寺内				
							松岡				
							汐原氏				
							民間委員				
							穂積氏				
50-2	南次郎	安達謙藏	昭和	13	2	1	平安北道				
							江界水力電氣株式會社				
							東洋拓殖社				
							安川氏	安川雄之助			
							高橋守雄氏				
50-1	南次郎	筑紫熊七	昭和	(13)	2	5	筑紫老	筑紫熊七			
							北道鴨緑江				
							江界水力電氣株式會社				
							東拓社長安川氏	安川雄之助			
							若槻内閣			若槻礼次郎内閣	

書簡情報							注釈情報(人名・事項)				
番号	宛名	差出人・作成者	元号	年	月	日	文中の表現	フルネーム	役職	特記事項	備考
							高橋守雄氏				
							細川候爵				
							大谷拓相	大谷尊由			
							拓務次官				
							三井物産會社				
							東洋レーヨン會社				
							台湾総督府総務長官				
							清浦伯	清浦圭吾			
							京都内務部長				
							廿三連隊の移転				
							熊本水力電氣株式會社				
							安達氏				
50-3	大野緑一郎	南次郎	昭和	13	2	9	安達君				
							筑紫君				
							江界電會社				
							拓務大臣				
							安川氏	安川雄之助			
							政務総監				
							殖産局長				
38	大野緑一郎	南次郎	昭和	13	3	1	山澤				
							汐原				
							上原課長				
							産金會社之総裁副総裁				
							東拓副総裁				
							田口氏				
							安川君	安川雄之助			
							児玉	児玉秀雄			
							寺内	寺内寿一			
							牧山	牧山耕藏			
							電力案				
							総動員案				
							長岡君				
37	大野緑一郎	南次郎	昭和	13	3	7	志願兵制度				
							教育令				
							産金會社				
							田口君				
							東拓副総裁				

569 南次郎 → 大野緑一郎(미상. 미상. 28)

書簡情報							注釈情報(人名・事項)				
番号	宛名	差出人・作成者	元号	年	月	日	文中の表現	フルネーム	役職	特記事項	備考
							京日			京城日報	
							安川	安川雄之助			
							穂積局長				
							國家総動員				
							電力法案				
							長岡君				
							對支問題				
							近藤秘書官				
							北支問題				
							満田少佐				
							岡田中佐				
34	大野緑一郎	南次郎	昭和	13	3	23	電力案				
							咸北知事小島氏				
							人事課長				
49-2	南次郎	幸雄	昭和	13	3	26	牧山耕蔵君筆禍事件				
							幸雄	桜内幸雄			
49-1	南次郎	児玉秀雄	昭和	(13)	3	27	電力案				
							東拓法				
							副総裁選任				
							池邊諒一				
							寺内元帥	寺内正毅			
							朝鮮銀行				
							拓務大臣				
							安川総才	安川雄之助			
32	大野緑一郎	南次郎	昭和	13	3	27	東拓副総裁之件				
							池辺氏				
							牧山之件	牧山耕蔵			
							鉄道局長				
							吉田君				
							デマ				
49-3	大野緑一郎	南次郎	昭和	13	3	30	児玉伯	児玉秀雄			
							東拓副総裁				
							安川氏	安川雄之助			
							主務大臣				
							監督官長				
							桜内氏	桜内幸雄			
							牧山君の件	牧山耕蔵			
							司法権の発動				

書簡情報							注釈情報(人名・事項)				
番号	宛名	差出人・作成者	元号	年	月	日	文中の表現	フルネーム	役職	特記事項	備考
31	大野緑一郎	南次郎	昭和	13	4	4	東拓副総裁之件				
							主務大臣				
							田口				
							吉田局長				
							重村少将				
							学務局長				
							穂積局長				
							松澤				
30-1	南次郎	大谷尊由	昭和	(13)	6	23	大谷尊由		拓務大臣		
30	大野緑一郎	南次郎	昭和	(13)	(6)	26	漢口攻略				
							大蔵大臣	池田成彬	大蔵大臣		
2	大野緑一郎	南次郎	昭和		12	6	飯坂課長				
							貴院議員之朝鮮人問題				
							水野				
							関屋				
							坂谷				
							児玉伯	児玉秀雄			
							北鮮鉄併合之件				
							東拓総裁				
							安川氏	安川雄之助			
							多獅島問題				
							川嶋大将				
							東京顧問				
3	大野緑一郎	南次郎	昭和	13	12	9	貴族院改正				
							児玉伯	児玉秀雄			
							貴院令				
							井原大佐				
							自動會社の設立				
							陸軍造兵廠支廠				
							現閣				
							川嶋大将				
							長岡閣下				
48	大野緑一郎	南次郎	昭和	13	12	19	貴院改正			李王家	
							五公族及鮮人の件				
							神社ノ件				
							浅原一味			浅原健三のグループ	
							茂山				

571 南次郎 → 大野緑一郎(미상. 미상. 28)

書簡情報							注釈情報(人名・事項)				
番号	宛名	差出人・作成者	元号	年	月	日	文中の表現	フルネーム	役職	特記事項	備考
							岩崎男	岩崎小弥太		三菱財閥	
							朝鮮電力				
10	大野緑一郎	南次郎	昭和	14	1	29	扶余神社				
							首相	平沼騏一郎			
							書記官長				
							丸山氏				
							夏目				
							川嶋大将				
							金子少将				
							湯村局長				
27	大野緑一郎	南次郎	昭和	14	2	25	連盟予算				
							内務局長				
							有像無像の蠢動				
56-1	別紙		昭和	14			鮮米輸出禁止ノ件				
							「鮮満一如」				
							総務庁				
							総督府一課長				
							日本ノ低米価政策				
							「シヤム」				
56	大野緑一郎	南次郎	昭和	14	3	12	鮮米輸出制限問題				
							北支軍司令官				
							農林局長				
							興亜院				
							在支連絡部				
							柳川君				
							民間利己主義者				
							鄭忠南知事				
							内務局長				
							林栄様				
23	大野緑一郎	南次郎	昭和	14	3	30	穂積				
							湯村				
							丹下課長				
							大竹				
							三橋				
							湯沢氏				
							田口氏				
							松岡君				
22	大野緑一郎	南次郎	昭和	14	12	12	総理	阿部信行	総理大臣		
							拓務	金光庸夫	拓務大臣		
							内府侍従				

書簡情報							注釈情報(人名・事項)				
番号	宛名	差出人・作成者	元号	年	月	日	文中の表現	フルネーム	役職	特記事項	備考
							小磯君				
							畑君				
							梅津司令官				
							春秋會				
							税制整理委員會				
58	大野緑一郎	南次郎	昭和	15	2	8	齋藤問題			斉藤隆夫(さいと たかお)(演説問題、軍部批判)	
							羅津問題				
							拓相之放言	小磯國昭			
							大竹君				
							氏名問題				
							古谷某				
							東亜日報ノ件				
							主務局				
							安城				
							平澤郡				
59-1			昭和	15	2	11	ダイニブン				
59-2	李垠	南次郎	昭和	15	2	15	藤田李王職長官				
							速水京城帝國大学総長				
							京城帝國大学				
59	大野緑一郎	南次郎	昭和	15	2	15	貴衆両院秘密會				
35	大野緑一郎	南次郎	昭和	15	2	19	大竹				
							西岡				
							碓井				
							左手之御病み				
							羅津庁				
							慶興				
							慶源				
							訓弍				
							穏城				
							建設局				
							内閣			米内光政内閣	
							篠田				
							李恒九				
							小島				

書簡情報							注釈情報(人名・事項)				
番号	宛名	差出人・作成者	元号	年	月	日	文中の表現	フルネーム	役職	特記事項	備考
							山澤				
							笹川				
							小磯閣下				
							羅津問題				
29	大野緑一郎	南次郎	昭和	15	3	23	燃料課長				
							鉱山課長				
							農務課長				
							丸山				
							氏制度				
							法務局長				
							拓務省松岡次官				
							財務局長				
							食料問題				
57	大野緑一郎	南次郎	昭和	(15)	6	14	下飯坂課長				
							林中将				
							例之問題				
							拓相	小磯國昭			
							川島大将				
							川岸中将				
							重慶				
							銃後擾乱工策				
							第三國第五部隊				
							阿部大使				
							二、二六事件				
							新政党				
							三橋局長				
36	大野緑一郎	南次郎	昭和	15	7	5	俵山温泉				
							黄海京畿両道				
							黄海道國鉄				
							私鐵				
							朝香宮孚彦王妃殿下				
							佐々木侯				
							三通記念日				
							大学総長問題				
							川岸問題				
							林問題				
							長岡君				
26	大野緑一郎	南次郎	昭和	15	7	10	俵山温泉				
							主務局				

書簡情報							注釈情報(人名・事項)				
番号	宛名	差出人・作成者	元号	年	月	日	文中の表現	フルネーム	役職	特記事項	備考
							有煙炭社長ノ件				
							林氏				
							拓相	小磯國昭			
							萩原氏				
							拓殖協會				
							穂積局長				
							新會社創設				
							永田秀次郎				
							拓務次官	松岡俊三			
							川岸氏ノ件				
							軍部首脳部及幕僚				
							連盟役員				
							湯村局長				
							米問題				
							福井楼				
							事変三周年記念事業				
							「軍需生業者報國結成式」				
							永登浦				
							当平工場				
							スペイン經財使節				
							専売局長				
							税関長				
							税務監督局長會議				
							朝香宮孚彦王妃殿下	千賀子		伯爵藤堂高紹の五女	
							川嶋大将				
							小原元内相	小原直	内務大臣	阿部内閣	
							中川航空総裁				
							大学総長				
							副議長佐々木氏				
42	大野緑一郎	南次郎	昭和	(15)	7	11	俵山森脇旅館				
							代田町				
							三浦(新京)君				
							三橋君				
7	大野緑一郎	南次郎	昭和	15	7	17	近衛公之出馬				
							新体制				
							税関長				
							税務監督局長				

書簡情報							注釈情報(人名・事項)				
番号	宛名	差出人・作成者	元号	年	月	日	文中の表現	フルネーム	役職	特記事項	備考
							鉱業開発會社創立委員會				
							穂積				
8	大野緑一郎	南次郎	昭和	(15)	10	15	人事課長				
							拓務次官				
							外事部				
							司政局				
							諏訪				
							松岡人事				
9	大野緑一郎	南次郎	昭和	15	12	20	井上一次中将				
							薄田精一氏				
							朝鮮学生會館				
9-1	南次郎	薄田精一	昭和	(15)	12	18	朝鮮学生會館				
							財団法人朝鮮教育會				
9-2	薄田精一	南次郎	昭和	(15)	12	20	井上一次閣下				
							朝鮮学生會館				
21	大野緑一郎	南次郎	昭和	15	12	29	平沼内相	平沼騏一郎	内務大臣		
							鮮人勅選				
28	大野緑一郎	南次郎	昭和	16	1	27	議會秘密會				
							御手洗				
							木戸内府				
							知事				
							奨学會				
							大島大使				
							例ノ連中				
							汐原の件				
20	大野緑一郎	南次郎	昭和	(16)	2	6	山沢				
							近藤				
							詮衛委員				
							「特別技能」				
							犬養、林、両総理の秘書				
							拓相	秋田清			
							内閣書官長				
							法制局				
							碓井				
20-1	20別紙		昭和	16	1	18	生産力拡充計画				
							満州國				
							満州電氣會社				

書簡情報							注釈情報(人名・事項)				
番号	宛名	差出人・作成者	元号	年	月	日	文中の表現	フルネーム	役職	特記事項	備考
							眞ノ國策				
							生産擔任庁				
6	大野緑一郎	南次郎	昭和	16	2	16	朝鮮事業公債法				
							鉄道用品會計法				
							水田局長				
							治安維持法改正案				
							近藤				
							首相	米内光政			
							枢府			枢密院	
							小磯君	小磯國昭	拓務大臣		
							大野氏				
							諏訪				
							大政翼賛會				
							松岡君				
							三浦君				
							関東局総長				
							大竹君				
							奨学會				
15	大野緑一郎	南次郎	昭和	16	2	17	穂積局長				
							三浅開発會社				
							内藤君				
							翼賛會員				
							加藤完爾				
							徴兵制度				
							二・二六事件				
							松岡君				
16-1		外務省米一	昭和	16	5	20					
16	大野緑一郎	南次郎	昭和	16	5	30					
18	大野緑一郎	南次郎	昭和	16	10	10	大竹君				
							水田局長				
							湯村				
							法制局長官				
							東条中将				
							宇垣大将				
							枢軸外交				
							東亜共栄圏				
							一宮氏				
							碓井				

577　南次郎 → 大野緑一郎(미상. 미상. 28)

書簡情報							注釈情報(人名・事項)				
番号	宛名	差出人・作成者	元号	年	月	日	文中の表現	フルネーム	役職	特記事項	備考
							総力運動				
							森岡				
11	大野緑一郎	南次郎	昭和	(17)	(1)	18	シンガポール攻略				
14	大野緑一郎	南次郎	昭和	(17)	2	3	地方長官會議				
							首相	東条英機			
							三橋局長				
							東条氏				
							民族思想ニ関スル件				
							人事課長				
							兄正吾				
							杉氏				
39	大野緑一郎	南次郎	昭和	17	2	16	新嘉坂陥落			シンガポール	
							大東亜歴史建設				
							総理	東条英機			
							関根課長				
							穂積君				
							石田局長				
							馬事會				
1	大野緑一郎	南次郎	昭和		2	3	大竹君				
							木戸内府	木戸幸一	内大臣		
							笠井				
							小磯拓相	小磯國昭	拓務大臣		
							田中次官(拓務省)				
							拓務参与官				
							一松君				
							大島大使	大島浩	チェコ大使		
							ビショップ夫妻				
							奨学會顧問				
12	大野緑一郎	南次郎	昭和		9	14	新館落成				
13	大野緑一郎	南次郎	昭和		6	19	平南				
							全北				
							石田				
43	大野緑一郎	南次郎	昭和			21					
52	大野緑一郎	南次郎	昭和			12	京日				
							國策大綱案				
							對策委員會				

書簡情報							注釈情報(人名・事項)				
番号	宛名	差出人・作成者	元号	年	月	日	文中の表現	フルネーム	役職	特記事項	備考
53	大野緑一郎	南次郎	昭和		4	17	日満經済ブロツク				
							貨幣金融制度				
							日満議定書				
							英國ノ磅(ポンド)ブロツク				
							勧農工銀行				
							玉蜀黍				
							満鉄				
							今井課長				
							山東移民				
							事変				
							満州經済参議制				
							熱河				
53-1		(南次郎)	昭和		11	2					
54	大野緑一郎	南次郎	昭和			28	松平宮相	松平恒雄	宮内大臣		
							牧山	牧山耕蔵			

▌ 편역자 소개 ▌

김경남(金慶南)

한국근대사 전공. 호세이대학(法政大学) 겸임교수, 전주대학교 연구교수
1963년 경남 거창 출생. 경북대 출신. 부산대학교에서 문학박사
호세이대학(法政大学) 교수 역임
국가기록원 학예연구사
일본 국문학자료관(国文学資料館) 초빙교수
교토대학(京都大学) 각슈인대학(学習院大学) 외국인연구자 역임.

❖ 저서

일제의 식민도시건설과 자본가(2015), 박사학위논문 일제하 조선에서 도시건설과 자본가집단망(2003), 시민을 위한 부산의 역사(공저, 2003), 부산민주운동사(공저, 1998), 地域と軍隊 帝国の最前線(공저, 2015)

❖ 논문

「제국의 식민지 · 점령지 지배와 '전후보상' 기록의 재인식」, 「일제강점 초기 자본가 중역겸임제에 의한 정치 · 사회적 네트워크의 형성」, 「전시체제기 중역겸임제를 통한 자본가 네트워크와 전시동원체제」, 「境界地域におけるローカリティ交流-対馬と釜山を中心に」, 「일제의 식민지 도시개발과 '전통도시' 전주의 사회경제구조의 변용」, 「1894-1910년 한국과 일본 근대기록구조의 중층성과 종속성 – 전북지역 전략적 인프라구축기록을 중심으로」 등

히로세 요시히로(廣瀬 順晧)

일본의 역사학자. 일본근현대사 전공. 스루가다이대학(駿河台大学) 명예교수
1944년생. 도쿄출신. 와세다대학(早稲田大学) 정치학연구과 석사과정 수료
국립국회도서관 헌정자료실, 스루가다이대학 문화정보학부 교수
동 대학 미디어정보학부 교수를 거쳐 명예교수

❖ 공저

『昭和史の一級史料を読む』(2008), 『史料で透視する近代日本 歴史資料解読入門』(2004), 『太政官期地方巡幸研究便覧』(2001), 『近代日本政党機関誌記事総覧』 全2巻(1988)

❖ 간행사료

『近代演説討論集』 全19巻 · 別巻(1987~1988), 『牧野伸顕日記』(1990), 『地方財政概要』 全10巻(1991), 『朝鮮総督府施政年報』 全30巻(1991~1992), 『日本帝国国勢一斑』 全14巻(1994), 『松本学日記』(1995), 『明治前期 地方官会議史料集成 第1期』 全8巻(1996), 『影印原敬日記』 全17巻(1998), 『政治談話速記録』 全10巻(1998~1999), 『朝鮮満蒙地誌叢書』 全3巻(2000), 『近代外交回顧録』 全5巻(2000), 『拓務省 拓務統計』 全4巻(2000), 『参謀本部歴史草案』 全7巻 · 別冊(2001), 『日本外地銀行史資料』 全6巻(2002), 『外務省茗荷谷研修所旧蔵記録 戦中期植民地行政史料 教育 · 文化 · 宗教篇』 全26リール · 別巻(2003), 『外務省茗荷谷研修所旧蔵記録 戦中期植民地行政史料 経済篇』 全137リール · 別巻4(2005~2009), 『朝鮮総督府 生活状態調査 地域編』 全5巻(2006), 『日本植民地下の朝鮮研究』(2010)